教育部人文社会科学重点研究基地

南京大学中国新文学研究中心
Center for Research of Chinese New Literature of Nanjing University

教育部人文社会科学
重 点 研 究 基 地
南京大学中国新文学
研究中心学术文库

主　编　丁 帆
执行主编　王彬彬
　　　　　张光芒

胡星亮　著

中国现代戏剧精神

南京大学出版社

目　录

戏剧理论与观念

戏剧史论

中外戏剧比较

戏剧家研究

【戏剧理论与观念】

中国戏剧理论的现代建构

　　20 世纪中国戏剧理论的发展，最契合实质的描述，是中国戏剧理论从古典形态走向现代形态的"现代化"历史进程，也是中国戏剧理论追求和确立"现代性"的建构历程。简言之，即中国戏剧理论的现代建构。

　　人类社会进入 20 世纪，最突出、最剧烈的变革就是伟大的现代化运动。它改变了整个人类社会的历史进程、文化取向和价值系统。中国在清末民初亦卷入世界现代化大潮。在整个中国社会"走向现代"的历史趋势下，产生了思想文化的现代化运动和文学艺术的现代化变革。中国戏剧和戏剧理论也在发生从"传统"到"现代"的转型。

　　中国古典戏曲发展到清末民初开始解体。此前中国戏曲有一个自己的体系和传统，但是，随着西方列强野蛮的侵略殖民，随着中国社会救亡图存热切呼唤文学艺术参与"变革"和"新民"，它已经不能适应现代中国的社会需求和审美需求。中国戏剧体系和戏剧传统就面临着解构和重建的问题，面临着怎样在新的历史情形下推进中国戏剧发展的问题。如果用一个最有力的概念来说，就是中国戏剧的现代化问题。清末民初以来，中国戏剧就在努力探寻现代化的途径，尽管有困顿有曲折，但始终都在艰难地推进。因而从某种意义上说，20 世纪中国戏剧史，就是一部中国戏剧追求现代化的历史。

　　应该说这既是中国戏剧自身的发展，更是中国戏剧融入世界戏剧现代化大潮之变革。从此，走向现代、走向世界的中国戏剧，其发展视野、价值观念、精神内涵、艺术形态等，都与整个世界戏剧发生密切关联。这一变革不仅在戏剧创作实践，它同样影响到戏剧理论观念。20世纪中国戏剧理论也在艰难地走向现代、走向世界。以其现代性的理论追求和阐释，推动中国戏剧从古典形态转向现代形态，推动中国戏剧进入世界戏剧的总体格局。

20世纪中国戏剧理论的现代建构，是中西戏剧和戏剧理论碰撞、交流、融会的产物。这其中，真正对戏剧理论的现代建构产生决定性作用的，是20世纪中国的社会需求和审美需求。中国戏剧家是从自身的生存感受和生命体验出发，从中国戏剧生存和发展的现代遭遇出发，去建构一种能够深刻地表现现代中国人的生存和生命，能够有力地推动现代中国社会进步的戏剧理论的。因此，它较少有纯粹的关于戏剧本体、美学、形式的理论研究，而大都是在戏剧运动、戏剧译介、戏剧论争、戏剧思潮中，去探讨中国戏剧现代化进程及其所面对的问题，去思考中国戏剧现代化与中国社会、思想和人的现代化的关系。其建构主旨，是不断地总结和探讨中国戏剧在现代化进程中积累的经验教训，为中国戏剧的未来发展提供思想支撑和艺术资源；其建构坐标，是把中国戏剧理论的现代化，与民族国家的现代化和人的现代化结合起来思考；其建构视野，是既承接历史、熔铸传统，又面对世界、指向现代，既是中国问题和中国经验，又具有人类意识和现代精神。

中国戏剧理论的现代建构是一个深刻而重大的学术命题。中国戏剧理论是如何从传统走向现代的？中国戏剧理论的现代建构经过了怎样的艰难历程？中国戏剧理论现代建构的核心理念是什么？其理论建构的现代性主要表现为哪些维度？其理论建构的"中国戏剧之现代性"何在？中国戏剧理论的现代建构又有哪些经验教训？这些，已经成为深化20世纪中国戏剧史及文学史研究，建构20世纪中国戏剧理论与美学体系，促进21世纪中国戏剧和戏剧理论发展的重要问题。这些问题长期以来在学术界没有引起足够重视，需要深入思考和探索。

一、中国戏剧理论"走向现代"的艰难历程

20 世纪中国戏剧理论的现代建构,与百年来中国政治经济、思想文化和人的现代化具有深刻关联。它是在中国社会现代化、人的现代化的历史进程中,戏剧家针对中国戏剧在走向现代历史转型中出现的各种问题,而展开的关于中国戏剧如何现代化、中国戏剧如何建构现代性的理论探讨,以及对于走向现代的中国戏剧之现代性经验的理论阐释。

20 世纪中国社会的现代化和人的现代化,有力地推动着中国戏剧和戏剧理论的现代化。然而另一方面,由于长期战争环境、国际社会冷战以及政治"左"倾等影响,百年来中国戏剧和戏剧理论的现代化进程又受到阻滞和扭曲。因此,20 世纪中国戏剧理论的现代建构,有时是走在现代化道路上的,有时却陷入反现代化的泥潭,有时则是打着现代化旗号而实际上是反现代化的。呈现出"走向现代"的艰难历程。

(一)中国戏剧理论现代建构的萌芽:1897 年至 1918 年,改良戏曲、创造新剧、中西戏剧碰撞、新旧戏剧比较等理论思潮。

中国戏剧理论的现代建构是从清末民初开始的。其时,中国社会在西方文明强劲冲击下,面临"三千年未有之大变局",整个社会的世界观、价值系统和思想结构都在发生巨变。

关于戏剧的思想观念也在发生重大变革。其突出表现,就是救亡图存激发了梁启超、柳亚子等人的"现代民族国家"想象,及其运用戏剧去张扬民族国家意识、启蒙国民大众的"现代民族戏剧"的建构。他们看到戏剧在社会变革中不可替代的开启民智的作用,感到传统戏曲在严酷现实面前的尴尬和无力,从而将社会变革与戏剧变革结合起来:"今日欲改良群治,必自小说界革命始;欲新民,必自新小说始。"[①]正是这种民族国家现代性想象,促使中国戏剧和戏

---

① 梁启超:《论小说与群治之关系》,《新小说》第 1 号,1902 年 11 月。清末民初"小说"概念,包括戏剧。

剧理论开始从古典形态向现代形态转型。并且在西风东渐的中西戏剧碰撞中，国人始知传统戏曲之不足和西方戏剧之优长，遂借鉴西方戏剧来变革中国戏剧，在走向世界的视野中去探讨中国戏剧发展问题。这些都标志着中国戏剧现代化的意识觉醒。

睁开眼睛看世界的开放精神，和救亡图存、开启民智的忧患意识，是这一时期中国戏剧理论现代性的主要内涵，由此带动了戏剧价值观念、戏剧文体、戏剧审美的现代性变革。因为救亡危机，以梁启超为代表的着重社会变革和启蒙新民的思想，成为普遍认同的戏剧价值观念。它初步显示了中国现代启蒙思潮"立国""立人"的双重主题，尽管其民族国家想象的"立国"主题明确，而"新民"是依附于"新社会""新国家"，其"立人"主题模糊。因此，他们一反封建传统贱视戏剧的观念，极力提高戏剧的社会地位和文学地位；他们呼唤对民族戏曲进行改良，并借鉴西方话剧以创造中国新剧。"改良戏曲"和"创造新剧"形成声势浩大的戏剧运动。柳亚子的《〈二十世纪大舞台〉发刊词》、陈去病的《论戏剧之有益》、陈独秀的《论戏曲》等文，对传统戏曲进行现代性反思和批判，呼唤去除传统戏曲中神仙鬼怪、富贵功名、海淫海盗等内容，改而搬演"扬州十日之屠，嘉定万家之惨"或"法兰西之革命，美利坚之独立"等中外历史事件，以鼓动风潮、开启民智，引发戏曲现代性变革和"现代戏曲"新文体的产生。"新剧"即西方话剧在中国的借鉴。以"写真""纪实"之新剧，张扬社会变革思想、国家民族观念和人类文明精神，推动中华民族共进于现代之世界，这些在《春柳社演艺部专章》、许啸天《编新剧宜扩充范围》、周剑云《挽近新剧论》等文中体现的思想精神，给中国戏剧带来有别于传统的"现代"价值观念，和"话剧"新文体在中国的创造。虽然西方话剧与民族戏曲之间有碰撞，但是，因为无论是改良戏曲还是创造新剧，都是"应新世界之潮流，谋戏剧之改良"①，二者就在社会变革和启蒙新民的思想上统一起来，并且论争还促使戏曲和话剧在比较

---

① 周剑云：《挽近新剧论》，《鞠部丛刊·剧学论坛》，交通图书馆 1918 年版，第 57 页。

中去探寻各自审美特质。这场戏剧运动改变了传统戏曲一元结构,它把"旧剧"和"新剧"组织在一个全新的戏剧系统里,为中国戏剧的发展开辟了新的道路。更重要的是,它促使中国戏剧与时代、现实和人产生深刻关联,与世界和世界戏剧产生深刻关联,开始了中国戏剧的现代化进程。

这一时期中国戏剧理论的现代建构,处于传统和现代杂然并存状态,其理论阐释在某些"点"上有突进,而整体性观念还有待深入。这是中国戏剧理论从传统转向现代的过渡期,现代性建构的萌芽期。然而尽管如此,它变革了中国古典戏曲着重曲学的理论体系和传统,给中国戏剧和戏剧理论带来现代性新质的思想、精神和审美形态。

(二)中国戏剧理论现代性的确立与发展:1918 年至 1949 年,新旧戏剧论争、"爱美的"戏剧、国剧运动、戏剧与时代、戏剧大众化与民族化、戏剧现实主义、戏曲改良、创造新歌剧、历史剧讨论、建立现实主义演剧体系等理论思潮。

清末民初戏剧运动为 20 世纪中国戏剧的发展开辟新路。但是由于诸种原因,到"五四"前后,整个剧坛又呈现出古典戏曲衰微、改良戏曲失败、文明新剧堕落的情形;而另一方面,因为"今欲革新政治,势不得不革新盘踞于运用此政治者精神界之文学"[①],因为戏剧较之其他文学样式更具社会效应,于是,《新青年》杂志 1918 年 6 月推出"易卜生号",10 月推出"戏剧改良号",力求通过激烈的戏剧革命来推进中国戏剧的现代化。

"五四"是中国历史上"思想界空前之大变动"的伟大时代。在当时新旧戏剧论争中,民族旧戏曲因其思想陈腐和形式僵化遭到批判,以易卜生为代表的西方现代戏剧,则因思想的深刻和艺术表现的别致而受到推崇。胡适的《"易卜生主义"》、周作人的《人的文学》等文章,反对蒙昧主义和封建专制主义,提倡个性解放和思想自由,张扬直面人生的现实批判精神,确立以人为本的价值观念,强调戏剧的文学性和艺术审美,给中国戏剧理论带来全新的现代性内

---

① 陈独秀:《文学革命论》,《新青年》第 2 卷第 6 号,1917 年 2 月。

涵。比较清末民初注重社会变革而强调戏剧的教化作用,"五四"着眼于文化和人,它在精神层面上强调借鉴西方现代戏剧的根本意义,注重以西方戏剧的现代精神作为中国戏剧现代化的方向。因此,虽然中国戏剧理论的现代化是从晚清开始的,但是现代性是在现代化过程中逐步获得的,故其现代性的真正形成是在"五四"时期。是这些理论观念真正在思想上、精神上确立了中国戏剧现代化之目标,促使中国戏剧理论真正步入"现代"。

陈大悲、汪仲贤等人由此展开"爱美的"(Amateur)戏剧运动。强调"爱美的"戏剧是民众的戏剧,是以人道主义为本,对于人生诸问题加以记录、揭示的带有社会问题色彩和革命精神的戏剧,是能使民众有"人的自觉"和理性意识,能使民众在娱乐中获得理想、意义和价值的戏剧。只是当时译介更多的是"思想家"的易卜生而非"艺术家"的易卜生,剧坛出现更多"问题"而少"剧"的创作,因此1926年前后,余上沅、赵太侔等人又发起"国剧运动",强调戏剧应该艺术地表现人生,强调戏剧是剧本、导演、表演、舞美等艺术门类的有机综合,强调民族戏曲具有独特的美学价值,强调戏剧注重世界性亦要有民族性,其理论思考补充、丰富了《新青年》派的戏剧观念。

是1927年之后逐渐强盛的革命浪潮改变了中国戏剧和戏剧理论的走向。从20世纪30年代的左翼戏剧、国防戏剧,到20世纪40年代的抗战戏剧、解放区戏剧,"戏剧与时代"成为人们讨论戏剧的中心话题。建立民众自身的阶级的戏剧,戏剧要为中华民族的生存而战斗,乃至强调戏剧要服务于具体的政治任务,"五四"所确立的人的戏剧,就与阶级的戏剧、民族的戏剧、政治的戏剧复杂地交织在一起,影响着戏剧和戏剧理论的现代化进程。

这一时期的话剧大众化民族化、戏曲改良、创造新歌剧等理论探讨,就是在上述背景下展开的。所谓话剧大众化民族化,就是话剧不仅题材内容要表现民众的斗争和劳动生活,要替民众呐喊并使民众自觉,其形式也要为民众喜闻乐见和具有民族风味。戏曲改良的核心是现代化,要变革戏曲内容使之适合现代的需要,把新内容装进旧形式而使形式发生质的变化,再适当借鉴新形式而使戏曲的艺术表现丰富有力,以新的思想、意境和结构赋予戏曲新的生命。新歌剧在中国的创造,侧重借用西方大歌剧形式、改造民族戏曲音乐、从秧歌基础上发展等皆有之,但更多人是站在"戏剧"立场,强调内容的现实性以反映时代精神,和形式的民族风格而使民众易于接受。如何发展中国话剧、戏曲和新歌剧?其中既有人的戏剧的追求,又有阶级的戏剧、民族的戏剧、政治的戏剧的渗透。关于历史剧的探讨亦是如此,有忠实于历史、借历史以影射、写历史以表现自我、以历史服务于现实等不同观念,然而主体是强调"历史的真实"与"艺术的真实"结合,历史题材也要具有现实性。

也正是因为人的戏剧与阶级的戏剧、民族的戏剧、政治的戏剧复杂交织,戏剧创作的现实主义成为一个重要问题。尤其是 1936 年前后关于曹禺的《雷雨》《日出》,1946 年前后关于夏衍的《芳草天涯》和茅盾的《清明前后》展开的论争,就戏剧创作的现实性、倾向性、真实性、典型性,不同论者从各自立场出发有尖锐的交锋。相对来说,"建立现实主义演剧体系"的讨论分歧较少。针对中国话剧舞台注重个人演技而缺少整体艺术创造,以及自然主义、形式主义、公式主义等演剧弊病,戏剧界借鉴苏俄斯坦尼演剧体系,阐释导演、表演、舞美在演剧中的团结协作和艺术创造,讨论演剧的内容与形式、内心与外形、体验与表现的关系,推动中国话剧舞台艺术走向成熟。

这一时期中国戏剧理论现代建构的突出特点,就是人的戏剧的现代性确立,以及人的戏剧与阶级的戏剧、民族的戏剧、政治的戏剧的复杂交织。总体来说,这一时期阶级的戏剧、民族的戏剧、政治的戏剧,站在被压迫者立场反抗现实黑暗,为普通民众争取生存的权利,与人的戏剧的现代性追求是大体一致的。而当阶级的戏剧、民族的戏剧、政治的戏剧"左"倾导致政治化、工具化,进而压倒人的戏剧时,中国戏剧和戏剧理论的现代化进程就遭受挫折。例如,民族化要求话剧主要接受戏曲遗产而导致对于"五四"戏剧的简单否定,现实主义强调"政治倾向"而出现反"人"去"真"情形,等等,都呈现出与"五四"戏剧精神的分野。

　　（三）中国戏剧理论现代建构的曲折进程：1949 年至 1976 年，关于戏曲改革，创建中国话剧演剧体系，"第四种剧本"论争，关于历史剧、新歌剧讨论，关于"社会主义戏剧"，以及"京剧革命"与"样板戏"等理论思潮。

　　1949 年，中国戏剧理论跟随中国社会发展进入一个新的历史阶段。一方面，这一时期戏剧理论与"五四"精神传统有着关联；另一方面，因为"明天的戏剧运动乃是今天各抗日民主根据地戏剧运动的扩大"①，这一时期戏剧的思想观念、价值取向等，更多是左翼戏剧理论和解放区戏剧理论的继承与发展。由此导致不同戏剧观念冲突的复杂情形。

　　戏剧"为政治""为工农兵"服务，戏剧"写政策""赶任务"，由于把战争年代形成的戏剧观念作为普遍原则推广，加上来自苏联的教条主义和庸俗社会学的影响，以及隔断与世界戏剧的联系，这一时期，在戏剧的题材描写、时代精神表现、人物形象塑造、戏剧工作者思想改造等方面，都出现"左"的倾向。特别是 20 世纪 60 年代之后，极"左"势力肆意扭曲戏剧和政治的关系，使得戏剧创作大都成为政治任务的简单图解，戏剧理论大都成为戏剧方针、政策的诠释。虽然在这期间，当社会政治生态比较清明时有过多次戏剧政策调整，但调整过后，它又随着"左"倾教条的横行而表现得更加猖獗，直至"文革"时期走向极端。

　　如此背景下的戏剧理论探讨就非常艰难。例如戏曲改革，既有正确的"三并举"方针，强调要分辨传统戏曲的人民性精华和封建性糟粕，认为对戏曲遗产任意否定、随便窜改的粗暴作风，和对戏曲遗产不加批判、不肯改革的保守观念都是错误的；也出现为政治服务而套用概念、主观编造的反历史主义，误解人民性而混淆鬼神与迷信、恋爱与淫乱、忠孝节义与封建意识，以及强调为政治服务而"以现代剧目为纲"等偏向。历史剧、新歌剧和话剧演剧体系的探讨也是这样。关于历史剧，主张历史真实与艺术真实的统一，主张历史剧必须

────────────

　　① 张庚：《论边区剧运和戏剧的技术教育》，《解放日报》，1942 年 9 月 11 至 12 日。

有历史根据而注重历史的真实性,主张历史剧是戏剧而注重艺术的真实性,等等,都是不同戏剧观念的争鸣;而姚文元的《评新编历史剧〈海瑞罢官〉》,抡起阶级斗争、路线斗争大棒,以莫须有的罪名进行批判即政治诬陷。新歌剧应该朝什么道路发展或提高? 主张借鉴西洋大歌剧形式而强调以音乐为主,主张新歌剧是民族的而强调以戏曲或秧歌剧为基础,并由此探讨其"音乐性和戏剧性的统一"都是有益的;而更多人坚持《白毛女》方向",乃是此前所强调的新歌剧"首先必须在思想上抓紧它的政治意义"①。20 世纪 50 年代初,中国话剧全面学习斯坦尼体系促进了演剧的正规化和科学化;1956 年,戏剧界结合斯坦尼体系和民族戏曲审美去创建中国话剧演剧学派也有深入探讨。然而到后来,某种程度上却成为以戏曲去否定和取代"体系",将创建"中国学派"与借鉴外国戏剧对立起来;甚至"样板戏"要建立"无产阶级革命演剧艺术理论",而对斯坦尼体系肆意攻击。

戏剧理论现代建构的曲折困顿,1957 年前后围绕"第四种剧本"的论争表现得最明显。刘川的《"第四种剧本"》等文章,阐释《布谷鸟又叫了》等剧作所内含的"写真实""文学是人学"等苏联"解冻"思潮观念,及其以"干预生活"姿态揭示现实矛盾并予以真实描写,从人道主义去关心人和写出真实的人等艺术探索。这些创作和理论在"双百"时期得到充分肯定,然而"反右派"运动之后都受到严厉批判。"五四"戏剧精神魂兮归来又黯然离去。

此后出现的"社会主义戏剧"理论、"京剧革命"和"样板戏"理论,就成为"左"倾政治的戏剧规范和教条。"社会主义戏剧"强调戏剧要反映社会主义时代的生活和斗争,要塑造具有共产主义思想的英雄形象来教育人民和配合政治,英雄形象塑造要舍弃那些为表现主题所不需要的"非本质的东西"而使之"理想化",戏剧表现要乐观、歌颂和赞美。"社会主义戏剧"的典型就是后来成为"样板戏"的"京剧革命"。在《谈京剧革命》等文章中,他们强调"以什么样的

---

① 冯乃超:《从〈白毛女〉的演出看中国新歌剧的方向》,《大众文艺丛刊》第 3 辑,1948 年 7 月。

人物作为主要人物标志着什么阶级占领舞台",所以把运用"三突出"原则,从阶级斗争和路线斗争角度,在舞台上塑造无产阶级革命英雄形象作为戏剧的"根本任务"。这些理论包含着斗争哲学、现代迷信等"文革"精神实质,导致戏剧专制主义、虚无主义,以及"高大全""假大空"流行,是现代戏剧理论发展中的逆流。

这一时期戏剧理论在艰难曲折中也有一些真理的闪光,但总体而言,现代戏剧理论所建构的精神传统被逐渐淡化乃至彻底消解。这是 20 世纪中国戏剧和戏剧理论的"失魂"。

(四)中国现代戏剧理论的复苏与重构:1976 年至 2000 年,"问题剧"讨论、"戏剧观"争鸣、话剧探索与变革、戏曲探索与变革、歌剧探索与变革、演剧探索与变革、关于小剧场戏剧、历史剧新探等理论思潮。

新时期戏剧理论发展是从思想解放开始的。当时整个社会进行的"真理标准"讨论,和从"阶级斗争为纲"向"现代化建设"转型,这股思想解放潮流,使戏剧理论从政治束缚下解脱出来获得自身的独立性,并在西方现当代社会思潮和戏剧思潮影响下走向开放、多元。中国戏剧理论其现代意识、价值观念正在复苏和重构。

首先从理论上拨乱反正的,是由《于无声处》等而进行的"问题剧"讨论。从这些创作中,可以看到戏剧界批判《部队文艺工作座谈会纪要》、批判"文革"戏剧"高大全""假大空",而对于"写真实""干预生活"的追求;以及针对某些剧作描写"问题"尖锐而少有生活和人的偏向,戏剧界对于"文学是人学"的重申和强调。接着是 1980 年前后,一方面是"戏剧危机"引起戏剧家的困惑、焦虑和探索,另一方面,是西方戏剧思潮强劲冲击促使中国戏剧变革以寻求新的创造,戏剧界在 1981 至 1986 年间,就戏剧的开放与变革、戏剧观念的更新与发展,围绕着话剧的"(现实主义)传统"与"反(现实主义)传统","写实"(或"幻觉""逼真性")与"写意"(或"非幻觉""假定性"),以及戏曲现代化与"横向借鉴"(借鉴西方现代派戏剧和电影、舞蹈等艺术)展开广泛争鸣,又拓展和丰富了戏剧观念。

20世纪80年代前期,中国社会政治"乍暖还寒","左"倾教条对戏剧横加干涉时有发生,然而毕竟改革开放和思想解放如大江东去势不可挡。这一时期文艺界关于人道主义、人性、异化、主体性等讨论,促进了戏剧"人学"理论的深化;西方戏剧和戏剧理论译介,尤其是现代主义向传统挑战的反叛精神、弘扬个性的自我意识和艺术创新的执着探索,激发了中国戏剧家的创新意识。例如,话剧的探索与变革。注重揭示人的生存、生命和人类共同的痛苦与欢乐,挖掘人的精神世界的丰富性和复杂性,传统现实主义的拓展与深化,西方现代主义的借鉴与探索,以及民族戏曲美学的"发现"与传承,戏剧家对于话剧表现社会、历史、人生等哲理层面,和艺术审美、舞台语汇等形式层面都有深入探讨。例如,戏曲的探索与变革。戏剧家主体意识和现代意识普遍加强,强调要站在时代精神制高点上去反映社会人生,要在传统唱念做打中糅进现代艺术思维和手段;还有论者强调戏曲表现社会人生,要在哲理深度、人性揭示、心灵开掘等方面给人以思想震撼力,要大胆借鉴现代派戏剧和电影、舞蹈等艺术,创造具有现代意味的艺术语汇。例如,演剧的探索与变革。无论是话剧还是戏曲,都强调导演要有主体创造意识,努力探寻有个性的演出形式和语汇,表现自己对于生活的理解、感受与评价。话剧演剧也强调表演意识,注重在观众注视下演员对角色的扮演,话剧舞美也强调"这是舞台"而向写意性、假定性拓展,戏曲演剧也注重将戏曲丰富的外部表现手段与斯坦尼挖掘人物内心方法相结合而使演出进入新境界等,都是对传统的革新和突破。关于历史剧,也超越对于历史真实与艺术真实关系的探讨,主张内容描写要突出戏剧家的主体意识和现代意识,形式表现要实现"剧"的解放,依神写貌"传历史之神",写人性人情"传人物之神",体现戏剧家真性情"传作者之神",从更多政治、道德的评价转向注重人的、审美的评价。中国戏剧和戏剧理论突破长期以来的封闭、僵化,不断拓展而走向深化、多元化。

20世纪90年代中国社会转型,戏剧和戏剧理论在政治与商业的夹缝中艰难生存；后现代、后殖民、新左派、新儒学解构"五四"现代精神，同样使戏剧和戏剧理论受到严重挤压。如这一时期话剧探索与变革中兴起的后现代戏剧，反叛传统、蔑视规则，消解、去中心、非同一性、多元论、解"元话语"、解"元叙事"，其探索在某些方面丰富了戏剧艺术表现；然而重表演、轻文本乃至消解戏剧文学，戏剧叙事注重现场、形式和身体，其演剧解构传统尖锐犀利，自身的精神建构和美学建构明显不足。再如关于小剧场戏剧。也有论者强调其探索性、实验性和对话意识、启蒙意识，但是，由于小剧场戏剧在中国（尤其是大陆）剧坛出现，主要是作为克服戏剧危机、探求戏剧生存的手段，故着重探讨观演关系、戏剧空间、表演真实感、艺术可能性等，忽略了精神内涵而使戏剧缺乏深刻性和生命力。歌剧在 20 世纪 80 年代不大景气也少有理论探讨，20 世纪 90 年代出现《张骞》《苍原》等优秀剧目，同时引发歌剧观念的论争。仍然是着重围绕两个问题：戏剧和音乐以谁为主？西洋式音乐和民族式音乐以谁为主？各种观点仍然交锋激烈，但是，以音乐为主导发展中国歌剧的观念逐渐成为趋势。它预示着中国歌剧和歌剧理论进入一个新的发展阶段。

新时期以来的戏剧理论，既有 20 世纪 80 年代现代意识、价值观念的复苏与重构，戏剧家主体意识和创造意识的觉醒，也有 20 世纪 90 年代艰难探索中的人文精神失落。中国戏剧和戏剧理论的现代化进程，就是这样充满生机也带着危机，进入一个新的世纪。

二、人学戏剧：戏剧理论现代建构的核心理念

尽管"现代建构"的阐释框架有本质主义的整合倾向，但是，它把握住了 20 世纪中国戏剧理论最基本、最重要的方面；也尽管"现代性"阐释是西方理论，但是，20 世纪中国戏剧理论是从自身现代化需要出发去建构的。

中国戏剧理论的现代建构是动态的、发展的，它从萌芽、建构到曲折、重构，有不同的现实指向、理论侧重和争论焦点，然而贯穿其中的核心理念是突

出的:"人的戏剧"或曰人学戏剧。因为衡量戏剧优劣高下的价值评判是"人":
戏剧的描写中心是人的生存、生命和思想情感,戏剧的本质是人的本质力量的
自由的、想象性的对象化和确证,戏剧的功能是为了实现人的自由全面的发
展。20 世纪中国戏剧和戏剧理论现代化,是中国社会现代化事业的重要组成
部分。而社会现代化、戏剧和戏剧理论现代化的出发点与最终目的,都是为了
人的发展,即人的现代化。只是在不同历史阶段,人学戏剧其内涵有不同体现
或演变。

清末民初因为救亡图存,运用戏剧去变革社会和开启民智成为主导观念。
梁启超、柳亚子等人发起戏曲改良,是要借此"运动社会、鼓吹风潮",希冀"他
日民智大开,河山还我,建独立之阁,撞自由之钟"[①]。王钟声等人创建春阳社,
呼应在日本创建春柳社的陆镜若、欧阳予倩等中国留学生,借鉴西方戏剧创造
新剧,也是看重戏剧为"开通国民之利器",希望借演剧"唤起沉沉之睡狮","以
期各社会之进于道德,救祖国于垂亡之日,拯同胞于水火之中"。[②] 改良戏曲和
创造新剧,都将戏剧与社会变革紧密结合起来。

梁启超、柳亚子、王钟声等人的民族国家现代性想象,促进了中国戏剧和
戏剧理论现代性的初步建构。然而由于这一时期戏剧建构的焦点是救亡图
存,所以它更多与社会政治相联系,其启蒙新民也是着眼于、依附于政治变革
的内涵。因此,尽管其"国家"概念已经从封建传统"天下"体系中剥离出来,而
努力成为参与世界的"现代民族国家",但是,强调民族国家的现代建构而忽视
人的现代建构,夸大戏剧左右社会的作用而忽视其涵养人心的功能,救亡图
存、开启民智与文以载道、经世致用相混杂,呈现出明显的"过渡"形态。

晚清以来中国向西方寻求真理,先后经过洋务运动注重"器物"、戊戌变法
和辛亥革命注重"制度"的失败,先驱者才始"从文化根本上感觉不足",而"渐

---

① 亚卢(柳亚子):《〈二十世纪大舞台〉发刊词》,《二十世纪大舞台》第 1 期,1904 年 10 月。
② 沈仲礼、马相伯、王熙普(王钟声):《春阳社意见书》,1907 年 10 月 15 日天津《大公报》。

渐要求全人格的觉悟"①。表现在戏剧上,就是伟大的"五四"运动带来"人"的发现和"人的戏剧"。胡适的《"易卜生主义"》和周作人的《人的文学》是经典。胡适批判"社会最爱专制,往往用强力摧折个人的个性,压制个人自由独立的精神",赞同易卜生"主张个人须要充分发达自己的才性,须要充分发展自己的个性"②;周作人强调文学和戏剧要有人道主义,即"个人主义的人间本位":"从个人做起。要讲人道,爱人类,便须先使自己有人的资格,占得人的位置"③,都强调人的个体独立,关注人的生存和生命,重视人的尊严和价值,维护人的权利和自由,其"人"的发现,酿成"人的戏剧"汹涌大潮且影响深远。陈大悲发起"爱美剧"运动,要用"人的戏剧"疗治"人民精神上的饥荒",以"顺应时代思潮""合乎世界戏剧正轨";郭沫若创作历史剧,强调"女子和男子也同是一样的人";欧阳予倩开展"民众剧"运动,注重表现"现代人的情绪和思想",让民众"在精神上有所获得";程砚秋批评戏曲演剧"开心取乐",认为"一切戏剧都要求提高人类生活目标的意义";熊佛西实验"农民戏剧",主张写"向上意识的题材",使农民成为"生活意识向上的人"等等④,这些都是张扬关于"人""人与社会""人与世界"的思想意识和价值观念,是"人的戏剧"的扩展和深化。

　　人是整个社会的主体,故鲁迅强调"立国"首在"立人"⑤。"五四""人"的发现,意味着长期以来在封建传统束缚、压抑下的中国人,首先在思想上、精神上摆脱奴役而站立起来。"五四""人的戏剧"反对封建专制和蒙昧主义,提倡个体独立和思想自由,它将戏剧与人、与人的个性解放、与人的精神发展结合起

---

　　① 梁启超:《五十年中国进化概论》,《梁启超文存》,江苏人民出版社 2012 年版,第 252 页。

　　② 胡适:《"易卜生主义"》,《新青年》第 4 卷第 6 号,1918 年 5 月。

　　③ 周作人:《人的文学》,《新青年》第 5 卷第 6 号,1918 年 12 月。

　　④ 分别见陈大悲《关于爱美剧的通信》(《戏剧》第 1 卷第 5 期,1921 年 9 月),郭沫若《写在〈三个叛逆的女性〉后面》(《三个叛逆的女性》,光华书局 1926 年版,第 4 页),予倩《戏剧改革之理论与实际》(《戏剧》第 1 卷第 1 期,1929 年 5 月),程砚秋《我之戏剧观》(《剧学月刊》第 1 卷第 1 期,1932 年 1 月),熊佛西《中国戏剧运动的新途径》(《自由评论》第 4 期,1935 年 12 月)。

　　⑤ 鲁迅:"国人之自觉至,个性张,沙聚之邦,由是转为人国。"(《文化偏至论》,《鲁迅全集》第 1 卷,人民文学出版社 1981 年版,第 56 页)

来,从根本上确立了中国戏剧和戏剧理论的现代性建构,促使中国戏剧和戏剧理论真正步入"现代"。这种具有全新人文内涵的理论观念虽然晚清已有萌芽,然而,它是在"五四"时期最终确立并成为戏剧界的普遍理念。

胡适《"易卜生主义"》论述《新青年》同人所信奉的"健全的个人主义",强调两点:"第一,须使个人有自由意志。第二,须使个人担干系,负责任。"周作人《人的文学》阐释"个人主义的人间本位",同样强调"要顾虑我的运命,便同时须顾虑人类共同的运命"。因此,当20世纪三四十年代中国社会遭遇尖锐的阶级斗争和民族矛盾,人的戏剧就与阶级的戏剧、民族的戏剧,个体意识就与群体意识复杂地交织着。

左翼戏剧宣称"与个人主义相对抗,而要求社会的集团生活之实现",故要"建立民众自身的阶级的戏剧",以"组织自己阶级的感情,抒扬自己阶级的意欲"①。国防戏剧号召个人"要为民族独立自由而奋斗,他的命运是和整个民族的命运分不开的"②。在抗日战争中,戏剧和戏剧家要成为"民族解放战争的整个文化兵团"的一部分,并且是"站在战斗最前列,作战最勇敢,战绩最显赫的部队"③。都显见个体意识与群体意识的消长。然而必须指出,这里的"群体"是包含着"个体"的自由意志和生存生命的。它是觉醒了的"人",为了民族的独立和自由,也为了个体的生命和尊严,而以戏剧为国家民族而战。因此不仅是左翼戏剧家,即便是追求艺术甚至有些唯美的欧阳予倩,此时也主张:"被压迫的大众正在要求解放和自由",戏剧应当成为"为大众求解放的艺术"。④ 也正是在这个意义上,周扬指出,五四"'人的自觉'是正符合于当时中国的'人民的自觉'与民族自觉的要求的"⑤。

---

① 参见沈起予《演剧运动之意义》(《创造月刊》第2卷第1期,1928年8月),冯乃超《中国戏剧运动的苦闷》(《创造月刊》第2卷第2期,1928年9月)。

② 张庚:《一九三六年的戏剧——活时代的活纪录》,《光明》第2卷第2号,1936年12月。

③ 夏衍:《戏剧抗战三年间》,《戏剧春秋》创刊号,1940年11月。

④ 予倩:《演〈怒吼罢中国〉谈到民众剧》,《戏剧》第2卷第2期,1930年10月。

⑤ 周扬:《对旧形式利用在文学上的一个看法》,《中国文化》创刊号,1940年2月。

　　大体来说,这一时期戏剧理论关于人的现代建构和民族国家的现代建构是基本一致的,但是也有冲突。此即政治救亡与思想启蒙的矛盾。最尖锐的,是为了社会政治而压抑个人和个性,为了"阶级性和党派性"的"政治倾向",而批判作家的"主观精神"和描写人情人性等所谓"非政治倾向"①。1945 年至1946 年关于"非政治倾向"的论争,是长期以来个体与群体、戏剧与政治矛盾累积的爆发。此外,如大众化强调戏剧家思想立场改造而导致其主体性消解等,在戏剧和戏剧理论中也逐渐显现出来。

　　1949 年之后,中国戏剧理论经历了一个从"人的戏剧"到"人民的戏剧"的发展过程。在初始阶段,即如戏曲"人民性"是"表现了人民的思想、人民的感情、人民的愿望"②,话剧界学习斯坦尼演剧体系是为了塑造"真实的人"③,"人民的戏剧"与"人的戏剧"在相当程度上是重合的。然而不久,随着戏剧"为政治""写政策""赶任务",尽管其中也有"人"(人民),然而这里的"人"(人民),已经变成被抽空人的丰富内涵、压抑人的个体意志的政治符号。所以逐渐地,戏剧家不再有自己的思考而成为政治理念的传声筒,剧中人物没有自己的个性而成为某个阶级的"典型",戏剧作品也就成为对于政治的公式化、概念化图解。与此同时,是"左"倾思潮对"个人主义""人道主义""人性""人情"的批判。

　　难能可贵的是,在社会渐趋"左"倾的环境下,五四"人的戏剧"精神仍有延续。1956 年前后,"第四种剧本"创作群重申"文学是人学",主张创作要写"在生活中感受最深的人和事件",要透过"人的思想、感情、个性"去表现社会人生④。1962 年在全国戏剧创作会议上,周恩来提出"要破除新的迷信,再一次解放思想",强调戏剧创作不能"没有主见";陈毅提出创作不能用"集体"排挤

————————

　　① 参见荃麟《略论文艺的政治倾向》(1945 年 12 月 26 日《新华日报》),王戎《"主观精神"和"政治倾向"》(1946 年 1 月 9 日《新华日报》)。
　　② 周扬:《在全国戏曲剧目工作会议上的讲话》(1956),《周扬文集》第 2 卷,人民文学出版社 1985 年版,第 396 页。
　　③ 于是之:《我怎样演"程疯子"》,《人民戏剧》第 3 卷第 1 期,1951 年 5 月。
　　④ 杨履方:《关于〈布谷鸟又叫了〉的一些创作情况》,《剧本》1958 年 5 月号。

"个体"，戏剧家"要表现他的个性，表现他的思想"①。遗憾的是，这些观念很快遭到批判或压抑。1964 年之后的"社会主义戏剧""京剧革命"和"样板戏"，要求戏剧家"思想革命化"，要求戏剧创作从阶级斗争和路线斗争角度塑造"高大完美"的无产阶级英雄形象，它以政治化取代现代化，戏剧家丧失了主体性和创作个性，戏剧中以"神"或"鬼"取代了"人"。中国戏剧和戏剧理论的现代化进程被彻底阻断。

直到进入新时期，中国戏剧理论才又回归到人学戏剧的道路上来。重新建构"人的戏剧"的现代意识和价值观念，成为戏剧理论返本开新的最重要内容。

新时期伊始，呼唤人和人道主义，关注人的价值和尊严，成为时代的最强音。当时围绕"问题剧"展开的关于戏剧与政治、写真实、干预生活等探讨，正是"人"的重新发现，促使戏剧家从蒙昧中苏醒过来，并深化其对于历史和现实的反思与批判。《狗儿爷涅槃》和《曹操与杨修》是这一时期话剧、戏曲最好的创作。刘锦云说："常常令我激动不已的是农民父老兄弟的命运的变化，是历史和现实形成在他们身上的已成为性格血肉的特质，以及由此而敷衍出来的或悲或壮、亦悲亦壮的故事。"②陈亚先也是"力图写出曹操和杨修这两个主人公的伟大和卑微，透过这两个灵魂去思索我们的历史"③。都可见戏剧家对于"人的戏剧"的执着探索。舞台演剧也是这样：林连昆饰演狗儿爷，尚长荣饰演曹操，都强调不演"性格"而要演"人"④。甚至舞美设计，也要求成为"艺术家或剧中人的精神形态的外化"，要"具有人的精神的规定性"⑤。"人的戏剧"再一

①　分别见周恩来《对在京的话剧、歌剧、儿童剧作家的讲话》(《文艺研究》1979 年第 1 期)，陈毅《在全国话剧、歌剧、儿童剧创作座谈会上的讲话》(《文艺研究》1979 年第 2 期)。

②　锦云：《我的思考》，《剧本》1987 年 1 月号。

③　陈亚先：《莫愁前路无知己——〈曹操与杨修〉创作札记》，1989 年 1 月 26 日《解放日报》。

④　参见林连昆《关于"狗儿爷"的创造》(1987 年 1 月 4 日《光明日报》)，尚长荣《一个演员的思索——从〈曹操与杨修〉的人物塑造谈京剧表演艺术的"内功"与"外功"》(1995 年 12 月 12 日《光明日报》)。

⑤　王朝闻：《虚实相生——漫谈戏曲舞台艺术》，《舞台美术与技术》1981 年第 2 期。

次成为中国戏剧界的普遍追求。

不同的是,"五四"时期"人"的发现,更多注重人与社会的关系,要求社会肯定人的价值和权利。新时期"人"的重新发现,一方面是通过对自我的肯定而获得人的本质的实现;另一方面,是因为认识到人不能实现自身价值的局限正在于人自身,故同时也在反思人,去探求人和人性的复杂性。刘锦云说:"生活中的人是'多面'的,我力求写出复杂的灵魂"——"一个有着人的喜怒哀乐的'狗儿爷'","一个作为'人'的地主"①;陈亚先创作《曹操与杨修》,同样是要"把真诚的人性还给剧中人。于是,恃才傲物的杨修常有莫名惆怅,杀人掩过的曹操无限悲伤"②。不光注重人与社会的关系,更注重人性和人本体的探索,因而具有更多的生命深度和人性深度。这是戏剧人学的深化。

与此相联系,是新时期的戏剧人学探索突显出戏剧家的主体创造精神。"五四"时期,中国戏剧家的主体意识和创造意识已有萌芽;然而由于特殊的社会历史情境,长期以来,戏剧家的主体性得不到伸张,在极"左"年代甚至被批判。新时期的"五四"精神回归和"主体性"论争,戏剧家的主体创造意识觉醒和强化。不仅是剧本创作,长期"保守"的舞台演剧都要体现戏剧家的人生体验、生命感悟和对现实的独到发现。近百年来,中国话剧和戏曲舞台已形成基本固定的演剧样式。而这一时期,无论是话剧还是戏曲,导演都不再满足于在舞台上复述剧本,而要努力成为演出的作者,"他们强烈地要求在演出中表述自己对生活的理解,表述自己的主观感受……努力用当代的价值观念来解释剧本和人物,用自己的价值观念重新审视剧作家(包括中外经典作家)对于生活的评价,并遵循自己所追求的艺术观念,用自己的形式去表现"③。舞台演剧走向不同的剧场形态、演出样式、舞台语汇竞争共存的多元格局。

---

① 锦云:《生活不负我》,《戏剧报》1987 年第 6 期。

② 陈亚先:《忘不了那"千夫叹"——〈曹操与杨修〉创作小札》,《剧海》1989 年第 5 期。

③ 徐晓钟:《导演创造意识的觉醒——近年来话剧导演艺术的某些成就与不足》,《戏剧报》1986 年第 11 期。

20 世纪 90 年代以来,一方面"人的戏剧"重构仍在继续,戏剧对于时代、现实和人,还保持着精神追求和人文关怀;另一方面,因为社会转型和人文精神萎缩,"人的戏剧"在"左"倾思潮和市场经济的夹缝中困顿消沉。一是后现代追求所谓"非文本戏剧",重表演、轻文本乃至消解戏剧文学,将人学弱化;一是商业戏剧沉迷于寻欢偷情、夫妻吵架、吃喝拉撒等所谓"普遍人性",将人学庸俗化。人学戏剧又遭遇严重危机。

然而毋庸置疑,"五四"确立的"人的戏剧"核心理念,是有关戏剧根本性的价值观念。它体现了 20 世纪中国戏剧的思想意识和精神状态,也是引领未来中国戏剧发展之根本。

三、中国戏剧理论现代建构的主要维度

以"人的戏剧"为核心的 20 世纪中国戏剧理论,具体来说,其现代性建构主要有五个维度:个性解放思想、启蒙理性意识、现实批判精神、真实性原则和戏剧艺术自觉。中国戏剧理论着重从这些方面建构了现代性基本观念。

(一)个性解放思想。人学戏剧之"人",作为个体概念,是指每一个具体的个人和个体生命。从个体角度关注人的个性和人性,关注人的生存和生命,是在"人"的层面上对人类诸个体的价值认同和深度关怀。是个性解放、个人主义。马克思说:"每个人的自由发展是一切人的自由发展的条件。"[①]人类解放的最终目标,是与对个体生命的尊重和珍视,与健全、发展个体人性完全一致的。

个性解放是在西潮冲击下,"五四"对于"个人的发现"而形成的思想潮流。中国传统伦理本位的"君臣父子"体制,导致社会压抑、抹煞个人的立场和情感,人们也似不为自己而存在,没有个人观念。正是在这个意义上,"五四运动

---

① [德]马克思:《共产党宣言》,《马克思恩格斯选集》第 1 卷,人民出版社 1995 年版,第 294 页。

的最大的成功,第一要算'个人'的发现"。①胡适的《"易卜生主义"》张扬"健全的个人主义",周作人的《人的文学》主张"个人主义的人间本位"等,"颇能引起一班青年男女向上的热情,造成一个可以称为'个人解放'的时代"②。个性解放因此成为五四"人的戏剧"的主要目标且影响深远。

首先,个性解放要求戏剧呼唤人的觉醒,肯定人的价值,维护人的自由、尊严和权利。20世纪中国戏剧关注普通民众的生存和生命就是从这里着眼的。而在封建传统深厚的中国,使女子同样成为"人"更是个性解放之急切。"女人在精神上的遭劫已经有了几千年,现在是该她们觉醒的时候了呢。她们觉醒转来,要要求她们天赋的人权,要要求男女的彻底的对等。"③然而至20世纪中期,戏剧家看到视女性为私有物等"旧社会遗留下来的污点,还残留在一些人的身上",从而再次为女性"人的尊严"和"人的地位"奋力呐喊④。其次,是戏剧应该维护人的个性发展和人性的完整。如20世纪30年代实验农民戏剧,鼓励农民做"生活意识向上的人":"他尽人生应尽的义务,他享人生应享的权利;他不是一个压迫人的人,也不是一个被人压迫的人"⑤;新时期以来,戏剧家关注那些"不完整"的普通人努力成为"完整意义上的人",关注那些"受到扭曲的人"追求"重建自己理想"等,⑥都是戏剧对于人的个性发展、人性完整的维护。同样地,戏曲改良删除那些野蛮的、迷信的、恐怖的、猥亵的、奴化的内容和表演形式,也是为了人的个性、人性的健全和完善。再次,戏剧要捍卫个体的主体性和个人的自由发展。"人的戏剧"在20世纪的中国,常常在个体与集体矛

① 郁达夫:《导言》,《中国新文学大系1917—1927·散文二集》,良友图书印刷公司1935年版,第5页。
② 胡适:《导言》,《中国新文学大系1917—1927·建设理论集》,良友图书印刷公司1935年版,第30页。
③ 郭沫若:《写在〈三个叛逆的女性〉后面》,《三个叛逆的女性》,光华书局1926年版,第2页。
④ 杨履方:《关于〈布谷鸟又叫了〉的一些创作情况》,《剧本》1958年5月号。
⑤ 熊佛西:《中国戏剧运动的新途径》,《自由评论》第4期,1935年12月。
⑥ 参见《访问〈W·M(我们)〉的作者》(《剧本》1985年8月号),李龙云《人·大自然·命运·戏剧文学——〈洒满月光的荒原〉创作余墨》(《剧本》1988年1月号)。

盾中艰难前行。所以一方面,胡适等《新青年》同人信奉的"健全的个人主义",其"小我"存在以"大我"为依归,重视个体生命价值也不忘记个人的社会价值;另一方面,因为"立国"首在"立人",故又着力捍卫个体的主体性和个人的自由发展。即便在政治"左"倾的 20 世纪 60 年代,陈毅《在全国话剧、歌剧、儿童剧创作座谈会上的讲话》中,仍然强调"离开了个人,就没有什么集体……每个个人是健全有力的,这个集体就更有力"。

现代性结构的根本是"个人",个体的生成可以视为现代性的标志。确立个人本位,尊重个人的主体性,实现个人的自由和权利、价值和尊严,让每个人的个性得到全面充分的发展,是"人"的现代化,也是"人的戏剧"现代化最基本的追求。

(二)启蒙理性意识。个性解放是戏剧现代性建构的基本维度,然而,"中国现社会底第一重大病,就是一般人没有'人的自觉'……第二重大病,就是'理性'不发展……由这两种大病,又生出无算的小病,于是乎倚赖皇帝,倚赖英雄伟人,倚赖天……迷信鬼神,迷信命运……不相信科学,不相信人力"①。此乃封建传统对人的束缚和扼制。而 20 世纪中国特殊的社会历史情境,又经常出现以集体抹煞个人,乃至产生现代迷信、思想僵化和新蒙昧主义的情形。因此,个性解放必须经过现代理性启蒙才能得以实现。

中国戏剧在晚清世纪之交从传统向现代转型,无论是改良戏曲"大声疾呼,而唤醒国民于梦中"②,还是创造新剧怀抱着"开通风气,启迪民智之大宗旨"③,其"唤醒国民"和"启迪民智",都是着眼于戏剧的启蒙理性意识。"五四"时期,胡适、周作人张扬"健全的个人主义"和"个人主义的人间本位",更是针对国人没有"人的自觉",而强烈呼唤个性解放和思想自由,启发人们摆脱封建专制的奴役,维护个人的权利和尊严,把个人从传统社会的束缚中解放出来,

---

① 蒲伯英:《戏剧要如何适应国情?》,《戏剧》第 1 卷第 4 期,1921 年 8 月。
② 佚名:《编戏曲以代演说说》,1902 年 11 月 11 日天津《大公报》。
③ 剑云:《新剧平议》,《繁华杂志》第 5—6 期,1915 年 2—3 月。

把个人的思想从封建观念的束缚中解放出来,强调以理性去启蒙新民。

"五四"启蒙理性意识因此成为戏剧界的普遍信念,并且产生了世纪性的巨大影响。此后尽管中国社会现代化和戏剧现代化时有受挫,但启蒙理性意识不绝如缕。即便是日渐"左"倾的 20 世纪 50 年代,"第四种剧本"创作群面对"集体""革命"种种压力,仍然坚持现代意识而捍卫"人的尊严"和"人的地位"。"五四"启蒙理性意识的渗透,使得历史剧创作也着眼于运用理性去拓展人们的精神空间:"只要封建主义的余毒还在中国残存,只要人类的精神领域还有须要净化的积垢,我们就还有充分的权利和义务来发掘历史的真实。"[1]新时期以来,强调戏剧要启个性解放之蒙,启个体主体性之蒙,从而使人告别奴隶、愚昧、麻木、迷信状态,以促进人的觉醒和人的现代化,更是成为戏剧理论现代建构的重要基础。

(三)现实批判精神。人学戏剧的现实批判精神,同样出于使人的个性得到解放,实现人的自由发展的目的。这是同情与批判兼重的人道主义精神。正是因为同情和维护人的自由、尊严及权利,才批判那些束缚、压抑人与人性的现实丑陋。即马克思所说,"人的根本就是人本身","必须推翻那些使人成为受屈辱、被奴役、被遗弃和被蔑视的东西的一切关系"[2]。

戏剧家因此强调戏剧对于封建传统和现实黑暗的批判。20 世纪 30 年代曹禺创作《日出》,启发人们思考:"为什么有许多人要过这种'鬼'似的生活呢?难道这世界必须这样维持下去吗? 什么原因造成这不公平的禽兽世界? 是不是这局面应该改造或者根本推翻呢?"20 世纪 60 年代陈仁鉴创作《团圆之后》,是要探究"封建社会最讲究的是五伦,表面上把它看得最重,而骨子里却表现得最糟";20 世纪 80 年代徐晓钟等创作《桑树坪纪事》,着眼于反思"捆束桑树坪人的三根绳索:封建主义的蒙昧,极'左'思潮和习气以及物质生活的贫穷。

---

① 夏衍:《历史剧所感》,《文章》第 2 期,1946 年 3 月。

② [德]马克思:《〈黑格尔法哲学批判〉导言》,《马克思恩格斯全集》第 1 卷,人民出版社 1979 年版,第 460—461 页。

它使桑树坪人盲目而麻木地相互角逐和厮杀，制造着别人的也制造着自己的惨剧"等①，都是从"人"出发，反思和批判种种压抑人与人性的封建传统与现实黑暗，呼唤社会公正和民主，呼唤人们摆脱封建束缚和现实压迫，实现社会现代化和人的现代化。

人学戏剧其现实批判精神的另一个层面，就是对于"国民劣根性"和人性阴暗面的反思与批判。20世纪20年代欧阳予倩开展"民众剧"运动，在看到"伟大的力量在民众的血液中潜伏着"的同时，也看到民众身上"习惯的缺点，因袭的惰性"，强调戏剧"应当把这些因袭的恶毒痛加扫除"②；20世纪80年代陈亚先创作《曹操与杨修》，反思"中国人为什么要相互倾轧，力量抵消？"姚远创作《商鞅》，思索商鞅变法"他的法的成功和人的悲剧命运，正是我们这块文化土壤上特有的东西"③等，都是指向"国民劣根性"或人性阴暗面。不仅要批判"国民劣根性"或人性阴暗面妨碍人的个性解放和思想自由，而且像姚远在文章中指出的，还要批判"国民劣根性"或人性阴暗面使"中华民族前进的步履是那么艰难"。

此即鲁迅主张的"社会批评"和"文明批评"。20世纪中国戏剧理论在精神领域里保持着对于社会人生的批判性思考，体现出民族自强精神与民族自我批判精神的统一。

个性解放思想、启蒙理性意识和现实批判精神，是20世纪中国戏剧理论走向现代的最强烈、最鲜明的文化特征，给中国戏剧理论注入深刻的精神内涵。当然，戏剧精神内涵不能离开戏剧审美现代性，否则无法得到充分表达。戏剧审美现代性将戏剧的社会功能和审美特性统一起来，主要有两个层面：审

---

① 分别见曹禺《〈日出〉跋》(《日出》，文化生活出版社1936年版，第32页)，陈仁鉴《关于〈团圆之后〉的写作与修改问题》(《热风》1962年第4期)，徐晓钟《在兼容与结合中嬗变——话剧〈桑树坪纪事〉实验报告》(《戏剧报》1988年第4—5期)。

② 予倩：《演〈怒吼罢中国〉谈到民众剧》，《戏剧》第2卷第2期，1930年10月。

③ 参见陈亚先《莫愁前路无知己——〈曹操与杨修〉创作札记》(1989年1月26日《解放日报》)，江宛柳《军队剧作家姚远访谈》(《剧本》1997年4月号)。

美体验现代性——真实性原则;审美表现现代性——戏剧艺术自觉。它同样
是"人"之主体性的重要体现。

（四）真实性原则:审美体验现代性。一切艺术都追求真实,人学戏剧更
强调将社会人生真实地呈现出来。20世纪初,改良戏曲着眼于"戏就譬如一面
镜子"可"描摹社会上的现状",创造新剧注重描写社会"必也——写真,——纪
实"①等,都可见戏剧家对于社会人生体验真实性的追求。稍后兴起的新歌剧
同样如此。

20世纪中国戏剧和戏剧理论的真实性,首先,是撕掉封建传统的"瞒和骗"
而直面社会人生。即胡适《"易卜生主义"》所说,"人生的大病根在于不肯睁开
眼睛来看世间的真实现状",现代戏剧必须"把社会种种腐败龌龊的实在情形
写出来叫大家仔细看"。打破"团圆"迷信,揭示生存困境,因此成为20世纪中
国戏剧家体验社会人生的基本要求。即使是20世纪50年代日渐"左"倾,"第
四种剧本"创作群仍然坚持"对生活的忠实","尊重生活本身的规律"而"让思
想服从生活"②。其次,是外在真实与内在真实的化合。抗战时期戏剧表现社
会人生,曾出现摄影主义、公式化、形式主义等弊端,戏剧家因而强调,"必须深
刻地观察与研究各种的生活、各式各样的情绪",应该"从性急的呼喊到切实的
申诉,从拙直的说明到细致的描写,从感情的投掷到情绪的渗透","真实地从
浅俗的材料中去提炼惊心动魄的气韵"而达致"诗与俗的化合"③。既要描写社
会人生"俗"层面的外在真实,更要挖掘社会人生"诗"层面的内在真实。再次,
是客体真实与主体真实的统一。真实既是审美客体的属性,也是审美主体的
属性,故"强调作者的主观精神紧紧地和客观事物溶解在一起"④。戏剧家作为

---

① 分别见幼渔(马裕藻)《论戏曲宜改良》(1904年7月27日《宁波白话报》),健鹤《改良戏剧之计
画》(1904年5月30—31日、6月1日《警钟日报》)。
② 黎弘(刘川):《"第四种剧本"——评〈布谷鸟又叫了〉》,1957年6月11日《南京日报》。
③ 参见胡绳《迅速地、具体地反映现实》(《抗战戏剧》创刊号,1937年11月),夏衍《于伶小论》
(《长途》,桂林集美书店1942年版,第214页)。
④ 王戎:《从〈清明前后〉说起》,1945年12月19日《新华日报》。

审美主体,要有真实深刻的人生体验、生命感悟和对于现实的独到发现。既写出审美对象的真实,又要有戏剧家主体之真实。

真实性原则还有三点值得注意:一是不仅话剧及歌剧讲求真实,戏曲同样强调真实。戏曲家常说"假戏真唱""假里透真""以神传真",可见戏曲同样注重"生活的真实",只是必须通过"戏曲表演的特殊手段",表现为"戏曲艺术的真实"。[①] 二是现实主义和现代主义的真实性问题。20世纪中国戏剧和戏剧理论在相当长时期,由于社会历史和文化心理因素,着力张扬现实主义的真实性。直到新时期才注重现代主义,由外在社会的真实深入心灵世界的真实,构成戏剧真实的多样形态。三是同样由于特定的社会历史情境,长期以来,历史剧更多强调"历史的真实"或"历史的真实与艺术的真实的统一"。20世纪80年代逐步拓展为讲求"传历史之神",更多强调"艺术的真实"。

(五)戏剧艺术自觉:审美表现现代性。现代性强调"自主性的艺术",要求戏剧摆脱工具论和附庸地位,肯定戏剧的审美本性,实现人的独立创造精神,探索戏剧自身的艺术规律。中国现代戏剧的艺术自觉着重两点:戏剧文体革新和戏剧本体探讨。

从某种意义上说,20世纪中国戏剧和戏剧理论发展的历史,也是戏剧文体革新的历史。从晚清世纪之交,古典戏曲蝉蜕和现代戏曲兴起,借鉴西方戏剧创造中国新剧(话剧)与歌剧,以及现代戏曲、现代话剧、现代歌剧在20世纪中国剧坛的演变,例如关于戏曲现代化,关于话剧、歌剧在中国民族现实和民族戏剧传统中发展,关于戏剧现实主义和现代主义,关于话剧、戏曲、歌剧舞台演剧变革等探讨,这些戏剧理论思潮,都是探索戏剧通过情节、结构、叙事等表达方式与文本形式,尤其是通过写人(丰满的、有深度的戏剧形象),将戏剧家对于社会人生的深层结构的发现转化为审美结构的艺术创造。一方面,形式是内在含义的外现,戏剧文体革新必须根据表现现代中国社会和现代中国人思

---

① 阿甲:《生活的真实和戏曲表演艺术的真实——谈舞台程式中关于分场、时间空间的特殊处理等问题》,《戏曲研究》1957年第1期。

想感情的内在需要;另一方面,形式也是规定艺术之为艺术的东西,戏剧文体革新,又体现出戏剧追求表达方式和文本形式的独创性,充分发挥戏剧创造的个性色彩。

戏剧本体的探讨,同样体现出戏剧理论走向自身,走向自律,走向自主性。清末民初,王国维从"意境""悲剧"等角度评价宋元杂剧的艺术创造,提出"以歌舞演故事"的戏曲概念;吴梅从读曲、唱曲、制曲等角度,对戏曲文辞、音律、声腔、歌唱进行论述;齐如山对于戏曲身段、表情、唱腔、行头、脸谱等剧场艺术的研究等,奠定了关于戏剧本体探讨的基础。此后戏曲研究,如张厚载关于戏曲的虚拟性、程式化和乐本体,徐凌霄关于京剧文学是"戏台上的文学",阿甲关于戏曲也注重生活真实,但要运用分场、程式、虚拟等特殊表演手段去表现,何为关于音乐在戏曲中起着刻画人物、渲染氛围、调谐节奏的作用,要充分发挥音乐艺术的抒情性、叙事性、节奏性功能,范钧宏关于戏曲语言是通过唱、念为程式化、虚拟化、节奏化表演服务的,应该具有文学性、音乐性和舞台性;话剧研究,如梁实秋关于不能"把戏剧的艺术与舞台的技术混为一谈",欧阳予倩关于戏剧要有永久性、普遍性的思想情感,但"应当拿思想渗润在艺术里面",郭沫若关于"历史研究是'实事求是',史剧创作是'失事求似'",高行健关于剧场性、假定性和娱乐性;歌剧研究,如黄源洛关于"歌剧应以音乐为主",金湘关于歌剧要处理好音乐与戏剧、声乐与器乐、咏叹调与宣叙调关系;演剧研究,如张庚关于各种艺术在戏剧中综合是"演员艺术在其中做着媒介",焦菊隐关于"心象"与形象;中外比较研究,如余上沅、徐慕云关于中国戏曲"写意"和西方话剧"写实",叶秀山关于话剧"真中有美"和戏曲"美中有真"等,都有深刻独到的阐释。

现代戏剧是人的戏剧,又是审美的戏剧。20世纪中国戏剧理论的上述现代性建构维度,它们各有侧重又相互联系,共同促进中国戏剧和戏剧理论走向现代。

四、多元现代化与"中国戏剧之现代性"

进入 20 世纪,中国戏剧是"命定地"现代化的。现代化是要推动中国戏剧跻身于世界戏剧之林,使其能够融入世界戏剧大潮中,故中国戏剧和戏剧理论现代化,与世界戏剧大潮有着深刻关联;然而同时,中国民族戏曲的独特审美创造,和西方话剧、歌剧进入中国之后的独特发展进程,又使中国戏剧和戏剧理论的现代建构,其精神内涵与艺术审美具有深刻的民族认同,体现出中国戏剧在世界戏剧中的民族主体性。

西方话剧、歌剧进入中国,曾引起中西戏剧(或曰新旧戏剧)的激烈碰撞,然而戏剧家同时也意识到"参合新旧剧之长,改良而扩充之,参伍而错综之,俾日有进化也"[1]的重要性。冯叔鸾说,"窃以为改良戏剧之要务:第一先泯去新旧之界限,第二须融会新旧之学理,第三须兼采新旧两派之所长";王梦生提出"三步走"的思路,"最初一步以新戏之法改旧戏,第二步以旧戏之法入新戏,第三步融合新旧两法,特别制为戏"。[2] 故中西、新旧戏剧之间有矛盾冲突,也有借鉴交流。是以话剧、戏曲及歌剧携手并进,共同推动中国戏剧现代化进程。

中国话剧、戏曲、歌剧现代化,其"人的戏剧"核心理念及其现代性维度大体是一致的,但是,它们又都有属于自己的审美规律。因此,就像世界戏剧现代化具有多样性,20 世纪中国戏剧现代化也是多元的。话剧、戏曲、歌剧,它们追求"现代性",同时强调"民族性",还在探索各自"戏剧"形态的审美特性,体现出"中国戏剧之现代性"的独特性。

---

[1] 瘦月:《戏剧进化论》,《新剧杂志》第 2 期,1914 年 7 月。

[2] 分别见冯叔鸾《戏剧改良论》(《啸虹轩剧谈》,中华图书馆 1914 年版,第 4 页),王梦生《梨园佳话》(商务印书馆 1915 年版,第 155 页)。

（一）"话剧是最现代的进步的戏剧形式"

话剧在中国的产生和发展,是中国戏剧现代化的重要标志。诚如论者所言,中国"新剧之发展非新剧之力也,乃文明之迫压使然也。亦非文明之迫压也,乃文明之实现借新剧以表现耳"①。20 世纪中国戏剧变革的根本缘由是启蒙与救亡,戏曲也在努力进行;但就社会效能而言,"新戏比旧戏好,为什么呢?因为新戏情形较真,感化人的力量比旧戏大"②。欧阳予倩在比较话剧、戏曲、歌剧之后,同样认为话剧更"能直接表现人生",表现"现代人的情绪和思想"③。齐如山、欧阳予倩都是精通中西戏剧而又更多从事戏曲创造的戏剧家,他们对于话剧与中国社会、思想和人的现代化关系的论述更有说服力。

所以周扬说,"话剧是最现代的进步的戏剧形式"④。但是并非话剧就必然具有现代性。特别是由于 20 世纪中国复杂的社会历史情境,各种非艺术因素严重阻滞了话剧的现代化进程。1914 年前后,就出现"其所演剧除家庭儿女外无剧本,除妒杀淫盗外无事实,除爱情滑稽外无言论"的情形。故戏剧家强调话剧要在家庭、恋爱题材中糅进社会现实内容,"以期人人有国家思想","使渐进于高尚之程度"⑤。此后由于战争环境和"左"倾政治,话剧发展屡遭挫折,"现代性"都是人们着重张扬的戏剧精神。20 世纪 80 年代当话剧探索偏向形式时,戏剧家指出,话剧发展关键不是"假定性"等形式外观,其"根本因素是戏剧艺术家对时代脉搏的把握,对生活的独特感受和挖掘"⑥;20 世纪 90 年代商业化裹挟后现代思潮对话剧发展形成挤压,戏剧家主张话剧需要"在形式上带点实验性及创新性",然而更重要的,是要表现"创作者对其自身及环境的态度

① 季子:《新剧与文明之关系》,《新剧杂志》第 1 期,1914 年 5 月。
② 齐如山:《新旧剧难易之比较》,《春柳》第 1 年第 2 期,1919 年 1 月。
③ 予倩:《戏剧改革之理论与实际》,《戏剧》第 1 卷第 1 期,1929 年 5 月。
④ 周扬:《表现新的群众的时代》,1944 年 3 月 21 日《解放日报》。
⑤ 啸天:《编新剧宜扩充范围》,《新剧杂志》第 1 期,1914 年 5 月。
⑥ 田文:《也说几句"假定性"》,《戏剧报》1984 年第 1 期。

以及引申出来的存在状态"①。

当然,话剧在中国发展又有其独特性。首先,是 20 世纪中国社会、思想和人的现代化需求对于西方戏剧的选择。20 世纪初西方各种戏剧思潮涌入中国,有识之士认为,中国话剧"非纯求合乎欧美之种类潮流,特大势所趋,不得不资为观鉴,取舍去留,是在吾人之自择",因而从思想启蒙、社会变革出发,尤为注重"写实剧"②。现代主义戏剧在"五四"时期也有少量译介,然而直到 20 世纪 80 年代,中国经历剧烈、深刻的变革,人们的社会意识、生活方式、价值观念和审美情趣发生重大变化,现实主义已感不足,戏剧家认识到借鉴西方现代主义有助于体验和表现社会人生,现代主义才真正在中国剧坛崛起。其次,是话剧在中国与民族戏曲、民族审美的深刻关联。20 世纪上半叶西方列强的侵略殖民,促使戏剧家在借鉴西方的同时,激发起强烈的民族意识;而民族传统的强大,和传统戏曲视野对外来借鉴的制约,也使戏剧家转向民族传统汲取。20 世纪 20 年代余上沅论话剧创造要"从整理并利用旧戏入手",融会写实和写意"发展到古今所同梦的完美戏剧";1956 年周恩来批评"中国话剧还没有吸收民族戏曲的特点",和田汉呼吁建立"话剧通向民族戏曲传统的金的桥梁",使其"摸索到更高度的、更富有民族风格的艺术形式";20 世纪 80 年代,高行健主张"在探索我国现代戏剧艺术的时候,更应该从我们民族戏剧的传统出发"等③,都促使中国话剧从剧本创作到舞台演剧,去思考和探索带有民族特色的艺术创造。

但是另一方面,话剧又有其审美特性,话剧借鉴戏曲及其他艺术形式,其原则是保持特性、重在创造。以借鉴戏曲为例,它更多是为了发展和丰富自己

---

① 邓树荣:《香港的当代剧场》,《香港戏剧学刊》第 2 期,香港中文大学出版社 2000 年版。

② 周恩来:《吾校新剧观》,南开《校风》第 38—39 期,1916 年 9 月。

③ 分别见余上沅《中国戏剧的途径》(《戏剧与文艺》第 1 卷第 1 期,1929 年 5 月),周恩来《关于昆曲〈十五贯〉的两次讲话》(《文艺研究》1980 年第 1 期),田汉《话剧要有鲜明的民族风格》(《戏剧报》1957 年第 8 期),高行健《现代戏剧手段初探》(《随笔》1983 年第 1 期)。

的艺术观念和手法,以创造出更好的、更为中国观众喜爱的话剧艺术。因此,话剧应当遵循自己的审美特性,从反映现代中国社会和现代中国人的思想情感出发,去批判地借鉴和吸收。故焦菊隐认为话剧借鉴戏曲,着重"是要学习戏曲为什么运用那些形式和那些手法的精神和原则",且借鉴"要经过消化,经过再创造";徐晓钟强调话剧需探索变革,亦需坚持"本质特性":"直观的冲突和行动,仍将是戏剧的主要特征,塑造真实、生动的人物形象仍将是戏剧最主要的魅力。"①

(二)"使中国旧歌剧成为崭新的现代化的东西"

要使传统戏曲在现代中国传承发展,必须为它寻找现代的生存方式,使它融入现代社会和现代戏剧的进程,并且使现代戏剧因为戏曲遗产的加入而臻更高境界。如田汉所言:"使中国旧歌剧成为崭新的现代化的东西,对新的世界戏剧文化将有辉煌贡献。"②因而从清末民初开始,"改良戏曲"成为戏曲发展最重要的议题。戏曲界自身的觉醒与变革,新文学(戏剧)界的批评与促进,推动戏曲从"传统"向"现代"转型。

传统戏曲"为什么要改良"和"改良什么"的问题虽然有争论,但大多数戏剧家认识比较明确。1904年马裕藻论改良戏曲,"无非是叫各人有国民的思想,晓得现在世界上的时势";1918年《新青年》派讨论戏曲,着眼于"思想""情感"和"文学上之价值"的评判;1926年赵太侔批评"旧剧只能供给感官的快感,缺乏了情绪的触动"等③,都是直指传统戏曲不能表现新的时代精神,不能表现现代中国人的生存状态和生命意义。因此,改良戏曲最重要的,是要"因势利导,剪裁它的旧形式,加入我们的新理想,让它成为一个兼有时代精神和永久

---

① 分别见焦菊隐《略论话剧的民族形式和民族风格》(《戏剧研究》1959年第3辑),徐晓钟《在兼容与结合中嬗变——话剧〈桑树坪纪事〉实验报告》(《戏剧报》1988年第4—5期)。

② 田汉:《剧艺大众化的道路》,《周报》第38期,1946年5月25日。

③ 分别见幼渔(马裕藻)《论戏曲宜改良》(1904年7月27日《宁波白话报》),钱玄同《寄陈独秀》(《新青年》第3卷第1号,1917年3月),赵太侔《国剧》(1926年6月17日、24日《晨报副镌》)。

性质的艺术品"①。这是晚清以来戏曲现代化的主要观念。

分歧在于"如何改良"。戏曲现代化从文化取向来说,有继承、激活传统和借鉴西方现代性两个方面,包括对传统的扬弃和对西方戏剧有选择的摄取;就改良方式而论,有整理改编传统剧目和创作新剧目两个方面,包括在传统剧目整理改编中渗透现代意识和在新剧目创作中融入传统审美。这些基本原则,大多数戏剧家也都认可。只是当改良进入实践,要从内容和形式两个层面对传统戏曲进行变革时——所谓"新的思想内容真能与旧有的形式糅合混合,是会使那形式起质的变化的。再若把新的形式适当地渗透到旧形式里面,更可使旧剧的艺术形式丰富广阔成为新内容的优秀的容器"②——如何改良才成为探讨的焦点和难点。

戏曲现代化在内容层面如何才是"现代性"? 清末民初以来,时代呼唤戏曲反映现代社会、现代人,戏曲自身也在探寻走向现代并与时代、现实结合的途径,都是正确的。但是戏曲反映现代生活有其劣势,戏剧现代化也有不同形态。因而戏曲应该以其特有的艺术审美去反映历史及现代的社会人生,在古人及今人生存、生命的搬演中,去表现人性、人道、社会公平正义和时代精神内涵等。故传统中国社会和戏曲文化所体现的,如儒家的进取态度和济世情怀,墨家的"兼爱""非攻"思想,道家的注重生命和追求自由,佛家的人性论与平等观,以及中国传统"天人合一"理念等,都包含着某些超越时代和民族的普遍价值。在抗战时期戏曲现代化讨论中,黄芝冈以"忠孝节义"为例阐释说:"忠孝节义的封建性是不能许它遗留的,但从封建社会挣扎出来的民族的血和肉,却正是抗战的新现实的骨干。"所以,戏曲现代化"在开始对形式作拣择清洗整理的功夫,也同时要将内容上的拣择清洗整理看得比形式上的功夫更加重要"③,

---

① 余上沅:《中国戏剧的途径》,《戏剧与文艺》第1卷第1期,1929年5月。

② 田汉语,见重庆诸家《戏剧的民族形式问题座谈会》(中会),《戏剧春秋》第1卷第3—4期,1941年2月、7月。

③ 黄芝冈:《评〈话剧民族化与旧剧现代化〉》,《新演剧》复刊第1期,1940年6月。

以使传统转换为现代精神。戏剧界对此的认识颇多曲折，出现两种偏向：一是
"乱现代化"的政治实用和庸俗社会学倾向，如 1964 年提出"现代戏为纲"而否
定传统戏曲；一是"不现代化"的国粹复古倾向，如有人借口保存传统而宣扬封
建伦理。两种偏向都被批评，但都易死灰复燃，需要高度警惕。

戏曲形式层面的现代化探讨也有两种偏向：一种是固守传统的惰性观念，
痴迷于戏曲唱念做打的形式美，意识不到或不愿对其进行变革。这种明显守
旧的倾向是不可取的。另一种倾向是看到传统戏曲的唱念做打极具观赏性，
也看到传统戏曲更多故事、程式、歌舞而"'剧'的成分实在很少"，其"音调太
少，而且过于简单，很不足抒发我们现在繁杂的情绪"，其结构松散"有许多地
方是可有可无的"①等不足，主张借鉴西方戏剧以改良。然而有些改良着意模
仿话剧、歌剧而失去戏曲审美特性。1915 年就有论者对戏曲运用布景提出批
评，认为"吾国戏剧之精神，是以戏为前提，不必求其逼真"，因而借鉴应该"依
旧剧根本上之规律以更张之"②。此类问题，包括剧情结构、冲突设置、形象刻
画等如何在借鉴中保持特性，至今仍然是戏曲发展的困境。1932 年李石曾说，
戏曲改良"对于他国戏剧，自有参考与效法之处，但应留彼我的特长，去彼我的
所短才是"；1955 年欧阳予倩说，"可以从话剧、从西洋歌剧学习许多的东西来
丰富并提高我们的戏曲艺术"，但是戏曲"必须尊重它的传统，在它传统的基础
上进行改革"；1991 年张庚总结戏曲现代化经验教训，认为"既要借鉴外国，又
不能拿人家的现成东西来生搬硬套，而是要从中去其糟粕，取其精华，和我们
的传统相结合，生发出新的东西来"等③，都强调借鉴是把西方戏剧的优秀艺术
融化到戏曲传统中去，而不是用西方戏剧代替或取消戏曲的审美特性。现代
化之后的戏曲必须还是戏曲。

---

① 熊佛西：《国剧与旧剧》，《现代评论》第 5 卷第 130 期，1927 年 6 月。
② 优优：《布景之为物》，《戏剧丛报》第 1 期，1915 年 3 月。
③ 分别见李石曾《重印〈夜未央〉剧本序文》(《剧学月刊》第 1 卷第 2 期，1932 年 2 月)，欧阳予倩《京戏一知谈》(《戏剧报》1955 年第 10—11 期)，张庚《戏曲现代化的历程》(《中国戏剧》1991 年第 2—3 期)。

（三）"中国歌剧艺术必须是中国风的"

歌剧在西方属于音乐范畴,然而在 20 世纪中国,它更多归属戏剧。在相当长时期里,中国歌剧创作的主力是戏剧家,他们"以为歌剧不过是戏剧的另一种形式,倘以话剧为主体而逐渐与音乐发生联系,必然会产生出中国歌剧来的"[①]。因此,歌剧在中国长期被称作"新歌剧",以区别于西方歌剧和"中国旧歌剧"——戏曲。

中国歌剧理论探讨始于 20 世纪 20 年代末 30 年代初。着重围绕两个问题展开:一是"歌"(音乐)和"剧"(戏剧)以谁为主? 二是歌剧音乐"西洋式"和"民族式"以谁为主?

歌剧的主要矛盾是"歌"与"剧"或"音乐性"与"戏剧性"的关系,也是百年来中国歌剧争议最多、最激烈的话题。主要有三种观点:第一种观点强调"剧","希望有戏剧性丰富的歌剧",要"运用各种方式和手法以顺应剧情"[②]。这与中国歌剧成长环境有关。因为现代中国特殊的社会历史情境,早期中国歌剧"无论如何幼稚,它总是露着很锐利的锋口向反日和反封建的道路上走去",故而,它首先"必须具有现实的和文学的内容来决定"[③]。吴晓邦在文章中强调"中国歌剧艺术必须是中国风的",包括音乐、美术、舞蹈等艺术成分,但更重要的,还是这些形式所呈现的"现实的和文学的内容",即歌剧的"剧"(戏剧性)。此后,由于中国社会风云变幻,注重歌剧"现实的和文学的内容"成为普遍观念,并将其代表作《白毛女》视为"中国新歌剧的方向"。它有深刻的社会历史根源,但也容易被"政治化"而走向非歌剧、非艺术。第二种观点注重"歌"即音乐性,主张更多借鉴西方"大歌剧"样式。如徐迟视"歌剧之为音乐",黄源洛说"歌剧应以音乐为主",金湘认为歌剧是"代表一个民族、一个国家音乐文

① 潘子农:《从建立中国歌剧的路向问题谈到〈秋子〉的演出》,1942 年 3 月 6 日《新华日报》。
② 欧阳予倩:《明日的新歌剧》,《戏剧时代》第 1 卷第 1 期,1937 年 5 月。
③ 吴晓邦:《谈今后歌剧的路向问题》,1942 年 3 月 16 日《新华日报》。

化水平"的艺术①。持此观点者主要是音乐家,深受西方歌剧影响,认为歌剧需处理好三对关系:音乐与戏剧的关系,戏剧为基础,音乐为主导;声乐与器乐的关系,器乐为基础,声乐为主导;咏叹调与宣叙调、吟诵等的关系,咏叹调构成音乐大框架。注重音乐性会使歌剧反映现实不够强烈鲜明,故此观念长期难成气候,极"左"年代甚至被批判。第三种观点注重协调"歌"与"剧"的关系:戏剧的音乐化和音乐的戏剧化。所谓"剧作家在创作文学剧本时,就要考虑歌剧是通过音乐来表现的。而作曲家也应从结构剧本时就要考虑戏剧的音乐结构问题"②;既要从歌剧特性"去把握题材内容与民族审美情趣的结合,创造有民族特色的中国歌剧戏剧框架",又要"尽可能融汇贯通各种经验技法,解决音乐戏剧化的各种矛盾,创造有中国特色的中国歌剧音乐"③等,都是强调戏剧选材和结构要有音乐思维,音乐布局和唱腔设计要有戏剧形象性和动作性,努力探求歌剧艺术的完整性。

歌剧音乐探讨,主要是戏曲音乐、民间音乐为主还是西洋音乐为主的问题。20 世纪 40 年代延安创演的《白毛女》和重庆创演的《秋子》——前者是民间乐器和戏曲音乐、民间音乐,后者是西洋乐器和西洋音乐——就曾作为两种"路向"引发讨论。

一般来说,站在戏剧立场论歌剧者注重民间乐器和戏曲音乐、民间音乐,站在音乐立场论歌剧者注重西洋乐器和西洋音乐。前者强调歌剧的社会效能,因此运用民众喜闻乐见的音乐和乐器予以表现,借鉴外国要"服从我们民族的格调"和"照顾到群众接受程度"④;后者注重歌剧审美特性,因此运用西洋

———————

    ① 分别见徐迟《歌剧之为音乐》(《艺丛》第 1 卷第 2 期,1943 年 7 月),黄源洛《新歌剧应以音乐为主》(《剧本》1957 年 4 月号),金湘《繁荣发展歌剧之我见》(《中国歌剧艺术文集》,海潮出版社 2002 年版,第 119 页)。
    ② 陈紫:《关于歌剧创作的种种》,《中国歌剧艺术文集》,国际文化出版公司 1990 年版,第 355 页。
    ③ 王蔼林:《〈苍原〉的成功及其对中国歌剧创作的启示》,《乐府新声》1996 年第 1 期。
    ④ 梁寒光:《谈谈新歌剧和戏曲的关系》,《剧本》1957 年 4 月号。

乐器与"和声学"等西洋音乐表现力,"抓住'音乐形象'这一特征去创造音乐"①。然而,"单是从中国老戏或民歌产生不出新的歌剧,正和单是西洋歌剧的模仿移植也不成为中国新歌剧一样",所以田汉强调,要从表现中国社会现实和中国人思想感情出发,融合戏曲、西洋歌剧、民歌民舞,"而达到民族性的自觉与中国作风的完成"②。在 20 世纪 40 年代戏剧民族形式论争中,贺绿汀也主张"大胆采用西洋乐器(中国乐器也可以参加),通过世界音乐的一般的理解与中国地方音乐、戏剧的深刻的钻研,中国革命现实的认识,为生存自由而恶战苦斗的中国民众心声的把握,庶几可以创造出新的民族乐剧"③。这种观念新时期以来有较多发展,强调在中外交流中去探索中国歌剧音乐。

20 世纪中国话剧、戏曲、歌剧的理论探讨,它们之间有碰撞、冲突,更有交流、融会,并且始终在以人学为核心的"中国现代民族戏剧"这个总根子上紧密联系着。中国戏剧理论正是在这个"戏剧文化力场"的互动中,建构起自身的多元现代化和"中国戏剧之现代性"。

五、中国经验、世界视野与民族传统

不同于中国古典戏曲理论,也有别于西方现代戏剧理论,20 世纪中国戏剧理论的发展,是戏剧家借鉴中外古今戏剧和戏剧理论来表现现代中国社会现实,表现现代中国人的生存状态和生命体验,而重新建构的一个新的、现代性的戏剧体系和精神。这是 20 世纪中国戏剧理论所发生的根本性的、带有文化转型性质的变革。

中国戏剧和戏剧理论在走向现代的过程中面对种种危机和挑战,充满种

① 黄源洛:《新歌剧应以音乐为主》,《剧本》1957 年 4 月号。
② 田汉:《新歌剧问题》,《艺丛》第 1 卷第 2 期,1943 年 7 月。
③ 见重庆诸家《戏剧的民族形式问题座谈会》(中会),《戏剧春秋》第 1 卷第 3—4 期,1941 年 2 月、7 月。

种矛盾和冲突。中国社会现代化的后发性,使中国戏剧和戏剧理论现代化,首先是与尖锐复杂的社会现实,尤其是与政治发生密切关系,其次是在不同文化、观念的碰撞中引发激烈的中西之争、古今之争。突显了历史转型期,戏剧与社会、中国与西方、传统与现代的巨大张力,由此也出现一些带有普遍性的、制约着过去也影响到现在及未来中国戏剧和戏剧理论发展的重要问题。

(一) 戏剧与社会:戏剧现代化与社会现代化之关系

20世纪中国戏剧理论现代化的重要特征之一,就是戏剧与社会现实具有深切关联;而戏剧与社会现实的关系在20世纪中国,最重要的又是戏剧与政治的关系。故20世纪中国戏剧和戏剧理论现代化,始终与政治、与社会现实关系紧密。

近代以来整个中国的中心环节是社会政治,戏剧是围绕着社会政治的激荡而展开的,是社会变革在推动着戏剧的变革。近代以来包括戏剧在内的中国文化危机其实质是民族危机,探索戏剧之重建是为了谋求民族之复兴。从辛亥革命时期鼓吹"翠羽明珰,唤醒钧天之梦;清歌妙舞,招还祖国之魂",到左翼戏剧运动"要替民众喊叫。要使民众自觉。要民众团结起来,抵抗一切的暴力,从被压迫中自救",到抗战时期"动员全国戏剧界人士奋发其热诚与天才为伟大壮烈的民族战争服务"等[①],都使戏剧和戏剧理论充满救亡、启蒙等政治意味。戏剧和戏剧理论的现代化,是为了推进民族国家的现代化和人的现代化。

这是中国戏剧和戏剧理论现代化与西方戏剧和戏剧理论现代化的根本区别。西方戏剧和戏剧理论现代化,如同西方社会现代化是渐进衍变的结果,与民族国家存亡没有关联。而晚清以来中国特殊的社会历史情境,将戏剧与民族国家紧密联系起来,使戏剧成为促进社会、思想和人的现代化的艺术载

---

① 分别见亚卢(柳亚子)《〈二十世纪大舞台〉发刊词》(《二十世纪大舞台》创刊号,1914年10月),予倩《演〈怒吼罢中国〉谈到民众剧》(《戏剧》第2卷第2期,1930年10月),《中华全国戏剧界抗敌协会成立宣言》(《抗战戏剧》第1卷第4期,1938年1月)。

体,戏剧本身也成为整个社会现代化的重要组成部分。因此,启蒙与救亡,人的意识与民族国家意识,个性解放与社会解放、民族解放,以戏剧与人的关系为主轴来表现人的生存、生命、人性、人情,和以戏剧与生活的关系为主轴而展示尖锐复杂的社会现实,形成对峙互补的理论体系。现代戏剧理论重构了中国戏剧叙事,它不再像传统戏曲在社会人生描写中更多注重个人道德责任,而是在人的命运描写中揭示整个社会人生的普遍问题。话剧和歌剧是这样,戏曲也是如此。

然而,20世纪中国戏剧与社会现实,尤其是与政治关系的复杂性,又使得戏剧和戏剧理论的现代建构颇多曲折。毋庸置疑,进步的政治能推动戏剧现代化,反动的政治是戏剧现代化的障碍;但是如果处理不好,有时候进步政治也会阻碍戏剧现代化进程。故戏剧与政治的关系有三点是非常重要的:首先,戏剧所表现的政治必须是进步的政治,"不光要有益于社会主义,还要有益于人民,有益于人类"①。其次,戏剧与政治是平等的,不是从属关系更不是主仆关系。对于进步政治它是诤友,对于反动政治它敢于批判。戏剧"必须为人民说话,回答人民关心的问题",要有"说真话"的"艺术良心"。② 再次,必须以戏剧审美去表现政治。因为没有"离开'艺术性'的'政治性'","对于作品不仅不要将艺术的价值和它的社会的政治的意义分开,并且更不能从艺术的体现之外去求社会的政治的价值"③。20世纪中国戏剧在这些方面有政治化压倒现代化的偏向,给戏剧和戏剧理论现代化带来严重干扰。至于20世纪90年代以来出现的"去政治化"倾向,混淆政治与启蒙理性等现代性的联系和区别,在"去政治化"的同时也告别了思想和精神的现代性,同样是不可取的。

当然,随着历史的发展,政治已不再是中国社会和中国戏剧的中心环节,但是,感时忧国、正视现实、关注社会,已经成为中国戏剧和戏剧理论的精神与

---

① 曹禺:《戏剧创作漫谈》,《剧本》1980年7月号。
② 崔德志:《干预生活,创作才有出路》,《人民戏剧》1979年第11期。
③ 画室(冯雪峰):《题外的话》,1946年1月23日《新华日报》。

灵魂。只是需要注意,戏剧要有社会使命感,但是不能以社会使命取代戏剧使命;戏剧现代化不可能脱离社会政治,但是不能以政治化挤压或取代现代化。中国现代民族戏剧必须在历史理性与人文关怀的张力中进行审美的创造。历史理性、人文关怀包含社会政治,包含个性解放思想、启蒙理性意识和现实批判精神,也包含超越现实和启蒙的对于社会人生的哲理思考。

(二) 中国与西方:民族戏剧主体性与世界戏剧同构型之关系

20 世纪中国戏剧理论现代化的重要特征之二,是它始终在与外国(主要是西方)戏剧和戏剧理论既冲突碰撞又交流融会的关系之中发展。具体来说,就是救亡图存激发强烈的民族主义,而救亡维新,又需要学习西方广阔的世界主义。由此出现的中西之争,涉及世界戏剧的同构型与民族戏剧的主体性问题。

民族戏剧是在"自我"与"他者"交互关系中形成的建构。在世界戏剧现代化大潮冲击下,20 世纪中国戏剧和戏剧理论走向现代,与世界戏剧进行广泛联系是必然趋势。中国戏剧只有卷入世界戏剧大潮,才能对带有挑战意味的西方戏剧做出创造性的回应,也才能促使自身现代化而解决中西冲突的诸多问题。这就需要中国戏剧具有睁开眼睛看世界的开放精神。话剧和歌剧进入中国,就是戏剧家顺应时代潮流和世界趋势而对于世界戏剧的开放与接纳。民族戏曲在 20 世纪如何发展? 戏剧家认为,传统戏曲已经不适宜现代中国,需要在中西交流中重新建构。1932 年,程砚秋说"戏剧也必会成为一个世界的组织",戏曲要在"东方戏剧与西方戏剧的沟通"中进行创造;1939 年,柯仲平论戏曲改良:"我们有接受中国以外的一切优秀的和进步的艺术成果的气度,而且是可能把它融化在我们新的创作中"等①,都坚持"拿来主义",从戏剧和戏剧理论的现代建构出发去充分借鉴西方戏剧。

然而问题的另一方面是,在世界戏剧现代化大潮中,中国戏剧和戏剧理论

---

① 分别见程砚秋《致梨园公益会同人书》(《剧学月刊》第 1 卷第 3 期,1932 年 3 月),柯仲平《介绍〈查路条〉并论创造新的民族歌剧》(《文艺突击》第 1 卷第 2 期,1939 年 6 月)。

的现代建构又必须具有民族主体性。它绝不是，也不应该是西方戏剧和戏剧理论的翻版，而应该是，也必然是以世界戏剧和戏剧理论为方向的民族戏剧和戏剧理论的新发展。前面所述"中国戏剧之现代性"即戏剧家在这一方面的积极探索。余上沅关于世界戏剧有其"通性和个性"，中国戏剧应该既是"世界的"也是"民族的"；茅盾关于世界戏剧是"以不同的社会现实为内容的各民族形式的文艺各自高度发展之后相互影响溶化而得的结果"；焦菊隐关于借鉴斯坦尼演剧体系，是要"从实践中把史（斯）氏的理论发展成为中国土壤里成长起来的体系，以不断提高新中国戏剧艺术的实践"等[1]，这些论述都显示出在西方戏剧强势影响下，中国戏剧家对于民族主体性的坚守。

在中国戏剧和戏剧理论现代化进程中，世界戏剧同构型与民族戏剧主体性两个层面经常发生冲突。出现两种不健全的心态：一种是"优越意结"而形成极端民族主义；一种是"自卑意结"而形成盲目慕外崇新的世界主义。前者反现代化而排拒西方戏剧，后者反传统而排拒民族戏曲。两种偏向都不利于中国戏剧和戏剧理论的现代建构。

这两种偏向，盲目慕外崇新的世界主义即"全盘西化"历来受到批判，而民族主义在中国社会现代化和戏剧现代化进程中的情形却要复杂得多。民族主义有助于坚守戏剧的民族主体性，然而极端民族主义，则会借民族化之名而行反现代化之实。这里的关键是，民族化是否有助于实现戏剧的现代化和世界化。在20世纪40年代戏剧民族形式论争中，针对那种民间形式是民族形式"中心源泉"的论调，郭沫若指出："民族形式不过是达到文艺的世界形式的桥梁"；欧阳予倩说"民族形式的原则……就是：'中国的''现代的''大众的'"等[2]，都深刻地揭示了民族戏剧与世界戏剧、民族化与现代化之间的关系。正

---

① 分别见余上沅《〈国剧运动〉序》（《国剧运动》，新月书店1927年版，第1页），重庆诸家《戏剧的民族形式问题座谈会（中会）》（《戏剧春秋》第1卷第3—4期，1941年2月、7月），焦菊隐《〈龙须沟〉导演艺术创造的总结》（《人民戏剧》第3卷第2—3期，1951年6—7月）。

② 分别见重庆诸家《戏剧的民族形式问题座谈会（中会）》（《戏剧春秋》第1卷第3—4期，1941年2月、7月），桂林诸家《戏剧的民族形式问题座谈会》（《戏剧春秋》第1卷第2期，1940年12月）。

如现代化必然是民族性的现代化,民族化也必然是现代性的民族化。中国戏剧和戏剧理论的现代建构必须具有民族特性,但是,又必须把民族意识提升到人类普遍性,而不能以民族特性去改写和割裂人类现代精神。真正的民族化应该是民族形式与现代性结合,民族立场与世界眼光统一,即"民族性必须是人类思想之无形的精神世界底形式、骨干、肉体、面貌和个性"①。

(三) 传统与现代:戏剧激进主义与戏剧保守主义之关系

20世纪中国戏剧理论现代化的重要特征之三是,它又是在救亡启蒙而追求现代化的"反传统"变革意识,和植根于深厚民族文化土壤的"反—反传统"认同意识,这两者起伏扭结的关系之中发展的。由此形成传统与现代的古今之争,以及戏剧激进主义与戏剧保守主义的冲突。

在中国戏剧和戏剧理论走向现代的转型中,先驱者很快认识到,中国戏剧与西方戏剧的差异不是民族或地理差异,其实质乃是传统与现代、古与今的时代性差异。"五四"前后从"东西"发展为"古今"的论争,表明文化界已获得批判的自我意识和从传统走向现代的戏剧自觉。所以古今之争,不是争论要不要"现代"、要不要借鉴西方戏剧的问题,而是争论要不要戏曲"传统"、如何对待戏曲"传统"的问题。

中国戏剧问题应当放在中国戏剧发展的历史中来思索。20世纪中国戏剧从传统到现代的变革,是西方戏剧外在力量的推动,也是民族戏剧内部根据自身需要的结构性调整;并且中国戏剧并非是在完全被动的情形下进入世界戏剧大潮的,它能打破传统旧格局而向现代新格局发展,说明中国戏剧本身具有开放容纳、超越创新的变革功能和强大生命力。

故中国戏剧和戏剧理论现代化不可能摆脱传统。传统不会因为现代性的到来而消失,传统就渗透并活在现代化过程中。主要体现在两个方面:一方面

---

① 《别林斯基论文学》,梁真译,新文艺出版社1958年版,第93页。

就本土戏剧来说,民族戏曲与西方戏剧碰撞,戏曲必受冲击。它不可能放弃文化主体性,但会借鉴现代、转化传统而创新。晚清以来的戏曲变革就是传统现代化的探索。现代戏曲传承唱念做打优美艺术表现的同时,"应该具有当代的思想、符合现代的审美观点、用现代的方法创作,使人对当代生活中的问题进行思索"①。它将现代意识引入戏曲领域进行新的创造,而使传统具有现代品格。另一方面,西方话剧、歌剧在中国发展,必然会受到传统戏曲潜移默化的渗透;戏剧家在与外国戏剧比较中认识到传统戏曲的价值,又使其从反传统而复归传统,自觉地对传统进行创造性转化。例如话剧,20 世纪 20 年代"国剧运动"就在西方戏剧向东方戏剧靠拢的趋势中,思考如何沟通西方戏剧之"写实"和中国戏曲之"写意","发展到古今所同梦的完美戏剧";20 世纪 80 年代,姚一苇同样提倡借鉴戏曲变革话剧,以"突破剧场的困境,将剧场恢复到它的本来面目"②。歌剧也是这样。有欧洲戏剧家认为"(戏曲)在唱与白的矛盾处理上,比欧洲歌剧对抒情调和吟诵调的矛盾的处理要理想得多",因此,"在解决歌剧音乐创作中音乐性和戏剧性的矛盾这个问题方面,我们首先要面向我国丰富的古典戏曲传统"。③ 传统戏曲经过创造性转化能成为现代戏剧和戏剧理论建构的重要资源。

在 20 世纪中国戏剧和戏剧理论转型中,对于传统和现代的关系主要有两种观念。一种是"反传统"的激进主义。其中又有两类情形:一是认为现代化即西化,把传统当作现代的对立面而否定。"五四"戏剧论争中,钱玄同所谓"如其要中国有真戏,这真戏自然是西洋派的戏,决不是那'脸谱'派的戏"④即典型;一是戏曲改革中出现"乱改"的粗暴倾向,服从社会政治需要而忽视戏曲审美规律。另一种是"反—反传统"的保守主义。其中也有两类情形:一是崇

---

① 汪曾祺:《从戏剧文学的角度看京剧的危机》,《人民戏剧》1980 年第 10 期。
② 分别见余上沅《中国戏剧的途径》(《戏剧与文艺》第 1 卷第 1 期,1929 年 5 月),姚一苇《改变中的剧场》(1983 年 8 月 19 日《中国时报》)。
③ 赵沨:《关于歌剧的一些感想》,1962 年 1 月 27 日《文汇报》。
④ 钱玄同:《随感录(十八)》,《新青年》第 5 卷第 1 号,1918 年 7 月。

古而全力维护传统戏曲。"五四"戏剧论争中,张厚载说"中国旧戏,是中国历史社会的产物,也是中国文学美术的结晶,可以完全保存。社会急进派必定要如何如何的改良,多是不可能"[①]就是代表;一是主张返本开新,如梅兰芳的"'移步'而不'换形'"论[②]。

上述观念,激进主义"乱改"肯定是粗暴和偏颇,但是"五四"《新青年》派批判传统戏曲有其历史正义性。批判促使戏曲界在世界戏剧格局中审视、反思自己的传统,进而把西方戏剧精神衔接到自己的传统里,扩大了戏曲的思想空间和表达维度,虽然批判也导致戏曲发展的某种失序。"'移步'而不'换形'"的保守主义是积极的,然而将传统戏曲作为"国粹"全盘保存,这种坚拒变革的抱残守缺则是近视和狭隘。20 世纪 50 年代老舍谈戏曲发展,反对"粗暴"也反对"拼命保守":"如果主张什么都不应该改,这样的保守就跟粗暴一样。"[③]应该是激进主义能够尊重传统的价值,在批判传统的惰性的同时发掘和转换传统中的现代质素;保守主义要懂得现代的意义,不能简单地与传统拥抱而失落现代意识。现代与传统是不可分割的、动态发展的"连续体",现代化须以传统为基础,传统须以现代化为目标,才能真正创建中国现代民族戏剧。

与整个中国社会现代化的历史进程相同,20 世纪中国戏剧理论的现代建构并未完成。进入 21 世纪,中国戏剧理论的发展必然是继续"走向现代",同时以自己富于民族性的创造,为世界戏剧理论的丰富性、多样性做出独特贡献。因此,"人的戏剧"核心理念及其现代性维度和"中国戏剧之现代性",仍然是中国戏剧理论现代建构的主要追求;以"中国经验"为导向,既有西学东渐的世界视野,又有旧学新知的民族传统,仍然是中国戏剧理论现代建构的基本原则。要从真实深刻地表现中国社会现实和中国人的生存、生命及思想情感出发,对传统戏曲和戏曲理论进行深度的现代阐释和创造性转化,对外国戏剧和

---

① 张厚载:《我的中国旧戏观》,《新青年》第 5 卷第 4 号,1918 年 10 月。
② 张颂甲:《"移步"而不"换形"——梅兰芳谈旧剧改革》,1949 年 11 月 3 日天津《进步日报》。
③ 老舍:《谈"粗暴"和"保守"》,《戏剧报》1954 年第 12 期。

戏剧理论进行充分而又富有主体性的选择和借鉴,"外之既不后于世界之思潮,内之仍弗失固有之血脉"①,继续在古今中外戏剧和戏剧理论的交流与融会中,完善和深化中国戏剧理论的现代建构。

---

① 鲁迅:《文化偏至论》,《鲁迅全集》第 1 卷,人民文学出版社 1981 年版,第 56 页。

《新青年》杂志批判旧剧功过平议

20 世纪中国戏剧史上有诸多"冤假错案"。其最大者,莫过于指责 1918 年《新青年》杂志第 4 卷第 6 号("易卜生号")、第 5 卷第 4 号("戏剧改良号")批判中国旧剧,是要"完全消灭旧剧",是"全盘西化",是"民族虚无主义"。

一个世纪以来,对于《新青年》杂志批判旧剧,学术界争议不断。可以说是 20 世纪中国戏剧史上争议时间最长、观点交锋最激烈的一桩学案。公正地评价这桩百年学案,对于深化 20 世纪中国戏剧史研究,对于民族戏曲的传承和发展,都有重要的学术价值。

一、《新青年》批判旧剧与百年争议

"五四"时期《新青年》杂志对于中国旧剧的批判,百年来不断引起争议和受到批判的,主要是钱玄同、刘半农、胡适的几段偏激言论。

《新青年》派率先批判传统旧剧的是钱玄同。钱玄同盛赞胡适、陈独秀的文学革命壮举,并以胡适提出的"思想""情感"和"文学上之价值"为标准去评论戏曲,指出,"至于戏剧一道,南北曲及昆腔,虽鲜高尚之思想,词句尚斐然可观;若今之京调戏,理想既无,文章又极恶劣不通,固不可因其为戏剧之故,遂谓为有文学上之价值也";"又中国戏剧,专重唱工,所唱之文句,听者本不求其

解,而戏子打脸之离奇,舞台设备之幼稚,无一足以动人情感"。① 故论及现代
中国的戏剧发展,钱玄同张扬西方话剧而批判中国旧剧,并说道:"如其要中国
有真戏,这真戏自然是西洋派的戏,决不是那'脸谱'派的戏。要不把那扮不像
人的人,说不像话的话全数扫除,尽情推翻,真戏怎样能推行呢?"②

刘半农在论述其改良戏曲主张时,不仅批判钱玄同所举"戏子打脸之离
奇,舞台设备之幼稚",和"理想既无,文章又极恶劣不通"等"戏之劣处",还指
出:"凡'一人独唱、二人对唱、二人对打、多人乱打'(中国文戏武戏之编制,不
外此十六字),与一切'报名''唱引''绕场上下''摆对相迎''兵卒绕场''大小
起霸'等种种恶腔死套,均当一扫而空。另以合于情理,富于美感之事代之。"③

胡适批判旧剧的核心观点,是从文学进化角度谈中国戏曲发展的白话化、
通俗化趋势,认为"今后之戏剧或将全废唱本而归于说白,亦未可知"④。胡适
肯定传统旧剧"从昆曲变为近百年的'俗戏',可算得中国戏剧史上一大革命",
然而他又指出:"此种俗剧的运动,起源全在中下级社会,与文人学士无关,故
戏中字句往往十分鄙陋,梆子腔中更多极不通的文字。俗剧的内容,因为他是
中下级社会的流行品,故含有此种社会的种种恶劣性……况且编戏做戏的人
大都是没有学识的人,故俗剧中所保存的戏台恶习惯最多……到如今弄成一
种既不通俗又无意义的恶劣戏剧。"他还将脸谱、台步、武把子、唱工、锣鼓、马
鞭子、跑龙套等,看作过去时代留下的"遗形物",认为"这种'遗形物'不扫除干
净,中国戏剧永远没有完全革新的希望"。结论是,"扫除旧日的种种'遗形
物',采用西洋最近百年来继续发达的新观念、新方法、新形式,如此方才可使
中国戏剧有改良进步的希望"。⑤

《新青年》批判旧剧遭到戏曲界的反攻。尤其是张厚载,他逐一批驳,认为

① 钱玄同:《致陈独秀》,《新青年》第 3 卷第 1 号,1917 年 3 月。
② 钱玄同:《随感录》,《新青年》第 5 卷第 1 号,1918 年 7 月。
③ 刘半农:《我之文学改良观》,《新青年》第 3 卷第 3 号,1917 年 5 月。
④ 胡适:《历史的文学观念论》,《新青年》第 3 卷第 3 号,1917 年 5 月。
⑤ 胡适:《文学进化观念与戏剧改良》,《新青年》第 5 卷第 4 号,1918 年 10 月。

胡适"所主张废唱而归于说白,乃绝对的不可能",刘半农鄙弃的"乱打"乃是"极整齐极规则的工夫",钱玄同反感的"脸谱"也"分别尤精,且隐寓褒贬"①。在《我的中国旧戏观》②一文中,张厚载更是比较系统地论述了中国戏曲的虚拟性、程式化、乐本体等艺术特征:(一)"中国旧戏是假像的",用"抽象的方法"表现世间的万事万物,使人"指而可识";(二)中国戏曲的唱念做打都"有一定的规律",它"自由在一定范围之内,才是真能自由";(三)"中国旧戏向来是跟音乐有连带密切的关系",而唱曲比说白更能表达感情,于"人类性情"和"社会风俗"更有"感动的力量"。结论是:"中国旧戏,是中国历史社会的产物,也是中国文学美术的结晶,可以完全保存。社会急进派必定要如何如何的改良,多是不可能。"

《新青年》杂志的这场旧剧批判,百年来争议不断。

20世纪二三十年代,新文学(戏剧)界和传统戏曲界对于这场批判都有不同反响。新文学(戏剧)界大致有两种声音。鲁迅、沈雁冰、郑振铎、欧阳予倩、洪深、向培良等人赞同《新青年》批判旧剧。其观点如沈雁冰所说:"中国旧戏是行不下去了,总得改良;这是大概对于旧戏没有癖嗜的人们相同的意见。怎样改良呢? 这也有一个大概相同的答案,就是'借西洋戏剧已有的成绩做个榜样'。"③宋春舫、田汉、余上沅、赵太侔、黄远生等人对于新旧两派各有批评,提出了既不同于《新青年》派,也不同于张厚载的见解:提倡话剧,改良戏曲。宋春舫的观点具有代表性。他批评张厚载的言论是"囿于成见之说,对于世界戏剧之沿革,之进化,之效果,均属茫然";也批评《新青年》派的主张是"大抵对于吾国戏剧毫无门径,又受欧美物质文明之感触,遂致因噎废食,创言破坏"④。

《新青年》的批判来势凶猛,传统戏曲界大受震惊,纷纷撰文为旧剧辩护。

---

①　张厚载:《新文学及中国旧戏》,《新青年》第4卷第6号,1918年6月。
②　载《新青年》第5卷第4号,1918年10月。
③　雁冰:《中国旧戏改良我见》,《戏剧》第1卷第4期,1921年8月。
④　宋春舫:《戏剧改良平议》(1918),《宋春舫论剧》,中华书局1923年版,第264—265页。

也有两种意见：一部分主张改良，一部分主张保守本来面目。后者即保守派极力抵拒《新青年》的批判，其观点大都如同张厚载，更多为唱腔、脸谱、打把子辩，再三声言改良戏曲"多是不可能"。前者即主张改良派，如齐如山、梅兰芳、周信芳、程砚秋、金悔庐、徐凌霄、刘守鹤、马肇延等，他们强烈感受到，传统旧剧在现代中国"要想打开一条路，非得从全貌着手计划不可。'念白'表明情节，'做工'辅助不足，利用锣鼓的声音来表现剧情的紧缓，振作观众的精神，使台下不知道台上是真、是戏，喜乐悲哀都要使看客同情，那才叫戏剧呢！"①不再只是从唱腔、脸谱、打把子等技艺层面谈论戏曲，同时注重"剧情"中所体现的"精神"和"同情"。因此，有感于晚清以来戏曲日渐衰微，1932年，梅兰芳、余叔岩等组织"国剧学会"，程砚秋主持音乐戏曲研究院创办《剧学月刊》，都强调改良戏曲，为戏曲在现代中国社会、在世界戏剧大潮中寻求生存空间。

不难看出，对于《新青年》杂志批判旧剧，20世纪二三十年代，新文学（戏剧）界和传统戏曲界大都持肯定态度。出现完全负面评价是从20世纪40年代开始的。抗战时期，因为日寇侵略激起国人强烈的民族感情，在此特定语境中引发的"戏剧民族形式"论争，使《新青年》批判旧剧又被重新提起。有比较中肯、辩证的评价，然而也有尖锐的、否定性的意见。前者如柯仲平指出："'五四'时期产生的新艺术，是对于中国艺术传统的一次否定，在这次否定过程中，是使内容更加丰富了。到了抗战时期，却是一个否定之否定的阶段，在这阶段上，会使艺术到一个较高的综合。"②后者最具代表性的是张庚的观点。张庚认为《新青年》"那时对于中国戏剧运动的意见是：完全消灭旧剧，从全部接受西洋戏剧中间来建设中国的新戏剧"，认为"'五四'在文化上所贡献的是向西洋学习了许多近代的思想和技术，'五四'并没有创造出自己民族的新文化，因而也没有创造出新戏剧来"③。这是新文学（戏剧）界自身第一次尖锐地、否定性

① 周信芳：《答黄汉声君》，1930年8月29日《梨园公报》。
② 柯仲平：《介绍〈查路条〉并论创造新的民族歌剧》，《文艺突击》第1卷第2期，1939年6月。
③ 张庚：《话剧民族化与旧剧现代化》，《理论与现实》第1卷第3期，1939年10月。

地评价《新青年》批判旧剧,并且这种评价的声音随着《新青年》派主将陈独秀、胡适等在 20 世纪中叶长期被批判而水涨船高,少有人为《新青年》伸张。但是也不尽然。1959 年,著名戏曲家任桂林这样评价《新青年》批判旧剧:"破除了对于旧戏曲的迷信,揭开了戏曲改革的新的一页,这就是'五四'时代的大功绩。"①

　　新时期以来,学术界对于《新青年》批判旧剧的评价更为复杂。戏曲界几乎是一面倒地批判《新青年》批判旧剧,已经少有如周信芳、徐凌霄、马肇延、柯仲平、任桂林那样比较辩证的评价。而在新文学界和新文化界,既有夏衍、陈白尘、董健等坚守"五四"戏剧精神而仍然肯定《新青年》批判旧剧者,也有不少论者是站在批判《新青年》的立场。批判者继续 20 世纪 40 年代所谓《新青年》"完全消灭旧剧,从全部接受西洋戏剧中间来建设中国的新戏剧"的批判思路,并且批判的调门越来越高。认为《新青年》批判旧剧是要"将它尽行抛弃,完全以西洋的戏剧来取代它"②;认为批判旧剧是"以西学作为惟一的标准",是"五四前后所形成的全盘欧化和反传统的影响"③;认为批判旧剧是"把欧美戏剧看成是唯一最佳的戏剧形态","构成了对中国传统戏剧文化的过于草率、过于简单化的进攻"④;甚至认为《新青年》批判旧剧是"民族虚无主义",并且产生"颇为恶劣的影响,这种影响还颇为长远"⑤。总之,《新青年》批判旧剧是要"完全消灭旧剧",是"全盘西化",是"民族虚无主义"。

二、《新青年》批判旧剧着重批判什么

　　《新青年》批判旧剧被指责为"完全消灭旧剧""全盘西化""民族虚无主

①　任桂林:《"五四"运动和戏曲革新》,《戏剧研究》1959 年第 2 期。
②　张庚、郭汉城主编:《中国戏曲通论》,上海文艺出版社 1989 年版,第 636 页。
③　王元化:《〈学术集林〉卷七编后记》,《学术集林》卷七,上海远东出版社 1996 年版,第 323 页。
④　余秋雨:《中国戏剧文化史述》,湖南人民出版社 1985 年版,第 474—475 页。
⑤　张庚、郭汉城主编:《中国戏曲通论》,上海文艺出版社 1989 年版,第 636 页。

义",在有些学者看来,《新青年》是丑化戏曲脸谱、唱腔、武打等唱念做打表现形式,而中国戏曲这些表现形式在世界戏剧艺术中有其独特值,故《新青年》是诋毁民族戏曲艺术。

这就首先必须弄清楚两点:一是《新青年》是否整体批判中国传统戏曲;二是《新青年》批判传统戏曲着重批判什么?

关于第一点,可以肯定,《新青年》不是整体批判中国戏曲,而是批判晚清以来以京剧为代表的戏曲发展。《新青年》派并不否定民族戏曲艺术,恰恰相反,在视戏曲为旁门左道、不登大雅之堂的封建传统观念深厚的旧中国,是他们首先在北京大学设立"元曲"科目教授戏曲;而当社会上某些顽固保守者攻击此事时,身为北大文科学长的陈独秀又愤然撰文反击。在《文学改良刍议》《文学革命论》这两篇著名的新文学运动发难文章中,胡适和陈独秀更是一反封建传统文学观念,把元明剧本列为中国文学之粲然可观者。《新青年》批判旧剧,就连钱玄同都没有否定杂剧、传奇等古典戏曲,而是指向"今之京调戏"。这一点,其实在当时社会已经成为共识,认为古典戏曲尚能"劝善惩恶,抒写性情",晚清以来"戏剧之劣,离奇怪诞",舞台上"今日之社会,遂演成盗贼凶残淫恶鬼怪之社会"①。并且不是"五四"时期才这样批判,晚清以来谈论戏曲即如此。清末民初之所以要改良戏曲,就是因为它已丧失古代演剧的"嬉笑怒骂,规时讽世",变成"奸雄刺客寇盗穿窬而外无豪杰,孤皇老夫奴家小子而外无思想,争城夺地杀人越货而外无事业,钻穴踰墙挟妓饮酒而外无快乐,离人思妇死伤疾病而外无悲痛",专演"天堂地狱""仙神鬼怪""势利骄侈""乞儿措大""奸夫淫妇""村妪伧父",以及"一切光怪陆离、凶横贪戾、柔靡卑陋、淫佚愚蠢之现象"②。

关于第二点,表面上看《新青年》批判旧剧,无论是钱玄同说"戏子打脸之离奇,舞台设备之幼稚",刘半农说"一人独唱、二人对唱,二人对打、多人乱打"

---

① 杜鹃:《戏剧与社会》,《梨影杂志》第 2 期,1918 年 10 月。
② 佚名:《论川省戏曲宜改良之理由》,《重庆商会公报》1909 年第 163 期。

和"报名""唱引""绕场上下""摆对相迎""兵卒绕场""大小起霸"是"恶腔死套",还是胡适说脸谱、台步、武把子、唱工、锣鼓、马鞭子是"遗形物",似乎都是针对戏曲的唱念做打艺术表现;然而其根本和实质,却是针对戏曲艺术形式所包含的思想情感。仍以钱玄同为例,他对于旧剧"全数扫除,尽情推翻"肯定是错误的,但是其批判立足点,却是胡适提倡新文学运动所张扬的"思想""情感"和"文学上之价值"。他正是由此而批判晚清以来戏曲"理想既无,文章又极恶劣不通"。实际上,"五四"时期批判旧剧都是着重这个层面。因为人们认识到旧剧"形式上的'家法'"背后是更严重的"精神上的'家法'":一是"荒诞主义",它"汩没人生高深的理想,引诱社会迷信狐鬼神仙,却忘记了真实的生活";二是"崇古主义",它"阻碍进化的机会,销磨个人的特性,造成复古的思想";三是"训教主义",它"将三皇五帝以来习俗上所认定的公案,翻出来作道德的标准……这种训教主义简直就是专制主义"[1]。周作人也因此把旧剧看作中国传统"非人的文学"的"结晶",声言"中国旧戏之应废"[2]。这其中的情形沈雁冰看得极为透彻。他认为"中国旧戏非改良不可"理由有两点:"一是旧戏的艺术如脸谱等等有点要不得;一是旧戏的思想要不得。"如何改良?他说:"舞台艺术更是现在一般热心者所要努力改良,不过我以为若不先从思想方面根本改革中国的戏剧,舞台艺术等等都只是一个空架子,实际上没有多大益处。"[3]

更重要的是,对于晚清以来戏曲的批判其实并非从《新青年》开始,清末民初梁启超、柳亚子等先后发起戏曲改良运动,对于晚清以来的戏曲就展开了激烈批判。并且不只是新文艺界批判,戏曲界自身同样也在批判,甚至是更为激烈的批判。

批判什么?作为"五四"戏剧运动的前奏,清末民初戏曲改良运动也是着重批判旧剧的思想内涵。无论是新文艺界,如欧榘甲批判旧剧舞台"红粉佳

---

① 涵庐(高一涵):《我的戏剧革命观》,《每周评论》第 10 号,1919 年 2 月 23 日。
② 周作人:《论中国旧戏之应废》,《新青年》第 5 卷第 5 号,1918 年 11 月。
③ 雁冰:《中国旧戏改良我见》,《戏剧》第 1 卷第 4 期,1921 年 8 月。

人、风流才子，伤风之事，亡国之音"，陈独秀批判旧剧演出神仙鬼怪、富贵功名、海淫海盗是"俚俗淫靡游荡无益"，周剑云批判旧剧"多妖神鬼怪之状，淫靡谑浪之音，猥亵不堪之态"，许啸天批判旧剧"纳全国人民之思想、事业俱出于淫亵劫杀鬼神之一途，于是中国人民奄奄无生气"①；还是传统戏曲界，如汉血、愁予批判旧剧"神仙鬼怪之荒唐，功名富贵之俗套，淫邪绮腻之丑状"，齐如山批判"吾国演戏，有许多淫词浪态之剧，实在是有伤风化"，扬铎批判旧剧"既失规劝之旨，杂进靡曼之词。世道人心，惝淫邪僻。台榭歌舞，妖冶谑浪"②等，都是批判晚清以来旧剧演出其思想内涵的鄙陋不堪、伤风败俗，及其毒害民族国家、百姓大众的严重情形。

同样地，清末民初批判旧剧有时也"恨屋及乌"，连同戏曲艺术表现也一并予以批判。出现如认为"演旧剧者，台步古怪，化装离奇"③，甚至有"梨园优伶，驼舞骡吟，淫词亵语，丑态百出"④，"以一群无学问、无道德、无人格之伶人，演一派无价值（淫戏、迷信戏）、无来历（旧戏多荒诞不经）、无理由（皮簧、梆子岂古人之谈话乎）之旧戏"⑤等言词。比《新青年》更早，这是文艺界第一次偏激地批判戏曲艺术形式。

更有甚者，1914 年前后，新剧界和旧剧界各行其是、相互菲薄，还出现"今之言旧剧改良者，动辄曰废去演唱"⑥的激烈情形。"废去演唱"亦即胡适所谓"今后之戏剧或将全废唱本而归于说白"。新旧剧界曾围绕戏曲改良是否"废去演唱"展开论争。冯叔鸾在上述文章中强调"旧剧之精神在演唱"，比张厚载

---

① 分别见无涯生（欧榘甲）《观戏记》（《清议报全编》）第 25 卷，新民社 1903 年版，第 162 页，陈独秀《论戏曲》（《安徽俗话报》第 11 期，1904 年 9 月 10 日），周剑云《负剑腾云庐剧话》（《繁华杂志》第 1 期，1914 年 10 月），许啸天《我之论剧》（《新剧杂志》第 1 期，1914 年 5 月）。

② 分别见汉血、愁予《〈崖山哀〉（〈亡国痛〉）导言》（《民报》第 2 号，1906 年 5 月），齐如山《观剧建言》（京师京华印书局 1914 年版，第 5 页），扬铎《汉剧丛谈》（法言书屋 1915 年版，第 1 页）。

③ 汪仲贤：《新剧丛谈》，《新剧史·杂俎》，新剧小说社 1914 年版，第 30 页。

④ 曾中毅：《说吾校演剧之益》，南开《敬业》第 1 期，1914 年 10 月。

⑤ 周剑云：《〈新剧考〉序》，《新剧考》，中华图书馆 1914 年版，第 1 页。

⑥ 冯叔鸾：《戏剧改良论》，《啸虹轩剧谈》，中华图书馆 1914 年版，第 2 页。

更早,对戏曲艺术的"乐本体"有深入阐释;恽铁樵、蒋兆燮、严独鹤等人为《鞠部丛刊》作序,亦再三声言"唱不可废"。实际上,新旧戏剧的矛盾冲突自清末民初就已经开始,其激烈程度今日难以想象:双方"相抵抗、相搏战、相制衡",竟达到"彼欲制我死命,我其先下手为强"的地步,激进者甚至提出要"保护新剧,推翻旧剧"①。比《新青年》更早,这是文艺界第一次偏激地提出"废去演唱"和"推翻旧剧",并且不是个别言论。从论者"吾兹之所谓戏剧进化,非普通一班废止旧剧、专谈新剧之说也"②可以看出,在 1914 年前后,这是一股不小的思潮。

梳理清末民初以来对于旧剧的批判,不难发现,贯穿其中的批判锋芒都是指向旧剧陈腐落后的思想意识,涉及戏曲艺术表现的,大都是"根屋及乌"的愤激之语。又因为晚清批判不够彻底,旧剧情形依旧,故"五四"时期展开了再批判。如欧阳予倩所说,"今日之剧界,腐败极矣","中国旧剧,非不可存,惟恶习惯太多,非汰洗净尽不可"③。并且这种批判在"五四"之后相当长时期都持续着。如 1926 年前后,强调中国戏曲在世界剧坛具有独特魅力的"国剧运动"派,也认为"旧剧变成了纯艺术……只能供给感官的快感,缺乏了情绪的触动……已成了畸形的艺术"④,对于旧剧思想意识同样给予尖锐批判。

并且还可以看出,清末民初以来对于旧剧的批判,大都发生在历史转折时期,社会变革强劲推动戏剧变革之时。这种情形直到 20 世纪 30 年代才有所转变。此时,一方面是新文艺界仍然批判旧剧,但是也从戏剧的救亡、启蒙着眼,看到戏曲演剧在中国社会现代化进程中的作用,而联合或采用旧剧去鼓动和启蒙民众;另一方面,是在民族危难面前,旧剧界不再演出那些思想意识陈腐落后的剧目,也以演剧参与到民族解放运动中来。所以 30 年代初,左翼戏

①　秋风:《新剧界之对抗力》,《新剧杂志》第 2 期,1914 年 7 月。
②　瘦月:《戏剧进化论》,《新剧杂志》第 2 期,1914 年 7 月。
③　欧阳予倩:《予之戏剧改良观》,《新青年》第 5 卷第 4 号,1918 年 10 月。
④　赵太侔:《国剧》,1926 年 6 月 17 日、24 日《晨报副镌》。

剧家联盟要求采取"新演剧的形式或民间传统演剧的形式","积极利用在过去民间娱乐中占极大优势的庙戏与社戏";抗战时期,中华全国戏剧界抗敌协会强调"各种新的旧的地方的戏剧之互相影响互相援助,必能使中国戏剧艺术在相当年月后达到更高的完成"①。此后,新旧剧界不再发生尖锐的冲突,携手并进共同推动中国戏剧的现代化进程。

三、《新青年》为什么要批判旧剧

　　《新青年》批判旧剧肯定是偏激和外行,然而,更需要和更值得深入思考的问题是,作为对于戏剧少有研究的非戏剧界中人,作为"五四"新文化运动先驱者和社会改革者,《新青年》派为什么要批判旧剧? 只有把这个问题弄清楚,才能实事求是地评价这桩百年学界公案。

　　那么,《新青年》是站在什么立场去批判旧剧的呢?

　　关于《新青年》当年的文学批判,茅盾(沈雁冰)这样说:《新青年》"是一个文化批判的刊物,而新青年社的主要人物也大多数是文化批判者,或以文化批判者的立场发表他们对于文学的议论。他们的文学理论的出发点是'新旧思想的冲突',他们是站在反封建的自觉上去攻击封建制度的形象的作物——旧文艺"。接着,他从中国新文化、新文学运动发展全局指出,"这是'五四'文学运动初期的一个主要的特性,也是一条正确的路径"②。

　　茅盾的论述精辟深刻。胡适、钱玄同、刘半农等人着重是从文化批判立场去审视旧剧的。他们认为晚清以来中国走向衰微,文化问题是症结,认为传统文化是中国走向振兴和现代化的障碍。所以"今欲革新政治,势不得不革新盘

---

　　① 分别见《中国左翼戏剧家联盟最近行动纲领》(《文学导报》第 1 卷第 6—7 期合刊,1931 年 10 月),《中华全国戏剧界抗敌协会成立宣言》(《抗战戏剧》第 1 卷第 4 期,1938 年 1 月)。

　　② 茅盾:《导言》,《中国新文学大系 1917—1927 · 小说一集》,良友图书印刷公司 1935 年版,第 2 页。

踞于运用此政治者精神界之文学"①,也因为戏剧较之其他文学样式更具社会效应,于是,《新青年》杂志 1918 年 6 月、10 月先后推出"易卜生号"和"戏剧改良号",力求通过激进的戏剧革命来推进中国戏剧的现代化。以救亡为目的,以启蒙为途径,以反传统为形式,是《新青年》批判旧剧的根本立场。

显而易见,《新青年》批判旧剧不是从戏剧艺术角度,而是把中国戏剧现代化与中国社会、思想和人的现代化结合起来,去审视和批判旧剧的。如刘半农所说:"从事现代文学之人,均宜移其心力于皮黄之改良,以应时势之所需。"②这也是《新青年》所代表的"五四"文学(戏剧)的现代精神,它对于传统戏曲在现代中国的发展影响深远。此后不仅是新文学(戏剧)界,戏曲界也将"应时势之所需"作为旧剧改良最重要的方面。1932 年,戏曲理论家刘守鹤批评旧剧界"不肯使戏曲跟着时代前进,这是中国戏曲艺术一个危机"③;1947 年,戏曲表演艺术家梅兰芳"痛感(平剧)再不加以适当改革,必定要没落的。而首先得把平剧的内容改得适合潮流"④等,都是从救亡启蒙出发对于旧剧的批判。

而实际上,站在救亡启蒙立场批判旧剧从清末民初就已经开始。晚清以降,中国出现两种思想危机:民族救亡危机和价值取向危机。是救亡图存激发了梁启超、柳亚子等人的"现代民族国家"想象,及其运用戏剧张扬民族国家意识、启蒙国民大众的"现代民族戏剧"的建构。他们看到戏剧在社会变革中不可替代的开启民智的作用,感到传统旧剧在严酷现实面前的尴尬和无力,从而将社会变革与戏剧变革结合起来:"今日欲改良群治,必自小说界革命始;欲新民,必自新小说始。"⑤柳亚子从"开民智"和民族"独立""自由"出发,呼唤人们用演剧"运动社会,鼓吹风潮",以"翠羽明珰,唤醒钧天之梦;清歌妙舞,招还祖

① 陈独秀:《文学革命论》,《新青年》第 2 卷第 6 号,1917 年 2 月。
② 刘半农:《我之文学改良观》,《新青年》第 3 卷第 3 号,1917 年 5 月。
③ 刘守鹤:《确定演剧的人生观》,《剧学月刊》第 1 卷第 5 期,1932 年 5 月。
④ 梅兰芳:《身段表情场面应改善 改革平剧需要导演》,《星期六画报》第 53 期,1947 年 5 月 17 日。
⑤ 梁启超:《论小说与群治之关系》,《新小说》第 1 号,1902 年 11 月。清末民初"小说"概念包括戏剧。

国之魂"①为典型。汪笑侬的《党人碑》等改良戏曲获得热烈赞誉,也是因为其舞台演出"具爱国之肺肠,热国民之血性",能够起到"大声疾呼,而唤醒国民于梦中"的作用②。

　　然而如上所述,清末民初以来的戏曲改良不尽如人意,至"五四"时期,戏曲界整体其落后陈腐的情形依旧。这样,时代对于戏剧的社会需求与戏剧发展现状就形成一个巨大矛盾。既然旧剧在当时还无力应对现代中国社会,还不能承担"代表一种社会,或发挥一种理想,以解决人生之难问题,转移误谬之思潮"③的使命,于是,《新青年》就在精神层面上强调借鉴西方戏剧的根本意义,注重以西方戏剧的现代精神作为中国戏剧现代化的方向。即胡适所说:"采用西洋最近百年来继续发达的新观念、新方法、新形式,如此方才可使中国戏剧有改良进步的希望。"

　　田汉认为胡适等《新青年》派正确地估定了京剧代替昆曲的"革命性",也正确地批判了京剧"到如今弄成一种既不通俗又无意义的恶劣戏剧",缺点是把中国戏剧发展看成"由歌剧到话剧"④。田汉的文章触及《新青年》批判旧剧一个最尖锐的问题:为什么他们主张引进西方话剧,甚至主张把戏曲改良成话剧?

　　这就牵涉到晚清以来中国戏剧发展的根本问题,即如何创造现代中国所需要的戏剧。清末民初的思路,首先是改良戏曲;后来看到戏曲改良不尽如人意,就引进西方话剧,或是直接把戏曲改良成话剧。很明显,《新青年》派就是看到旧剧不能"应时势之所需",而主张借鉴西方话剧,主张把戏曲改良成话剧的。实际上,钱玄同所谓戏曲"脸谱派",刘半农所谓戏曲"恶腔死套",胡适所谓戏曲"遗形物",这些对于戏曲绝对外行的文化先驱者,用了绝对偏激的言辞

---

① 亚卢(柳亚子):《〈二十世纪大舞台〉发刊词》,《二十世纪大舞台》创刊号,1914 年 10 月。
② 佚名:《编戏曲以代演说》,1902 年 11 月 11 日天津《大公报》。
③ 欧阳予倩:《予之戏剧改良观》,《新青年》第 5 卷第 4 号,1918 年 10 月。
④ 伯鸿(田汉):《中国旧戏与梅兰芳的再批判》,1934 年 10 月 21 日《中华日报》。

来批判戏曲表现形式,绝对不是要故意丑化戏曲的艺术表现,而是出于要"推翻"这些表现形式而把戏曲改良成话剧的思考和表述。这一点,即便是批评《新青年》派"大抵对于吾国戏剧毫无门径"的宋春舫,都看得清清楚楚:"激烈派之主张改革戏剧,以为吾国旧剧脚本恶劣,于文学上无丝毫之价值,于社会亦无移风易俗之能力。加以刺耳取厌之锣鼓,赤身露体之对打,剧场之建筑既不脱中古气象,有时布景则类东施效颦,反足阻碍美术之进化。非摈弃一切,专用白话体裁之剧本,中国戏剧将永无进步之一日。"①

为什么《新青年》派主张借鉴西方话剧,进而要把戏曲改良成话剧?就是因为话剧更具现代精神,更符合现代中国的社会需求和审美需求。清末民初以来中国戏剧变革的根本缘由是救亡与启蒙,戏曲也在努力进行;但就社会效能而言,"自然是新戏比旧戏好,为什么呢?因为新戏情形较真,感化人的力量比旧戏大"②。齐如山作为戏曲家,他对于话剧与中国社会现代化关系的论述更具说服力。其实,这种看法在当时已经成为社会共识。所以 20 世纪 30 年代晏阳初主持中华平民教育促进会,欲以社会、家庭、学校等方式施行文艺、公民、卫生、生计四种教育,以疗治中国"愚、穷、弱、私"四大病症,他们在河北定县农村以戏剧作为文艺教育,也鉴于"旧剧在今日的农村虽仍是很盛行,然而它没有时代精神,对于现代这个时代是极不适宜的",因而"要把现代的话剧装上农民可以接受的内容,介绍到农村"③。

《新青年》派要"推翻"旧剧的表现形式,主张把戏曲改良成话剧,当然与其机械进化论思维有关,但是在深层,却是包含着他们从思想启蒙角度对于戏剧发展的思考。梁启超曾说:"文学之进化有一大关键,即由古语之文学变为俗语之文学是也……苟欲思想之普及,则此体非徒小说家当采用而已,凡百文

---

① 宋春舫:《戏剧改良平议》(1918),《宋春舫论剧》,中华书局 1923 年版,第 264 页。
② 齐如山:《新旧剧难易之比较》,《春柳》第 1 年第 2 期,1919 年 1 月。
③ 《农村戏剧》,中华平民教育促进会 1934 年编辑印行,第 4—5 页。

章,莫不有然。"①这也是晚清以来中国戏剧发展的趋势。晚清戏曲改良注重社会教育,就已经出现"是编情节甚多,故讲白长而曲转略。以斗笋转接处曲不能达,不得不借白以传之"②的情形。与此同时,戏剧界认识到话剧表现社会人生的独特效能,又出现创建话剧或把戏曲改良成话剧的趋向。1904 年,就有戏剧家"为中国普通社会开通智识、输进文明计",呼吁学习日本,提倡"演剧之大同,在不用歌曲而专用科白是也"③。1906 年,两江总督端方代自日本考察回国的吴荫培向光绪皇帝上奏折,提出应予改良的五条"当务之急",其中一条就是戏剧改良:"戏剧宜仿东西国形式改良。将使下流社会移风易俗,惟戏剧之影响最速。日本演戏,学步欧美……说白而不唱歌,欲使人尽能解。中国京沪等处戏剧已渐改良,惟求工于声调,妇孺不能遍喻。似宜仿日本例,一律说白。"④民间与官方在这一点上的"共谋",造成当时"将旧戏改为新剧"的不小声势⑤。强调现代中国文学当以白话为正宗的《新青年》派,主张"戏剧或将全废唱本而归于说白",正是清末民初以来这股启蒙思潮的继续和发展。

如此就不难理解为什么《新青年》要偏激地"推翻戏曲",即批判戏曲的艺术表现了。在具有深厚传统,亦具有严重保守性和排他性的中国剧坛,《新青年》提倡话剧,"是颇有以孤军而被包围于旧垒中之感的"⑥。矫枉过正即这种压抑下必然出现的变革心态。刘半农后来说得很明确:"正因为旧剧在中国舞台上所占的地位太优越了,太独揽了,不给它一些打击,新派的白话剧,断没有机会可以钻出头来。"而当话剧站稳脚跟之后,对旧剧就"不必再取攻击的态度;非但不攻击,而且很希望它发达,很希望它能够把已往的优点保存着,把已

---

①　梁启超等:《小说丛话》,《新小说》1903 年第 1 卷第 7 期。
②　洪楝园:《〈警黄钟传奇〉例言》,《新小说》1904 年第 1 卷第 9 期。
③　健鹤:《改良戏剧之计画》,1904 年 5 月 30—31 日、6 月 1 日《警钟日报》。
④　《江督端奏知府出洋游历回国条陈考察事宜据情代奏折》,《南洋官报》1907 年第 71 期。
⑤　宗天风:《改良戏曲谭》,《若梦庐剧谭》,泰东图书局 1915 年版,第 2 页。
⑥　鲁迅:《〈奔流〉编校后记(三)》,《集外集》,人民文学出版社 1995 年版,第 149 页。

往的缺陷弥补起来,渐渐的造成一种很完全的戏剧"①。1930 年梅兰芳去美国演出,胡适特地撰文,阐释戏曲"种种历史上的遗形物都以完美的艺术形式给保存并贯彻了下来",并且认为"正是这种艺术上的美经常使原始的常规惯例持久存在而阻碍它进一步成长,也正是这种戏剧发展和戏剧特征的原始状态更经常地促使观众运用想象力并迫使这种艺术臻于完美"②。

四、如何评价《新青年》批判旧剧

显而易见,《新青年》批判旧剧不是就戏曲论戏曲的学术讨论,而是一场在戏剧领域争夺意识形态话语权的运动,目的是促进中国戏剧的现代化和中国社会、思想及人的现代化。也就是说,《新青年》批判旧剧的绝对化更多是论述策略问题,而不是实际的戏剧思想观念问题。故评价《新青年》批判旧剧,也不能就戏曲论戏曲,只有从救亡启蒙、民族振兴的角度,把它放到中国社会现代化和中国戏剧现代化的进程中予以考察,从戏剧发展战略的意义上去分析,才能得出符合历史实际的结论。

其一,关于所谓要"完全消灭旧剧"。

首先必须明确,《新青年》批判旧剧是激烈反传统,但不是要"完全消灭旧剧",也没有"割裂民族戏曲传统"。

《新青年》对于中国旧剧的批判和对于西方话剧的推崇,是一场源于思想启蒙的戏剧运动,其目的如胡适所说,是要"重新估定旧戏在今日文学上的价值"以"再造文明"③,即创造中国现代戏剧。这场戏剧运动振聋发聩,连戏曲界先进者,都充分肯定《新青年》对于包括旧剧在内的"中国旧有的文化施行一种

---

① 刘半农:《〈梅兰芳歌曲谱〉序》,《梅兰芳歌曲谱》,1930 年访美演出本,第 1—2 页。

② 胡适:《梅兰芳和中国戏剧》,《梅兰芳太平洋沿岸演出》,1930 年英文版。译文载《书摘》2003 年第 5 期。

③ 胡适:《"新思潮"的意义》,《新青年》第 7 卷第 1 号,1919 年 12 月。

毫不容情的总攻击",认为"这种现象在某种意义上,实在是一种划时代的进化的凭证,不但不容吾人随便加以蔑视,反之,在求一国文化的复兴、改造与突跃的进展上,在求增加东西各民族间的精神上的了解与夫实现将来的'大同国际'这一理想上,我们都必须要把无论东西中外的文化精神沟通一致,而以彼此的优点熔化于一炉,因而可以创造出一种更进步、更优美、更成熟的新的文化"①。现代戏曲发展的事实证明,正是这场批判,促使戏曲界在世界戏剧格局中审视、反思自己的传统,进而把西方戏剧精神衔接到自己的传统里,扩大了戏曲的思想空间和表达维度。

所憾者,《新青年》不加辨别地把西方戏剧作为价值评判标准,把传统旧剧与现代戏剧完全对立,要从推翻旧剧入手去开启中国现代戏剧;并且他们对于戏曲确实是外行,而行文用词又带谩骂(特别是钱玄同谈戏曲脸谱"真和张家猪肆记卍形于猪鬣,李家马坊烙圆印于马蹄一样",谈戏曲表演"扮不像人的人,说不像话的话",以及刘半农谈戏曲程式"恶腔死套"之类)。这些都造成恶劣影响,导致新文艺界对于戏曲的轻视态度。继《新青年》之后,陈大悲等开展"爱美剧",沈雁冰等倡导"民众戏剧",以及夏衍、郑伯奇等张扬"普罗戏剧"等等,都把批判戏曲作为开路的先导。这就使戏曲在长时期里没有进入新文艺界的视野。如此,戏曲界除部分先进者外,其整体衰败、没落的情形是比较严重的。

然而尽管如此,这场批判并没有"完全消灭旧剧"或"割裂民族戏曲传统"。相反地,批判触及戏曲发展某些根本问题,引起国人对于旧剧的深刻反省。批判冲击了传统戏曲的封建思想意识,冲击了传统文化的惰性和保守性,赋予戏曲以新的生命力。戏曲界很多人都意识到这一点。最值得体味的是冯叔鸾的观点。冯叔鸾当年也是挺身反驳《新青年》对于旧剧艺术表现的偏激批判,可是后来,他看到戏曲界终日醉心于唱腔、脸谱、打把子,"听说有人主张改良旧戏,便以为是不可能的事",他又批评这些人"再也不能跳出圈外,来看一看旧

---

① 马肇延:《在欧化的狂热中一谈我国旧剧之价值》,《剧学月刊》第 3 卷第 2 期,1934 年 2 月。

戏根本上的得失"。什么是"根本"？他强调首要的是"主义要合于现代思潮"①。即便是在旧戏迷所陶醉的唱念做打艺术表现方面，戏曲界先进者也都感受到这场批判的强烈冲击。徐凌霄指出，"从前之旧戏迷对于戏剧亦很少有正确的认识（名伶技术、老伶故事，是枝节不是本体）"，经过这场批判，"旧伶迷曲迷们亦渐渐把目光移转到戏剧的组织艺术的整个上来了……所以攻击'旧剧'者，也未尝不是中国戏剧的功臣"②。透过这些著名戏曲家的论述，可以强烈感受到《新青年》抓住的正是戏剧艺术的"根本"和"本体"，也可以强烈感受到一种"现代戏曲"正在挣扎中新生的气象。现代戏曲实践正是这样发展过来的，20世纪三四十年代，田汉的《江汉渔歌》、欧阳予倩的《梁红玉》、杨绍萱和齐燕铭的《逼上梁山》、马健翎的《血泪仇》等剧本创作趋向成熟，尤其是梅兰芳、程砚秋、周信芳的舞台演剧将戏曲表演艺术推向高峰。如此，何有"完全消灭旧剧"或"割裂民族戏曲传统"？

准确地说，《新青年》批判旧剧不是为了推翻传统戏曲，而是要为中国现代戏剧建构一种新的体系和精神，要把戏曲和话剧都纳入这个新的体系和精神之中共同发展。

其二，关于所谓"全盘西化"。

《新青年》派批判旧剧的偏颇激进，即如当年他们鼓吹废掉汉字改用拼音文字，鼓吹读西洋书而把中国古籍丢进茅厕一样，确实有"全盘西化"的嫌疑。关键是要弄清楚为什么《新青年》批判旧剧那么偏激，弄清楚其偏激批判是否真的导致了"全盘西化"。

如上所述，《新青年》是在中国社会现代化的视野下，去批判旧剧和促进中

---

① 马二先生（冯叔鸾）：《怎样方能改良戏曲》，《戏杂志》1922年第4期。

② 阁（徐凌霄）：《补充悔庐的话》，《剧学月刊》创刊号，1932年1月。徐凌霄在这篇文章中还指出了痴迷"枝节"忽视"本体"的弊端："一般过于迷信伶工，醉心腔板的旧先生们，亦常于不知不觉中，做了中国戏剧的罪人。伶工不是不可谈，腔调不是不可学，但如专在这些枝节形式上讲求，以为戏剧不外乎此，其势必至把整个的戏剧闹成挂一漏万的畸形，半身不遂的病象。"

国戏剧现代化的。这种现代化其实在清末民初就开始："戏剧何必分新旧？日新又新，事贵求新，应新世界之潮流，谋戏剧之改良也。新剧何以曰文明戏？有恶于旧戏之陈腐鄙陋，期以文艺、美术区别之也。"①《新青年》顺应时代大潮，紧紧抓住的也正是"应新世界之潮流，谋戏剧之改良也"。而当时旧剧还难以承担"应新世界之潮流"的使命，那么，批判旧剧、改造旧剧，或者把旧剧改良成符合现代中国社会需求和审美需求的话剧，就在情理之中。中国戏剧的现代建构，保存固有血脉和接纳世界新潮是并列的，但是，由于古老的民族要走出封闭，当务之急是全力打开自己的现代世界视野，进行根本性的改弦更张；加上戏曲传统的惰性力量强大，不如此激烈批判，就不足以引起社会的重视和反省。

此即胡适所说，"五四"新文化运动的根本意义是承认中国旧文化不适宜于现代社会，而提倡充分接受世界新文明。《新青年》批判旧剧，甚至整个"五四"新文化运动的矫枉过正、偏颇激进，都是这种"片面的深刻"。不能脱离具体语境而从纯学术角度去评价《新青年》批判旧剧。《新青年》批判旧剧也不能就其自身是否"全面""公允"来评价，而要从它对于中国戏剧现代建构所起的作用来判断。应该说，正是这场批判给中国戏曲带来诸多新的质素，促进戏曲走向现代，促使中国戏剧和戏剧理论趋向深刻和全面。《新青年》派并非真的要彻底否定戏曲，也并不认为戏曲可以彻底否定掉，它更多是促进戏剧现代化的文化战略。后来的事实也证明，批判并没有使中国戏剧"全盘西化"，而是走向现代化。

经过一个世纪的现代化进程，当代中国社会、思想和文化的发展充满民族自信力，对于包括戏曲在内的民族文学艺术的态度也在发生深刻变化。美国著名社会学家亨廷顿说过：非西方社会在现代化早期，是"西化"促进现代化；现代化后期，是现代化推动"去西化"。故不能用今天保守理论的正确去否定

---

① 剑云：《挽近新剧论》，《鞠部丛刊·剧学论坛》，交通图书馆1918年版，第57页。

早期激进理论的正确。更不能说我们今天要弘扬民族戏曲艺术,就认为《新青年》批判旧剧是完全错误的。柯仲平的看法比较辩证,传统戏曲在现代发展需要经过"否定之否定",才能成为现代戏剧。中国话剧发展也是这样:"过渡期的戏剧总不免彻头彻尾地挂着西洋风味,来日的戏剧自必充满我们这一民族的生命力。"①

其三,关于所谓"民族虚无主义"。

"五四"新文学、新文化运动,对包括戏曲在内的中国传统文化的批判和对包括话剧在内的西方现代文化的推崇,是被某些学者看作"民族虚无主义"的主要原因。批判《新青年》者忽视了近现代中国社会、思想、文化的一个突出特点,即中国传统文化和思想不能满足现代中国社会发展、人民生存的基本要求而必须有所改变,必须走向世界而充分接受西方现代文化。也就是说,近现代中国社会、思想、文化更多是在传统之外变革和发展的。在传统之内发展较易看到传统正面的东西而有利于传统的延续,在传统之外发展则更多是反传统而改变传统,或是促使传统向现代转型,都面临着对于传统的批判、扬弃、变革的严峻问题。中国传统文化深厚,其保守性、排他性强大,故《新青年》反传统激烈。

所以评判《新青年》批判旧剧是不是"民族虚无主义",首先必须弄清楚《新青年》的批判是出于什么目的:是要诋毁民族戏曲艺术,还是另有其他重要缘由?

一个最基本的事实是,如上所述,《新青年》批判旧剧是从中国社会现代化,从中国戏剧现代化出发而展开的。正是中国社会现代化和中国戏剧现代化的迫切要求导致《新青年》激烈地批判旧剧,而他们的激烈批判又有力地推动了运用戏剧去救亡启蒙的现代戏剧运动。显而易见,"五四"先驱者激烈批判中国旧剧和大胆引进西方话剧,是力图以西方戏剧矫正中国传统戏剧的缺

---

① 杨村彬:《土生土养与接受遗产》,《民间半月刊》1937年3月。

陷,其文化策略是:"以抛弃传统文化的方式认同民族国家,以援引西方文化资源的方式抵抗西方文化殖民。"①这也是晚清以来,尤其是"五四"时期先驱者批判旧剧的主要缘由。试想,世上哪有为了救亡启蒙、民族振兴的"民族虚无主义"?

清末民初以来,整个中国都处于"新旧对峙""新旧挣扎"之中,中国一切学说"非适合世界现势,不足促国民之进步"②。故20世纪中国任何理论,都要把它放在整个中国社会现代化进程中去审视和评价。能促进中国社会、思想和人走向现代的,是进步的;反之,则是落后的、反动的。就《新青年》批判旧剧来说,张厚载虽然从戏曲艺术层面来说是内行,但是他对戏剧与时代、现实和人的关系懵懂无知;《新青年》派尽管对戏曲艺术是外行,然而他们正确地把握住了戏剧现代化与社会现代化的关系,正确地把握住了戏剧发展的"根本"和"本体",从而推动传统戏曲走向现代、走向世界。

《新青年》批判旧剧,其实质是《新青年》派救亡启蒙而追求现代化的"反传统"变革意识,和张厚载等人植根于民族文化土壤的"反—反传统"认同意识尖锐冲突,而导致的传统与现代、激进主义与保守主义之争。此时,"凡一新学派初立,对于旧学派,非持绝对严正的攻击态度,不足以摧故锋而张新军"③。因而偏颇和过激都是存在的,但是,《新青年》的批判不是要"完全消灭旧剧",不是"全盘西化"和"民族虚无主义"。

历史进入21世纪,随着中国社会、思想、人的现代化和中国戏剧的现代化,传统戏曲在当代中国的使命和我们对传统戏曲艺术的认识,都发生了深刻变化。所以,我们在继承"五四"的同时又要超越"五四"。继承"五四",就是不能因为时代变化而否定"五四"现代戏剧精神;超越"五四",就是对传统旧剧批判的绝对主义倾向应该矫正。没有继承的超越,容易蹈空;没有超越的继承,

---

① 南帆:《文学理论:全球化时代的民族性》,《文艺理论研究》2017年第3期。
② 吴宓:《吴宓日记》(第一册),三联书店1998年版,第404页。
③ 梁启超:《清代学术概论》,上海古籍出版社2005年版,第8页。

容易停滞。应该是，坚持启蒙现代性的"激进"观念的同时能够尊重传统的价值，在批判传统的惰性的同时发掘和转换传统中的现代质素；坚持传统戏曲美学的"保守"观念的同时要懂得现代的意义，不能简单地与传统拥抱而失落现代意识。如此，才能创造真正的现代戏曲艺术。

"国剧运动"的理论探讨

中国话剧在 20 世纪初相当长时期里所探索的,是话剧这种舶来的戏剧样式在中国应该如何发展的问题。文明新剧简单地将话剧与戏曲的外在形态杂糅混合,被讥为"话剧的分幕与布景,戏曲的编剧与表演",话剧未及尽情展示其独特的异域风采和美学特质,就被淹没在戏曲的汪洋里而衰微,最终沦为"大世界""笑舞台"中的玩物。"五四"时期新旧戏剧论争,《新青年》派的激烈批判使话剧从旧戏和文明戏中独立出来,然而话剧独立于中国戏剧舞台之后该怎样发展,《新青年》派忙于中国文化和中国文学的整体建设而在这方面少有思考,剧坛因此一度陷入迷惘和盲目。迷惘和盲目中,仍有戏剧家对此在做认真的思考和探索。

1926 年前后在中国剧坛出现的"国剧运动",它所思索的正是这个问题。

"国剧运动"是留美归国学生余上沅、赵太侔、闻一多、徐志摩、张嘉铸、熊佛西,及其同学梁实秋、邓以蛰、叶崇智、陈西滢等人倡导发起的。1924 年夏他们在美国纽约演出《杨贵妃》等话剧成功后,便发起组织"中华戏剧改进社",相互约定:学成归国后"愿以毕生全力置诸剧艺,并抱建设中华国剧的宏愿"[1]。1925 年年初他们决定"回国去发起国剧运动",计划创办"北京艺术剧院"作为实践基地,积极张罗北京艺专戏剧系以培养剧艺人才,更在《晨报副镌》开辟

---

[1] 熊佛西:《佛西论剧》,北京朴社 1928 年版,第 37 页。

"剧刊"进行"国剧"理论探讨。直至 1926 年年底"国剧运动"失败,仍将希望寄托在他们组建的"中国戏剧社"上,仍然执着其"研究戏剧艺术,建设新中国国剧"①的戏剧追求。

"建设新中国国剧",这是"国剧运动"派戏剧家们在世界戏剧发展的新浪潮中,对中国戏剧和西方戏剧重新认识、思考,和对"五四"以来中国戏剧发展重新认识、思考以后,而向中国剧坛贡献出的他们对于中国戏剧应该如何发展的理论创见。其中,他们关于创建具有民族特色的中国话剧的诸多思考,直至今天仍有其深刻的理论价值。

一、戏剧需世界性亦需民族性

"国剧运动"派关于创建具有民族特色的中国话剧的理论探讨,是对"五四"《新青年》派戏剧运动的反思。

胡适、陈独秀、周作人、钱玄同、刘半农、傅斯年等《新青年》派认为,中国社会要挣脱封建枷锁更新富强,就必须革新"精神界之文学";而中国文学要追赶上世界新潮流,就必须推重戏剧以状写人生。因此,他们在《新青年》上仅辟的两个文艺专号就是"易卜生号"和"戏剧改良号",在热情张扬话剧、推崇易卜生的同时,对中国戏曲,尤其是近代以来的京剧等进行了激烈的批判。其结果,是舶来的话剧以迅猛的态势登上中国戏剧舞台,而传统戏曲则失去其舞台主宰地位,并在此后的相当长时期里陷入困境。

"国剧运动"对《新青年》派戏剧运动的反思,也主要表现在这两个方面:一是反思《新青年》派推崇易卜生而新兴的社会问题剧;二是反思《新青年》派对传统戏曲的批判。

"国剧运动"反思《新青年》派推崇易卜生而新兴的社会问题剧,是因为他

---

① 《中国戏剧社组织大纲》,《国剧运动》,新月书店 1927 年版,第 268 页。

们在看到"五四"问题剧具有"旗鼓喧阗"的社会影响的同时,还看到了在"五四"问题剧中,"政治问题,家庭问题,职业问题,烟酒问题,各种问题,做了戏剧的目标;演说家,雄辩家,传教师,一个个跳上台去,读他们的词章,讲他们的道德"。他们认为这是易卜生的译介"在中国又迷入了歧途","这些戏剧便不成其为艺术"①。

余上沅这段话对"五四"话剧依附"问题"、着重"宣传"倾向的批评是尖锐的,然而是否据此就能像某些论著所断定的,这是"国剧运动"派反对戏剧为人生的明证? 就其基本倾向来说,不能。这里牵涉两个问题:第一,"国剧运动"派是否真的反对戏剧表现人生? 与此相联系的是,第二,"国剧运动"派认为戏剧应该怎样表现人生?

首先应该肯定,"国剧运动"派并不反对戏剧为人生。诗人徐志摩是中国现代作家中较多唯美色彩的,但是面对着更多的是再现人生的戏剧,他在《剧刊始业》②这篇阐述"剧刊"办刊宗旨的文章中,就明确指出:

> (戏剧)最主要的成分尤其是人生的艺术。……那一样的艺术能有戏剧那样集中性的,概包性的"模仿"或是"批评"人生? 如其艺术是激发乃至赋与灵性的一种法术,那一样艺术有戏剧那样打得透,钻得深,摇得猛,开得足? 小之震荡个人的灵性,大之摇撼一民族的神魂……

美学家邓以蛰同样认为"艺术的促进人生在陶熔薰化,不在鞭策教训;在真的表现,不在委曲的引诱",因而也同样强调"尤其戏剧的内容更得点点滴滴是人生"③。徐志摩与邓以蛰的这两个"尤其",明白无误地显示出"国剧运动"派赞同艺术为人生的戏剧观念。

---

① 余上沅:《序》,《国剧运动》,新月书店 1927 年版,第 3 页。
② 载 1926 年 6 月 17 日《晨报副镌》。
③ 邓以蛰:《戏剧与道德的进化》,1926 年 7 月 8 日《晨报副镌》。

看来问题的关键不在戏剧是否为人生，而在戏剧如何为人生。在这方面，余上沅在其总结"国剧运动"派这次理论探讨的文章《剧刊终期》①中，阐述得较为透彻。他认为现代戏剧观念"混乱和争斗的原因，不外乎或是偏重情感，或是偏重理智。最健全的人生，是理智与情感最调和最平衡的人生"。在这篇文章里，余上沅是以张嘉铸在《晨报副镌》"剧刊"上发表的三篇论文来阐释自己的观点的。在《病入膏肓的萧伯纳》《顶天立地的贝莱勋爵》《货真价实的高斯倭绥》等文中，张嘉铸批评萧伯纳偏重理智而在剧中以演说家的姿态抨击各种社会问题，批评贝莱（今译巴里）偏重情感成为为艺术而艺术的戏剧家，而称赞高斯倭绥（今译高尔斯华绥）理智与情感的平衡，以自己的艺术去真切地表现社会人生。余上沅因而把萧氏看作"道德的良心"，把巴氏看作"艺术的良心"，认为他们都各有偏颇；真正的戏剧家应该像高氏那样，"对于艺术的良心与道德的良心两方面，当然不得不求它们的平均发展，共同生存"。这就是说，戏剧家得有"道德的良心"，也必须有"艺术的良心"，更要以"艺术的良心"去表现"道德的良心"，戏剧应该艺术地表现人生。

"国剧运动"派强调戏剧应该艺术地表现人生，其批评确实在相当程度上击中了"五四"问题剧在现实问题的揭示中直露地张扬社会意识这个要害。可见，他们批评的不是易卜生，否定的不是问题剧，而是"五四"问题剧只取易卜生思想（"问题"）而不能借鉴其艺术审美的偏颇②，要让戏剧回归艺术。

然而，是否"五四"问题剧能像易卜生戏剧那样成为真正的艺术，中国话剧的创建就算完成了？"国剧运动"派的答案又是否定的。因为在他们看来，这样的戏剧还只能算是移植西洋戏剧，还不是真正的民族戏剧的创造。余上沅就把"五四"问题剧的这种倾向，看作中国话剧发展的"目的错误"。因此，在强

---

①　载 1926 年 9 月 23 日《晨报副镌》。

②　闻一多在指出这是"戏剧的歧途"后，接着说："我们该反对的不是戏里含着什么问题；……我们要的是戏"；"你尽管为你的思想写戏，你写出来的，恐怕总只有思想，没有戏。果然，你看我们这几年来所得的剧本里，不是没有问题，哲理，教训，牢骚，但是它经不起表演，你有什么办法呢？况且这样表现思想，也不准表现得好。"（《戏剧的歧途》，1926 年 6 月 24 日《晨报副镌》。）

调必须让戏剧回归艺术的前提下,探索具有中国民族特色的话剧,是"国剧运动"派反思"五四"问题剧的真义所在。这就是说,在"国剧运动"派看来,中国话剧应该是"世界的",但同时也应该是"民族的":

> 艺术之所以为艺术,戏剧之所以为戏剧,甚至于人类之所以为人类,都不外乎他们同时具有两种性格:通性和个性。……艺术与戏剧正是如此:一幅中国画,一幅日本画,一幅法国画,其间相差几何!如果我们从来不愿意各国的绘画一律,各家的作品一致;那末,又为什么希图中国的戏剧定要和西洋的相同呢?中国人对于戏剧,根本上就要由中国人用中国材料去演给中国人看的中国戏。①

正是在这里,才真正显示出余上沅等"国剧运动"派理论思考的独特性与深刻性。

应该说,余上沅等"国剧运动"派在"五四"时期,其戏剧观是与《新青年》派相近的。其后,他们留学美国卷入世界戏剧大潮,在世界各国戏剧的参照比较中,才形成其对中国话剧发展的独特思考。在这当中,沁孤、叶芝、格雷戈里夫人等发起的爱尔兰民族戏剧运动,给予他们深刻的启迪。20世纪初,沁孤等爱尔兰戏剧家受到民族觉醒浪潮的冲击,同时也受到欧洲大陆反写实的审美思潮的推动,于是改变原先由马丁倡导的"只看得见易卜生的影响,却看不到爱尔兰的灵魂"的新戏剧运动,提出今后的爱尔兰戏剧应该是"爱尔兰人演爱尔兰人作的爱尔兰的戏剧"。他们深入本民族的生活,突破写实的框子,用新的艺术表现创作出带有浓郁的民族精神和民族风味的《骑马下海的人》《月亮上升》《胡里痕的凯瑟琳》等名剧,使爱尔兰戏剧在世界剧坛上迅速崛起。这使余上沅等中国戏剧家大受鼓舞。于是,在爱尔兰民族戏剧发展的启迪下,他们也

---

① 余上沅:《序》,《国剧运动》,新月书店1927年版,第1页。

朦胧地开始了对中国话剧必须变革、必须成为民族戏剧的最初的思考。

二、"旧戏当然有它独具的价值"

中国话剧如何才能成为具有民族特色的戏剧？"国剧运动"派认为，最重要的，就是要让舶来的话剧植根于民族生活与民族戏剧的深厚土壤。

从最初在爱尔兰民族戏剧发展启迪下的朦胧思考，到此时创建民族话剧构想的明确形成，在余上沅等人的探索中，仍然可以清晰地看到世界戏剧新浪潮冲击的印痕。这就是当时世界最著名的话剧导演莱因哈特、戈登克雷等对他们的启示。莱因哈特力求打破"逾量的写实"的自然主义舞台装饰，重视灯光、音乐、色彩、韵律的艺术创造，戈登克雷强调舞台是和谐的艺术整体，戏剧要讲究动作、光影、节奏的艺术主张，以及在莱氏和戈氏的带动下，欧美"剧场新运动"要打破那隔开演员与观众的"第四堵墙"，宣称舞台不是"生活"而是"表演"场所的戏剧观念，著名演员杜丝、安格林绝不把日常生活搬上舞台，而注重以动作、音调、情绪等给予观众审美享受的表演风格，等等，都使他们深切地感受到西方戏剧正在努力挣脱传统束缚，而由写实向包括中国戏曲在内的东方写意戏剧借鉴的发展趋势。这使"国剧运动"派在世界戏剧发展的新潮中，认识到中国戏曲具有其独特的审美特征和美学价值，认识到写意的戏曲完全有可能成为世界性的戏剧体系，因而对民族戏曲有了新的思考。他们认为中国要创建民族话剧，如何评价中国传统戏曲，是尤其需要展开认真讨论的"比较重要些，急切些的东西"①。

这就必然要对《新青年》派的批判中国旧戏曲，进行戏剧的反思。

《新青年》派为张扬话剧、推崇易卜生，对民族戏曲从思想内涵到艺术表现都予以激烈批判，得出的结论是："如其要中国有真戏，这真戏自然是西洋派的

---

① 余上沅：《剧刊终期》，1926 年 9 月 23 日《晨报副镌》。

戏,决不是那'脸谱'派的戏。要不把那扮不像人的人,说不像话的话全数扫除,尽情推翻,真戏怎样能推行呢?"①而"国剧运动"派在中西戏剧的比较中,却得出了迥然不同的看法。余上沅在《剧刊终期》一文中就明确指出:旧戏当然有它独具的价值。并且,他们认为采取西方话剧"建设中国新剧,不能不从整理并利用旧戏入手"②。

"国剧运动"派认为中国戏曲独具的价值,主要有这样几个方面:第一,与西方话剧的写实相对,中国戏曲是写意的。余上沅的《旧戏评价》③在指出"近代的艺术,无论是在西洋或是在东方,内部已经渐渐破裂,两派互相冲突"这总的发展趋势后,辨析了东方戏剧和西方戏剧的不同特点:"就西洋和东方全体而论,又仿佛一个是重写实,一个是重写意。"赵太侔的《国剧》在这方面也有明确的论述。这就是说,中国戏曲在世界戏剧中具有其独特的美学体系。第二,中国戏曲演剧形态程式化是纯粹的艺术。在戏曲舞台上,挥鞭如乘马,推敲似有门,叠椅为山,方布作车,四个兵可代千军万马,一回旋算行数千里路,等等,都用象征的方法、舞蹈的动作,极有节奏、极合音乐地表现出来,这种演剧形态"是与纯粹艺术相近的",因为"艺术根本都是程式组织成的"④。第三,中国戏曲是完整的艺术。在戏曲中乐、歌、舞是融为一体的,"在视觉方面,它能用舞去感动肉体的人;在听觉方面,它能用乐去感动情感的人;在想像方面,它能用歌去感动知识的人;而三者又能同时感动人的内外全体。这样一个完整的艺术,当然可以成立,不必需求其他艺术的帮助"(余上沅《旧戏评价》),因而有其独特的审美价值。第四,戏曲舞台的假定性更契合演剧的审美特征。因为"在舞台上模仿自然,是终归失败的。艺术表现的价值,全在告诉人它是什么,不在它是假充的什么——这是一切艺术的根本问题"⑤。"国剧运动"派认为,中

① 钱玄同:《随感录》,《新青年》第5卷第1号,1918年7月。
② 余上沅:《中国戏剧的途径》,《戏剧与文艺》第1卷第1期,1929年5月。
③ 载1926年7月1日《晨报副镌》。
④ 赵太侔:《国剧》,1926年6月17日《晨报副镌》。
⑤ 赵太侔:《光影》,1926年7月22日《晨报副镌》。

国戏曲因其具有如此美学特性，它才能在世界戏剧之林中独树一帜，具有顽强的艺术生命力和强烈的艺术感染力。

同样是用"世界的眼光"，为什么《新青年》派和"国剧运动"派对待民族戏曲的态度迥然不同？这里有个立足点的问题。《新青年》派是立足西方来看中国，因此，他们用"世界的眼光"所看到的是世界戏剧的同一性（共性），从而主张要以西方的话剧来取代民族戏曲；"国剧运动"派则是立足中国而放眼世界，因此，他们用"世界的眼光"所看到的是世界戏剧的差异性（个性），从而主张"以我为主"去积极地借鉴其他。那么，应该怎样评价这两种不同的"世界的眼光"呢？辩证地看，这两种"世界的眼光"都有其历史的正义性。在"五四"时期，如果不激烈地张扬话剧、批判戏曲，话剧就难以登上中国剧坛。此所谓"矫枉过正"是也。而20世纪20年代末的中国话剧必须民族化才能深入地发展，"国剧运动"派的重新评价戏曲，又是新文学的民族化呼唤在话剧界的反响。应该说，这两种不同的"世界的眼光"，他们的共同目的都是发展中国话剧。

如此看来，有些论者认为"国剧运动"派的重新评价戏曲，是为《新青年》派所批判的旧剧翻案，这种看法就存在着明显的偏颇。实际上，"国剧运动"派的余上沅、徐志摩、张嘉铸、熊佛西等人，"五四"时期也都曾撰文批评中国戏曲缺乏生命情感和悲剧精神，只注重形式的审美而不能净化人的心灵等不足；就是在1926年重新评价戏曲时，他们仍然清醒地看到旧戏有某些致命的弊病。余上沅在《旧戏评价》一文中就尖锐地指出："旧戏的格律空洞最大的原因，在剧本内容上面。"尽管戏曲着重追求艺术的审美，"不过要免除流入空洞的危险，要使它充实丰富，我们不应该抹煞内容"，认为写意的戏曲在思想内涵的表现方面应该靠近写实的话剧。赵太侔的《国剧》在指出戏曲独具的艺术价值的同时，也看到戏曲"注重形意，义法甚严，容易泥守成规，因袭不变……结果脱却了生活，只余了艺术的死壳"，认为戏曲不仅要充实内容，而且在音乐、唱工、舞蹈、舞美和剧本创作等方面，都要借鉴西洋艺术的长处。他们主张通过变革，以使戏曲这种"写意派的戏剧在内容上,能够用诗歌从想像方面达到我们理性的深邃处,而这个作品在外形上又是纯粹的艺术"(余上沅《旧戏评价》),力求达到其艺术审美与思想内涵的完美融合。

不难看出,与《新青年》派早先批判中国戏曲而张扬西方话剧不同,"国剧运动"派批判戏曲为的是变革戏曲。而这又使得"国剧运动"派的重新评价戏曲,与"五四"时期张厚载等人在《新青年》派的批判中为戏曲的辩护,有着本质的不同。尽管张厚载等人从戏曲是"假像的"、"抽象的"、唱念做打都"有一定的规律"等方面,较好地阐述了戏曲的艺术特征,但是,他们是将戏曲当作"国粹"去保护,因而"极不赞成改良旧戏"①;"国剧运动"派则是在中西戏剧的比较中,感受到中国戏曲在有其独特价值的同时又有着致命的弊病,而主张保存戏曲,更强调要对它进行变革。正是这种"世界的眼光",使得"国剧运动"派对戏曲的认识,较之张厚载等人要辩证、深刻。

因此可以说,在20世纪以来的中国戏剧发展中,"国剧运动"派对中国戏曲的评价,超越了辛亥前后的"戏曲改良"为宣传社会而改良戏曲的政治运作,和"五四"前后《新青年》派为引进话剧而否定戏曲的偏激批判,它第一次在艺术审美的层次上,对戏曲作了较科学的分析。而在具体观点的论述中,尽管此前冯叔鸾就中西戏剧的"写意"与"写实",张厚载就戏曲"假像的""抽象的"特征等都有所论及,但是,其影响不如"国剧运动"派大,论述也不及"国剧运动"派深刻。因此学术界认为,20世纪20年代"国剧运动"派的重新评价戏曲,是"真正的学者"对戏曲所做的"严肃的研究"②。

三、立足自我创造民族话剧

在中西戏剧交流中创造民族新戏曲,是"国剧运动"派创建"国剧"的主要

---

① 缪子(张厚载):《我对于改良戏剧的意见》,1919年1月7日《晨报》。
② 张庚、郭汉城主编《中国戏曲通论》,上海文艺出版社1989年版,第1页。

途径之一。但是,"国剧运动"派张扬的"国剧",其内涵并非像某些批判者所说的,仅仅是指中国的戏曲。"国剧运动"派要创建"由中国人用中国材料去演给中国人看的中国戏",从某种意义上来说,更多的是针对舶来的话剧而言的。在余上沅等戏剧家看来,中国话剧也应该成为中国的"国剧"。

舶来的话剧要成为中国的"国剧","国剧运动"派强调,最重要的是在戏剧的思想内涵和艺术表现上要有新的创造,使其具有中国的民族特色。

中国话剧要具有民族特色,从思想内涵来说,"国剧运动"派认为,话剧若像"五四"问题剧那样仅仅做到反映现实问题是不够的,它更需要在民族生活的描写中表现出中国的民族精神和民族灵魂。"国剧运动"派在这方面的思考,更多地受到沁孤等爱尔兰戏剧家的影响。当初在纽约演出《杨贵妃》成功后,余上沅和赵太侔就曾自比是沁孤,闻一多和张嘉铸自比是叶芝,并把他们决定回国后发起的"国剧运动"比作"爱尔兰文艺复兴运动"。爱尔兰文艺复兴运动中的戏剧发展情形又是怎样的呢?身处于民族觉醒浪潮中的叶芝、沁孤、格雷戈里夫人等戏剧家,认为当时爱尔兰所亟需的并不是马丁所倡导的易卜生戏剧,而是具有浓郁爱尔兰色彩的民族戏剧,戏剧的内容不是讨论社会问题而是要表现民族生活,因为只有这样的戏剧才能唤起民族情感,并最终达到民族的独立。因此,叶芝注重爱尔兰古代英雄史迹及神话传说的描写,剧中充溢着爱尔兰民族所特有的神秘色彩和浪漫气质;沁孤用爱尔兰方言和音韵去写爱尔兰农民的生活,极富爱尔兰的民俗风情;格雷戈里夫人把民族稗史搬上舞台,以诗意和幽默的笔致表现出爱尔兰的民族意识。现代爱尔兰戏剧在世界剧坛的崛起,使余上沅等戏剧家看到浓郁的民族精神和民族色彩,对中国话剧发展的重要性;而叶芝、沁孤、格雷戈里夫人等描写"爱尔兰的灵魂"的戏剧的成功,更使余上沅等中国戏剧家懂得,中国要创建自己的民族话剧,就必须深入地描写自己的民族生活、民族性格与民族的思想情感。因此,他们不赞同中国话剧像"五四"问题剧那样直露地以现实问题去宣扬社会思想,而希望中国戏剧家也能深入本民族的生活,去观察、研究、描写诸如"民族稗史和信仰"、"内地农民生活"、民众的"各种信仰与传说"等题材,以"表现民族的自然精神"①。

毋庸讳言,在这里,"国剧运动"派对爱尔兰民族与中华民族在各自历史转折时期的民族特殊性缺乏认识,没有看到描写具有浓郁民族生活的爱尔兰戏剧能唤起民族情感,是渴求独立的爱尔兰民族之所急需,长期遭侵略、被征服的爱尔兰也在努力争取民族文化与民族文学的独立性,而问题剧的直面现实黑暗、揭示社会问题,也是"五四"中国个性解放与社会变革的强烈的时代需求,冲破封建文学桎梏的"五四"中国则需要世界文学的八面来风。同样,"国剧运动"派对戏剧描写民族生活的理解也有某些明显的褊狭,它将社会问题的揭示与民族生活的描写对立起来,没有看到戏剧如能深刻地揭示社会问题,其本身就蕴含着民族生活与民族精神的某些方面(虽然"五四"问题剧在这方面少有成功之作);而如果缺乏现代精神只是在题材描写上"向荒岛出发,向内地出发",去写内地民众或岛民"他们的浑朴,他们的天真,他们的性情习惯,他们的品味信仰,他们不曾受过同化的一切"②,其中所揭示的也未必就是民族的性格与灵魂。然而尽管如此,"国剧运动"派在指出"五四"话剧直露地在现实问题的揭示中宣扬社会意识的不足后,强调中国话剧必须首先在思想内涵上要具有民族精神和民族灵魂,这种观点仍不失其深刻的一面。

同样地,在艺术表现上,"国剧运动"派强调中国话剧也必须具有自己的民族创造。赵太侔在《国剧》一文中说:"话剧在中国,始终还未成形。有些国际相通的技术,本可以采取最高的,尽量贩运。有些是非独创不可的。必须独创的,却正是最基本的。"中国话剧在艺术表现上如何"独创"? 西方话剧由写实传统向东方艺术的写意借鉴的发展趋向,中国戏曲写意性、假定性的美学特征,都使"国剧运动"派将中国民族话剧的创建,与中国传统的戏曲艺术联系在一起。西方话剧与中国戏曲是两个不同的戏剧体系,有其不同的审美特征与

---

① 叶崇智:《辛额》,1926年7月1日《晨报副镌》。辛额今译沁孤。
② 余上沅:《序》,《国剧运动》,新月书店1927年版,第5页。

美学风格。但是——

> 中国戏剧同西洋戏剧并非水火不能相容，宽大的剧场里欢迎象征，也
> 欢迎写实——只要它是好的，有相当的价值。[①]

话剧与戏曲、写实与写意在中国剧坛都有其审美的价值，这种与《新青年》派不同的戏剧观念，是"国剧运动"派反思"五四"以来中国戏剧现状而提出的创建民族话剧的重要思路。

那么，如何在话剧与戏曲、写实与写意的探索中创建中国的民族话剧呢？余上沅在《旧戏评价》中说，话剧的写实与戏曲的写意"这两派各有特长，各有流弊；如何使之沟通，如何使之完美"，就是"国剧运动"派对这个问题的进一步思考。梁实秋晚年曾回忆他们当初的戏剧探索，说他们所追求的戏剧"不是我们现在所指的'京剧'或'皮黄戏'，也不是当时一般的话剧，他们想不完全撇开中国传统的戏曲，但要采纳西洋戏剧艺术手段"[②]。可见，这种"沟通"不是话剧艺术与戏曲艺术的简单相加，而是要在汲取话剧与戏曲的"特长"、除去话剧与戏曲的"流弊"之后，创造出一种崭新的、"完美"的民族话剧。它不是西方话剧的照搬，但又要尽量借鉴西方优秀的话剧艺术；不是把它变成戏曲，但又要继承传统戏曲的艺术审美与表现手法。如此，这种崭新的民族话剧，它不但"新"于中国传统戏曲，而且"新"于西方传统话剧，它是中西戏剧艺术"结婚"而产生的"宁馨儿"，是话剧与戏曲在艺术表现上"融会贯通，神明变化"的完美体现。所以直到 1935 年，余上沅仍然沉醉地写道：

> 我们建设国剧要在"写意的"和"写实的"两峰间，架起一座桥梁——

[①]　余上沅：《中国戏剧的途径》，《戏剧与文艺》第 1 卷第 1 期，1929 年 5 月。

[②]　梁实秋：《悼念余上沅》，《余上沅研究专集》，上海交通大学出版社 1992 年版，第 43 页。

一种新的戏剧。①

在"国剧运动"派看来,这是一个像彩虹般美丽的戏剧憧憬,这是一种"古今所同梦的完美戏剧"。

当然,提出融合中西戏剧去创造中国话剧,也并非"国剧运动"派的独创。冯叔鸾、王梦生等人在 1914 年前后的新旧戏剧论争中,就谈到"融合新旧两法"对戏剧改良的重要性。那么,"国剧运动"派在这个问题上的深刻性,又主要表现在哪里呢? 表现在他们明确地提出,融合中西戏剧去发展中国话剧,只能是立足于民族文艺,尤其是民族戏曲的艺术创造,借鉴西方优秀话剧艺术的目的,也是为了创造出具有自己民族特色的新戏剧。因而他们主张"建设中国新剧,不能不从整理并利用旧戏入手"。余上沅在《中国戏剧的途径》一文中就强调指出,"写实是西洋人已经开垦过的田,尽可以让西洋人去耕耘;象征是摆在我们面前的一块荒芜的田,似乎应该我们自己就近开垦。怕开垦比耕耘难的当然容易走上写实,但是不舍自己的田也是我们当仁不能够相让的吧"。虽然"国剧运动"派当时探讨戏曲特征时经常将"写意"与"象征"混用而有时言不逮意,但是,余上沅这段话强调立足"自我"创造出具有民族特色的话剧,其内涵仍然是较为明晰的。强调在中西戏剧的融合中要立足民族文学,尤其是民族戏曲的"自我"去创造中国话剧,这就比王梦生、冯叔鸾等人笼统地提出融合中西戏剧,要具体、深刻得多。

四、"国剧"理论的价值及影响

遗憾的是,"国剧运动"派创建具有民族特色的中国话剧的思考未及付诸实践,"国剧运动"便告失败。

---

① 余上沅:《国剧》,1935 年 4 月 17 日上海《晨报》。

　　"国剧运动"首先遭到左明、张寒晖、王瑞麟等北京艺专戏剧系学生的反对,认定他们的老师张扬"国剧"就是为旧剧翻案,是在任意摧残现代戏剧的萌芽。紧接着,向培良的《中国戏剧概评》,也从这方面对"国剧运动"予以彻底否定。20世纪20年代末和30年代初,郑伯奇、冯乃超、叶沉等人组织上海艺术剧社提倡"普罗戏剧","国剧运动"又被指责为"超现实""超人生"而受到严厉批判。而余上沅等"国剧运动"倡导者们则在其理论思考遭到自己学生反对时,就感觉到"国剧运动"在当时的中国必将遭到严重挫折,遂结束在《晨报副镌》开辟的"剧刊",宣告"国剧运动"已成为一个"半破的梦"。

　　余上沅等戏剧家是在什么意义上宣告"国剧运动"失败的呢?余上沅给张嘉铸的信中有一段话,值得注意。他说:"'剧刊'的本身我承认并未失败,可是我们第一个希望,社会的醒觉,这是失败了的。"[①]这是基本符合事实的。就戏剧理论本身来说,"国剧运动"派知道他们的思考是有价值的。也正是在这个意义上,朱自清认为他们"有适当的剧的观念"[②]。但是,"国剧运动"派的戏剧思考并不是就理论谈理论,更重要的,他们是希望能通过自己对"五四"以来中国戏剧的反思,引起"社会"对中国戏剧应如何发展这个问题的"醒觉"。而正是在这个至关重要的问题上,余上沅对张嘉铸感慨道:"社会,像喜马拉雅山一样屹立不动的社会,它何曾给我们半点同情?"

　　"国剧运动"派对自己失败的反思,应该说是触及了问题的关键。实事求是地说,"国剧运动"派对戏剧与人生审美关系的理解,及其对中国戏曲的重新评价,如前所述,除去任何理论争辩都会出现的某些偏激之外,其主要观点都是正确的。而恰恰在试图以自己的戏剧思考使"社会的醒觉"这个主要方面,"国剧运动"派确实像余上沅在《剧刊终期》中所言,是"迂阔而不近于世情"。这也就是后来上海艺术剧社的冯乃超所分析的:

---

① 余上沅:《一个半破的梦》,1926年9月23日《晨报副镌》。
② 朱自清:《中国新文学研究纲要》,《文艺论丛》第14辑,1982年2月。

社会在胚胎着重大的矛盾的时候,我们的志士们徒然闹着艺术长,艺术短,这应该而且不能不受社会的二重的挤踏……①

确实,"国剧运动"派戏剧家不懂得中国社会,不懂得现代中国戏剧从易卜生式社会问题剧开始的历史必然性,不懂得西方话剧由写实向写意借鉴更多的是作艺术上的探索,而中国戏剧由传统写意的戏曲转向西方引进写实的话剧,当初最主要的并不是从艺术着眼,而是因为它能更好地表现社会思想。在这个意义上,"国剧运动"派又是严重的"艺盲"。因而从戏剧观念的拓展创新来说,他们的理论思考是积极的;但是,1927年前后中国严峻的现实情形,社会不需要这种首先着眼艺术的戏剧,他们的失败也是必然的。

如此说来,是否"国剧运动"派关于话剧民族化的理论思考,就对中国话剧的发展没有任何作用了呢? 不能这样说。因为不论是在"国剧运动"开展的当时还是在这以后,其理论对中国话剧发展的影响,都还是有迹可循的。

"国剧运动"派的理论思考在当时戏剧运动中引起的反响,当数田汉主持的南国社中关于新旧戏剧的争论为明显。在这种带有沙龙性质的探讨中,聚集了田汉、洪深、余上沅、徐志摩、周信芳、高百岁等当时中国新旧剧界的代表人物。著名戏曲表演艺术家周信芳、高百岁,以及话剧出身而转向戏曲的王泊生、吴瑞燕,极力为戏曲辩护;洪深、朱穰丞于戏曲濡染不深,故对戏曲表示反对;田汉则赞同余上沅、徐志摩等戏剧家的"国剧"理论。田汉从来就不同意把话剧叫作"新剧"而将戏曲叫作"旧剧",认为正如戏曲有新旧,话剧也有新旧;他也从来就不相信话剧在中国勃兴戏曲就会消亡,认为这可以并存的两种戏剧体系应该相互借鉴、共同发展。因此,南国社创作、演出的话剧在艺术表现上充满着民族文学的诗情画意,和民族戏曲的写意性与抒情性。欧阳予倩后来总结道:

---

① 冯乃超:《中国戏剧运动的苦闷》,《创造月刊》第2卷第2期,1928年9月。

　　五四运动初期的话剧运动,着重在向欧洲近代剧学习,直到"南国社"时期才又或多或少和中国戏剧艺术的传统有了些联系。[①]

这当然不能说是田汉等南国社戏剧家完全接受"国剧运动"影响的结果,但是,"国剧运动"的理论思考与南国社戏剧探索的契合,对论争中的田汉等南国社戏剧家的理论启示作用还是明显存在的。而1928年田汉率领南国社在剧坛打起"新国剧运动"的旗帜,尽管其运动宗旨与余上沅等人有所不同,但是,这面旗帜本身不就昭示着"国剧运动"在其戏剧探索中的影响?

　　相比较而言,20世纪30年代初熊佛西率领陈治策、杨村彬、张鸣琦等戏剧家在河北定县所进行的"农民话剧"实践,它所受"国剧运动"的影响就更为明显。熊佛西这位"国剧运动"的参与者在大都市从事多年话剧运动后,转向民间底层去探寻中国话剧发展的新路径,这其中当然有中华平民教育促进会的宗旨规定等因素,但是潜在地,是否还有沁孤、叶芝、格雷戈里夫人等爱尔兰戏剧家深入民间、发展民族戏剧的艺术感召力的存在?"农民话剧"要求话剧写农民需要的和能够接受的内容,采取农民能看得懂的艺术手法,最可赞赏的,是熊佛西等戏剧家意识到话剧的形式与中国普通民众的隔膜,为适应农民的喜好,他们将西方话剧与定县民间传统的高跷、旱船、龙灯等"会戏"形式相结合,而创造出"农民话剧"的新剧场与新演出法。因为传统的高跷、旱船、龙灯这些民间"会戏"形式是在观众当中流动着表演的,自由、奔放,生动、泼辣,在直觉上使观者感到与演者的混合,因此,受其影响的新剧场是与大自然同化、建筑简单方便、装饰自由开放的露天舞台,新演出法是台上台下打成一片、演员观众不分、整个剧场融为一体的浓烈的生命跃动和情感交流。熊佛西等戏剧家这次因抗战爆发而中断的"农民话剧"实践,是否可以算作"国剧运动"那

---

　　① 欧阳予倩:《话剧、新歌剧与中国戏剧艺术传统》,《欧阳予倩戏剧论文集》,上海文艺出版社1984年版,第28页。

个"半破的梦"的继续探索?

"国剧运动"的话剧民族化理论在 20 世纪 40 年代以后中国话剧发展中的影响,时隐时现,积极与消极并存。在 20 世纪 40 年代普遍展开的戏剧"民族形式"论争中,明显受到"国剧运动"影响的张庚提出了"话剧民族化与旧剧现代化"的口号,并认为话剧民族化"主要的是要把它过去的方向转变到接受中国旧剧和民间遗产这点上面来"①。尽管张庚这种片面地将民族形式理解为仅仅是形式,并且将话剧民族形式看作只是中国固有的戏曲形式的主张受到大多数戏剧家的批评,但是经过论争,戏剧家们澄清了某些糊涂观念,认识到话剧民族化最重要的是对民族生活、民族性格与民族精神的深刻描写,从而去深入地把握、真实地反映现代中国的民族现实;认识到中国话剧的某些欧化倾向及其与民众的隔膜,过去那种坚决拒绝借鉴戏曲创造民族话剧者已少见,把传统戏曲的继承作为话剧民族化的重要途径,已成为话剧界的共识。而这些,不正是"国剧运动"派对中国话剧发展的期冀? 20 世纪 80 年代中国戏剧界深入进行的"写意话剧"的探索,它的直接起源当然是黄佐临 1962 年提出的"写意戏剧观",和 20 世纪 80 年代黄佐临的《中国梦》、徐晓钟的《桑树坪纪事》等成功实践的推动,然而潜在地,20 世纪 40 年代与余上沅共事多年的黄佐临和当时是余上沅学生的徐晓钟,他们后来的探索是否受到余上沅直至 20 世纪 40 年代仍极为醉心的"写意"话剧的某些启迪②? 而新时期以来学术界对"国剧运动"的重视,以及对其话剧民族化理论的重新认识与阐发,是否又在黄佐临、徐晓钟等戏剧家的探索中,引起了他们对"国剧运动"派那个"半破的梦"的重新回忆与思考? 再者,退一步而论,"北焦"(焦菊隐)"南黄"(黄佐临)是现代中国最著名的话剧导演,焦菊隐 20 世纪 50 年代在北京剧坛导演《蔡文姬》《武则

---

① 张庚:《话剧民族化与旧剧现代化》,《理论与现实》第 1 卷第 3 期,1939 年 6 月。

② 余上沅主持国立剧专,1939 年在流亡途中仍在话剧科外增设乐剧科,另设"研究实验部"和"中国固有戏曲研究会";余上沅 1939 年创作话剧《从军乐》,仍强调话剧艺术与民族戏曲歌、舞、乐等的完美融合。

天》，黄佐临 20 世纪 80 年代在上海剧坛导演《中国梦》，等等，都能把握住戏曲的审美精神和创作原则，以深厚的生活为基础创造出富有诗意的民族风味，受到戏剧界的高度评价和观众的热烈赞誉，而这不正是半个多世纪以前"国剧运动"派梦寐以求的情形？不正体现出"国剧运动"的话剧民族化思考直至今天仍然有着深刻的理论价值？

【戏剧史论】

二十世纪中国戏剧思潮论

一、戏剧思潮与中国现代戏剧的发展

本文试图以戏剧思潮作为审视对象,去研究 20 世纪中国戏剧的发展。

什么是"戏剧思潮"? 或者说,怎样的戏剧现象才能称作戏剧思潮? 关于文艺思潮的研究,长期以来学术界在以各种方式进行着广泛的对话。人们对"思潮"的理解各有不同,其论述也就互有侧重。有的论者将文艺思潮理解为文艺思想及文艺思想的斗争,因而其论述侧重思想、观念的交锋,例如李何林著《近二十年来文艺思潮论》,朱寨主编《中国当代文学思潮史》;有的论者着重文艺思想对创作实践的影响,因而其论述是从创作的剖析中去探寻理论的源泉,诸如勃兰兑斯著《十九世纪文学主流》,许志英、邹恬主编《中国现代文学主潮》;有的论者认为文艺思潮就是植根于哲学思想和宗教思想的文艺观念,因而注重分析文艺思潮中哲学、宗教意识的渗透,例如厨川白村著《文艺思潮论》,青木正儿著《中国文艺思潮论》;还有论者,诸如本间久雄著《欧洲近代文艺思潮论》,茅盾著《西洋文学通论》,注意到思想和创作两方面在文艺思潮形成中的作用,因而结合二者进行论述。

应该说,中外学者这些众多的"文艺思潮"观,都有其独到的探索与发现,能加深人们对思潮的认识和理解。但是也可以看出,对于"思潮"本身应该给予怎样的理论界定和"质"的规定性,目前似乎还没有公认的定论。在这方面,我认为中国近代著名学者梁启超对"思潮"的论述,表现出其眼光的敏锐和理论概括的穿透力。梁启超是这样论述"思潮"的:

> 凡文化发展之国,其国民于一时期中,因环境之变迁,与夫心理之感召,不期而思想之进路,同趋于一方向,于是相与呼应汹涌,如潮然。……凡"思"非皆能成"潮";能成"潮"者,则其"思"必有相当之价值,而又适合于其时代之要求者也。凡"时代"非皆有"思潮";有思潮之时代,必文化昂进之时代也。①

梁启超的这段话,精辟地指出了包括文艺思潮在内的各类"思潮"所特有的内在特征和外在特征。

文艺"思潮"的内在特征,就在于它要有"思"、有"潮"、有"影响"。首先,某个"思潮"的出现,必定伴随着人们对于某种思想或观念的深沉思索。即如某个戏剧思潮,它必然包含着戏剧家对戏剧与现实的关系,戏剧的审美本质、艺术表现、美学价值等问题的理论探讨,体现出特定时期人们对戏剧艺术的新的理解与新的探索。其次,这种"思"还要能澎湃激荡,形成汹涌的浪潮。因而,并非所有的"思"都能形成"潮"。这就要求人们的"思"其本身要有"相当之价值",能够影响时尚;而且这种"思"又能"适合于其时代之要求",代表着文艺发展的趋向和人们的共同愿望、普遍心理,如此才能感召呼应、推波助澜。第三,如此思潮既然体现着文艺家"相与呼应"的"思想之进路",也就必然会对这个时期的文艺创作产生深刻的影响,并且创作又反转来推涌着思潮的波澜壮阔。

文艺"思潮"的外在特征,就是它的时代性、社会性及民族性。正如梁启超所说,并非每个时代都会有思潮出现。思潮之汹涌,必定是某个时代"文化昂

---

① 梁启超:《清代学术概论》,商务印书馆 1934 年版,第 1 页。

进"之产物。只有时代的开放进取,才会带来思想的解放、心灵的活跃,人们才敢于去"思",其思索才能够深刻,并能形成澎湃的"思"的浪潮。因而在每个思潮中都渗透着时代的风采。同时,也正是在"文化昂进之时代",时代的发展带来整个社会的动荡变革,"因环境之变迁,与夫心理之感召",才能引发人们对于社会、政治、经济、文化、文艺、哲学、美学等问题的新的思索。因此,文艺思潮又可以说是社会思潮的反响与回荡,它带有明显的社会性。当然,每个民族都有其独特的文化传统、思维习惯、伦理道德和审美情趣,他们对某个问题的思索,必然会显露出自己民族的特点。即便是在世界文艺交流中接受其他国家思潮的影响,也依然会呈现出其独特的民族性。

概言之,"思"即思想,"潮"即潮流。所谓文艺思潮,就是在一定历史时期和一定地域内,某些文艺家在时代精神的感召和现实审美需求的刺激下,以其独特的理论阐释(及创作实践)对文艺的本质、功能、特征和价值等根本问题做出自己的思考与回答,从而形成的具有广泛影响的文艺思想(及文艺创作)的潮流。

文艺思潮又是怎样形成的呢?其实,上述文艺思潮的内在特征与外在特征,从某种意义上来说,它就是文艺思潮作为具有广泛影响的文艺思想(及文艺创作)的潮流,其形成所不可缺少的外在的与内在的因素。这就告诉我们,文艺思潮形成的外在因素,最主要的就是"时代文化之昂进"、社会政治与经济形态的变化,以及由此而出现的社会对于新的文艺思想与创作的渴求;而内在的因素,则主要是指某些文艺家在这特定的社会环境中,以对某些文艺理论或文艺创作问题的反思与探索为基础而产生的某种共同性。因此,尽管同属某个文艺思潮的文艺家其观念并不完全相同,甚至有时在某个问题上还会出现分歧或相互抵牾,但是,其中必有某种或某几种共同的观念作为其思想的出发点,并以此为中心而形成广泛的思想及创作的潮流。

20世纪中国戏剧思潮就是这样形成的,它也同样包含着"思潮"的如此内在特征和外在特征。当然,比之其他文艺思潮,戏剧思潮的内涵较为复杂:它不仅有关戏剧文学创作,还有关戏剧导演、表演和舞美等。而 20 世纪中国戏剧思潮的内涵尤见丰富,它又包含着话剧、戏曲和歌剧等不同的戏剧审美形态。

那么,为什么要进行戏剧思潮的研究呢?

这首先是因为戏剧思潮与戏剧的发展有着密切的联系。从某种意义上来说,一个时代的戏剧发展史也就是戏剧思潮的繁衍史。戏剧发展是以理论的发现和实践的创新为支柱的。理论的发现给予戏剧家观念的解放,能开阔其审美视野,深化其对人生的认识与体验,加强其创作的力度与深度;而在这种理论指导下的实践的创新,则又使创作突破传统的规范,能为戏剧的发展提供某些新的东西,从而推动一个时代戏剧的深入。而在这其中,戏剧思潮的发展又有个兴衰起伏的过程。某个思潮为什么能够长久不衰而成为戏剧发展的主潮?某个思潮为什么持续时间不长即逐渐衰微?某个思潮今天看来偏激浮躁,但在当时为什么广为流行?某个思潮现在看来仍相当深刻并具有现实意义,当年却为何遭到反对或批判?某个思潮又为什么成为戏剧发展中的逆流?等等。人们可以在戏剧思潮起伏嬗递的演变中,去宏观地把握一个时代戏剧发展的走向,并从中总结出戏剧发展的某些带有规律性的东西。

其次,是由于戏剧思潮与戏剧家的创作也有着密切的关联。正如苏联文艺理论家波斯彼洛夫所说:

> 文学思潮是在某一个国家和时代的作家集团在某种创作纲领的基础上联合起来,并以它的原则为创作自己作品的指导方针时产生的。①

戏剧思潮的涌现也大致如此。无论是剧作者,还是导演、演员和舞美,戏剧家的创作从来都不是孤立的,他们大都自觉或不自觉地卷入某个思潮中进行创

---

① [苏]格·尼·波斯彼洛夫:《文学原理》,王忠琪等译,三联书店 1985 年版,第 173 页。

造。因此,在特定思潮的背景下去论述戏剧家的创作,可能会更准确、更深刻,也更能把握住戏剧家的创作在整个戏剧发展中的地位。

再者,戏剧思潮的深刻研究还能为今后戏剧的发展提供启迪与借鉴。历史的发展常常表现出带有某种螺旋式前进的特点,它很多时候都是在更高的层次上体现出曾经出现过的某些现象。比如中国新时期戏剧思潮的发展,从戏剧观念的论争到现实主义的勃兴、现代派戏剧的尝试,都与“五四”前后的情形有很多相似之处。戏剧家也正是在深刻地反思“五四”以来现实主义戏剧的经验教训、认真地总结 20 年代新浪漫主义戏剧衰微的主客观原因后,才去拓展和深化现实主义,才去将西方现代派戏剧与民族戏曲及现实主义审美原则相融合,才使得新时期的现实主义戏剧和探索戏剧获得重大的发展。因此,深刻地总结过去,有助于更好地把握未来。

二、二十世纪中国戏剧思潮演进趋向

20 世纪中国戏剧思潮,大致可以划分为四个发展阶段。

1897—1918 年是第一个阶段。在这个历史时期内,中国社会曾多次发生重大的变革。在帝国主义野蛮侵略下逐渐觉醒的中国人民,为了中华民族的再次崛起,英勇斗争,发愤图强。师夷以制夷,成为有识之士强国强民的重要战略思想。因此,西方进步的各种思潮先后被译介进来,要求变革的时代呼声日见高涨。社会政治革命的强烈刺激,和资产阶级维新派、革命派对戏剧艺术用以宣扬现实变革的热切呼唤,都强有力地推进着戏剧界的改良或者革命。戏剧家的戏剧观念也在发生巨大的变化,其创作的内容、形态及艺术的表现和风格,也都显示出新的时代特色。这就是传统戏曲领域大规模的“戏曲改良”,和戏剧家借鉴日本新派剧、新剧以创建新型戏剧的“新剧革命”。它以传统戏曲的变革和新型话剧的创造,开辟 20 世纪中国戏剧发展的新路。

20 年代,即 1918—1930 年是第二个阶段。在中国历史上,20 世纪 20 年代呈现出前所未有的开放性。思想的解放，个性的伸张，科学和民主的时代新风给古老的中国带来一派青春、葱茏。西风东渐，欧美近现代各种社会、政治、哲学、文艺、戏剧等思潮汹涌而来，形成巨大的浪潮冲击着中国社会。先进的中国人以西方思潮为思想武器去批判封建传统，要重新估定传统在今日的地位和价值。在中外戏剧的激烈碰撞中，民族旧戏曲因其思想的陈腐和形式的僵化而受到严厉批判，欧美话剧则因其适宜张扬社会新思想和艺术表现的别致，而受到戏剧家的极力推崇，并很快登上中国戏剧舞台。同时，着意批判现实黑暗、揭示社会问题的现实主义，着意表现灵肉冲突的矛盾、忧伤和痛苦的新浪漫主义，以及着意张扬个性、抒发自我的浪漫主义等欧美近现代戏剧思潮，因其适应表现现代中国的社会现实和现代中国人的思想情感，而被戏剧家译介进来并推广开去，成为支撑现代中国戏剧创作三足鼎立的戏剧思潮。而话剧在中国发展的曲折和戏曲在困顿中的艰难，又激起戏剧家对中国戏剧发展新的思索，于是又有"国剧运动"的崛起。新旧戏剧论争、现实主义、新浪漫主义、浪漫主义、"国剧运动"等戏剧思潮的汹涌澎湃，形成 20 年代中国戏剧发展的壮丽景观。

20 世纪中国戏剧思潮发展的第三个阶段，1930—1976 年，时间跨度长达半个多世纪。因为在这个时期内，普罗戏剧、话剧民族化、戏曲现代化、创建民族新歌剧、斯坦尼体系的实践等戏剧思潮，大都贯穿始终，并对这时期中国戏剧的发展产生了重大的影响。在中国革命浪潮激荡下崛起的"普罗戏剧"，以其革命性、战斗性、阶级性的理论倡导与实践开辟中国现代戏剧的新途径；话剧家为使话剧这"舶来品"能扎根中国生存发展，而多方面地展开"戏剧大众化"、戏剧"民族形式"的艰辛探索；戏曲家为使古老的戏曲艺术焕发青春，而在传统剧目整理、历史剧新编和现代戏创作等方面执着地努力；歌剧家从表现现实出发，借鉴西洋歌剧艺术并融会民族戏曲和话剧艺术的精华进行民族新歌剧的创造；以及戏剧家借鉴斯坦尼演剧体系，促进中国话剧演剧艺术的正规化、科学化，并结合民族戏曲演剧艺术以努力创建中国话剧演剧体系的实践等,这些戏剧思潮的蓬勃兴盛,从各个方面有力地推动了中国戏剧的发展与深入。

"文革"十年,戏剧思潮的发展惨遭挫折。"文革"中的"样板戏",在 20 世纪中国戏剧思潮的发展中成为一个特殊的现象。而帮派文艺的盗名欺世以开创"新纪元",及其所谓"根本任务"论、"三突出"论中所蕴含的"文革"的精神实质,都使他们这套"理论"成为 20 世纪中国戏剧思潮发展史上的一股逆流。

1976—1989 年是第四个阶段。新时期的拨乱反正、改革开放,促进戏剧家打破禁区、解放思想,而对戏剧的现实审美、美学规律、本体特征、艺术表现等问题进行了新的思考与探索。于是有戏剧观的论争、现实主义的复归与深化、探索戏剧的探索、新的演剧体系的尝试等思潮的蓬勃兴起。戏剧家在历史的反思中,深感 20 世纪(尤其是 30 年代以来)中国戏剧观念的狭窄,而就"传统"与"反传统"、"写实"与"写意"等问题展开了广泛的论争。观念的开放带来戏剧的新发展。它促使现实主义在直面现实、塑造典型的基础上,去大胆地吸收民族戏曲和西方现代派戏剧以表现自己对现实的深刻思考,创造新的现实主义舞台语汇;它使得探索戏剧家突破传统现实主义的规范,而在西方现代派戏剧以及民族戏曲艺术的影响下,去对社会、历史、人生、文化进行哲理的思索,并着意创造戏剧新的艺术形式与表现手法;它使得导演、表演和舞美艺术家突破传统的斯坦尼式演剧样式,从戏剧舞台假定性特征出发进行新的探索。中国戏剧在新的探索中不断拓展和深化。

当然,以上论述只是就各时期戏剧思潮发展的基本倾向而论。在 20 世纪中国戏剧思潮的发展中,有很多思潮都是相互渗透的,不能那么清晰地将它分离出来;有的思潮还有一定的延续性,也是不能以某个时期为界将它截然划分开的。

20 世纪中国戏剧思潮的发展,其主导趋向又是什么呢?

是现代化与民族化。因为从更深刻的意义上来说,20 世纪中国戏剧思潮,或者说 20 世纪中国戏剧的发展,就是一场最广义的中外戏剧的碰撞与交流。

贯穿始终并推动其发展与深入的，就是现代化和民族化的排斥与渗透。而就戏剧与戏剧思潮发展本身来说，戏剧的现代化与民族化关系处理的完善，镕铸古今中外戏剧艺术进行独特创造的成熟，也是衡量某个民族戏剧是否具有创造力的最根本的标志。

20世纪中国戏剧思潮的现代化与民族化，首先是从现代化迈开前进步伐的。在世纪之交的"戏曲改良"与"新剧革命"思潮中，人们就已经可以隐约听到其脚步声响。正是西方现代戏剧观念的译介及其影响，才使得戏曲家能够从民族精神、创造意识和世界眼光出发去变革戏曲，使戏曲艺术走进文学殿堂，并且能突破传统、开创新声；才使得于民族革命浪潮中诞生的新剧，在与时代的拥抱中，开辟20世纪中国戏剧的新风。当然也应该看到，"戏曲改良"和"新剧革命"在中国戏剧从古典向现代的过渡中，某些旧的东西的影响仍是根深蒂固的。这就使其形成一种新旧杂陈的形态，在相当程度上滞缓了其现代化的步伐。

中国戏剧发展到"五四"前后，出现前所未有的内外交困：一方面是古典戏曲的衰微、时装新戏的失败和文明戏（即新剧）的堕落，戏剧难以真实、深刻地表现社会人生；另一方面则是西方戏剧借着坚船利炮进入中国，它似狂涛怒浪将中国戏剧传统撞裂击碎。这种"内外交困"的尴尬将中国戏剧再次推向变革的前路。因为中国戏剧只有再行创造，才能承担历史所赋予的社会使命，也才能走出国门与世界对话。《新青年》派正是在如此时代精神的感召下，以其对传统旧戏的激烈批判和对欧美话剧的推崇译介，将中国戏剧推向世界戏剧大潮。这使中国戏剧顿时充满生机活力，短短数年间便错综地敷演出欧美戏剧数百年曲折发展的奇丽景观，现实主义、浪漫主义、新浪漫主义等思潮奔腾汹涌，中国戏剧从未有过这般绚丽多彩！即便是国剧运动对话剧与戏曲发展的新思索，也同样表现出欧美现代意识的强烈渗透和欧美现代戏剧的深刻影响。它们都不再是中国传统戏剧内部结构的补修调整，而是自觉地借鉴欧美近现代话剧以创建崭新的民族戏剧，或是自觉地汲取欧美戏剧艺术以对中国传统戏曲进行变革。在中外戏剧的激烈碰撞中,中国戏剧正在迅速地走向现代化。

从 30 年代初到 70 年代中后期,中国戏剧思潮的发展又呈现出新的特色:注重民族化的创造。历史在其每个时期都有它急需解决的迫切任务。如果说 20 年代中国戏剧的发展是急需借鉴外来的东西以加速其现代化步伐,那么中国戏剧发展到这个时期,在现代化前提下强调戏剧的民族化,又成为时代发展的急需。这是因为随着中国革命的深入发展,现实需要戏剧与时代同命运共患难,乃至要建立民众自身的阶级的戏剧,因而普罗戏剧影响广泛;而尖锐的民族矛盾激发起戏剧家强烈的民族意识与民族情感,激烈的现实斗争需要戏剧走向民众去为民族解放摇旗呐喊,人民成为国家的主人又要求戏剧描写其生活并为他们所喜爱。因此,话剧民族化使其成为中国民众喜闻乐见、具有浓郁民族气派的戏剧艺术,戏曲现代化使其在独特的民族色彩中能表现时代的精神,创建民族新歌剧使其能以中国民众所喜爱的形式去表现现实斗争,以及借鉴斯坦尼体系以创建中国话剧自己的民族演剧体系,这些问题又都尖锐地摆在戏剧家的面前。戏剧家的艰辛实践,加速了中国现代戏剧的民族化进程。

新时期中国戏剧思潮的发展,其最大的刺激力与推动力:一是改革开放使得西风再次东渐;二是戏剧危机日益严重迫使戏剧家人心思变。戏剧家就中国戏剧的现代化与民族化,进行了新的探索。这次探索与 20 年代戏剧思潮的发展颇为相似,但又有其新的特点。它不再是欧美现代戏剧的单纯译介与借鉴,民族戏曲艺术的继承也同样引起戏剧家高度的重视。近一个世纪以来中国戏剧的曲折发展,使人们对戏剧的现代化与民族化问题有了新的认识,懂得在传统与现代、话剧与戏曲、借鉴与继承、现实主义与现代主义,以及戏剧的社会审美与艺术审美之间,有着深刻的、辩证的关系。因此,从戏剧观论争开始,到现实主义的复归与深化、探索戏剧的探索和尝试新的演剧体系,戏剧家都能自觉地融合西方现代派戏剧和民族戏曲艺术进行新的创造。这种新的探索与拓展,将 20 世纪中国戏剧推向一个新的发展阶段。

可以看出,在 20 世纪中国戏剧思潮趋向现代化与民族化的进程中,现代化与民族化这两者之间的关系,并不是在每个时期都处理得比较好的。大致说来,20世纪初,戏剧家对现代化和民族化还处在似懂非懂的朦胧状态;20年代重视现代化,对民族化则有所忽视;第三个阶段加速民族化进程,对现代化却没有给予同样足够的重视;直到新时期才能比较自觉地融合二者进行创造。再者,各戏剧思潮在发展中又并不是完全同步的,诸如社会历史的发展,它也是在无数个力的平行四边形的交错冲突中前进的。每个思潮都有其正确合理的内核,也难免有其偏激片面的地方。然而正是这种正确合理和片面偏激的相互矛盾、相互冲突与相互补充,深化了人们对于戏剧的认识,推动了中国现代戏剧的深入发展。

三、关于戏剧现代化和民族化的思考

正因为历史的发展是在无数个力的平行四边形的交错中前进的,20世纪中国戏剧思潮在其现代化与民族化的进程中,也必然会出现诸多矛盾与冲突。这些矛盾与冲突主要体现在哪些方面,表现出怎样的特点,它又为中国戏剧的发展提供了哪些经验或教训呢?

中国戏剧发展到20世纪,它与世界戏剧在碰撞中融会交流,扎根民族现实而发展深入。20世纪中国特定的现实情形,使得戏剧思潮的发展总是处在两难的境地——戏剧的社会审美与艺术审美,戏剧审美形态的话剧、戏曲与新歌剧,中外戏剧交流中的借鉴与继承,戏剧创作方法的现实主义与现代主义等问题,始终困扰着戏剧界。也正是在这里,它给予人们关于戏剧现代化与民族化的诸多思考。

1. 戏剧与现实:戏剧的社会审美与艺术审美

戏剧的社会审美与艺术审美,也就是戏剧与现实、政治的审美关系。20世纪中国戏剧思潮的发展有个非常突出的现象,就是在重大的历史转折时期,首先冲击戏剧并促进其变革的并非戏剧圈中人,而主要是来自戏剧圈外的社会政治力量。晚清戏曲改良和新剧革命是如此，"五四"前后及 30 年代初戏剧的几次重大变革也是这样，都是在戏剧与政治的遇合中发生的。这是因为当现实需要戏剧以新的姿态去发展而戏剧界仍不自知时，只有外力，尤其是社会政治力量的强劲冲击，才能使戏剧界得以觉醒和变革。20 世纪中国戏剧从早先强调戏剧"为人生"，到后来张扬"戏剧为政治服务"，都可见这种"传统"其影响之深广。

这种思潮的汹涌，使得 20 世纪中国戏剧总是与现实和政治紧密相连，蕴含着丰富的社会内涵与人生情愫，绝少无聊的虚幻与空灵，在某个方面代表着中国戏剧现代化的发展趋势。然而毋庸讳言，它也给戏剧的发展带来某些消极影响：一是重思想，轻艺术。认为现代戏剧的"重要有价值，就是因为有主义"[1]，艺术审美是次要的或是不重要的。二是重剧本创作，轻舞台艺术。认为戏剧只需在剧作中将"主义"表现出来给人以教育就行，舞台艺术无关紧要。三是重观众的思想灌输而轻观众的审美交流。总是把观众作为教育对象，板着面孔灌输的多，寓教于乐和引导观众参与创造的少。长此以往，就导致剧本创作的枯萎、舞台艺术的落后和观众对戏剧的冷漠。新时期伊始话剧、戏曲及新歌剧的全面危机，从某种意义上来说，就是对这种现象的"惩罚"。

那么，在 20 世纪中国戏剧思潮发展中，是否有某些思潮试图对这种现象进行"纠偏"的呢？有的。20 年代的浪漫主义、国剧运动，以及新浪漫主义思潮，都表现出明显的反拨倾向。但是在严峻的现实面前，这些思潮或是自身遭到批判而衰微（如新浪漫主义、国剧运动），或是因戏剧家的"觉醒"而转向（如浪漫主义）。为什么会出现这种情形呢？其原因主要有：一是欧洲近现代戏剧的深刻影响。那种描写社会连戏剧家自己也写进去，连自己也烧在里面的执着，在中国戏剧家身上也表现得非常明显。二是 20 世纪中国长期处在战乱、动荡之中，现实需求戏剧的社会审美远远超过艺术审美。三是儒家"实用—理

---

① 洪深：《从中国的新戏说到话剧》，《现代戏剧》第 1 卷第 1 期，1929 年 5 月。

性"传统的精神渗透。这种民族审美意识的积淀,也使得戏剧家对戏剧的社会审美尤为注重。这些,都使 20 世纪中国戏剧思潮中总是激荡着那种炽热的政治激情和社会责任感。

应该说,这种强烈的政治激情和社会责任感在戏剧思潮中的激荡,在整个中国现代戏剧史上,都有其正义性和必然性。那是为民族的危难、现实的黑暗与人民的苦痛这特定的历史情境所决定的。然而当时代进入新中国,而戏剧思潮仍然沿袭如此"传统",其"现代化"就有可能走向它的反面,就会形成对戏剧发展的阻碍。这个简单的道理,却是新中国戏剧以其近三十年的惨痛教训换取的。新时期戏剧在戏剧观念、现实主义、现代主义、演剧艺术上的全面探索,既注重戏剧的思想内涵又注重戏剧的审美创造,既注重戏剧的剧本创作又注重戏剧的舞台艺术,既注重戏剧家的主体意识又注重与观众的交流,就在戏剧的社会审美与艺术审美的交融中,推进着中国戏剧的现代化发展。

2. 戏剧审美形态:话剧、戏曲与新歌剧

话剧、戏曲与新歌剧,是 20 世纪中国戏剧三种主要的审美形态。在 20 世纪中国戏剧思潮现代化与民族化的进程中,新歌剧从表现民族现实出发,在剧本创作上借鉴话剧艺术,审美表现上融合民族戏曲、民族音乐和西洋歌剧艺术的精华进行新的创造,它与话剧和戏曲少有矛盾或冲突。在这三种审美形态中,争议最多、影响最大,而又贯穿 20 世纪中国戏剧发展始终的,是话剧和戏曲如何现代化与民族化的问题。

从戏曲改良、新剧革命开始,戏剧界关于话剧与戏曲就有争议。兴盛话剧废除戏曲说,与保存戏曲排斥话剧说,两者时时矛盾。赞同兴盛话剧者认为,旧戏内容腐败、形式陈旧,而话剧则是"现代的"戏剧;附和保存戏曲者认为,话剧在中国没有根基,而戏曲是"民族的"艺术。这两种观点终于在"五四"初期展开激烈的交锋,其结果是"现代的"话剧迅即登上中国舞台,而"民族的"戏曲则在相当长时段里陷入困顿。20 年代话剧现实主义、新浪漫主义、浪漫主义思潮汹涌,而戏曲门前冷落即是明证。

诚然,在 20 世纪初期,话剧确实包含着更多的现代化因素,而戏曲也确实具有更多的民族化色彩。但是,"现代的"话剧是否需要民族化,"民族的"戏曲是否需要现代化,话剧与戏曲是否必定如此"你死我活"?"国剧运动"的现代民族戏剧理论,就包含着话剧民族化、戏曲现代化的初步思考;田汉领导南国社同台演出话剧与戏曲,则是这方面有益的舞台实践。当然,真正引起戏剧界对这个问题的重视,而对话剧与戏曲都有比较正确的认识,还是在抗战爆发前后。话剧宣传社会需要民众的理解与接受,严峻的现实迫使戏曲突破封闭走向艰难的时代,都使话剧与戏曲在共同的现实环境和社会使命下,携起手来共同创造。于是有"大众化戏剧"的展开、戏剧"民族形式"的讨论与实践、话剧舞台演剧借鉴戏曲等话剧民族化的探索,有"利用旧形式"与"旧瓶装新酒"、"三并举"与现代戏创作等戏曲现代化的实践。新时期以来更有戏剧探索的话剧借鉴戏曲,戏曲吸收话剧的多样尝试。从相互排斥到相互借鉴、相互吸收,20世纪中国戏剧思潮的现代化与民族化在戏剧审美形态方面的探索,才走出一条正确的道路。

然而话剧如何民族化?戏曲如何现代化?是否话剧学戏曲就算是民族化?是否戏曲学话剧就是现代化?是否外来的话剧就不用现代化?是否传统的戏曲就不需民族化?摆在戏剧家面前的问题仍然是很尖锐的。话剧民族化应该在真实地反映民族现实和学习外国戏剧艺术、民族戏曲艺术的基础上健康地发展;话剧学习戏曲主要是借鉴戏曲的美学原则与审美规律,而不是机械地去搬用戏曲的程式、套路;并且话剧在其发展中仍然必须坚持现代化。同样的,现代化是戏曲改革的方向,但戏曲现代化不仅表现在内容上向话剧学习需有现代意识,融合中外戏剧进行戏曲艺术的变革也是极为重要的,并且变革只有"推陈出新"才能使戏曲艺术闪烁着独特的民族风采。再者,话剧、戏曲在其现代化与民族化进程中,还呈现出二者由碰撞、交流走向融合的新趋向。新时期"写意戏剧观"的盛行,和探索话剧与探索戏曲的出现,这种趋向表现得更为明显。而话剧要"话剧化"、戏曲要"戏曲化"等问题的提出,也同时说明话剧与戏曲在融合中还应保持其审美特性。新歌剧在新时期的探索也曾出现这种倾向。借鉴与吸收都是为了丰富和发展自己,而不是把自己变成其他。否则变革也就失去意义。20世纪中国戏剧思潮在其发展中所积累的这些经验教训,对今后戏剧的现代化与民族化创造,都是非常有借鉴意义的。

3. 中外戏剧交流:借鉴与继承

20世纪中国戏剧思潮大都是在中外戏剧碰撞、交流中凝聚生成的。正是借鉴使其"外之既不后于世界之思潮",继承使其"内之仍弗失固有之血脉"①,从而能融会中外戏剧艺术精华健康地发展。

中国戏剧进入20世纪,已经彻底打破自我完善的传统封闭体系,而走向世界戏剧大潮。在这种情形下,如果缺乏"世界的眼光"而闭关锁国,只会导致戏剧发展的衰微和戏剧思潮的凋零。新中国前十七年对西方戏剧极力排斥的自我封闭,尤其是"文革"十年独尊"样板戏",都非常明显地影响到这时期戏剧与戏剧思潮的发展。相反的情形就是20年代和新时期,西方各种戏剧思潮、流派如潮水般涌进国门,与民族传统戏曲猛烈碰撞而激起阵阵壮观的浪潮,有力地推动着中国戏剧的变革与发展。走向世界戏剧大潮的20世纪中国戏剧,在中外戏剧的碰撞、交流中,只有敢于"拿来"、善于借鉴,才能为我所用,才能创造出民族的新戏剧。

然而问题的另一方面,20世纪中国戏剧思潮在中外戏剧交流中,它随着西方戏剧潮流而涌动,但那潜藏着的看不见的河床,却是民族戏曲的传统。只有西方戏剧的借鉴而没有民族戏曲传统的继承,就不可能在中国剧坛形成波澜壮阔的思潮,或者即便形成也难以蓬勃发展。"五四"戏剧思潮乍看起来似乎与民族戏曲少有联系,其实,现实主义与戏曲传统的"载道"意识,浪漫主义与《西厢记》等传统戏曲的浪漫诗情和传奇色彩,都有着割不断的内在联系。而新浪漫主义渐趋衰微,重要原因之一,也正是它没能从民族戏曲和文化传统中

① 鲁迅:《文化偏至论》,《坟》,人民文学出版社1995年版,第49页。

汲取营养。西方现代派戏剧在新时期以探索戏剧的面目出现,它能够强劲地推动中国戏剧发生变革,并能创造出诸多优秀的或比较优秀的戏剧为人们所欣赏,又从反面说明西方戏剧要在中国剧坛形成浪潮,需要将它纳入民族戏曲"河床"的重要性。话剧民族化、创建民族新歌剧、斯坦尼体系的实践、新的演剧体系的尝试等思潮的兴起,也同样说明这个道理。

这就是说,必须要在借鉴中渗透进民族的血液,并能引出新的创造。不能民族化的借鉴,或者借鉴只是机械地盲目照搬,都是没有生命力的。同样,继承传统必须使其现代化。继承传统不是为了完整地保存传统,而是要把传统变成现代的、世界性的东西。继承传统而不能使其现代化,就无异于国粹主义。欧阳予倩1929年论及中国戏曲变革的趋向,就指出是要使它成为"民众的,中国的,世界的"①。这也是在中外戏剧碰撞、交流中,中国戏剧继承传统的正确选择。20世纪初的戏曲改良,国剧运动的理论思考,"五四"以后戏曲现代化的执着探索,民族戏曲自身的艰难变革自然包括这些内涵;而继承传统使其现代化,主要的还是指戏曲传统在其他戏剧思潮中的渗透,诸如话剧民族化、创建民族新歌剧、斯坦尼体系的实践,以及新时期的戏剧观论争、现实主义的复归与深化、探索戏剧的探索、新的演剧体系的尝试,等等。在这里,民族传统确实如深厚的河床,承载着戏剧思潮的汹涌。而它又并非传统的生搬硬套,在与西方近现代戏剧的交流中,体现出现代戏剧新的艺术特色。因此在某种意义上来说,古老的传统中又蕴藏着现代艺术的因素。当然,在20世纪中国戏剧思潮发展中,也有那些继承传统没能使其现代化的(如新剧革命),也有以传统为国粹而不愿使其现代化的(如戏曲发展中的某些保守派),那都没能使传统获得真正的生命力。

4. 戏剧创作方法:现实主义与现代主义

现实主义在20世纪中国戏剧思潮的发展中,是贯穿始终且势头强健的主

---

① 欧阳予倩:《粤游琐记》,《南国月刊》第1期,1929年5月。

潮。20 年代现实主义、新浪漫主义、浪漫主义三足鼎立的蓬勃生机,到 30 年代初就只剩下现实主义独立剧坛。此后无论是普罗戏剧的崛起、话剧民族化、创建民族新歌剧,还是斯坦尼体系的实践,都是在现实主义指导下的戏剧创造。直到新时期现代现实主义、探索戏剧和新的演剧体系等思潮兴起,20 世纪中国戏剧才再次出现摇曳多姿的景观。

其实,早在"五四"前后新浪漫主义、浪漫主义与现实主义共同鼎立剧坛时,在戏剧家的意识中,就已经有现实主义为尊的观念存在。著名的《新青年》派大力译介易卜生等欧洲近现代戏剧,就是要开创中国戏剧的现实主义;而新浪漫主义的兴起,则如沈雁冰所说,乃是"为补救写实主义丰肉弱灵之弊,为补救写实主义之全批评而不指引,为补救写实主义之不见恶中有善"①。正因为如此,所以当随后普罗戏剧浪潮卷来,卢那察尔斯基"一切积极的阶级都是现实主义的"观点在中国也同样产生强大影响时,新浪漫主义就受到严厉批判而渐趋衰微,甚至连浪漫主义也没能逃脱席卷而受挫,并在现实刺激下走向现实主义。

现实主义成为 20 世纪中国戏剧的主潮,当然有其深厚的历史与现实根源。然而现实主义本身又应该如何发展呢?20 世纪中国戏剧在这方面,留给人们的教训是深刻的。从 20 年代的主张写实,到 30 年代以后强调革命性、战斗性和阶级性,新中国前十七年张扬"为政治服务",现实主义越走越狭窄。新时期伊始,戏剧家经过深刻的反思终于认识到,现实主义在中国剧坛逐渐为观众所冷落,主要原因乃是戏剧家缺少现代意识,没有真正把握住现实主义的精髓。世界戏剧现实主义在 20 世纪,早已走向现实主义与现代主义的交融,或是与传统结合而走向"假定性的现实主义";而在中国,仍是用被扭曲的"易卜生—斯坦尼"样式束缚着自己,使得"五四"时期促进中国戏剧现代化的现实主义,如今却缺乏时代气息。认识到这一点,新时期的现实主义在复归中,就大

---

① 沈雁冰:《〈欧美新文学最近之趋势〉书后》,《东方杂志》第 17 卷第 18 号,1920 年 9 月。

胆地借鉴西方现代派戏剧和民族戏曲艺术创造现实主义新的舞台语汇,以多种艺术手法深入揭示人的复杂心灵,表达戏剧家对现实的深刻思考,使现实主义在拓展、深化中更具现代风采。

20世纪世界剧坛,现代主义波涛汹涌,成为戏剧发展的主流。它在中国的反响,就是20年代的新浪漫主义、新时期的探索戏剧及新的演剧体系的尝试等思潮的出现。现代主义无疑具有现代化内涵,但又为什么在中国兴衰起伏、颇多艰辛呢? 其中的起伏兴衰除社会因素作用外,其自身的发展——20年代的渐趋衰微与新时期的坚韧探索——又蕴含着怎样的启迪呢? 最重要的,就是现代主义的民族化。具体地说,就是现代主义要面向现实,真实地表现对社会人生的真挚体验和深切感悟;现代主义要以现实主义为根基,使其不过分地流于虚幻空灵;现代主义要趋向本民族的审美情趣,要使观众喜爱并能够欣赏。这可能就是现代主义戏剧要在中国获得发展的关键。

世界戏剧发展到20世纪,执着艺术探索的现代主义与注重社会审美的现实主义是主要趋向;而20世纪世界戏剧的发展又绝少有某种流派或风格的纯粹创作,两者的相互渗透成为越来越强大的趋势。20世纪中国戏剧思潮在其演进过程中,尤其是发展到新时期,也不同程度地体现出现实主义与现代主义走向交融的特征。它使很多戏剧家不再过多地固守某个流派,只以能更真实、更艺术地表现社会人生为最高的审美追求。因而有很多创作,究竟是现实主义还是现代主义,其归属难以严格确定。这从某种意义上来说,是戏剧找到自己本体归属之后的艺术自觉。它预示着中国戏剧的发展具有无限广阔的前景!

中国话剧与民族戏曲传统

　　"中国话剧与中国戏曲"这个研究课题在国内外学术界还没有引起应有的重视。因为话剧在中国是"舶来品",中国话剧在相当长的时期里都受到外国戏剧的深刻影响,所以,学术界关于中国话剧的"影响源"的研究,长期以来也大都是将眼光放在国外,尤其是西方戏剧,探讨古希腊戏剧、莎士比亚、莫里哀、易卜生、奥尼尔、高尔基、契诃夫等对中国话剧的影响。这方面的研究成果较多,更有集大成的《中国现代比较戏剧史》的出版。而很少有人关注中国话剧与中国戏曲的美学渊源问题。

　　其实,中国话剧的发展不仅与外国戏剧有着明显的影响关系,而且与民族戏曲传统也有着非常密切的审美联系。中国话剧经过 20 世纪的发展,它已经从"舶来品"进入中国文化系统,成为中华民族艺术的一个重要的组成部分。在这当中,中国话剧与 20 世纪中国民族现实相拥抱,从而在民族精神的深刻表现、民族性格的真实刻画与民俗风情的生动描写中走向现代化,这当然是最重要的;而中国话剧在戏剧审美和艺术创造等方面从民族戏曲那里汲取滋养,同样是其民族化的非常重要的方面。

一、现代戏剧:现代化和传统

　　20 世纪的世界潮流汹涌澎湃。早在 19 世纪末 20 世纪初,搏击在时代浪潮中的梁启超，就发出了"近代的中国是世界的中国"的预言；同样的，当时孙中山站在神州大地放眼世界，也谆谆地告诫国民："世界潮流，浩浩荡荡，顺之者昌，逆之者亡。"于是，在帝国主义野蛮侵略的铁蹄声和枪炮声中，先驱者为了中华民族的再次崛起，唤醒民众要发愤师夷以制夷。霎时间，"亚东进化之潮流，所谓科学的、实业的、艺术的，咸骎骎乎若揭鼓而求亡子，岌岌乎若骞裳而步后尘，以希共进于文明之域"。在这历史巨变的转折时期，"即趋于美的一方面之音乐、图画、戏剧，亦且改良之声，喧腾耳鼓，亦步亦趋，不后于所谓实业科学也"。①

西方话剧因而以迅猛之势登上中国戏剧舞台。在 20 世纪初叶汹涌而来的新剧革命、新旧戏剧论争、现实主义、新浪漫主义、浪漫主义等戏剧思潮中，人们都能真切地感受到世界新文明正向中国大地、中国戏剧舞台走来的沉实的脚步声。与中国历史上所有的戏剧改良相比较，这些戏剧思潮具有特定时代的独特的文化内涵，它们不再是中国传统戏剧内部结构的修补调整，而是自觉地借鉴欧美近现代话剧以创造崭新的民族戏剧，或是自觉地汲取欧美戏剧艺术以对中国传统戏曲进行变革。中国戏剧正在趋向世界戏剧潮流，正在走向现代化。

于是，中国戏剧史上长期以来只有戏曲独占舞台的格局被打破，话剧与戏曲（以及后来在秧歌、民族戏曲和西洋歌剧基础上创建的民族新歌剧），成为 20 世纪中国戏剧舞台上最主要的戏剧样式。旧格局的打破和新格局的创建，原先基本上是相互隔绝而并行不悖地各自发展的西方话剧和中国戏曲，现在突然于世界戏剧浪潮的汹涌中在中国戏剧舞台迎头相碰，这就必然会带来舶来的话剧样式与传统的戏曲艺术的冲突与碰撞。其实不仅是戏剧，正如《剑桥中国晚清史》所说，中国近代史"从根本上说，是一场最广义的文化冲突"，"是扩张的、进行国际贸易和战争的西方同坚持农业经济和官僚政治的中国文明之

---

① 　觉我：《余之小说观》，《小说林》1908 年第 9 期。

间的文化对抗"。① 在中国封建农业经济社会中生长的戏曲和经过西方近代文明洗礼的话剧,因其属于两种不同的戏剧美学体系,相互间的碰撞与冲突也就显得格外的激烈。"辛亥"前后话剧与戏曲的争论,"五四"时期《新青年》派的激烈批判戏曲而推崇话剧,20 年代末 30 年代初左翼戏剧界对戏曲的再批判,等等,都显示出两种不同的戏剧体系、戏剧文化的激烈冲突。

但是,我们更要看到,随着时间的推移和戏剧的发展,中国话剧与中国戏曲又在冲突和碰撞中逐渐趋向交流和融合。20 年代末余上沅等"国剧运动"派创建具有民族特色的中国话剧的理论思考,30 年代左翼戏剧家跨越话剧和戏曲的"戏剧大众化"讨论,和熊佛西等戏剧家汲取民间戏剧的"农民话剧"实验,40 年代话剧继承戏曲创建"民族形式"的论争与创造,50—60 年代戏剧家学习戏曲的话剧舞台民族化的探索,和 80—90 年代话剧与戏曲融会贯通的艺术整合,等等,都可以看出中国戏曲对于中国话剧的滋养。与此相联系的,就是在田汉、曹禺、夏衍、郭沫若、老舍、焦菊隐、黄佐临、徐晓钟等著名剧作家的戏剧创作和导演艺术家的舞台实践中,都明显地渗透着中国传统戏曲的深刻影响。

由此,就衍生出一系列尖锐的问题:舶来的话剧与民族传统戏曲为什么会发生激烈的碰撞与冲突,中国话剧在这种碰撞和冲突中会发生哪些变化? 舶来的话剧与民族传统戏曲在随后的发展中又为什么会走向交流和融合,这种交流和融合会给话剧在中国的发展带来什么影响? 在中国话剧与中国戏曲从相互碰撞、冲突到逐渐交流、融合的过程中,中国戏剧家是如何从戏曲中继承民族美学和艺术精神,将"舶来品"的话剧逐渐创造为具有中国作风和中国气派的民族戏剧的? 中国话剧与中国戏曲的碰撞和交融,给今后中国话剧的发展留下了哪些值得记取的经验与教训? 另一方面,这些问题的提出其本身就表明,那种只着眼于西方戏剧对中国话剧影响的研究,难以真正地阐述清楚 20

---

① [美]费正清:《剑桥中国晚清史》(上),中国社会科学院历史研究所编译室译,中国社会科学出版社 1985 年版,第 251—252 页。

世纪中国话剧的历史发展,因而也难以对中国话剧的审美特征和中国话剧的未来发展做出深刻的理论分析。因此,那种认为"五四"新旧戏剧论争造成中国话剧与民族传统戏剧断层的观点是站不住脚的,那种只将西方戏剧看作中国话剧的影响源而忽视民族戏曲的传统,强调侧重西方戏剧影响源的研究而割断中国话剧与民族戏曲传统的历史联系的观点,同样是不符合历史事实的。

这就涉及如何理解 20 世纪中国戏剧的现代化创建问题。具体地说,也就是如何理解中国现代话剧创建的现代化与传统的问题。

包括话剧在内的 20 世纪中国文学,其现代化创建的主要内涵是什么? 有人曾引用鲁迅说的"新文学是在外国文学潮流的推动下发生的,从中国古代文学方面,几乎一点遗产也没摄取"①,以否定民族文学传统在 20 世纪中国文学现代化创建中的作用。鲁迅确实说过这段话,但是,那是在特定情境中、从特殊角度对中国新文学某些方面的强调,就像鲁迅还在特定情境中说过"把中国的古籍丢进茅厕"之类更偏激的"愤语"。其实,批判传统最严厉最激烈的鲁迅,恰恰是对中国文学传统的研究最透彻,而在其创作中又将外来影响与民族传统融合得最好的学者和作家。这就使人们想起 20 世纪初,鲁迅关于中国文学现代化创建的一段著名的论述:

> 明哲之士,必洞达世界之大势,权衡校量,去其偏颇,得其神明,施之国中,翕合无间。外之既不后于世界之思潮,内之仍弗失固有之血脉,取今复古,别立新宗……②

鲁迅在这段话中就深刻地指出,在世界文学浪潮猛烈冲击下的 20 世纪中国文学的现代化创建,必须对外与世界的时代思潮合流,对内又不能失去固有的民族传统。文学是这样,20 世纪中国戏剧的现代化创建同样是如此。

---

① 鲁迅:《"中国杰作小说"小引》,《集外集拾遗补编》,人民文学出版社 1995 年版,第 393 页。
② 鲁迅:《文化偏至论》,《坟》,人民文学出版社 1995 年版,第 49 页。

　　任何外来文化都是在民族传统的基础上发展起来的。一个民族绝对不可能离开传统而去发展一种完全"异质"的戏剧，一个戏剧家也不可能完全抛弃传统而去进行艺术创造。西方话剧在中国的萌生与发展，如果没有民族戏剧和民族文学的传统给它提供丰厚的土壤，那是绝对不可能的。从另一方面看，尽管传统有时因其"惰性"而表现为障碍性和破坏力，但是，传统又有着强大的生命力，它对于外来文化有极大的同化力，对于自身有吐故纳新的自我调整功能。因而从某种意义上说，传统与现代化不仅不是对立的，在经过创造性的转化后，传统还能参与现代化的创建。现代化的创建因此必须以传统为基础。也正是在这个意义上，李健吾说："真正的传统往往不只是一种羁绊，更是一层平稳的台阶。"①

　　传统渗入现代，对 20 世纪中国话剧的发展来说，大致有这样几种情形：一是潜移默化的渗透。相对于外国戏剧的影响是戏剧家的自觉追求，传统的渗透则是无形的、是溶化于戏剧家的"血脉"中的，尽管戏剧家有时意识不到传统的这种潜在的影响，甚至有时还在批判传统。二是戏剧家的艺术自觉。这就像鲁迅所说的，在趋向世界戏剧潮流的同时，中国戏剧家为了发展"民族的"话剧，而有意识地追求"弗失固有之血脉"，以进行"戏剧大众化"、话剧"民族形式"等的创造。三是外国戏剧发展的影响。前面两点比较容易理解，第三点表面看来似乎有些不可思议，但是，它确实在相当程度上对戏剧家有着重要影响。这种影响又主要体现在以下两个方面：一是戏剧家在反传统和接受外国戏剧的过程中，又返转来通过外国戏剧认识了民族戏曲传统。冯至就说过：

　　　　拿我在二十年代接触的一些青年说，往往是先接受外国的影响，然后又回到中国文学的传统上来。②

-----

① 李健吾：《九十九度中》，《李健吾文学评论选》，宁夏人民出版社 1983 年版，第 61 页。
② 冯至：《关于外国文学的影响及其他》，《文学研究动态》1983 年第 4 期。

正是趋向西方借鉴其现代意识去审视民族传统,中国戏剧家在反传统中又"发现"了传统的某些审美价值,从而将传统纳入其现代戏剧的创建中。二是现代西方戏剧发展的某些趋势对中国戏剧家的启迪。西方近代戏剧长期在现实主义的框范中发展而感受到艺术的羁绊,20世纪初以来,西方戏剧家就借鉴包括中国戏曲在内的东方写意戏剧以寻求突破。中国戏剧家从20年代中期开始,即敏锐地在西方戏剧的这种发展趋势中"发现"了民族戏曲的艺术魅力,便转而向民族传统学习和借鉴。这两个"发现",既加强了中国话剧的现代化和民族化的进程,又将20世纪中国话剧的发展推向20世纪世界戏剧"本土化"的汹涌浪潮中去。

二、二十世纪世界戏剧:反传统与复归传统

世界各民族文学的相互渗透,尤其是东方与西方之间壁垒的打破而出现的相互交流与渗透,形成了20世纪世界文学发展的新格局。"世界文学"的浪潮在整个世界的文坛上澎湃地激荡着。法国作家罗曼·罗兰对此深有感慨:"我们现在谁也离不开谁,是其他民族的思想培育了我们的才智,……不论我们知道不知道,不论我们愿意不愿意,我们都是世界公民。……印度、中国和日本的文化成了我们的思想源泉,而我们的思想又哺育着现代的印度、中国和日本。"①20世纪"世界戏剧"的发展也同样如此。

"世界戏剧"浪潮的激荡在20世纪初期,突出地、压倒性地表现为"西风东渐"。西方话剧被日本、中国、印度、印尼等东方国家作为"世界新文明"而予以广泛的译介,并促进了中国、日本、印度、印尼等东方国家重大的戏剧变革,它对整个20世纪东方戏剧的发展产生了巨大的影响。

"西风东渐"的强劲势态持续了相当长的时期。大约在20世纪20年代

---

① 转引自乐黛云:《比较文学的名与实》,《读书》1985年第10期。

(少数先驱者还要稍早一些)，长期拘囿在现实主义美学规范里而感受到艺术创造羁绊的西方戏剧家，在戏剧创新的探索中，发现中国、日本、印度、印尼等东方国家的戏剧艺术，正是他们梦寐以求的戏剧美学理想。于是，包括中国戏曲在内的东方戏剧才逐渐地"东风西渐"(尽管此前中国戏曲等东方戏剧在西方也有零星的译介，但那并非西方戏剧的艺术自觉)，"西风东渐"的西方话剧和"东风西渐"的东方戏剧这两股浪潮，才在"世界戏剧"的激荡中开始真正的对话与交流。此后，"东风西渐"日渐强盛，尤其是两次世界大战之后，西方知识界、思想界对西方社会的悲观失望情绪加重(所谓"西方衰落")，"向东看"成为普遍的社会现象，戏剧上的"东风西渐"也因此而加强。这种情形就逐渐改变了 20 世纪初期"世界戏剧"浪潮中"西风东渐"的强劲势态，而形成了东、西方世界各民族戏剧的文化扭结和美学渗透，包括中国戏曲在内的东方戏剧，在"世界戏剧"的汹涌浪潮中占据着越来越重要的地位。

　　西方戏剧界原先对东方戏剧带有那种不屑一顾的嘲讽神情，其原因主要是"西方文化中心"论的老大帝国观念在作祟——东方戏剧的唱、念、做、打的综合，与西方近现代戏剧的要么一说到底(话剧)、要么一唱到底(歌剧)、要么一舞到底(舞剧)的观念不合。以中国戏曲为例，西方人早先就"觉得歌唱和说白不应该这样奇奇怪怪地纠缠在一起"①。应该说，是力求突破戏剧框范的新探索和新追求，使得西方戏剧家改变了早先的偏见。1920 年，英国戏剧家毛姆来中国看了戏曲演出后，就极为赞叹："中国戏剧有其精妙的象征性，正是我们孜孜以求的观念戏剧。"②不仅高度赞美中国戏曲的艺术审美，而且将它作为西方戏剧的美学追求而予以充分的肯定，这显示出西方文艺界观念的转变。尤其是 30 年代梅兰芳去苏联、美国访问演出和程砚秋的欧洲之行，中国戏曲得到斯坦尼斯拉夫斯基、布莱希特、爱森斯坦、梅耶荷德、丹钦科、斯达克·扬、莱因哈特、托勒等西方戏剧家的广泛赞誉，更是在西方戏剧界掀起了"中国戏曲

---

① 转引自张隆溪编《比较文学译文集》，北京大学出版社 1982 年版，第 91 页。
② ［英］萨默塞特·毛姆：《在中国屏风上》，唐建清译，江苏人民出版社 2006 年版，第 135 页。

热"。日本能乐、印度的传统歌舞剧、印尼的巴厘舞剧等东方戏剧的西传,其情形也大致是如此。

"东风西渐"终于激发起了 20 世纪西方戏剧变革的潮流。从 20 世纪初期英国的戈登·克雷、奥地利的莱因哈特等戏剧家发起的"新剧场运动",尤其是从 30—40 年代法国阿尔托的"残酷戏剧"、德国布莱希特的"史诗剧"和俄国梅耶荷德的"假定性现实主义戏剧",到 50—60 年代波兰格洛托夫斯基的"质朴戏剧"、法国热内等的"荒诞派戏剧",和 70 年代以来英国布鲁克的"空的戏剧空间"、美国谢克纳的"环境戏剧",以至 80—90 年代挪威戏剧家巴尔巴的"戏剧人类学",等等,这些被看作 20 世纪西方最重要的戏剧家和戏剧探索中的大部分,他们都程度不同地受到了中国戏曲等东方戏剧的影响。

"东风西渐"对 20 世纪西方戏剧变革的影响,主要体现在两个方面:第一,东方戏剧别具特色的艺术审美,促进了西方戏剧舞台演剧的变革。布莱希特演剧的叙事特征和间离效果是对西方戏剧亚里士多德传统的叛逆,而其"叛逆"就像布莱希特的夫人、著名演员海伦·魏格尔所说:"布莱希特戏剧里流着中国艺术的血液。"[1]其实不仅是布莱希特,从戈登·克雷提出借鉴东方戏剧以变革西方的演剧艺术、阿尔托强调演剧要以形体语言代替字词语言、梅耶荷德认为戏剧的特质是假定性的,到格洛托夫斯基论演剧本体存在于演员与观众的交流中、布鲁克提出空荡的舞台能以演员的表演和观众的想象而容纳整个世界、巴尔巴论"前表现性的舞台行为"是人类戏剧的普遍原则等演剧艺术的创新来看,就像同样受到东方戏剧影响的谢克纳——他力图使戏剧演出成为每个在场者都能真切地感受到其力量的类似"仪式"的活动——所说:

在二十世纪,西方有成就和有影响的戏剧艺术家事实上已"走向东

---

① 转引自丁扬忠:《问题·创新·展望》,《人民戏剧》1982 年第 9 期。

方",并乐此不疲。①

在这方面,中国戏曲等东方戏剧独特的写意美学、融洽的观演关系和精美绝伦的形体演技,给予西方戏剧家的影响尤为深刻。而这种戏剧审美从某种意义上说也是西方现代派戏剧所要努力探寻的,因此,中国戏曲等东方戏剧对 20世纪西方现代派戏剧的发展深有影响。法国荒诞派戏剧家热内在看了《秋江》《三岔口》等中国戏曲后非常激动,戏曲的艺术审美引起他的极大兴趣,并在其《阳台》《屏风》《黑人》等剧中予以借鉴。第二,西方戏剧界由中国戏曲等东方戏剧返观自身,促使他们从自己的传统中去找寻创建现代戏剧的艺术手段。早在 20 世纪初期,着意现代演剧变革的戈登·克雷就指出:

> 欧洲剧场的这些规则,通过孜孜不倦的和明智的调查研究是可以被查清楚的,尤其是印度、中国、波斯和日本至今仍在向我们提供演剧艺术的榜样,通过我们已经掌握的线索同印度、中国、波斯和日本所提供的那些实例加以比较,并向它们学习,一定会把欧洲的那些戏剧规则弄清楚的。②

因为东、西方戏剧在早期阶段其艺术表现是相近的,所以,很多西方戏剧家正是在向中国戏曲等东方戏剧的借鉴中"发现"了他们自己的戏剧传统,从而转向其传统去找寻创造的灵感的。西方现代派戏剧的发展也是如此,越来越重视挖掘过去的戏剧传统和民间演剧传统。他们很多先锋性的探索,其实都是对古老的戏剧传统和民间演剧传统的再发现和再创造。法国荒诞派戏剧家尤涅斯库就说:

---

① [美]理查·谢克纳:《东西方与巴尔巴的戏剧人类学》,周宪译,《戏剧艺术》1998 年第 5 期。
② [英]爱德华·戈登·克雷:《论剧场艺术》,李醒译,文化艺术出版社 1986 年版,第 250 页。

先锋派的目的应该是重新发现(但不是创造)最纯状态的戏剧的永恒
形式与被遗忘掉的理想。我们必须与陈词滥调一刀两断并挣脱束缚手脚
的"传统作法";我们必须重新发现那唯一真正的和有生命的传统。①

西方戏剧的这种创新"传统"延续至今。1998 年,意大利戏剧家达里奥·福荣
获诺贝尔文学奖,就有论者认为,这是世界剧坛对欧洲现代派戏剧与欧洲喜剧
传统相结合所表示的敬意。

由此,就出现 20 世纪西方戏剧的发展对东、西方戏剧艺术的融合。这种
融合形式不一、多姿多彩。但是有一点是必须注意的,西方戏剧融合东方戏剧
最根本的是艺术审美的借鉴,而不是,也不可能是以这种融合去模糊西方戏剧
的审美特征,或者更进一步是以东方戏剧去代替西方戏剧。因此,反省"现代
性"和"欧洲文化中心"论,重视民间社会和文化发展的多元性,又成为 20 世纪
"全球化"趋势中,西方社会一个非常重要的文化思考课题。它表现在戏剧方
面,就是对戏剧民族特性的强调和各个国家本土戏剧的现代化创造。20 世纪
80 年代,著名导演布鲁克在评论英国当代戏剧变革时就特别提到,戏剧变革
"在剧本创作和表演方面,出现了人们获得极大的自由去进行艺术表现的这种
情况,正因此,英国戏剧现在非常活跃。但是另一方面,它又是绝对英国风格
的"②。正因为每个民族都有各自的戏剧"传统",所以,20 世纪的西方戏剧仍
然是充满着鲜明的民族特色。即便是在英语戏剧中,不同民族的独特风姿也
都是非常明显的。

在东、西方戏剧的碰撞中趋向东方戏剧,在向东方戏剧的借鉴中返观自身
而去挖掘自己的传统,然后,以民族戏剧的现代化创建为前提而进行东、西方
戏剧艺术的融合,这就是在 20 世纪"世界戏剧"浪潮的激荡中,西方戏剧在与
东方戏剧碰撞、冲突与交流、融合中的发展过程。

---

① 转引自[英]马丁·艾斯林:《荒诞派戏剧》,刘国彬译,中国戏剧出版社 1992 年版,第 174 页。
② 参见萧曼:《访当代英国著名导演彼得·布鲁克》,《外国戏剧》1981 年第 4 期。

三、二十世纪中国话剧:由反传统而趋向传统

在 20 世纪"世界戏剧"大潮中发展的中国话剧,也经过了这样一个"反戏曲传统—回归戏曲传统—话剧与戏曲传统融合"的发展历程。这个发展历程雄辩地说明:

> 每一个在中国土壤上生了根的剧种都可以找到共同的悠久的历史根源,分享优秀民族传统所给予的巨大财富。[①]

由反传统而趋向传统,因而成为 20 世纪中国话剧发展的重要趋势;而话剧与戏曲的碰撞和交融所造成的张力,又促成 20 世纪中国话剧发展的理论论争和实践的变革。

20 世纪中国话剧的由反传统而趋向传统,大致经历了三个发展阶段。

第一个阶段从 20 世纪初至 20 世纪 20 年代中期。这是话剧与戏曲初次相遇后错位杂合,和二者在碰撞、冲突中走向对抗的时期。

两种异质文化的相遇,总是从碰撞、冲突开始的。话剧最初是以"新剧"(借鉴日本"新派剧")形式,在"辛亥"前后的民族革命浪潮中引进中国的。晚清社会变革催促着中国传统戏曲的改良,而戏曲改良的艰难又呼唤着新剧在中国的诞生。新剧在中国从开始就是与社会变革紧密相连的。当时的戏剧家和观众着眼的是新剧的社会宣传效能,对它的艺术审美没有更多地予以注重;而当辛亥革命失败后新剧张扬革命已没有市场,戏剧家和观众再着重以审美的眼光去看新剧时,新剧与戏曲的不同美学特征才突显出来,两种戏剧体系之间的碰撞与冲突也就不可避免。因此发生 1914 年前后关于新旧戏剧的论争。

---

① 田汉:《话剧艺术健康发展万岁》,《戏剧报》1956 年第 3 期。

另一方面,新剧引进中国后,相当程度上是在戏曲根基上生长的。早期上海学生演剧,尤其是后来影响广泛的进化团和新民社等剧团,其演剧形式都较多地保留着旧戏的"遗形物";而它们在剧坛的巨大声势和渗透力,就连向来坚持新剧异质的春柳剧团,最终也未能抵拒住其逼势和影响。新剧的分幕与布景,旧戏的编剧与表演,以及"幕外戏""新剧加唱"等未脱旧剧窠臼的演剧占据主流,它使得新剧"杂合"戏曲而失去其独特风采。因此在1916年前后新剧走向衰微时,这种背离"新剧真正之主旨"并在内容上趋向低俗的"歌舞派新剧"被指斥为"伪新剧",更有人振臂高呼要"毅然决然,起而革命,驱伪新剧于绝地",重新创建"寓意深远有功世道之完美新剧",并要去除其"杂合"的旧戏特征而使其成为"纯粹新剧"①。这表明新剧在努力摆脱"杂合"的戏曲影响,而在戏剧观念和审美意识上趋向西方的话剧。

终于在"五四"时期,胡适、陈独秀、钱玄同、刘半农等《新青年》派为张扬西方话剧,而对中国戏曲展开了激烈的批判,并与张厚载等旧剧保守者进行了激烈的论争。《新青年》派放眼世界,认识到中国社会要挣脱封建枷锁更新富强,就必须革新"精神界之文学",中国文学要追赶世界新潮流,就必须推重戏剧以状写人生。但是,他们看到当时的中国戏剧界是古典戏曲衰微、改良戏曲失败和杂合戏曲的新剧的堕落,遂要"重新估定旧戏在今日文学上的价值",以"再造文明"②。在话剧与戏曲走向对抗的这场论争中,虽然《新青年》派集中火力批判的是旧戏的艺术表现形式,但是他们批判的立足点,却是旧戏的艺术形式无力表现新的时代内容,因为旧戏中所宣扬的封建性的东西已不能适应新的现实社会,从而把批判旧戏与译介话剧结合起来,要由变革旧戏入手去创建话剧。而只着眼于戏曲独特的艺术表现和审美价值,张厚载等人就不明白中国既然有戏曲为何还要创建话剧,更不明白《新青年》派创建话剧为什么非得批判旧戏。他们认为在中国提倡话剧绝对不可能,改良戏曲无根本之必要。这

① 参见剑云《挽近新剧论》、昔醉《新剧之三大要素》等文,《鞠部丛刊》,上海交通图书馆1918年版。
② 胡适:《"新思潮"的意义》,《新青年》第7卷第1号,1919年12月。

种观点代表着戏曲界在受到外来冲击时而透露出的保守性和排他性。他们试图以这种方式维护旧戏的"真精神",进而以此为借口而拒绝借鉴一切外来文学艺术。这种错误倾向无疑是中国戏剧走向世界、走向现代化的障碍。而《新青年》派据以批判旧戏的,正是欧美近现代个性解放、进化论等进步思潮。因此,尽管其批判旧戏存在着不辨中西戏剧各自的民族性、机械地理解戏剧进化等不足,但是其戏剧观念较之张厚载等人,确实有更多世界的眼光和时代的审美需求。在中国戏剧的发展呈现出严重衰颓迹象的"五四"时期,正是《新青年》派的狂呼呐喊,开启了中国戏剧的新曙光。它不仅推进话剧迅猛地登上中国戏剧舞台,而且促使了戏曲界的反思和变革。

第二个阶段从 20 年代中期至 40 年代末。这是中国话剧在世界戏剧浪潮中返观民族传统,在大众化、民族化探索中开始艺术自觉,而逐渐地认识传统、回归传统的时期。

《新青年》派的批判戏曲并不是对民族戏剧传统的简单否定。它更多的是张扬"新"思潮的矫枉过正,而历史悠久、惰性极大的古老中国文化是亟需如此狂风暴雨的涤荡的。当话剧在中国立住脚跟后,他们对戏曲就"非但不攻击,而且很希望它发达,很希望它能够把以往的优点保存着,把以往的缺陷弥补起来,渐渐的造成一种完全的戏剧"①。这是"五四"心态的典型表现。另一方面,就像爱尔兰比较文学专家泰特罗说的,在文化交流中,"当我们认为自己在向别人学习的时候,我们可能是在发现自己被压抑的方面"②,中国戏剧家在借鉴西方创建中国话剧时,也开始重新估定或发现中国传统戏曲的价值,并将它创造性地转化到话剧建设中来。中国话剧在逐渐地向传统回归,尽管二者有时还在发生冲突。

首先是 1926 年前后余上沅、赵太侔、闻一多、徐志摩等"国剧运动"派,对创建具有民族特色的中国话剧的思考。他们认为中国话剧应该是"世界的",

---

① 刘半农:《〈梅兰芳歌曲谱〉序》(1929),《刘半农文选》,人民文学出版社 1986 年版,第 225 页。
② [爱尔兰]安东尼·泰特罗:《本文人类学》,王宇根等译,北京大学出版社 1998 年版,第 111 页。

但更应该是"民族的"；而中国话剧要成为具有民族特色的戏剧，就必须植根于民族生活和民族戏剧的深厚土壤。"国剧运动"派是在 20 世纪以来西方戏剧努力挣脱传统束缚，而由写实向包括中国戏曲在内的东方写意戏剧借鉴的发展趋势中，认识到中国戏曲的审美价值和艺术魅力，因而对民族戏曲、对话剧与戏曲的关系有了新的思考。在中西戏剧的对比中，他们得出了"旧戏当然有它独具的价值"的结论，并且认为采取西方话剧"建设中国新剧，不能不从整理并利用旧戏入手"——汲取话剧与戏曲的"特长"，去除话剧与戏曲的"流弊"，在立足民族传统的基础上去创造中国话剧①。在"国剧运动"进行的同时，田汉率领的南国社受其影响也展开了关于新旧戏剧的讨论；并且南国社以其创作实践，使"五四"以来走向对抗的中国话剧与民族戏曲开始趋向融合。丁西林的《压迫》、欧阳予倩的《潘金莲》、熊佛西的《一片爱国心》等剧，也都体现出如此审美特征。田汉的《获虎之夜》《名优之死》《南归》等话剧，更是以其幻想传奇的浪漫精神、忧郁苦闷的感伤情调、从实象出发而重意境创造和舞台诗人的诗意抒情，显示出他借鉴戏曲创造的独特的"田汉味"。不过，这在当时还只是少数戏剧家的艺术自觉。

　　30 年代的左翼戏剧运动，在其开始是以"促成旧剧及早崩坏"和批判"国剧运动"作为开路先锋的。但是剧运的发展很快就纠正其偏向。这就是左翼民众戏剧运动陷于不能走向民众的困境。于是，在接着展开的"戏剧大众化"讨论中，话剧采用"旧形式"作为左翼戏剧建设的重要方面和在移动演剧中借鉴戏曲艺术，就引起了部分戏剧家的重视和实践；而 1935 年梅兰芳访苏演出获得苏联及西方戏剧界的热烈赞誉，和国内部分话剧家"投降"戏曲去接受民族遗产而引起的讨论，又促使更多的左翼戏剧家认识到中国戏曲在世界戏剧中的独特价值与地位，认识到民族话剧的创造借鉴戏曲的重要性，由此便形成 30 年代左翼戏剧走向"旧形式"的艺术自觉。在左翼戏剧逐渐走向"旧形式"的同

---

①　参见余上沅《剧刊终期》(1926 年 9 月 23 日《晨报副镌》)、《中国戏剧的途径》(《戏剧与文艺》第 1 卷第 1 期,1929 年 5 月)等文。

时，熊佛西、杨村彬等人在河北定县实验"农民话剧"，试图在农村和农民中为中国话剧的发展开拓新路。他们从内容到形式对都市话剧进行了改造。以艺术形式而言，由于农民话剧要求由农民在农民当中表演、以农民生活为题材而演给农民看，他们就借鉴民族戏曲和河北民间的高跷、旱船、龙灯等"会戏"形式，将剧场从室内搬到室外，舞台也就从"镜框式"变为因地制宜地与大自然同化的、其场景在不同剧目的演出中可根据剧情需要随时变换的"露天剧场"。这种露天剧场的演剧"观众与演员打成一片"，它使农民在看戏时不觉得自己是在"旁观"而是在"参加"戏剧活动；而汲取民间戏剧的如此新剧场和新演出法，又使农民话剧在剧作、表演、舞美等方面跳出传统束缚而有新的探索。走向民众的中国话剧必然会有新的创造。而原先张扬话剧必定批判戏曲的左翼戏剧家和原先在高校着重研究西方戏剧的学者戏剧家，都在大众化浪潮推涌下趋向民族戏曲，它表明已有更多的戏剧家认识到传统戏曲对民族话剧创造的重要性，尽管前者的现代意识仍少有民族化的艺术表现，而后者的民族化艺术表现还缺乏现代意识。这时期曹禺的《雷雨》《日出》和《原野》、李健吾的《这不过是春天》、田汉的《回春之曲》、夏衍的《上海屋檐下》等剧作，又从戏剧文学上显示出话剧借鉴戏曲的创造实绩。尤其是曹禺的创作，其故事、场面及戏剧的穿插，粗线条勾勒性格和细线条描写心理，意象与意境的审美创造，诗的戏剧与戏剧的诗等美学特征，都溢漾着浓郁的民族神韵。

20年代只有少数戏剧家自觉，30年代已为较多的人意识到的民族话剧创作借鉴戏曲的问题，在40年代因话剧抗战不能深入民众而展开的话剧"民族形式"论争中，已成为戏剧界的共识。如何创造民族形式的中国话剧？针对当时出现的完全否定"五四"新兴话剧，而认为话剧民族形式创造必须以旧形式为"中心源泉"，和全盘否定旧形式而强调话剧民族形式创造要坚持"五四"传统这两种偏向，戏剧家展开了激烈的论争。这场论争在20世纪中国戏剧发展中具有转折性意义。这不仅是因为论争促进着此后的戏剧实践，在中国话剧与传统戏曲的关系和中国话剧与人民大众的关系等重要方面进行了积极的调整,从而使中国话剧的大众化和民族化的探索逐步趋向深入;其重要意义还表现在,它在理论上对中国现代戏剧发展中的某些重大问题进行了认真的思考。论争使话剧界真正从艺术审美上认识到民族戏曲的价值,而在观念上彻底改变"五四"以来对戏曲的否定态度,与戏曲界携手并进谱写中国戏剧发展的新篇章。论争使人们认识到创建中国话剧"民族形式"的重要性,认识到民族形式话剧的创造不能隔断与世界戏剧的广泛联系,也不能离开内容只着眼于形式,而应该继承和借鉴中外戏剧精湛丰富的艺术经验以真实深刻地表现民族现实。论争还使戏剧家懂得,话剧创建民族形式的继承戏曲不能只是着眼于形式,还要从中把握中国人民的生活、思想和感情及其表现方法,懂得即便是形式的继承也必须从表现现实出发而不能为形式而形式,并且形式的继承应该更多的是戏剧美学的融会贯通,而不是外在表现形态的简单模仿。尽管着眼旧形式的"中心源泉"论曾在创作中引起民粹主义的"旧剧化"倾向,但是,这时期夏衍的《法西斯细菌》和《芳草天涯》、郭沫若的《屈原》和《虎符》、曹禺的《北京人》、田汉的《丽人行》、李健吾的《青春》、陈白尘的《升官图》和吴祖光的《风雪夜归人》等话剧,都在借鉴戏曲中显示出独特的创造。夏衍话剧的粗犷简洁与夸张拟态的写意、妙传心象情如绘的意境创造,以及其从"素描""淡彩"到"戏"的追求,郭沫若话剧的"借一段史影来表示一个时代或主题"、悲壮激昂的悲剧精神、"我就喜欢吃故事"及其"有些诗趣在里面"的诗剧创造,等等,都充满着民族审美的艺术魅力。

第三个阶段从 20 世纪 50 年代到 90 年代(其中"文革"时期话剧发展停滞)。这是中国话剧界在认识传统、回归传统问题上形成共识后,全面地、深入地探索话剧融合戏曲,以创造民族话剧、建立民族话剧演剧体系的时期。

50—60 年代掀起的话剧学习戏曲的热潮,它所面对的仍是"中国话剧要有鲜明的民族风格"的课题。这次探索的重点是舞台演剧。针对话剧舞台出现的导演的构思和处理缺乏光彩和活力,表演不能将角色内心通过情绪饱满的和感染力强烈的形式表达出来,舞美设计模仿现实而自然琐碎等不足,戏剧家借鉴戏曲艺术进行了认真探索。而针对探索中出现的"方向"说等偏向所进行的讨论，又使戏剧家从理论上认识到话剧学习戏曲不是让话剧像戏曲，而是为了丰富和发展话剧的观念和手法以使其更具民族色彩；认识到话剧学习戏曲不能照搬其外在形式，而应着重把握其美学精神和创造原则；认识到话剧学习戏曲要从表现生活和话剧特点出发，使戏曲"化"为话剧的东西以加强话剧的艺术表现力。焦菊隐导演的《虎符》《蔡文姬》和《茶馆》、金山导演的《红色风暴》、蔡松龄导演的《红旗谱》等剧都是成功的创造。焦菊隐的舞台创造强调表演要以简练精确的形体动作深入人物内心世界去挖掘其"内在的真实"和"诗意的真实"，将导演在舞台画布上"画出动人心魄的人物"看作"诗意"的集中表现，强调舞美要以虚实结合的创造烘托出"饱满而富有诗意的整体形象"，其演剧也就以诗的形象与观众共同创造出浓郁的舞台诗意。这时期老舍的《茶馆》、田汉的《关汉卿》，以及郭沫若的《蔡文姬》、曹禺的《胆剑篇》等剧作，在借鉴戏曲的创造上也有突出的成就。老舍的话剧"以小说的方法去述说""三笔两笔画出个人来"及其通俗易懂而又富有诗意的语言、"想得深而说得俏"的喜剧味，等等，与民族戏曲和曲艺有着深刻的审美联系。然而这次探索中也出现了"戏曲化"等偏差，尤其是因为受"左"倾思潮影响而缺乏对现实表现的现代化意识，因为闭关锁国而缺少对世界戏剧的广泛借鉴，从而在相当程度上又造成这时期话剧艺术创造力的萎缩。

话剧与戏曲融会贯通的艺术整合，形成 80—90 年代中国话剧的主潮。新时期努力突破传统话剧固有模式而求新求变的戏剧家，在面向西方借鉴时，却在中外戏剧的碰撞与交流中"发现"了民族戏曲"舞台假定性"的独特魅力和美学价值，中国话剧遂再次掀起学习戏曲的浪潮。这股浪潮席卷了整个话剧界，就连先锋派的探索戏剧家都强调："我们在探索现代戏剧艺术的时候，更应该从我们自己的戏剧的传统出发。"①这股创新浪潮促使很多坚持现实主义的戏

---

① 高行健：《现代戏剧手段》，《随笔》1983 年第 1 期。

剧家,也不再拘囿于传统的写实观念而趋向"现代现实主义",尝试借鉴民族戏曲和西方现代派戏剧去表达自己对现实的思考,而在戏剧结构、形象刻画、艺术手法等方面幻觉与间离并用、再现与表现交融、写实与写意结合,极大地丰富和发展了现实主义戏剧的表现手段和艺术语汇。探索话剧在这股浪潮中,如果说西方现代派戏剧影响了它的哲理性追求,那么从西方现代派返观并走向民族戏曲,它着重是要从戏剧这门艺术本身去发掘它所蕴藏的生命力:演员与观众所形成的那种相互感应、热闹融洽的剧场性和假定性。因此,有探索话剧借鉴戏曲对剧场的变革、对形体表演的强调、对戏剧动作性和综合性特征的肯定,以及对那种给戏剧的时空处理、生活呈现与形象表演带来极大的自由,能充分发挥戏剧艺术表现力的"完全的戏剧"的追求。走向假定性的舞台演剧也在变革。强调舞台的假定性与写意性,强调演出的剧场性和形式美,注重对人物内在精神和社会现实内涵的把握,着意创造导演自己的舞台语汇以对生活和形象进行诗意的概括,以及注重观众的参与,这使话剧导演艺术从再现美学向表现美学拓宽。而强调表演要能准确把握住"自我""演员""角色"三者的关系,强调多层次的表演需要有深刻的感受力和表现力,注重形体的表演与技艺,要求能在多媒介的综合中增强适应能力和创造力,以及要求表演能诱导观众参与创造,又使话剧表演在重写实、主体验的同时出现写意、表现的趋向。导表演探索所遵循的舞台假定性,还带来舞美设计的革新:从强调给观众造成"这就是真实生活本身"的幻觉,向强调"这是舞台""这是演戏"拓展。刘锦云的《狗儿爷涅槃》、李龙云的《洒满月光的荒原》、李杰的《古塔街》和杨利民的《地质师》,高行健的《野人》、王培公和王贵的《WM(我们)》、马中骏等人的《红房间、白房间、黑房间》和车连滨的《蛾》,黄佐临导演的《中国梦》、徐晓钟导演的《桑树坪纪事》、林兆华导演的《狗儿爷涅槃》和查丽芳导演的《死水微澜》,等等,都是戏剧家在传统与现代、继承与借鉴融会中的优秀创造。并且这些创新是以能深刻地表现现实本质和人的心灵情感为前提的,这就从根本上将中国话剧借鉴戏曲的民族化创造引向深入。这其中舞台实践的成就更为突出。黄佐临的舞台导演着重以"舞台假定性"去突破"第四堵墙",以演员的精湛表演去形象地揭示"以粗犷的笔触大笔勾勒"的波澜壮阔的现代社会,去诗意地表现审美对象的本质特征和艺术家的心灵情感,徐晓钟的舞台导演注重创造富有哲理内涵的诗化的意象,舞台时空结构追求传神和意境,戏剧表演注重活人艺术的魅力,这些都使其舞台创造纵横挥洒,溢漾着民族审美的诗情画意。

可以看出,话剧借鉴戏曲的艺术创造,在 20 世纪中国戏剧发展中形成一股潮流。世纪初的从杂合走向对抗,那是两种不同戏剧体系相遇时的必然情形。此后,话剧与戏曲便在 20 世纪中国戏剧的发展中逐渐趋向交流和融合。因而从表面看,20 世纪中国话剧是随着西方戏剧潮流而激荡的,但是在其深层,却潜藏着民族戏曲传统这条宽阔而深沉的河床。

四、话剧民族化:民族话剧的现代化创建

20 世纪中国话剧发展的趋向传统戏曲,它所面对的是中国话剧的民族化问题。因此,话剧民族化,或者像"国剧运动"派所说的创建具有民族特色的中国话剧,就是 20 世纪中国话剧借鉴戏曲最主要的审美追求。从 30 年代左翼剧联的"戏剧大众化"讨论和熊佛西等人汲取民间戏剧的"农民话剧"实验,到 40 年代的话剧"民族形式"论争、50—60 年代话剧演剧学习戏曲的探索,创造民族话剧都是非常明确的目标。80—90 年代中国话剧的发展尽管从表面看受西方现代派戏剧影响很深,但是,由西方现代派返观并走向民族传统,戏剧家都意识到,"走向舞台艺术的假定性就是在现代意义上追寻我们民族戏剧的传统之根",是"中国的话剧工作者困惑地思索着中国话剧的民族化问题"[1]。

那么,话剧民族化的主要内涵又是什么呢? 就艺术审美而论,中国话剧返观并走向民族传统,是否就是为了从传统中找寻创造灵感以增加话剧的民族

---

① 查丽芳:《走向舞台艺术假定性》,《四川戏剧》1992 年第 4 期。

色彩,或者是把戏曲手段借用到话剧中来以适应中国观众的欣赏情趣？应该说,这些都是但又不主要是。因为从根本上说,所谓话剧民族化,其主要内涵就是民族话剧的现代化创建。话剧借鉴戏曲的民族化创造,其目的并非是使话剧传统化(或戏曲化),而是为了能更好地实现话剧的现代化,即创造出真正现代性的民族话剧。传统在这里是与现代对峙而最终是与现代交融的。这就是王瑶在谈到现代文学与民族传统关系时所特别强调的:

> 继承民族传统,一定要使古老的东西现代化;如果不现代化,就无异于国粹主义。①

民族化的前提是现代化。因而,话剧借鉴戏曲必须以现代的眼光对传统予以批判和扬弃,以对传统进行创造性的转化。只有这样,话剧借鉴戏曲才能像鲁迅所说的"外之既不后于世界之思潮,内之仍弗失固有之血脉"。

如何评价话剧借鉴戏曲？非常明确,就是看它是否有利于民族话剧的现代化创建。这就是说,戏剧家趋向传统借鉴戏曲,它是要创建中国"话剧",是要创建中国"民族"话剧,更是要创建中国"现代"民族话剧。20世纪中国话剧与民族戏曲的碰撞与交融,它在这些方面给人们留下了诸多值得记取的经验与教训。

1. 话剧借鉴戏曲:创建现代"民族"话剧

中国话剧应该是具有民族特色的现代戏剧。创建现代"民族"话剧,是20世纪中国戏剧家梦寐以求之事。这其中的缘由,就是世纪末青年戏剧家李龙云化用世纪初鲁迅说的一句话:"一部作品地方特色越浓,越具有民族特色。而民族特色越浓,越具有世界意义。……创造具有中国气派的话剧是中国话

---

① 王瑶:《现代文学的民族风格问题》,《王瑶文集》第5卷,北岳文艺出版社1995年版,第110页。

剧的出路。"①而话剧作为舶来的戏剧艺术,其异质因素与民族审美存在着隔膜,因此,它要在中国戏剧舞台站稳脚跟并为中国观众所接受,就必须与民族美学传统和中国观众的审美欣赏相结合。前面所述中国话剧民族化的努力,就是中国戏剧家在这条道路上留下的艰辛脚印,也是中国戏剧对西方戏剧的挑战而做出的创建性的反应。

舶来的话剧在中国发展为什么会具有"民族"色彩? 这除了民族生活、民族性格和民族精神的描写会给它带来民族特色这些显见的联系外,最重要的还是其潜在的联系:一是民族传统的连续性与渗透性;二是传统视界对现代戏剧家的制约。以前者论,"五四"前后的批判戏曲并没有,也不可能割断戏剧家与传统的联系。传统不是可以轻易抛弃的身外之物,而是浸入血液、深入骨髓的文化积淀。现在是由过去构成的,在现在的构成中也就必然渗透着过去的传统。而从戏剧的影响与接受的角度看,话剧在中国的发展,如果中国戏剧传统不能提供内在的条件,那是不可能的。曹禺就说:

> 如果我,还有田汉、夏衍、吴祖光这些人,没有深厚的中国文化传统的修养,没有深厚的中国戏曲的根基,是消化不了西方话剧这个洋玩意儿的。②

就后者言,任何戏剧家都无法摆脱民族传统的影响,这种浸入血液、深入骨髓的传统形成了人们既定的"接受视界"。中国戏剧家是在中国人的戏剧观念框架中、带着民族的戏剧传统去理解和接受西方话剧的,尽管这种"接受视界"有时戏剧家自己没有意识到,甚至有时他还在批判传统。从来不把话剧与戏曲截然分家的田汉对此深有认识:"我不否认欧洲形式对我们的巨大影响,但我

---

① 李龙云:《和美国记者的谈话》,《剧影月报》1985 年第 7 期。
② 转引自田本相:《曹禺的意义》,《戏剧文学》1997 年第 6 期。

主要是由传统戏曲吸引到戏剧世界的,也从传统戏曲得到很多的学习。"①田汉、曹禺等人的话剧创作正因其渗透着戏曲的艺术审美,或是以戏曲的美学精神去溶解西方话剧艺术,而显示出浓郁的民族特色。

至于 20 世纪中国话剧借鉴戏曲以进行民族化创造,则主要是因为:第一,是戏剧家看到走向民众的话剧必须符合民众的审美情趣。早先在都市剧院中演出、以知识分子为主要对象的话剧较多"欧化"味,而当话剧在 30 年代以后走向广泛的民众时,戏剧家就开始意识到借鉴民族戏曲对中国话剧发展的重要性。第二,是话剧在中国发展的某些"短"与戏曲审美的某些"长"相比而引起戏剧家的思考。诸如话剧的照搬生活、形象少光彩、动作性不强、语言不够精练、表演缺乏技巧等等,他们发现戏曲的艺术表现可提供很好的借鉴。第三,是西方戏剧由写实传统向东方写意戏剧借鉴的发展趋向,和外国戏剧家对中国话剧缺少深厚的民族传统的批评,促使中国戏剧家反省从而努力架设话剧通向戏曲的桥梁。这些艺术的觉醒和有意识的借鉴,都在相当程度上加强了 20 世纪中国话剧的民族色彩。

当然,在话剧借鉴戏曲的民族化过程中也曾出现过偏向。一种偏向是将话剧民族化与话剧学习戏曲等量齐观。20 世纪初的新剧杂合戏曲、40 年代的"中心源泉"论、50—60 年代的"方向"说,直至 80 年代还有人提出借鉴戏曲是话剧民族化的"必由之路",等等,都是这种观点的体现。话剧借鉴戏曲可以民族化,但是,这并不是说话剧只有借鉴戏曲才能民族化,中国话剧的民族化应该有多种形式的创造。"方向"说或"中心源泉""必由之路"论,会限制戏剧家的艺术创造,更会出现"传统化"或"戏曲化"的弊端。另一种偏向是反对民族化口号进而反对话剧借鉴戏曲。例如,20 年代就有人提出在中外戏剧碰撞中"新的用不着去迁就旧(的)",40 年代"民族形式"论争中也有人认为话剧是"世界的"而否定借鉴民族戏曲,80 年代更有人把话剧民族化视为"狭隘的民族主

---

① 田汉:《答〈小剧本〉读者问》,《小剧本》1959 年第 7 期。

义意识"的表现和中国话剧发展的"沉重枷锁"而予以批判。诚然,"民族化"这口号本身有竞争求存和盲目排外的两重性,而中国文化传统的深厚有时也会涵化甚至排拒新事物,但是,这并不能说民族化的就是保守排外的,也不能由此否定话剧借鉴戏曲的民族化创造。这两种偏向在 20 世纪中国话剧发展中都受到了批评。

中国话剧必须民族化。而话剧借鉴戏曲,是中国话剧民族化的重要途径。

2. 话剧借鉴戏曲:创建现代民族"话剧"

话剧借鉴戏曲的民族化创造,必然会受到这样两重牵制:一方面是话剧不够民族化而借鉴戏曲乃至与戏曲审美在某些方面的趋同,而另一方面,话剧作为独特的戏剧样式它又必须保持自己的审美特征。话剧应该如何借鉴戏曲?这是首先必须回答的问题。

20 世纪中国话剧借鉴戏曲的实践,在这里主要有两种借鉴取向:杂合与融合。所谓"杂合",主要是指某些戏剧家认为民族化只是形式问题,又把形式问题简单地只看作学习戏曲的外在艺术表现,而着重在外在形式上套用戏曲的手法,例如 20 世纪初大部分新剧的创作与演出。这种把话剧与戏曲的外在艺术形态简单地相加的杂合倾向,在此后的话剧发展中还程度不同地存在着,直至 80—90 年代仍有话剧演剧的"戏曲化"现象。"融合"说则是着重美学原理和艺术精神的借鉴,强调话剧借鉴戏曲必须在美学原理和艺术精神上"融会贯通,使互相为用",如此才能在中外戏剧的碰撞与交流中"弃短取长,荟萃精华"[1],以创造中国现代民族话剧。应该说,20 世纪中国话剧借鉴戏曲的优秀创作与演出,都是"融合"的创造。以舞台实践为例,焦菊隐、黄佐临、徐晓钟等人更多的是借鉴了戏曲的写意美学、假定性原则、情理观、虚实结合的规律,以及戏曲对精湛技艺的锤炼、对形式美的追求等,而创造了话剧舞台的诗情画意。

---

[1] 冯叔鸾:《戏剧改良论》,《啸虹轩剧谈》(卷上),中华图书馆 1914 年版,第 4—5 页。

"杂合"说受到戏剧界的批评。那些杂合的新剧被讥为"新剧的分幕与布景，旧戏的编剧与表演"。30 年代瞿秋白批评那些"盲目的去模仿旧式体裁"的话剧是"投降主义"，40 年代周扬批评那些以旧形式为"中心源泉"的话剧是"旧剧化"。50—60 年代、80—90 年代那些杂合戏曲的话剧被讥为"不唱的戏曲"。新剧杂合戏曲，乃至以戏曲的某些东西取代自己而逐渐丧失自我的衰微，更引起戏剧家的警惕和重视。周恩来当年就严厉批评新剧杂合戏曲是对"新剧纯正之宗旨，未能加以充分之研究"①；而针对后来某些话剧"简直就具有半旧剧、半话剧的外形"的现象，焦菊隐也指出："话剧如此便会渐渐消灭了它的独立的一格。"②在 20 世纪因话剧与戏曲碰撞而引起的论争中，戏剧家多次强调话剧借鉴戏曲的目的是民族化而不是戏曲化，强调话剧借鉴戏曲应重在美学原理和艺术精神而不能只着眼于其外在形式。新剧衰微期其"幕外戏""新剧加唱"等受到讥评，而后来田汉、郭沫若等戏剧家同样借鉴这些戏曲手法而得到称赞，其原因就是：前者是新旧戏剧外在形态简单的相加，后者则是话剧融合戏曲审美精神的创造。

那么，是否"融合"就是优秀的创造？不能完全这样说。因为就像东、西方戏剧在碰撞中可交融但不可替代，话剧融合戏曲的美学原理和艺术精神，其戏剧创造仍必须是话剧。否则就不是真正的艺术创造。这就是有些戏剧（尤其是舞台演剧）的艺术表现优秀，但仍使人们感到某些缺憾的主要原因。话剧借鉴戏曲的基本原则是：保持特色，重在创造。这里很明确，话剧借鉴戏曲是为了发展和丰富自己的艺术观念和艺术手法，以创造出更好的、更为人们喜闻乐见的话剧艺术。话剧借鉴戏曲不是以戏曲的规律来发展话剧，更不是以戏曲的形式来替代话剧固有的和特有的形式。因此，话剧应遵循自己的审美特征去融合戏曲艺术。艺术的借鉴必须通过自己的媒介，而艺术的融合也有其"主导原则"。这就是说，话剧借鉴戏曲必须从话剧本身的特点出发去创造性地转

① 周恩来：《吾校新剧观》，南开学校《校风》第 39 期，1916 年 9 月。
② 焦菊隐：《我们向旧剧界学些什么》，1939 年 11 月 21 日《扫荡报》（桂林版）。

化，在与戏曲的交流中融合对方（融合戏曲艺术中与其特性相通的"可融"因素）从而形成新的自我；即便是学习外在的身段动作等演技，也要从戏曲的招式等形式中摸索其审美规律和艺术精神，学习其把生活表现得更真实、把人物情感表现得更深刻的能力，使它"化"为话剧的东西以加强话剧的艺术表现力和审美独特性。田汉、曹禺、夏衍、郭沫若、老舍等剧作家，正是以话剧的审美特征去融合戏曲的戏剧性强、人物突出、语言精练、意境创造、诗意抒情等艺术表现，而创造出了优秀的话剧艺术。

话剧借鉴戏曲，必须以自己的主体特征去融合戏曲的美学原理和艺术精神。中国话剧必须是民族的，但它又必须是话剧的。

3. 话剧借鉴戏曲：创建"现代"民族话剧

话剧民族化的实质是民族话剧的现代化创建。那么，话剧借鉴戏曲的民族化创造如何才能实现中国话剧的现代化呢？这同样是"话剧如何借鉴戏曲"必须回答的重要问题。

最重要的，就是必须对戏曲传统进行创造性转化，使之适应现代话剧的需要。20世纪初新剧的衰微就表明，中外戏剧在碰撞中相互借鉴，舶来的话剧汲取民族戏曲的某些东西而使其成为自己的新质，这当中需要对戏曲传统进行选择与重构，更需要对戏曲传统进行艰难的、创造性的革新与转化，并非简单地将二者杂合即可。新剧衰微在这个问题上的沉痛教训，并未引起后来者的足够重视。30年代瞿秋白所批评的"投降主义"，40年代周扬所批评的"旧剧化"，50—60年代、80—90年代被批评的"不唱的戏曲"，及其所谓"中心源泉"论、"方向"说、"必由之路"论等理论，在相当程度上是因为对话剧借鉴戏曲的创造性转化缺乏认识而导致的理论与实践的混乱。

话剧借鉴戏曲为什么要对戏曲传统进行创造性转化呢？这主要是因为话剧借鉴戏曲的民族化，它要创造的是能真实深刻地反映现代社会的内涵和现代中国人的思想情感的戏剧。旧戏地方戏中固然蕴含着中国特有的民俗风情和艺术表现，但它已不能完全代表现代中国社会和现代中国人的风格与气派；

而另一方面——

　　旧形式实在就是农民的文艺形式,但是若以为从这样的形式中就能
自发地成长出完满的民族形式,那是民粹主义的观点。[①]

因此,话剧借鉴戏曲的民族化创造不能无条件地继承,而应该有选择、有批判
地进行创造性的转化而使传统进入现代系统,并将它融合到话剧独特的艺术
表现中去。

　　这就是说,话剧借鉴戏曲的现代化的、创造性的转化,除前面所论必须以
话剧的主体特征去融合戏曲艺术外,它至少还应该包括这样两层内涵:第一,
话剧借鉴戏曲,必须基于现实的要求,从表现现代社会和现代中国人的思想情
感出发,去批判地汲取、发展地运用。话剧借鉴戏曲的民族化创造,它不只是
形式问题,更重要的是真实深刻的现实内涵寻求更艺术的、更具民族特色的表
现。因此,话剧借鉴戏曲不能为形式而形式,必须根据戏剧所反映生活的需要
对戏曲传统进行改造和革新,从而创作出既具有鲜明的民族风格而又能真实
深刻地反映现实的话剧艺术。在这里,简单地、生硬地套用戏曲形式安插在反
映现实生活的话剧中(诸如 20 世纪初的新剧和 40 年代某些"旧剧化"现象),
和虽然能较好地化用戏曲艺术但忽视民族现实的真实反映(诸如 50—60 年代
那些"反右派""大跃进"的舞台演剧,以及 30 年代河北定县农民话剧实验中的
某些演剧),同样都不是现代的。没有现实表现的内在需要而去借鉴戏曲形
式,创作出来的必定是没有生命力的僵化的赝品。而 80—90 年代的现代现实
主义话剧、探索话剧和走向假定性的演剧变革,它们从找寻自己对现实的感知
方式出发去借鉴戏曲而有独特的创造和突出的成就,又从正面说明这个问题
的重要性。

---

　　① 　胡绳在"文艺的民族形式问题座谈会"上的发言,《文学月报》第 1 卷第 5 期,1940 年 5 月。

第二,话剧借鉴戏曲,又必须在与世界戏剧的广泛联系中,从话剧艺术的世界性出发,对戏曲传统进行重构与转化。这是因为对传统不继承就没有发展,但是同样地,对传统不发展也就不可能很好地继承。传统的延续性是以其转化性为前提的。而另一方面,文学是民族的但又必须是世界的:

> 只有那种既是民族性的同时又是一般人类的文学,才是真正民族性的……①

因此,话剧借鉴戏曲的民族化创造必须汇入世界戏剧潮流中去,将对戏曲传统的转化与借鉴世界戏剧艺术相联系。应该说,观念的开放或褊狭对话剧民族化的创造是极为重要的。那些将借鉴戏曲看作话剧民族化唯一途径的"中心源泉"论、"方向"说、"必由之路"论等等,或利用旧形式而仅停止于旧形式,或将话剧民族化与借鉴外国戏剧相对立,这种创作既非"现代的",也因其学习传统而不能赋予传统以现实的活力和创造性转化,它也不是"民族的"。80—90年代话剧借鉴戏曲的"东张西望"、交流整合而有力地推进了中国话剧的发展与深入,田汉、曹禺、老舍、焦菊隐、黄佐临等戏剧家以丰富的西方戏剧艺术与民族戏曲相拥抱而引发出新的创造,其戏剧才真正既是现代的又是民族的。

话剧借鉴戏曲的民族化,必须从现实表现出发,并与世界戏剧艺术保持广泛的联系。如此,才能创造出真正现代性的中国民族话剧。

人类历史又来到"全球化"浪潮汹涌的世纪之交。站在世纪之交这个历史的会合点回首20世纪中国话剧的发展,话剧和戏曲的冲突、碰撞与交流、融合的民族化创造,形成了20世纪中国话剧发展中最令人惊叹的绮丽景观!而从20世纪中国话剧的走向展望21世纪中国话剧的发展,可以肯定,创造具有民族特色的话剧,仍然是21世纪中国话剧发展的主要目标;话剧借鉴戏曲,也仍

---

① [俄]维·格·别林斯基:《对民间诗歌及其意义的总的看法》,《别林斯基选集》第3卷,满涛译,上海译文出版社1980年版,第187页。

然是 21 世纪中国话剧民族化创造的重要途径。20 世纪,东、西方戏剧的相互碰撞和相互渗透,说明在现代世界和现代社会,一个民族的戏剧要在封闭的情形中发展是绝对不可能的;而 20 世纪世界戏剧和中国戏剧发展的由反传统而复归传统,它又同时说明一个民族的戏剧发展其根本是建立在民族特性的差异性和民族传统的稳定性基础上的,世界戏剧的一体化也是不可能的。因此,是世界的又是民族的,是民族的又是世界的,这仍然是 21 世纪中国话剧发展的道路。在这条道路上,话剧融合民族戏曲艺术而予以新的创造,有着巨大的艺术潜能。一方面,中国话剧的创造远没有达到完美的艺术高度;另一方面,中国戏曲的艺术宝藏也远没有得到充分的发掘和利用。从艺术审美来说,不同戏剧样式和美学体系的碰撞能形成具有蓬勃生命力的艺术领地,话剧与戏曲的进一步融合将会极大地丰富戏剧的艺术表现、激活戏剧的艺术潜力,给中国话剧的发展带来无限的生机。不难想象,21 世纪中国话剧借鉴戏曲的民族化创造,其融合的天地将会更为广阔,融合的手法将会更为丰富,融合的风格将会更为多样。但是不论"融合"如何变革和发展,有一点是明确无疑必须坚持的,那就是——民族话剧的现代化创建,仍然是中国话剧借鉴戏曲的民族化创造的审美追求!

二十世纪中国戏曲的现代化探索

戏曲现代化，是 20 世纪中国现实赋予戏曲的社会与文化使命，也是中国戏曲其自身发展的历史必然。中国戏曲现代化的起始在"五四"时期，然而真正涌起浪潮而激荡梨园，则是在抗战以后。抗战时期的"利用旧形式"，新中国剧坛的戏曲现代戏，以及新时期以来戏曲在"危机"声中的探索与变革，都清晰地展示出 20 世纪中国戏曲现代化的艰难历程。

一、在时代震荡下艰难起步

随着"五四"前后胡适、陈独秀、钱玄同、刘半农、周作人、傅斯年等《新青年》派对传统戏曲的严厉批判和对西方话剧的极力推崇，新兴话剧以迅猛的态势登上中国戏剧舞台，有力地冲击、动摇了戏曲的主宰地位并使其陷入困境。《新青年》派批判近代以来以京剧为代表的戏曲思想意识落后陈腐和艺术表现僵化守旧，而希冀其变革，引起戏剧界的激烈论争。对于这场批判，戏曲界贬责者居多。有人认为旧戏是国粹应该完全保存，有人认为戏曲很好根本用不着变革。然而有识者却从中真切地感受到批判强大的震撼力。著名戏曲理论家徐凌霄说，"从前之旧戏迷对于戏剧亦很少有正确的认识，（名伶技术，老伶故事，是枝节不是本体）"，经过这场批判，"旧伶迷曲迷们亦渐渐把目光移转到戏剧的组织艺术的整体上来了……所以攻击'旧剧'者，也未尝不是中国戏剧的功臣"①。中国戏曲从此开始变革的新进程。

变革的推动力,主要来自新旧剧界的倡导与实践。《新青年》派在历史转折的特殊情境中对旧戏的激烈批判,是新文艺界为促进中国戏剧现代化而采取的"矫枉过正"的战略进攻。尽管此时大多数新剧家为推进话剧在中国的发展而仍对戏曲采取批判的态度,但是,那些对中外戏剧都有深刻理解的戏剧家,却在中西戏剧的激烈碰撞中,思考着如何使戏曲与话剧同存并进。这着重表现在两个方面:"国剧运动"派的理论呼唤,和田汉、欧阳予倩等的艺术实践。余上沅、赵太侔、闻一多、张嘉铸等"国剧运动"派倡言变革戏曲,是他们以"世界的眼光",在看到西方剧坛正借鉴东方戏剧(包括中国戏曲)的写意艺术以发展自己的趋势中,认识到中国戏曲具有独特的美学特征和审美价值,而予以重新评判和充分重视。他们认为,具有高度艺术形式美的戏曲应该在思想内容方面向西方话剧靠拢,注入现代意识和人生内涵,在艺术表现上也要借鉴西洋音乐、舞蹈等的优秀遗产,"因势利导,剪裁它的旧形式,加入我们的新理想,让它成为一个兼有时代精神和永久性质的艺术品"②。不足的是,"国剧运动"派的倡导还停留在纸面的探讨。在这方面值得彰扬的,是田汉、欧阳予倩、王泊生、吴瑞燕等新剧家的艺术实践。他们反对新旧剧界的相互鄙夷而主张话剧、戏曲并进,认为戏剧的"新""旧"只是表征革新或保守,现代戏剧家正应该继承程长庚、汪桂芬、孙菊仙、谭鑫培等锐意革新的前辈"新"剧家的创造精神,使得戏曲"音乐的价值更高,思想的内容更富。尤其应该使他成为民众全体的东西"③。为此,田汉主持的南国社再次打出"新国剧运动"的旗帜,并邀请欧阳予倩、唐槐秋、周信芳、高百岁等新旧剧界著名艺术家举办"艺术鱼龙会",上演欧阳予倩的新编话剧及戏曲《潘金莲》,在剧坛引起轰动;王泊生、吴瑞燕在山东从事话剧的同时不忘戏曲改革,亦名噪一时。

---

① 阁(徐凌霄):《补充悔庐的话》,《剧学月刊》创刊号,1932年1月。
② 余上沅:《中国戏剧的途径》,《戏剧与文艺》第1卷第1期,1929年5月。
③ 田汉:《新国剧运动第一声》,1928年11月8日上海《梨园公报》。

　　《新青年》派的批判引起戏曲界的震动与变革,则有三方面的构成:一是齐如山、李石曾、马彦祥、刘守鹤等较多接受西方观念者给戏曲界带来清新的风;二是徐凌霄、悔庐等戏曲界理论家在时代推动下,其戏剧观念的转变;三是梅兰芳、周信芳、程砚秋等著名表演艺术家受新思潮影响及其艺术的创新。综括来看,戏曲界的观念变革主要有这样几点:首先,是戏曲应该表现时代精神和现代人的思想情感。他们认为,古典戏曲是过去时代的社会情形与人们思想情感的反映,"我们是现代的人,就应该是现时代的精神,就应该是现时代的人的情感;如是,我们就需要能表现现时代的精神与人类的情感的娱乐"[①]。周信芳据此反对那种"拿它当山歌般胡乱唱唱"的演剧,认为戏曲创作要"宣传人生的苦闷和不平",强调:

　　　　演戏的能够把剧本中的真义,表现出来,或者创造个新的意思,贡献给观众,那才算是艺术。[②]

其次,是演剧要注重观众的情感反映。这里有两层含义:一是剧作内容要"药能对症",必须契合观众的现实生活和思想情感;二是演剧要以艺术去吸引观众,用优美的艺术给予观众潜移默化的思想教育。总之,不能主要为娱乐消遣,而"要从影响于观众的思想和行动去分辨其良好与否"[③]。再次,是主张在创作新剧本的同时要整理旧剧本。他们认为,整理重在"选择和改善"。选择的标准,如《玉堂春》《连升店》《讨渔税》等"有意义有艺术者为甲等",如《二进宫》等"有技术而无意义者为乙等",那些少有意义而无结构或绝无意义又甚冗散者,则无整理之价值。改善的标准为"去神"(神怪迷信)、"去古"(无端牵涉

---

　　① 马彦祥:《中国民众戏剧——皮黄》,《山东民众教育月刊》第 4 卷第 8 期,1933 年 10 月。
　　② 周信芳:《怎样理解和学习谭派》(1928),《周信芳文集》,中国戏剧出版社 1982 年版,第 292 页。
　　③ 周信芳:《皮黄运动话"东方"》(1930),《周信芳文集》,中国戏剧出版社 1982 年版,第 315 页。

古人事)、"去秽"(色情)、"去冗"(结构冗散)、"去滞"(无味之写实)等①。创作和整理又以什么为借鉴呢？此即第四，要汲取中外优秀戏剧遗产。刘守鹤说：

> (要)观察中国戏曲现状，参酌西方近代剧的形式和技巧，认识时代及环境对于戏曲艺术的要求。②

如此，戏曲不但在意识内涵方面要向话剧接近，艺术表现方面在"不破坏中国戏曲原有的组织艺术"的前提下，也要借鉴西洋戏剧的导演、表演、舞美、灯光、音乐等以改进提高③。正是在这股时代新潮的荡漾下，梅兰芳对京剧旦角的表演艺术和面部造型进行深入革新，创造出《嫦娥奔月》《天女散花》《黛玉葬花》等优美别致的歌舞剧，和剑舞、羽舞、花锄舞、袖舞等戏曲舞蹈，并对音乐唱腔、乐队伴奏也有大胆改革，使"梅派"艺术代表中国戏曲表演的最高成就而在世界剧坛独树一帜；程砚秋的《荒山泪》等悲剧演出着重表现温柔善良的中国妇女在恶势力淫威下绝不屈服的高尚情操，动人心弦。在艺术上，他"守成法而不泥于成法，脱离成法而又不背乎成法"，结合自己对现实生活和人物性格的理解去重新解释剧本，能够容纳其他剧种、曲艺乃至西洋音乐进行新的唱腔创造，演唱声情并茂、深沉含蓄，表演性格鲜明、身段优美，"程派"深入人心；周信芳将戏曲当作"现代的宣传利器"，其艺术追求透露出更多的时代亮色。《洪承畴》《明末遗恨》等戏剧都在爱国、正义的突出主题中饱含着时代精神。与此相适应，他在"做派老生"的表演中能博采众长、锐意创新，以鲜明的色彩、充沛的情感、洒脱刚劲的身段和苍劲浑厚的唱腔去塑造人物，"麒派"为世人所瞩目。"梅派""程派""麒派"的创新与发展，代表着中国戏曲表演艺术的走向成熟。

---

① 参见悔庐：《旧剧本整理概要》，《剧学月刊》第 1 卷第 4 期，1932 年 4 月。
② 刘守鹤：《论作剧》，《剧学月刊》创刊号，1932 年 1 月。
③ 参见程砚秋：《赴欧考察戏曲音乐报告书》(1933)，《程砚秋文集》，中国戏剧出版社 1981 年版，第 209—210 页。

　　当然,以上是就戏剧界的先进者而言,戏曲在"五四"至抗战前的艰难困顿中已被推上现代化的进程;但是从戏剧界的整体情形来看,戏曲要现代化,此时其步履仍然是相当艰难的。因为《新青年》派对旧剧的批判在新文艺界影响巨大,一时难以消除,戏曲在相当长时期里都被新文艺家(包括戏剧家)摒弃在视野之外;同样,戏曲界的保守势力也仍然相当顽固。剧场老板的生意眼,戏曲艺人的不自觉,以及观众恋旧的欣赏情趣,都使戏曲改革充满艰辛。充斥戏曲舞台的仍然是陈旧、庸俗的剧目。再者,即便是先进者的戏曲现代化探索,其步履也是迈得相当沉重的。"五四"至抗战前,除欧阳予倩的《潘金莲》、周信芳的《洪承畴》、梅兰芳的《抗金兵》、程砚秋的《荒山泪》等剧目在思想内涵方面注重现代意识外,他们所演出的绝大多数剧目还是旧戏,更多着眼的是传统表演艺术的继续提高和精益求精。这里少有现代意识,少有戏曲表现社会人生的艺术尝试。难道是这些先进者不知道内容变革对戏曲改革的重要性? 不是的。只是当改革中碰到古老的戏曲形式与现代意识或社会人生难以和谐地融为一体时,他们于现代意识和社会人生的表现方面不能突破,便在艺术审美的形式方面努力。1935年梅兰芳访苏演出,苏联报纸评论说梅兰芳的艺术虽然极好,但内容离中国现实生活太远。这是中肯的批评。传统表演艺术的提高与革新当然是戏曲现代化的重要方面,但戏曲现代化更重要的,还是它要能追随时代前进的步伐,以其独特的艺术形式去表现新的时代精神和社会人生。正是在这里,这时期戏曲现代化的进程显得滞重、迟缓。

　　这一时期戏曲改革的现代化步履为什么迈得如此艰难? 主要是新旧剧界缺少积极的配合。新剧界或是根本抹煞戏曲,或是倡言改革但因为外行而无力进行;而绝大多数戏曲艺人根本不知道戏曲为什么要改革,更不知道应该怎样改革。再加上中国戏曲有着深厚的传统,局部的改革并不能动摇其整体,这也增加了改革的难度。真正促使新旧文化界、戏剧界重视戏曲而携手改革的,是1935年苏联邀请梅兰芳去访问演出引起人们的思索,和1936年抗日声浪中为启蒙民众、宣传民众的"旧形式利用"。社会主义的苏联邀请梅兰芳去表演中国封建时代产生的戏曲，并且演出受到斯坦尼斯拉夫斯基、布莱希特、爱森斯坦、丹钦柯、梅耶荷德等革命戏剧家的赞赏，这在中国文化界、戏剧界引起强烈的反响，并促使新文艺界去重新认识中国戏曲的审美价值。《文学周报》《自由谈》等报刊曾出版专辑展开讨论，赞誉者、反对者针锋相对，鲁迅、田汉等都曾发表意见。论争中虽然很少有人看到民族戏曲在现代仍有社会审美功能，但是，中国戏曲在世界戏剧中具有独特的价值和地位，已为大多数人所认识。而恰巧在这前后，北方话剧界的王泊生、吴瑞燕、俞姗等人登台演旧戏。有人指责这是话剧向戏曲"投降"，当事者则辩护说这是为了"接受戏剧遗产"而"研究旧剧"。刘念渠总结这次论争说："戏剧运动者应该研究旧剧，为着它自身需要科学的研究、整理与批判；为着旧剧的若干有用部分曾帮助了今后的新歌剧的创造。这与盲目的迷恋旧剧，认为那是至高无上的宝贝的人们是根本不同的。"[①]

而随着抗战呼声的高涨，戏剧界对戏曲改革的认识也逐渐深入，戏曲界在时代浪潮的推动下也开始觉醒。面对民族灾难，戏曲界呼吁不能再演那些"骷髅变美人""风骚达到极点""妖艳动人"等"麻醉民性的神怪美色的戏剧"，应该"多演富有民族意识的历史剧，和编排救亡图存的新剧本"，以"现身说法，燃烧广大民众的救国情绪，共同救亡图存"[②]。同时在新剧界，因为要争取抗战胜利就必须动员最广大的民众，戏曲这个中国民众最熟悉的艺术形式便受到重视，改革旧剧使之适合时代需要也就成为迫切的课题。新旧剧界都在时代浪潮的推涌下感受到戏曲现代化的必然性和紧迫性，并将其提高到戏剧运动的意义上加以考虑。因此，随着抗战爆发对戏曲艺术的呼唤，中国戏曲的现代化进程又开始迈向新的阶段。

---

① 刘念渠：《一九三四年中国戏剧运动之回顾》，《舞台艺术》创刊号，1935 年 3 月。
② 雄翔：《醒醒吧！戏院老板们，旧剧艺人们》，《戏剧周报》创刊号，1936 年 10 月。

二、"利用旧形式"与"旧瓶装新酒"

抗战爆发催促着中国戏曲的现代化进程。以戏曲艺术开展救亡演剧宣传,此时已成为戏曲界最强烈的时代呼声。戏曲家组织起来成立上海戏剧界救亡协会歌剧部,号召戏曲艺人改编和演出具有民族意识和抗战内容的剧目,并组织艺人奔赴前线、后方进行演剧宣传。接着,平(京)剧、楚剧、湘剧、汉剧、粤剧等救亡演剧队纷纷成立,军委会政治部还曾在汉口举办以田汉为教育长的留汉歌剧演员讲习班。据统计,抗战初期参加抗战的戏曲艺人多达 50 万。①新旧剧界的携手合作使抗战初期的戏曲运动充满生机。戏曲改革与现实斗争的结合,戏曲改革理论与实践的结合,成为其最突出的特点;与此相对应,戏曲改革也从抗战前的着重形式转而强调内容以为现实服务,艺术形式的变革也从早先对传统演剧的精益求精,转而在中西戏剧的交流中借鉴汲取以探索新路。

传统戏曲怎样抗战? 战前的"利用旧形式",此时被重新提出,加以强调。但在具体实施中曾走过弯路。这就是把"利用旧形式"简单地理解为"旧瓶装新酒"。利用平(京)剧、汉剧、川剧、湘剧、鼓书等"旧瓶"装进抗战的"新酒",成为抗战初期"利用旧形式"的普遍风气。更有甚者,还有人用《忠烈图》去套《桑园寄子》,用《松林根》去套《南天门》,用《松花江》去套《打渔杀家》,用《夜袭飞机场》去套《落马湖》等,舞台上出现耍古人生活的身段动作而叙说现代人思想情感的滑稽场面。由此,戏剧界对戏曲抗战的"旧瓶装新酒"问题展开了认真的讨论。

向林冰、刘静沅等人是赞同"旧瓶装新酒"的。他们认为"旧瓶"能装"新酒",乃"因旧剧是我国民间流行的戏剧,在理论上讲只要所表现的是中国民众

---

① 田汉:《关于抗战戏剧改进的报告》,《戏剧春秋》第 1 卷第 6 期,1942 年 4 月。

的生活,绝对不应该发生问题"①。这种理论其实是将戏曲的程式与手法看作凝固不变、具有普遍适应性的东西,认为它既然可以表现旧时代,也就可以原封不动地照搬过来表现新现实。大多数戏剧家则对此提出质疑。廖沫沙从内容与形式的关系指出其消极性,认为"以新酒装入旧瓶,是改造新的去适应旧的,而不是改造旧的来适应新的"②,如此被动改革,被改变的就不是旧剧而只能是抗战内容。也有戏剧家认为,如果这样不分析、无批判地利用旧形式,新内容因为旧形式的限制就会出现比较生硬的搬演,有时甚至无法把新内容装进去。譬如汉剧《文天祥》里文天祥举起拳头高喊抗战口号,有的演出还用开脸、挂髯、穿甲、戴盔等来表现八路军形象,就显得不伦不类。更重要的是,"旧瓶装新酒"论者是站在功利主义的短视立场来"利用"旧形式,认为这只是抗战宣传的权宜之计,而没有顾及戏曲自身的变革与发展。田汉、张庚等戏剧家都尖锐地指出这个问题的严重性,强调利用旧形式不仅是为抗战宣传,而且要在表现抗战的同时促进戏曲的现代化变革。田汉因此始终反对"旧瓶装新酒"的提法,认为:

> 今天我们去运用旧形式,把新内容装进旧形式里去,这本身便是旧形式的否定。因为形式同内容是有机的关系。你把新内容装进旧形式里面去,旧形式要起质的变化,经过相当溶汇扩大的过程它也将变成适合传达新内容新现实的形式——那就接近了新形式。③

内容的改变必定会引起形式的变化,迁就形式则必然会歪曲内容,用"旧瓶"去装"新酒",只是利用而不发展,实际上也是不可能的。因此,利用旧形式不能以"旧瓶"装"新酒"为满足,同时要对"旧瓶"本身进行变革:"不仅要把新内容

---

① 刘静沅:《战时旧剧应有之推行及整理》,《戏剧岗位》第 1 卷第 2—3 期合刊,1939 年 11 月。
② 易庸(廖沫沙):《读欧阳予倩的旧剧作品》,《戏剧春秋》第 2 卷第 3 期,1942 年 9 月。
③ 见田汉记《戏剧的民族形式问题座谈会(中会)》,《戏剧春秋》第 1 卷第 3 期,1941 年 2 月。

注入旧形式，也要把新形式注入旧形式，使中国原有的戏剧形式更丰富、更生动、更能表现新内容。"①从而创造出具有深刻思想内涵和高度艺术美的新戏曲。

抗战戏曲旧形式与新内容的矛盾不能用"旧瓶装新酒"的办法解决，只能在"利用旧形式"的实践中逐步克服。当时的第二战区文化抗敌协会戏剧部训练委员会，在戏曲改革中就深刻地体会到：

> 根据了现实的要求，所遇到的新的困难，形式和内容会在不断的激烈的斗争中，取得进步的统一，而使旧剧向前迈步。而且也只有这样，才能解决形式与内容的问题，才能保证旧剧有它的新的前途。②

当然，在旧形式与新内容的矛盾暂时未能比较好地解决的情形下，抗战戏曲首先必须要求内容的现代化。戏曲是在封建社会中形成和发展起来的艺术形式，精美的艺术表现中包含着大量的封建毒素，这是与 20 世纪的民族现实格格不入的。因而改革的初始，即如张庚所说，"最迫切的还是应着眼于表现进步观点，在这上头去适当的改造技术"③。内容的改革始终应该放在首位。要把新内容注入旧形式里，使其变质并增加其新的活力。进一步，戏剧家认为戏曲内容的现代化，可以从整理旧剧、创作新剧两方面着手。对旧戏中那些多少包含着民主性、人民性的作品，诸如京剧《打渔杀家》《夜奔》《四进士》等，应该站在人民的立场、以进步的观点予以整理修改，使其适应今天的现实需求而具有现实生命力。当然，戏曲内容要现代化，最主要的还是要创作新的剧本。戏曲新创作如何才能呼应现实的审美需求？有人认为"应当产生配合着抗战所

---

① 田汉：《我们需要这样一种"票房"》，1947 年 9 月 8 日上海《新闻报》。
② 转见洪深：《抗战十年来中国的戏剧运动与教育》(1947)，《洪深文集》第 4 卷，中国戏剧出版社 1988 年版，第 157 页。
③ 张庚：《对平剧工作的一点感想》，《天下文章》第 1 卷第 3 期，1943 年 6 月。

需要的更现实的旧剧",戏曲只有反映抗战生活才能现代化①;有人认为戏曲只能搬演历史,而在历史的描写中也同样能反映时代和现实的精神。刘芝明则指出,戏曲"为现实服务有两个方面:其一,是从当前的现实出发;其二,是从历史的现实出发。问题是在从历史中取材,应是与现实任务相结合的,采其相类似的题材,'讲古比今'"②。这种看法比较深刻。就当时创作的实际情形来看,戏曲表现抗战现实还相当困难,大多数创作——如沦陷区周信芳的《徽钦二帝》《亡蜀恨》,大后方田汉的《江汉渔歌》与《新雁门关》、欧阳予倩的《梁红玉》与《桃花扇》,解放区杨绍萱和齐燕铭等的《逼上梁山》、任桂林等的《三打祝家庄》、李伦的《难民曲》、马少波的《闯王进京》等——仍是在历史题材描写中融入现实的时代精神,也都充满着强烈的现实感和现代意识。

强调内容并非不重视形式。因为内容的变革必定会引起形式的变革,新的内容又必须通过特有的形式才能表现出来。戏曲怎样进行形式变革? 当时曾出现两种偏向:一是为形式而形式,对戏曲精美的艺术表现难以割舍,甚至改变内容以迁就形式;二是不看重形式,不顾及戏曲的美学特征和民众的审美情趣而胡乱改革。这些都不是科学的态度。正确的形式变革应该是怎样的呢? 田汉说:

> 照我们的见解,新的思想内容真能与旧有的形式揉合混合,是会使那形式起质的变化的。再若把新的形式适当地渗透到旧形式里面,更可使旧剧的艺术形式丰富广阔成为新内容的优秀的容器。③

这里有两点是值得注意的:一是新内容必定会突破旧形式而引发新的创造,但

---

① 凌鹤:《旧剧的改良和创作》,《抗战与戏剧》,独立出版社1943年版,第43页。

② 刘芝明:《从〈逼上梁山〉的出版谈到平剧改造问题》(1945),转引自《洪深文集》第4卷,中国戏剧出版社1988年版,第171页。

③ 田汉:《剧艺大众化的道路》,上海《周报》第38期,1946年5月。

它仍是"旧剧的艺术形式",改革要根据戏曲本身的审美规律而不失其特性;二是旧剧的艺术形式要丰富广阔,又不能故步自封,而要"把新的形式适当地渗透到旧形式里面"去。针对当时戏改中把旧戏形式看作金科玉律的偏向更为严重的情形,戏剧家强调,抗战戏曲的形式变革更重要的是借鉴外国戏剧的优秀遗产,以及民族戏曲中兄弟剧种的特长。就前者来说,戏剧家认为戏曲难以表现现实,音乐是症结所在。因而在重庆召开的戏剧民族形式问题座谈会,邀请贺绿汀、盛家伦等音乐家参加。他们提出"乐器西洋化! 形式中国化!"的口号,认为要"大胆采用西洋乐器(中国乐器也可以参加),通过世界音乐的一般的理解与中国地方音乐戏剧的深刻的钻研,中国革命现实的认识,为生存自由而恶战苦斗的中国民众心声的把握,庶几乎可以创造出新的民族乐剧"[①]。以后者而论,京剧艺术精美但缺乏现实内涵的生机活力,地方戏有其生龙活虎的朝气和现实感但缺乏艺术的洗练,两者相互借鉴即可共同提高。在这方面,熟悉话剧而对民族戏曲与民间地方戏同样十分喜爱和精通的田汉、欧阳予倩、周信芳、齐燕铭、任桂林、马少波等戏剧家,有着得天独厚的优势。借鉴话剧的艺术结构,立足戏曲的舞台形式,加上中外戏剧音乐的融汇吸收,使其戏曲形式变革充满活力。此外,戏曲舞台设计要简洁生动,利用色彩、线条和适当的背景衬托出浮雕式的形象;歌舞可重新组织,使其成为优美的东方舞蹈戏;服装、动作等可趋向现实,使之与剧作内容相吻合;等等。戏剧家们在实践中都有所尝试。秧歌剧、秦腔、眉户戏、桂剧、越剧等地方戏的形式变革更显活跃。陕北广泛展开的秧歌剧运动,涌现出《兄妹开荒》(王大化、安波等)、《牛永贵挂彩》(周而复、苏一平)、《周子山》(水华、王大化、马可)等优秀剧目,并为中国新歌剧的发展提供了丰富的营养;柯仲平、马健翎领导陕北民众剧团改革秦腔、眉户戏,糅合话剧、平(京)剧、民间音乐的艺术精华为我所用,《血泪仇》(马健翎)、《官逼民反》(李微含等)、《刘巧儿告状》(袁静)等剧目在黄土地上闻名遐

---

① 贺绿汀语,见田汉记《戏剧的民族形式问题座谈会(中会)》,《戏剧春秋》第1卷第4期,1941年7月。

迹;欧阳予倩从澄清内容、编剧技巧、创制新腔、装饰布景、演出和谐等方面着手改革桂剧,并以创作演出《木兰从军》等为实践,使得桂剧更为质朴、优美、生动;越剧早先改革也曾走过弯路(如学申曲搞西装旗袍时装戏,模仿京剧连台本戏搞机关布景等),直到抗战胜利前后,袁雪芬等艺术家使越剧与新文艺结合而创作《祝福》等剧,在剧本、化妆、服装、布景等方面向话剧学习,舞蹈动作汲取昆曲艺术而将其融化到越剧中去,深受观众喜爱。评剧、豫剧、川剧、沪剧等地方戏的变革,也有不同程度的发展与深入。

　　以上是就戏剧运动主流而论,戏曲现代化在抗战时期取得了相当的成就。但就戏曲改革的整体情形来看,形势仍不容乐观。抗战进入持续阶段后,除解放区成立多个剧团有组织地进行平(京)剧、秦腔、眉户戏、秧歌剧等改革,田汉、欧阳予倩等新文艺家在大后方从事平(京)剧、湘剧、桂剧等改革,以及其他地区的部分青年剧人还保持着抗战初期的政治热情继续改革的探索外,整个旧剧界的戏曲改革大多进入困难阶段,甚至新的改革反不如重走老路更足以自保。梅兰芳、程砚秋等"京派"杰出艺术家,或蓄须明志,或郊区务农,都相继"罢演"以抗争现实黑暗;"海派"只有周信芳等少数戏曲家以真正的艺术在"孤岛"艰苦奋战,多数仍是在玩弄形式上的花样翻新,乃至靠玩蛇耍刀、"四脱舞"等下流杂要以维持演出,难以达到有生命的新创造。这时期在戏曲改革上有更多贡献的是参与戏曲阵营的新文艺家,组织"内行"进行戏曲改革仍然是相当艰难的任务,大部分剧种仍然是竞演旧戏而少有或没有改进。再者,以已改革的戏曲剧种来说,除秦腔、眉户戏等几种地方戏在改革后能够表现现实外,这时期的戏曲改革主要还是整理旧剧和新编历史剧。传统戏曲艺术是否能反映现实生活题材?有呼唤,有疑虑,也有探索,然而少有成就。戏曲面对现实"英雄无用武之地",仍是戏曲改革中最尖锐的问题。而攻克这些难关,又是中国戏曲走向现代化的基本保证。走向现代化的中国戏曲,前面的道路仍然充满艰难曲折。

三、"三并举"和戏曲现代戏

　　新中国对戏曲艺术非常重视。文化部曾先后成立戏曲改进委员会和戏曲改进局,召开全国戏曲工作和剧目工作会议,成立中国戏曲研究院,举行全国戏曲观摩演出和戏曲演员讲习班,都使濒临危机的戏曲迅即焕发青春。尤其是1951年毛泽东"百花齐放,推陈出新"题词的发表,政务院《关于戏曲改革工作的指示》的颁发,以及稍后周恩来、陆定一关于戏曲改革传统戏、新编历史剧、现代戏"三并举"方针的提出,更为戏曲发展指明了方向。

　　整理传统旧戏是中华人民共和国成立初期戏曲改革的中心。政务院《关于戏曲改革工作的指示》在明确提出改戏、改人、改制等"三改"内容后,着重指出:

　　　　目前戏曲改革工作应以主要力量审定流行最广的旧有剧目,对其中的不良内容和不良表演方法进行必要的和适当的修改。必须革除有重要毒害的思想内容,并应在表演方法上,删除各种野蛮的、恐怖的、猥亵的、奴化的、侮辱自己民族的、反爱国主义的成分。

戏曲改进委员会还根据中华人民共和国成立前夕华北戏剧音乐委员会《有计划有步骤地进行旧剧改革工作》中拟定的对人民"有利""无害""有害"等审定标准,在禁演《杀子报》《九更天》《滑油山》《探阴山》《铁公鸡》《黄氏女游阴》等剧目的同时,号召戏曲家大规模地发掘、整理传统剧目。这不仅使昆曲、弋阳腔、梆子戏、柳子戏等古老剧种青春再现,京剧、秦腔、莆仙戏、闽剧、汉剧、川剧、湘剧、豫剧、滇剧、桂剧等传统剧种有长足发展,年轻的越剧、黄梅戏、评剧、沪剧、粤剧、花鼓戏、采茶戏等剧种也走向成熟。广大戏曲艺人真正动员起来,全国大小三百多个剧种,都在复苏中呈现出蓬勃发展的景象。1952年10月,全国戏曲观摩演出中出现的京剧《将相和》(翁偶虹等)、《白蛇传》(田汉),越剧《梁山伯与祝英台》(袁雪芬、范瑞娟、徐进等),川剧《拉郎配》(黄志德、吴伯祺等),楚剧《葛麻》(武汉市楚剧团),花鼓戏《刘海砍樵》(北方),晋剧《打金枝》(寒声等),汉剧《宇宙锋》(中南区戏曲代表团),桂剧《拾玉镯》(广西桂剧团)等,以及稍后梅兰芳整理的《秋江》《拾玉镯》《贵妃醉酒》等京剧的久演不衰,和昆曲《十五贯》(陈静等)的誉满京城,都标志着传统剧目推陈出新的突破。

整理传统剧目也曾出现过偏差。譬如内容的整理,毛泽东指出要剔除封建性糟粕,吸取人民性精华。然而又如何理解"人民性"? 在由《琵琶记》等古典剧目引起的争论中,有人认为凡是有关忠孝节义、明君清官的戏都是宣传封建思想而没有人民性;有人说《打金枝》等没有反映"历史的基本矛盾"的戏也没有人民性;有人将神话与迷信、恋爱与淫乱相混淆,否定旧戏中的人民性因素;还有人把传统戏曲都看作封建性糟粕,认为其中根本就没有新时代可继承的人民性可言。这种将"人民性"与题材画等号的理解是简单狭隘的。张庚说:"人民性在一个剧目中的表现,是那贯串全剧的思想、感情、愿望、见解、态度属于人民,为人民着想,替人民说话。至于所采取的是什么方式,运用的是什么题材,那是可以多种多样的。"[1]这种偏差在形式整理中也同样存在。有人只赞同修改内容而过度强调旧剧艺术的完整性,看不到形式的野蛮落后会影响内容的表现;有人片面强调配合政治而不顾艺术审美,如将《女起解》中苏三的唱词改为"苏三离了洪洞县,急急忙忙去生产",粗暴地破坏了传统戏曲艺术;还有人要废除歌舞使戏曲向话剧发展,或学习苏联的经验,使戏曲歌舞分家发展成歌剧和舞剧。究竟应该怎样才能整理好旧剧? 梅兰芳结合自己的实践,指出既要考虑旧剧整理的时代精神和现实意义,也须顾及戏曲艺术的审美规律和观众的欣赏习惯。[2] 这是深刻的启示。旧剧整理经过剔除内容的污秽

---

[1] 张庚:《正确地理解传统戏曲剧目的思想意义》(1956),《张庚戏剧论文集》,中国社会科学出版社1981年版,第230页。

[2] 参见梅兰芳:《赣湘鄂旅行演出手记》,《戏剧论丛》1957年第2辑。

和表演的瑕疵，提高剧本的文学性和舞台艺术的整体表现力，又涌现出京剧《野猪林》(李少春)、黄梅戏《天仙配》(陆洪非)、扬剧《百岁挂帅》(吴白匋等)、闽剧《炼印》(林舒谦)、川剧《芙奴传》(席明珍等)、粤剧《搜书院》(杨子静等)、莆仙戏《春草闯堂》(陈仁鉴等)、高甲戏《连升三级》(王冬青)等优秀剧目。

戏曲新编历史剧，就是运用传统戏曲的形式去表现古代历史生活或古代传说、神话等。欧阳予倩说：

> (新编历史剧)要是以历史唯物主义的观点来分析历史人物，给予正确的评价，通过戏剧艺术表现在舞台上，那就必然比传统剧目里头所描写的，更为真实、饱满、生动。如果以新的观点，根据人物的处理，来反映一个历史时期的生活和斗争状况，那剧本的布局、故事的安排、描写的技巧，也必然会和过去有所不同，内容必须更丰富，结构必定更谨严，描写必定更真切。①

可见它在戏曲现代化进程中的重要作用。京剧《谢瑶环》(田汉)、《海瑞罢官》(吴晗)，昆曲《李慧娘》(孟超)，莆仙戏《团圆之后》(陈仁鉴)等，便是这时期新编历史剧的代表作。新编历史剧的"古为今用"是为大多数戏剧家所首肯的，然而怎样"古为今用"，理解却也有不同。主观主义和反历史主义的倾向时有出现。前者，是在创作中对符合其主观构想的史料任意夸大附会，反之则视而不见或有意抹煞；后者，是将古人当现代人来写，在史实中生硬地套上现代的思想内容。这两者都不是科学的态度。茅盾、阿甲、何其芳等作家敏锐地发现这些问题并给予严厉批评，及时地扭转了偏向。此期出现的越剧《红楼梦》(徐进)、彩调《刘三姐》(牛秀等)、吕剧《姊妹易嫁》(王慎斋、李公绰等)、绍剧《孙悟空三打白骨精》(贝庚等)等剧作，都在历史真实、艺术真实与时代精神的统一

---

① 欧阳予倩：《有关戏剧表演导演艺术的两个问题》，《欧阳予倩戏剧论文集》，上海文艺出版社1984年版，第361页。

中取得了较高的成就。

整理传统戏和新编历史剧,在中国戏曲史上已是源远流长,20世纪以来又论争和探索甚多,其改革已积累了比较丰富的经验。戏曲改革最为艰难而在这时期又需迫切解决的,是戏曲现代戏创作。再者,传统戏、新编历史剧、现代戏三者都要发展和提高,但是就戏曲艺术的发展趋势和现实审美需求来说,则应当重视现代戏创作。因为探索运用古老的戏曲艺术表现现代生活,这是戏曲现代化最艰难的环节。

戏曲现代戏创作早在20世纪初的"戏曲改良"和40年代的地方戏改革中就有尝试,新中国初期又有评剧《小女婿》(曹克英等)和《刘巧儿》(王雁)、沪剧《罗汉钱》(宗华等)、吕剧《李二嫂改嫁》(刘梅村等)、眉户戏《梁秋燕》(黄俊耀)等剧的探索。然而总的说来成就甚微。为什么呢?梅兰芳在实践中,就深切地"感到京剧表现现代生活,由于内容与形式的矛盾,在艺术处理上受到局限"①。这也是其他戏曲家望而却步的主要原因。戏曲能否表现现实?有人直言戏曲改革最大的可能也只能处理历史题材,不容易甚至不能处理现代题材;也有人认为评剧、沪剧、花鼓戏等地方戏剧种表现现代生活是可能的,但要让京剧、昆曲等传统剧种去表现现代题材,那恐怕办不到;还有人说戏曲根本就没有必要去表现现代生活,勉强去做就会破坏其艺术的完整性。这几种观点,如果说前两种还考虑到戏曲形式与现代生活的矛盾而包含着实情的话,那么后者的顽固保守则是不可取的;然而他们又同样都没有看到,戏曲表现现代生活乃是戏曲现代化的重要一环。阿甲以京剧改革为例指出:

> 要求京剧艺术发展,如果不要求它表现现代生活,只表现古代生活,那它的发展是有限的。继承戏曲的艺术传统,总是要求它和现实生活结合起来。不然,传统也传不下去,艺术也发展不了。②

---

① 梅兰芳:《舞台艺术四十年》(三),中国戏剧出版社1981年版,第99页。
② 阿甲:《我们怎样排演京剧〈白毛女〉》,《戏剧论丛》1958年第2辑。

这是因为戏曲如果能运用传统形式表现现代生活，那它也就越能深刻地把握传统，并在此基础上去变革它、发展它；而从时代审美需求来说，戏曲如果不能结合现实生活去表现现代人的思想情感，那它在某种程度上也就会失去艺术的现实生命力。

论争在戏曲现代戏创作的必要性和紧迫性这点上达成共识。豫剧《朝阳沟》（杨兰春）、沪剧《芦荡火种》（文牧等）、花鼓戏《打铜锣》（李果仁）、京剧《白毛女》（马少波、范钧宏）等频频亮相，连古老的昆曲也创作了《红霞》（北方昆剧院）。这其中又以京剧改革的成就最突出。1964 年全国京剧现代戏会演和1965 年中南戏剧会演，推出了《红灯记》（阿甲、翁偶虹）、《智取威虎山》（上海京剧院）、《沙家浜》（汪曾祺等）、《奇袭白虎团》（李师斌、方荣翔等）、《节振国》（于英等）、《六号门》（陈嘉章等）等，标志着戏曲现代戏创作走向成熟。可以看出，这时期的戏曲现代戏创作已不再局限于某几个剧种，几乎所有的剧种都在进行探索。当然，探索中也难免出现偏差：首先是不问剧种和剧团的实际条件如何，一律要求创作和演出现代戏；其次是要表现现代生活，就必须写重大题材，否则就是没有反映"现实的本质"；发展到极端，就认为只有上演现代戏才是"大跃进"，甚至片面地提出"以现代戏为纲"的口号。这不仅影响到传统戏、新编历史剧的创作和演出，也形成现代戏的粗制滥造。这种错误倾向受到批评后被逐渐克服。

戏曲现代戏创作最艰难的，就是传统形式与现代内容的尖锐矛盾。怎样解决这对矛盾？和过去戏曲现代化进程中所遭遇的情形相似，现代戏发展中也出现过两种偏向：一种认为只要戏曲能为现实服务，就不必去考虑它是否像戏曲等形式问题，或者认为戏曲遗产全是糟粕而需整个重新创造；一种认为必须首先考虑形式的特点，再视其可能去表现现实生活，或者认为戏曲艺术全是精华而不愿甚至反对对它进行任何变革。前者的轻率和粗暴只会毁掉戏曲这门传统艺术，而后者的保守，抗战时期的"旧瓶装新酒"已证明此路不通。戏曲的内容与形式在其发展中总是会有矛盾的，没有矛盾也就没有发展；问题是当矛盾发生时,是依据内容而转化,使戏曲艺术能够充分地表现现代生活,还是削足适履,删削现实生活去适应戏曲的艺术表现? 很多人在这里都存在着糊涂观念。张庚等戏剧家则明确指出:"我们的目的是为了表现新生活,而不是为了保存旧形式的完整。所以,当这个形式在表现现代生活上有限制了的时候,就需要革新和创造来突破它。"①

非常明显,为了能更好地表现现代生活,戏曲现代戏必须在继承传统的基础上去突破传统、发展传统。程式是戏曲艺术美的核心,现代戏能不能运用程式和怎样运用程式,也因此成为解决传统形式与现代内容矛盾的关键。戏曲传统程式能否用来刻画现代人物? 有些是可以的,例如李少春用抢背的身段精彩地表现出京剧《白毛女》中杨白劳被黄世仁踢倒时的情景,就受到戏剧界的普遍称赞;有些则不能,譬如水袖、翎子、袍带、髯口、甩发等特有的技术功夫,因为与现实生活没有关联就只得忍痛割爱;更多的是不能直接用来表现现代生活,必须加以变革才能奏效。这就要求戏剧家进行新的创造。如何创造? 梅兰芳说:

> 我们一方面要从原有的传统技巧中,吸取那些可以运用的东西,加以发展和变化,用在现代戏里的人物身上。另一方面,我们可以从现实生活中提炼、加工,根据传统技巧的表现原则来创造适合于现代人物的新唱腔、新格式、新手段……②

创造新程式首先必须"从现实生活"出发,从剧中人物的具体思想性格和具体规定情景出发,因为戏曲程式本身就是在参照生活的基础上经过提炼、美化、节奏化而成的;但是,戏曲新程式的创造又不能直接模仿现实生活,而必须"根

① 张庚:《现代题材戏曲的新成就》(1960),《张庚戏剧论文集》,文化艺术出版社 1984 年版,第 109 页。
② 梅兰芳:《运用传统技巧刻划现代人物》,1958 年 12 月 10 日《人民日报》。

据传统技巧的表现原则"对现实生活进行概括、提炼和美化。在这个过程当中,"因为既然具体去体验这个人物,就必有新的思想内容为旧技术规律所不能表达的,这就必须有创造,必须吸收新的艺术经验,这种创造就使旧的技术规律逐渐突破,在表现形式上逐渐增加新的东西,产生新的形式。但是,它是在传统基础上产生的"①。此即毛泽东"推陈出新"的深刻内涵。那种或是机械地学习话剧艺术表现,或是为追求新奇的只"出新"不"推陈",既丢失传统又毫无新意。

戏曲现代戏发展中还有一种值得注意的现象,就是无论什么剧种,道白和鼓点学京剧,化妆学越剧,舞美向话剧靠拢。这引起人们的高度重视。周恩来在谈到这个问题时指出:任何剧种都要吸收别人的长处,不能排外,不能闭关自守,但是总要以自己的东西为主,要保留和发展自己的长处。② 诚然,话剧创作的主题突出、结构严谨、形象鲜明,话剧导演在戏剧思想和艺术意图上的积极作用,话剧角色塑造的"不断的线""人物的最高目的"等理论的指导,对戏曲都会有很大帮助;然而话剧真实的舞台表现和舞台装置等,就不能机械地套用。同是戏曲的其他剧种的借鉴也是如此。吸取兄弟剧种的艺术经验,对改变戏曲界长期以来闭关自守、抱残守缺的状况是有益的,但是,在艺术的交流中因目迷五色而失去方向,甚至抛开自己的传统而套搬别人的东西,则是不对的。因而梅兰芳强调:"我赞成的是兄弟剧种在艺术上的交流,反对的是不经过融化而生搬硬套的模仿。"③学习兄弟剧种应该根据自己的特点和风格,吸取别人的经验为的是丰富自己独有的特色,从而使各个剧种能在自由竞争中相互促进、共同发展,这才符合毛泽东"百花齐放"的精神。

必须肯定,此期的戏曲现代戏探索,在中国戏曲的现代化进程中具有重要

---

① 阿甲:《我们怎样排演京剧〈白毛女〉》,《戏剧论丛》1958年第2辑。
② 参见周恩来:《在文艺工作座谈会和故事片创作会议上的讲话》(1961),《文艺报》1979年第2期。
③ 梅兰芳:《和河北跃进剧团学生谈学戏》,1959年7月7日《人民日报》。

意义。但是，探索热潮中出现的"以现代戏为纲"的偏向，它对整个戏曲改革的消极影响也是严重的。此后有人提出"大写十三年"，更是直接压抑着传统戏和新编历史剧的创作。

四、危机声中的探索与变革

新时期伊始，渐趋复苏的戏曲舞台在看腻"样板戏"的中国观众面前舒展英姿。京剧《南天柱》《红灯照》、秦腔《西安事变》、豫剧《谎祸》、越剧《胭脂》、黔剧《奢香夫人》、昆曲《蔡文姬》、川剧《卧虎令》、绍剧《于谦》等新剧的搬上舞台，和京剧《杨门女将》《白蛇传》《谢瑶环》《海瑞罢官》、昆曲《李慧娘》、吕剧《姊妹易嫁》、彩调《刘三姐》、莆仙戏《春草闯堂》、豫剧《唐知县审诰命》等老戏的恢复演出，戏曲舞台真可谓春光满园。然而，正当戏剧家们期待着戏曲昌盛时代的再次到来时，各地剧院突然"门前冷落车马稀"。到1980年前后，"戏曲危机"的阴影就日趋严重地笼罩着戏曲界。

戏曲是否存在着危机？众说纷纭，"夕阳论"和"朝阳论"针锋相对。前者认为戏曲已是"日薄西山，气息奄奄"。其理由有二：一是戏曲所宣扬的封建思想是和现代意识相对立的，必须彻底清除；二是戏曲产生于封建时代不可能具有现代艺术品格，必然会随着时代的前进而成为明日黄花。后者则把戏曲看作"初升的太阳"，认为其发展方兴未艾，甚至正在走向欧美，领导世界戏剧新潮流。然而实事求是地说，戏曲此时所遭遇的危机是严重的。"朝阳论"看不清戏曲发展中的诸多问题而盲目乐观，那是对戏曲现代化的艰辛缺乏足够的重视；不过，"夕阳论"的过度悲观只是看到戏曲发展中的某些侧面而少有全面的考察，更没有看到戏曲危机本身蕴含着生机的活力，同样对戏曲现代化缺乏正确的认识。

危机的症结何在？"夕阳论"着重思想意识的观点得到不少赞同，然而这又如何解释新编历史剧和现代戏也少有观众的现象？可见，只扫除"封建思想"而描写现代生活,或是在历史中寓含时代精神也已不能满足当今观众的审美需求,现代戏曲的"现代意识"已成为改革的当务之急;也有人从艺术表现方面进行探求,认为尽管戏曲艺术的写意、虚拟、时空自由等蕴含着强大的生命力,然而其凝固陈旧的程式难以容纳复杂的现代生活,也在相当程度上限制了导表演的创造能力和艺术个性,其节奏的缓慢、唱腔的老化与过场的拖沓等,又与现代生活节奏和情感节奏不相适应。正是在这里,戏剧家看到戏曲在内容和形式上所显示出的陈旧性、保守性及其与当代观众审美需求的矛盾,并认识到只有深刻地变革才能使戏曲符合新时代审美需求的紧迫性。于是,一场新的戏曲探索与变革在危机声中迅猛地进行。戏曲界提出"振兴戏曲"的口号,并多次召开研讨会,就传统戏曲与现代意识、新内容与旧形式、戏曲与观众、戏曲审美的本质特征、戏曲艺术的革新与创造等问题展开争鸣。戏剧家们清醒地意识到,戏曲要现代化,就必须在遵循戏曲美学原则和艺术规律的前提下,对戏曲的内容和形式作突破性的革新,使其既能反映当代人们的现实生活和思想情感,又能适应当代观众不断变化的审美情趣,与时代同步前进。因此,余笑予等人提出要从当代观众的审美需求出发,建立具有"新的思考和新的综合"的"当代戏曲"①。"新的思考"就是要以现代意识去观照审美对象,站在时代精神的制高点上,去真实而深刻地表现生活的本质和发展趋势,而不再注重它所描写的是现实生活、历史事迹还是神话故事;"新的综合"就是要在戏曲唱念做打的传统手法中糅进现代艺术思维和现代艺术的表现手段,使其能更好地表现现代生活和现代人的思想情感。魏明伦的《四姑娘》《易胆大》《巴山秀才》等川剧,郑怀兴的《新亭泪》、周长赋的《秋风辞》等莆仙戏,郭大宇、彭志淦的《徐九经升官记》等京剧,诸葛恪的《凤冠梦》等高甲戏,陈正庆等的《六斤县长》、甘征文的《八品官》等花鼓戏,以及豫剧《倒霉大叔的婚事》(齐飞)、楚剧《狱卒平冤》(武纵)等,都在传统基础上寻求创新,力求每个戏都有精美的形

---

① 参见余笑予《从当代观众的审美需要出发》(《戏剧报》1985 年第 8 期)、《对戏剧演出样式的觅求与思考》(《争取京剧艺术的新繁荣》,中国戏剧出版社 1992 年版)等文。

式和深刻的内涵,都显示出现代戏剧观念对戏曲改革的强劲冲击。而京剧《曹操与杨修》(陈亚先)、《洪荒大裂变》(习志淦等),昆曲《南唐遗事》(郭启宏),湘剧《山鬼》(盛和煜),赣剧《邯郸梦记》(陶学辉),川剧《潘金莲》(魏明伦)、《田姐与庄周》(徐棻等),壮剧《泥马泪》(韦壮凡),以及汉剧《弹吉他的姑娘》(孙彬等)等探索戏曲,又以其内容与形式的全面创新,将中国戏曲现代化推向新的进程。

观念的变革首先表现在剧作思想内容的现代化上,戏剧家的创作主体意识普遍加强,力求在作品中表现出对社会人生的独到认识,和对现代意识的深刻理解。因此,它在题材选择上从强调现实意义的政治视角转向对人性的关注和描写,内容也从故事性的描述转向对深层的社会哲理和人物复杂的心灵世界的开掘,作家的笔墨也从是非善恶的道德评判转向人生价值的探索,其形象刻画也从平面的类型化人物转向具有立体感的复杂性格,从而引起观众的强烈共鸣。新编历史剧创作也不再仅仅注重题材本身的社会价值,而是强调作家要有真正的人生发现和审美发现,使其能从对历史独到的审美体验中去把握作品的意蕴。以《潘金莲》为例,尽管剧作还不尽如人意,但它在题材选择、主题开掘、性格刻画等方面却别具特色。不同于历来封建文人的"鄙视淫妇之恶",也有别于"五四"时期的"抬高叛逆之美",魏明伦是将"人"作为审美对象,描写潘金莲怎样从单纯到复杂、从挣扎到沉沦、从无辜到有罪,去思考中国古代妇女的人生命运和现代婚姻家庭问题,充满着强烈的现代意识。正因为如此,这些剧作又大都带有哲理意识和忧患意识,从传统戏曲的主要诉诸观众情感,开始转向重视诉诸观众的理智,重视抽象的哲理思辨给予观众以社会的或人生的启迪。应该说,这些探索有的确实能发人沉思,在诸如真实性、哲理深度、人性的揭示、心灵情感的开掘等方面都给人以思想震撼力。然而探索也有某些不足。最明显的有二:哲理追求中的迷误和意念压倒形象。追求哲理性原是为加强思想内涵的深刻性和人物性格的复杂性,但有的戏剧弄得过于艰涩深奥,观众难以理解。这其中的主要原因,是戏剧家关于现实、历史及民族文化的深沉思考未能通过艺术形象完美地表现出来,理盛于情,从而形成新的概念化。

思想内涵的新探索必然会带来形式的变革。这主要表现在两个方面:一是突破戏曲的传统模式予以革新;二是创造具有现代意味的艺术语汇。都是冲破传统的审美观念和欣赏习惯而进行新的创造。形式上突破戏曲的传统模式,也就是历来戏曲现代化中依据现实生活的变化而对戏曲程式的革新,使其能在保持写意美学原则的基础上给人以现代感;创造具有现代意味的艺术语汇,则是借鉴西方现代戏剧和其他姊妹艺术,将其变形、荒诞、梦幻、意识流等手法糅合到戏曲中来以创造新的艺术表现。在新时期戏曲现代化进程中,后者是带有更多"质变"性质的变革。孙彬等人创作汉剧《弹吉他的姑娘》时,就提出要"全面出新,争取青年观众"。怎样才能"全面出新"呢?孙彬说:

> 就是要求人物的设计、剧本的结构、唱词的格式、导演的构思、表演的风格以及唱腔、音乐、伴奏、舞美、灯光甚至字幕幻灯,都要在纵向继承传统的基础上大胆地横向借鉴与吸收。[1]

批评家曾将探索性戏曲的创新,归纳为以下几个方面:创作原则和表现手法走向多样化、综合化,有现实主义、浪漫主义、表现主义、象征主义等,采用写意、象征、荒诞、意识流等手法,并吸收其他姊妹艺术的特长使其相互渗透;剧情发展由传统的"点线结构"转向多层次、多线索的复式结构,形象刻画从注重外部言行的描写转向心灵情感的挖掘;舞台艺术充分利用新的技术手段和现代科技成果,导演意识绝对加强,舞美冲破中性布景,音乐重视整体构思和情绪化,表演则从唱念做打的歌舞化趋向生活化。

可以看出,戏曲探索新的表现形式,已不再注重艺术传统的纵向继承,西

---

① 孙彬:《要虔诚地信奉观众这尊戏剧命运之神》,《戏剧报》1986年第7期。

方现代艺术以及话剧、舞蹈的"横向借鉴"成为其主要源泉。激进者甚至提出"冲破戏曲化束缚,重视横向借鉴"的口号,认为戏曲化已成为传统化、程式化、繁琐化、老化、僵化的代名词。实事求是地说,这些探索有的确实给戏曲改革带来新的气象。比如胡伟民导演桂剧《泥马泪》,用女性群舞代表茫茫芦苇荡,用"群马"狂奔外化人物的内心情感翻腾,以统一服装象征没有独立人格的群盲,等等,都意蕴深刻而又给人以审美的享受。当然,是探索也就难免有差错。有些"横向借鉴"仅仅是简单模仿而未能很好地融化和美化;有些新艺术语汇的建构还未能融洽无间地纳入戏曲的艺术大厦中去;还有的只是为探索而探索的花样翻新,缺乏思想而令人不知所云。无论如何探索,戏曲最终是要以唱、念、做、打去刻画角色,表现现实。于是,有戏剧家提出现代戏曲应该"戏曲化"的严肃问题。中国戏曲现代戏研究会 1984 年年底在上海召开年会,各派意见交锋激烈。与"冲破戏曲化束缚"论相反,大部分戏剧家认为戏曲化并非老化、僵化、繁琐化,它与现代化是相互制约又相互促进的。"现代化"侧重的是突破戏曲传统的艺术革新,"戏曲化"则是力求使革新符合戏曲的艺术规律和手法。提出"戏曲化"并非否定革新而使戏曲恢复到老样子,而是要求在创作中继承和发扬戏曲艺术最美好的、最有价值的东西。此外还有第三种意见,认为不必多提现代化或戏曲化,而要从生活出发、从观众出发,遵循戏曲美学原则,创造出更新、更美、更多样化的形式来。

尽管"戏曲化"的提法不大科学,但问题的提出在中国戏曲现代化的实践中却有普遍的意义。还是在 20 世纪 50 年代,欧阳予倩针对戏改中出现的"话剧加唱"等现象就指出:

> 戏曲就是戏曲,京戏就是京戏,我们必须尊重它的传统,在它传统的基础上进行改革。①

---

① 欧阳予倩:《京戏一知谈》(1954),《欧阳予倩戏剧论文集》,上海文艺出版社 1984 年版,第 128 页。

借鉴其他艺术只是为了加强戏曲的艺术表现力,戏曲艺术真正的生命力还在它自身的特点之中。而要做到这一点,首先,就要求剧本创作必须充分戏曲化。针对戏曲探索中出现的思想大于形象、理盛于情,以及某些剧作用话剧手法将戏写得很满、布景弄得很实等弊病,戏剧家要求编剧要重视和熟悉戏曲舞台艺术,剧本要避免满、实、露而要写得精练含蓄,为导表演的二度创作留出充分的余地,使导演能够根据自己的人生体验用自己独特的形式赋予剧本自己的观念,演员能够用自己的歌舞表演去丰富、完成舞台形象的创造。其次,是要加强舞台动作的舞蹈化和节奏化。这是因为探索性戏曲的舞台动作其舞蹈化还不够,表现现代生活的舞台艺术语汇还相当缺乏,情感表现也少有鲜明、强烈的内部与外部的节奏。戏剧家认为,现代戏曲行当要淡化,但还是要有新的歌舞性质的程式,新的唱念做打的方式。要根据现实生活和戏曲的审美规律去创造新的歌舞,也可借鉴外界形式美的东西作为戏曲的歌舞表演,以使演员丰富的内心活动和舞台体验外化成感情化、节奏化、夸张和美化的形体动作。再次,是舞台美术要戏曲化。戏曲的舞美探索,成功者已从单纯美化舞台进而积极地参与表现和深化戏剧思想内涵、塑造人物形象,可探索中也有逼真地再现剧情环境,或是不顾表演只管炫耀舞美等现象,破坏了戏曲表演的审美特性。因此,戏剧家强调戏曲舞美应该虚实结合,采用中性的非幻觉主义的布景,不仅可以寓生活真实于艺术真实的氛围中,而且能使观众在想象中得到富有诗意的艺术享受。它要配合并突出演员的表演,加强舞台演出的整体性,既点染意境,烘托气氛,又能揭示主题。此外,就是关于探索戏曲的音乐和唱腔。探索戏曲以各种乐器奏出色调变化丰富、和声效果丰满的多声部织体,令人耳目一新,但探索中普遍存在的"前奏曲"运用的剧种特色不突出等问题,也引起人们注意。因而戏剧家强调戏曲音乐创新不能完全离开基础,必须保持各个剧种独特的色彩。唱腔的创新亦如此,戏曲可以借鉴西洋的美声唱法以改进自己,也可以根据表现现实的需要打破行当创新腔,但又都不能失去自己的特色。如此,才能使其变革既是传统的又是现代的,既是熟悉的又是好听的。①

新时期戏曲在危机声中的探索与变革,给传统戏曲注入生机活力,但也带来诸多亟需解决的理论与实践课题。危机中孕育着生机,生机中又夹杂着急切与浮躁。也许正是在这种种矛盾冲突与调和的艺术变革中,涌动着现代戏曲光彩夺目的灿烂前景!

五、"百花齐放,推陈出新"

20 世纪中国戏曲的现代化历程充满曲折。其间,激进派对传统旧戏的严厉批判与保守派拒绝改革的顽固反击,着重思想意识的内容变革与注重艺术审美的形式创新,强调时代精神的现代戏创作与展现艺术精华的传统戏演出,横向借鉴的"话剧加唱"与纵向继承的"旧瓶装新酒",强调现代意识的"现代化"与遵循审美规律的"戏曲化"等观念曾展开不同层面的交锋,并直接影响到戏曲艺术的创作与发展。这种种曲折艰难,对中国戏曲今后的发展有何启迪与借鉴?

首先,历史告诉我们,戏曲只有在变革中才能生存、发展。

20 世纪的中国变革迅猛、激烈动荡,戏曲如何才能自存? 自"五四"新旧戏剧论争以来,有两种偏向时隐时现:激进者主张把传统戏曲根本推翻而另行创造,保守者则欲极力保存戏曲原貌而反对变革。激进者的偏执在某种情形下可转变为改革的动力而成为"中国戏剧的功臣",但保守者的因循守旧却使中国戏曲在相当长时间里没能走出"黎明前的黑暗"。中国戏曲的发展并没有现存的模式,只有逐渐变革才能在创造积淀中发扬光大。为何谭鑫培以后的老

① 参见阳翰笙《谈谈戏曲的推陈出新》(《文艺研究》1980 年第 4 期)、马少波《创新与借鉴》(《文艺研究》1981 年第 6 期)、阿甲《谈谈京剧艺术的基本特点及其相互关系》(《文艺研究》1981 年第 6 期)、郭汉城《现代化与戏曲化》(《戏曲研究》1982 年第 6 辑)、何为《论现代化与戏曲化》(《莆剧艺术》1983 年第 2 期)、张庚《戏曲艺术的成就及其在中国文化史上的地位》(《中国戏剧》1992 年第 1 期)等论文。

生劲头日落,而王瑶卿之后的旦角却日见峥嵘?就因为老生学谭死抱住谭鑫培亦步亦趋,旦角学王瑶卿却敢以改革自任,个个能显神通。可见,只有变革才是保存戏曲艺术的最好方法,否则它将如花木得不到新的养料而慢慢地凋枯萎谢。

梅兰芳、周信芳、程砚秋等艺术家对传统戏曲表现形式的变革当然是戏曲现代化的重要部分,但是,戏曲现代化更重要的,是要求戏曲艺术能表现新的社会人生,使传统戏曲能与时代共同前进。因此又有抗战时期的"旧瓶装新酒"和"利用旧形式",中华人民共和国成立后的戏曲现代戏创作,以及新时期探索性戏曲的出现。尽管这其中步履艰难,但正是这种探索与变革,使戏曲改革从自发的、个别的性质进入划时代变革的新阶段,使封建时代产生的戏曲,变成新型的社会主义文化艺术。①

其次,现代化是戏曲改革的趋向,戏曲化是其艺术的约制。

戏曲现代化,是"五四"以来中国戏曲变革的主导趋向。戏剧家开始主要是强调思想内容的现代化,现代戏曲创作(新编历史剧和戏曲现代戏)因而成为最急迫的社会使命和戏剧使命。然而"旧瓶装新酒"的此路不通,又使戏剧家认识到艺术形式的重要性而进行新的创造。由此,正是思想内容与艺术形式的现代化要求,推动着20世纪的中国戏曲能够追随着时代的步伐而前进。

戏曲内容的现代化少有反对者,然而涉及艺术表现,则长期以来存在两种偏向:一是注重内容的时代精神而抵拒对艺术形式做任何变革,即如"旧瓶装新酒"等;二是强调现代内容的表达而忽视戏曲审美的特性,如"话剧加唱",或如吸取其他而没能容纳到戏曲艺术系统中的"横向借鉴"。这些都不是真正的戏曲现代化。戏曲现代化需要继承传统艺术,但旧形式的继承首先要能为表

---

① 传统戏曲在现代中国,其发展的"变革"与"不变革"是非常复杂的辩证关系。在戏曲总体发展趋势的变革当中,又必须保证有少量剧团丝毫不变革地演出某些古老剧种、传统剧种的代表性剧目,通过演员的肉身让老祖宗的艺术能够原汁原味地传承下去,给后人的戏剧创造提供丰富的、原质的艺术资源。20世纪以来中国戏曲发展在"不变革"这一点上做得非常不够,日本民族戏剧发展在这方面的经验值得借鉴。

现新内容服务,否则就必须从内容出发予以变革。同样的,戏曲现代化需要借鉴话剧、歌剧、电影、舞蹈等艺术,然而其目的是丰富和发展自己独特的审美特征和风格。"戏曲化"正是使其能保持独特创造的艺术约制。

第三,"百花齐放,推陈出新",是戏曲改革的根本方针。

"推陈出新",是毛泽东关于戏曲改革继承与创新关系的深刻论述。这就是说,戏曲现代化创新必须建立在传统戏曲的深厚基础上,无"陈"不能"出新",但不"出新"也不能"推陈"。那种只"出新"而不"推陈"的变革(比如"话剧加唱",和"横向借鉴"中为探索而探索的花样翻新),少有戏曲独特的审美特征。同样,那种只"推陈"而不"出新"的变革(比如"旧瓶装新酒"),也难以创造出能表现时代精神的新戏曲。只有建立在传统基础上的艺术创新,才是真正的现代化变革。

每个剧种都必须不断地推陈出新。怎样"推陈出新"呢?戏剧家在实践中大都是根据表现内容的需要,借鉴兄弟剧种或姊妹艺术的精华去加以变革。然而值得注意的是,无论是借鉴兄弟剧种还是吸取姊妹艺术,艺术个性是各个剧种得以生存、发展的根本所在,借鉴其他是为了完善和丰富自己,而不是把自己变成别的剧种。如果变革以后失去特色,就必然会导致某个剧种的退化乃至消失。只有让每朵鲜花都开放出其独有的特色,才能带来戏曲艺苑"百花齐放"的美丽春天。

第四,坚持"三并举",发展现代戏。

中国戏曲的现代化应该走什么路?"五四"以后相当长时期里,梅兰芳、周信芳、程砚秋等艺术家的整理传统戏,和田汉、欧阳予倩等剧作家的新编历史剧占据主流。戏曲能否表现现代生活?20世纪初就有了艰辛探索,经过戏剧家长期以来不断的实践,终于在秦腔、眉户戏等地方戏改革中得到突破,中华人民共和国成立后更掀起戏曲现代戏的创作热潮。从此,传统戏、新编历史剧和现代戏"三并举",推动着戏曲改革的健康发展。

应该说,传统戏、新编历史剧和现代戏都是人们所需要的,都必须发展和提高。那种认为戏曲已发展到顶峰，只能演传统戏保持其艺术完美而反对现代戏和新编历史剧的偏向，和那种认为戏曲改革要"以现代戏为纲"而排斥传统戏和新编历史剧的做法都是错误的。不过从戏曲艺术的整体发展来说，在坚持"三并举"的前提下注重现代戏创作，又是戏曲改革的突出环节。因为现代戏创作最为艰难，也因为戏曲如果不能结合现实生活去表现现代人的思想情感，那它在某种程度上就会失去艺术的现实生命力。

需要指出的是，将上述问题分开谈只是为了论述的方便，就其实质来说，它们是相互关联的。中国戏曲要在变革中生存、发展，它需要在坚持"三并举"的前提下注重现代戏创作；发展现代戏的关键是处理好现代生活与戏曲传统的矛盾，这就必须在现代化的同时又要戏曲化。传统戏整理和新编历史剧创作也是如此，在借鉴兄弟剧种或姊妹艺术的精华去加以变革的同时，又要注重保持和丰富其剧种的审美特征。中国戏曲在 20 世纪现代化进程中留下的这些经验教训，值得记取和深思。

二十世纪后半叶中外戏剧关系研究

一、中外戏剧交流的必然性和必要性

话剧①在中国已经成为民族戏剧的重要组成部分。然而同时,话剧又是一种普遍的世界性戏剧。这就决定着中国话剧的发展一方面要追随世界戏剧潮流,另一方面,又要在中外交流、融合中努力创造现代民族戏剧。所以在中国当代话剧的历史发展中,长期以来都存在着如何处理中外戏剧关系的尖锐问题:是有意识地开放借鉴,还是盲目地封闭排斥? 借鉴是简单模仿、生搬硬套,还是有选择地批判吸收,并将它与民族戏曲及文化传统相融会而进行新的创造? 半个世纪来风风雨雨、曲折坎坷。当代中国话剧是怎样融入(或不融入)世界戏剧潮流的? 外来戏剧思潮流派、作家作品主要在哪些方面影响了当代中国话剧的发展? 民族戏曲及文化传统又着重从哪些方面对当代中国话剧形成了潜移默化的渗透? 戏剧家是如何在中外戏剧的碰撞与交融中借鉴汲取,从而进行中国当代话剧创造的? 中国当代话剧是怎样以其独创性参与和丰富了世界戏剧? 当代中国话剧走向世界的现代性探索与发展,又有哪些经验和

---

① 本文所论述的戏剧为西潮东渐的 drama,在中国通译为"话剧"。因为主要是研究西方 drama 与中国当代 drama 的关系,所以在行文中更多对应地使用"戏剧"。但在有些场合又用"话剧",以区别于中国传统戏剧——戏曲。

教训？在广阔的世界视野中展开当代中外戏剧关系研究，从比较戏剧的角度对这些问题进行深入分析和总结，不仅有助于深入中国当代戏剧史、文学史的理论研究，而且对当前及今后中国戏剧发展也有重要的实践意义。

那么，是什么因素构成当代中外戏剧跨文化研究的足够可比性呢？应该说，中外戏剧交流有其必然性和必要性。因为：

> 人类最好是彼此不隔膜，相关心。然而最平正的道路，却只有用文艺来沟通。[①]

人类是需要交流的，戏剧等文艺交流即人类心灵沟通的最佳桥梁。而就戏剧艺术本身来说，不同戏剧文化交流是人类戏剧发展的重要动力：一个民族的戏剧需要对外交流才能发展，各民族戏剧的交流与发展才能共同创造世界戏剧的多样性、丰富性。具体到 20 世纪中国戏剧更是如此。在某种意义上，没有西方戏剧借鉴，就没有中国话剧的萌生、发展和繁荣。当代中国话剧同样是在与外来戏剧交流中不断发展、成熟的。

历史进入 20 世纪，任何重要的戏剧思潮、戏剧现象都是世界性的。故拓展戏剧研究的视野，把个体置于整体的背景上予以审视，和从不同个体出发去宏观把握整体，都是极为重要的。之所以进行当代中外戏剧比较研究，主要是因为：其一，只有置于世界戏剧格局中，才能认识当代中国戏剧的自身价值。一个作家其文学史地位是在整体比较中确立的，一个民族的戏剧也只有在与其他民族戏剧的比较中才能揭示自我，在多元戏剧交汇中才能更新和丰富自我。这就需要以一种世界眼光来看中国当代戏剧以认识自我、借鉴他者，更好地进行中国戏剧的现代性创造。其二，只有结合中国当代戏剧研究，才能充分认识和建构当代世界戏剧。世界戏剧是由各国民族戏剧共同构成的。中国戏

---

① 鲁迅：《〈呐喊〉捷克译本序言》，《且介亭杂文末编》，人民文学出版社 1995 年版，第 59 页。

剧参与世界对话,世界戏剧的某些重大理论性问题如现实主义、现代主义、后现代主义及其审美表现等,才能透过中外戏剧及美学的相互比较得到深入研究。而中国戏剧在这些方面的独创性,又使其成为建构世界戏剧丰富性、多样性不可或缺的组成部分。总之,深入进行中外比较研究,揭示世界戏剧格局中的当代中国戏剧艺术的发展,和中国当代戏剧在世界戏剧建构中的独创性与重要性,才能更好地创造中国戏剧,丰富世界戏剧。

当代中外比较戏剧,大致包括以下几方面内容:第一,比较戏剧首先是国际戏剧的关系研究。它必须通过对作家作品翻译、理论译介、演剧交流、学术研究的细致爬梳,理清当代中国戏剧与外国戏剧(主要是西方戏剧)的关系,研究当代中国戏剧与其他国家(一国或多国)戏剧之间在思潮和流派、题材和主题、形式和风格等方面的事实联系。第二,研究中国当代戏剧在哪些方面受到外来戏剧影响。这就要结合当代中国政治、经济、文化和社会、思想、人,考察中国当代戏剧在不同时期为什么要进入(或不进入)世界戏剧大潮,阐释为什么是这些(而不是其他)外来戏剧思潮流派、作家作品影响到当代中国戏剧,分析外来影响给中国戏剧现代化进程带来的变革。第三,研究外来影响是如何在接受中获得新意而成为中国戏剧的当代存在。换言之,即戏剧家是如何把外来戏剧带入中国话剧及整个中国戏剧传统,在"影响—接受"中引出新的创造而推动中国当代戏剧的发展? 中国当代戏剧以自己富有特色的创造为世界戏剧提供了哪些新的东西? 在当代世界戏剧格局中其价值、地位、贡献何在?而所有这些,都必须从具体戏剧历史出发,选择那些具有代表性、独创性的优秀或比较优秀的作家作品,抓住那些最能体现某一时期重要特征并产生较大影响的戏剧现象,以及不同时期戏剧思潮流派、戏剧创作类型的兴起、发展和衰退过程予以论述。

而实质上,上述内容是要通过比较分析去探讨中国当代戏剧发展的三大根本问题:如何对外来戏剧影响进行基于主体选择的汲取和借鉴(中国/西方);如何对民族戏曲及文化传统进行现代阐释和创造性转化(传统/现代);如何在中与西、传统与现代的交融中创造具有人类普适价值的现代民族话剧（民族/世界）。从而使中国话剧——

外之既不后于世界之思潮，内之仍弗失固有之血脉。[①]

或曰："和世界的时代思潮合流，而又并未梏亡中国的民族性。"[②]这也是中国当代戏剧现代性建构的核心内容。

这就决定着当代中外比较戏剧的研究方法，应该是影响研究、接受研究与总体研究并重。当代中国戏剧发展确实存在着受外国戏剧影响的普遍情形，即外来影响的事实联系，然而更值得研究的，是中国戏剧家在接受外来影响过程中的独特创造，即被影响者在接受与借鉴过程中表现出来的独创性，是中国戏剧在影响接受中走向世界、走向现代的曲折进程，即中国戏剧趋向世界戏剧现代化潮流的艰难艺术创造。所以，只有将影响研究与接受研究、总体研究结合起来，才能完整地揭示当代中外比较戏剧的深刻内涵。

影响研究：着重在思潮流派、作家作品等外来戏剧影响的主要方面，从事实联系的可视之处入手探进其不可视之世界，发现和把握潜在于创作深处的本质。钱锺书先生指出："从历史上看来，各国发展比较文学最先完成的工作之一，都是清理本国文学与外国文学的相互关系，研究本国作家与外国作家的相互影响"，因此，"要发展我们自己的比较文学研究，重要任务之一就是清理一下中国文学与外国文学的相互关系"。[③] 在这里，翻译活动、舞台演出与学术研究等资料的广泛收集、系统梳理都是非常重要的。不过，较之现代时期中外戏剧交流中媒介作用的重要性，在传媒日益发达、传播渠道多元的当代，外来戏剧的获得较为便利且传播大都错综混合，所以，实证性的"影响源"揭秘已不

---

① 鲁迅：《文化偏至论》，《坟》，人民文学出版社 1995 年版，第 49 页。
② 鲁迅：《当陶元庆君的绘画展览时》，《而已集》，人民文学出版社 1995 年版，第 146 页。
③ 见张隆溪《钱锺书谈比较文学与"文学比较"》，《读书》1981 年第 10 期。

再是影响研究的主要工作。也就是说,当代时期的中外比较戏剧研究更应注重价值关系而非事实关系,更应注重内部关系而非外部关系。着重从作家作品所构成的重要戏剧现象、戏剧思潮流派出发,对外来影响与中国当代戏剧的关系予以整体把握,阐释外来戏剧主要是在哪些方面,又是如何影响到中国当代戏剧的建构和发展的。

接受研究:着重接受者主体性选择与创造性转化的审美研究。如德国学者姚斯所言:"一部文学作品,并不是一个自身独立、向每一时代的每一读者均提供同样的观点的客体。……它更多地像一部管弦乐谱,在其演奏中不断获得读者新的反响,使本文从词的物质形态中解放出来,成为一种当代的存在。"①不同(或同一)时代读者对作品的这种接受情形,在一国戏剧对另外一国(或多国)戏剧的影响中同样存在。所以接受研究与影响研究实际上是同时发生的。这是因为,戏剧交流是基于内在需求的借鉴汲取,戏剧家从表现现实,尤其是从表现人出发,都会在不同程度上对外来影响进行创造性转化。同时,外来戏剧进入中国"戏剧场""文化场",必然受到中国戏剧及文化的选择、误读、消化、改造而变形;而传统戏剧及文化的潜移默化渗透,接受者借鉴外来戏剧的传统背景和"期待视野",亦使其对外来影响进行新的阐释和创造。这就需要在传播与误读、影响与接受、启发与消化、借鉴与创新之间,进行彼此异同的相互比较。如此,才能在外来影响描述中揭示接受者的本质特征:对同一戏剧思潮流派、作家作品的不同接受,可见不同戏剧体系的特点和不同国家接受者的独特创造。当代中国戏剧在世界格局中的特色、地位和贡献也由此体现。

总体研究:着重分析中国当代戏剧的现代性创造与世界戏剧的相通性、共同性。比较戏剧的总体研究是借用韦勒克、沃伦的概念,"把'比较文学'与文学总体的研究等同起来,与'世界文学'或'总体文学'等同起来"。他们认为,"比较文学当然并不含有忽视研究各民族文学的意思。事实上,恰恰就是'文

---

① [德]H.R.姚斯:《走向接受美学》,《接受美学与接受理论》,周宁、金元浦译,辽宁人民出版社1987年版,第26页。

学的民族性'以及各个民族对这个总的文学进程所做出的独特贡献应当被理解为比较文学的核心问题"①。戏剧作为艺术,如同民主、自由、人性、正义等,应该具有普适性人类价值。正是在这个意义上,民族戏剧与世界戏剧是相互关联、相互阐发的。故而,当代中外比较戏剧研究既要突破"西方中心主义",也要突破"冲击/回应"模式,应该着重研究各民族戏剧在走向现代、走向世界进程中的同与异,研究中国当代戏剧在整个世界戏剧现代化进程中的独特创造及存在的差距。

自然,当代中外比较戏剧的影响研究、接受研究与总体研究,三者之间是相互渗透的。即如真正的影响研究和接受研究其实是同时进行的,而无论是影响研究着重梳理外来戏剧思潮流派、作家作品的渗透,还是接受研究着重阐释接受者主体性选择与创造性转化,都是在世界戏剧现代化进程中认识中国戏剧的民族特色,在中国戏剧民族特色基础上寻求与世界戏剧的对话和沟通。比较是为了更好地发展、丰富中国戏剧和世界戏剧。

二、当代中国戏剧走向世界的复杂历程

中国话剧是 19 世纪末 20 世纪初从西方引进的。经过田汉、曹禺、夏衍、郭沫若等戏剧家的艰辛耕耘,至 20 世纪三四十年代,中国话剧趋于成熟并在世界戏剧舞台上展示独特的风姿魅力。进入当代,由于社会政治等原因,话剧在中国大陆、台湾、香港及澳门呈现出不同发展情形,但有一点却是完全相同的,那就是当代中国戏剧已经不可能在封闭状态中孤立发展,它必须与世界戏剧保持密切联系,融入世界戏剧潮流去丰富和壮大自己。

1. 中国大陆当代戏剧与外国戏剧

当代中国大陆戏剧与外国戏剧的关系,在"十七年"及"文革"阶段,主要是

---

① [美]雷·韦勒克、奥·沃伦:《文学理论》,刘象愚等译,三联书店 1984 年版,第 43 页、第 47 页。

延续现代时期中外戏剧关系,尤其是 20 世纪 30 年代左翼戏剧、抗战以后解放区戏剧与外国戏剧关系走向发展而来。整个社会的渐趋"左"倾教条和闭关锁国,使得戏剧与世界的联系单一、狭窄,着重偏向苏联及其他社会主义国家。"新时期"以来,中国大陆与西方隔绝状态的打破必然导致旧的解体和新的建构,戏剧也在重新走向世界的进程中开始新的探索与变革。

1949 至 1976 年间,中国大陆戏剧的理论与思潮、创作与演出,突出地表现为苏联戏剧的渗透。新中国初期提倡"写政策""赶任务"时出现的戏剧"左"倾教条,戏剧界掀起的学习斯坦尼"体系"热,1956 年前后受苏联"解冻"思潮震荡而兴起的"第四种剧本",以及"文革"话剧极"左"猖獗,等等,都体现出苏联戏剧的影响巨大。苏联戏剧理论和创作对新中国戏剧发展有积极作用。但是,苏联戏剧自 20 世纪 30 年代以后,"左"倾教条和庸俗社会学盛行,特别是在戏剧与社会政治、戏剧现实主义和戏剧典型塑造等方面,理论与实践都曾出现严重偏差。所以受其影响的新中国戏剧,强调戏剧为具体政治任务服务,强调"社会主义现实主义"的"教育"功能,强调典型塑造要写"英雄形象"、反映"社会本质",相当长时期内,在戏剧运动和创作中都存在这些"左"倾教条问题。相对来说,斯坦尼体系实践有更多正面价值,尽管其间也有过盲目推崇或理解的偏颇,但"体系"终究以其科学性、系统性,推动新中国话剧舞台艺术走向正规化和专业化。在苏联"解冻"思潮激荡下创作的杨履方的《布谷鸟又叫了》、岳野的《同甘共苦》、海默的《洞箫横吹》等"第四种剧本",以"积极干预生活"的姿态,尖锐揭示社会矛盾并予以真实表现,关心人、尊重人并写出真实的人,突破当时剧坛的公式化、概念化框框而有独立思考和创新。与此同时,1956 年前后重新评价批判现实主义,也使西方近现代戏剧和"五四"文学精神在新中国戏剧中有着潜在传承。契诃夫、高尔基、易卜生、果戈理、萧伯纳及席勒等,这些深刻影响了中国"五四"戏剧发展的西方戏剧家及其剧作,此时又被老舍、田汉等戏剧家所关注和借鉴。从某种意义上说,《茶馆》《关汉卿》等剧作向着真实性与批判精神、人道主义同情和关怀、融会中西的戏剧艺术创造,也是"五四"戏剧传统的赓续。学习斯坦尼演剧体系、苏联"解冻"思潮的影响和重新评价西方批判现实主义,是这时期最为重要的戏剧现象,促使中国话剧在艰难发展中取得重大成就。

"新时期"以来,欧美现当代各种戏剧思潮流派、作家作品纷至沓来。布莱希特的史诗剧、贝克特等的荒诞派戏剧、阿尔托的残酷戏剧、格洛托夫斯基的质朴戏剧、布鲁克的"空的(戏剧)空间",以及象征主义戏剧、表现主义戏剧,和奥尼尔、梅耶荷德、密勒、迪伦马特等世界现实主义戏剧在 20 世纪的新发展,对中国大陆戏剧从美学观念、剧本创作到导演、表演、舞美诸方面都产生了深远影响。出现问题剧热、"戏剧观"论争、现实主义戏剧拓展、现代主义戏剧探索、布莱希特热、小剧场艺术变革、后现代主义戏剧实验等戏剧潮流。

新时期之初,《报春花》(崔德志)、《假如我是真的》(沙叶新等)等问题剧与 20 世纪 50 年代苏联"解冻"思潮汇流,它们强调"讲真话"以"反映人民心声",呼唤人的发现与人性复归,注重"写真实的、有血有肉的人",推动中国大陆戏剧逐渐摆脱"左"倾教条而开始新的转型。新时期的"戏剧观"论争起因于 20 世纪 80 年代初的戏剧危机。戏剧界在危机声中的困惑、焦虑及探索,与西方现当代戏剧思潮流派的译介和冲击,人们深切地感受到当代中国戏剧的封闭和僵化,从而围绕"舞台假定性"、中国话剧发展路向等问题,就戏剧的开放与创新展开了激烈讨论。论争的影响是巨大的。体现在戏剧创作上,最突出的就是现实主义的拓展和现代主义的探索。与传统现实主义强调反映外在现实、塑造性格和客观写实相比较,受到 20 世纪以来西方戏剧现实主义启迪而拓展的现代现实主义戏剧,如刘锦云的《狗儿爷涅槃》、李龙云的《洒满月光的荒原》、李杰的《古塔街》、郝国忱的《扎龙屯》、姚远的《商鞅》、沈虹光的《同船过渡》、田沁鑫的《生死场》等,融合传统现实主义、西方现代主义和民族戏曲艺术等多种手法,更注重挖掘人的心灵世界的复杂矛盾,揭示人的生存、生命和人类共同的痛苦与欢乐,丰富了中国现实主义戏剧的精神内涵和艺术表现力。《野人》(高行健)、《桑树坪纪事》(陈子度、徐晓钟等)、《中国梦》(孙惠柱、黄佐临等)、《一个死者对生者的访问》(刘树纲)、《WM(我们)》(王培公、王贵)、《红房间·白房间·黑房间》(马中骏等)、《棋人》(过士行)等探索戏剧,在追求哲理意识与思考品格等内容层面,和艺术表现与舞台语汇创新等形式层面,都明显受到西方现代主义戏剧的影响,在戏剧危机中为中国话剧的发展探出一条新路。《绝对信号》(高行健、林兆华)等小剧场戏剧在新时期以来的戏剧运动中占据重要地位。它在 20 世纪 80 年代偏重现代主义探索,90 年代则实验与商业、现代与传统、先锋与通俗多元并存。建构观演共创、共享的戏剧空间,强调真实表演、直接交流和观众参与,"小剧场"以其审美独特性,特别是在演剧方面推进了中国戏剧艺术变革。90 年代后现代主义戏剧的出现,体现了年轻一代戏剧家反叛与创新的实验姿态。其基本倾向,90 年代前半期(孟京辉的《思凡》与《我爱×××》、牟森的《零档案》等)更多偏向解构传统与反叛经典,后半期(廖一梅等的《恋爱的犀牛》、黄纪苏等的《一个无政府主义者的意外死亡》等)则主要走向大众文化和"新左派"政治。后现代戏剧丰富了中国戏剧艺术的可能性,而它自身亟需以现代性为根本去建构戏剧美学,又带有它在西方剧坛也存在的普遍性问题。新时期以来因为戏剧危机而展开的艺术探索,外来影响最大者是布莱希特。布莱希特的译介促使中国大陆话剧观念、创作和演剧均发生了重大变革。史诗剧及其叙述体、陌生化、理性思考,布莱希特这些戏剧创造已经成为中国戏剧理论和创作的重要内涵。由于被"误读",布莱希特在中国的译介与接受也出现困境,但中国戏剧需要布莱希特的戏剧批判精神、创新精神和辩证精神。

2. 中国台湾、香港及澳门当代戏剧与外国戏剧

1949 至 1965 年间,因为一些政治因素,台湾剧坛成为与世界隔绝的"精神的荒原"。1965 年以后,随着台湾与西方交流逐渐加强,和 1986 年前后台湾社会政治发生激变,台湾戏剧打开瞭望世界的窗户,从突破传统写实求新求变,到开展现代主义实验剧运动,到后现代主义戏剧和商业剧众声喧哗,其创作在与世界戏剧交流中不断发展和丰富。

　　当代台湾戏剧的局部变革,开始于 20 世纪 60 年代后期和 70 年代。姚一苇的《红鼻子》、马森的《花与剑》、黄美序的《杨世人的喜剧》、张晓风的《武陵人》等剧作,或采用史诗剧手法表现社会观察与思考,或借鉴象征主义、表现主义、超现实主义以揭示人物心灵深层意蕴,或以荒诞形式审视现实人生,一方面在"反共抗俄"的台湾剧坛努力面向现实,另一方面,推动台湾话剧从传统写实向现代主义转型。70 年代末和 80 年代前期,以"实验剧展"为中心,以兰陵剧坊《荷珠新配》(金士杰)为代表的台湾实验剧运动,更多受西方现代主义戏剧影响。实验剧力求突破传统、开拓创新,剧本创作注重社会人生的思索与批判,演剧形式"完全打破写实舞台的空间限制",从整体上推动了当代台湾话剧艺术的发展。80 年代后期和 90 年代兴起的后现代主义戏剧,如"河左岸"的《兀自照耀着的太阳》、"环虚"的《奔赴落日而显现狼》、优剧场的《海潮音》、"临界点"的《玛莉玛莲》等,是西方后现代戏剧浸染和台湾社会政治激变的产物。要创建"此时此地"的台湾戏剧,这些作品与时代、土地、人民休戚相关。然而反剧本、反叙事、反结构,强调形体语言和意象拼贴,尽管不乏戏剧表现创新,却更多破碎模糊、随意零散,演剧缺少深刻的现实内涵。当代台湾话剧真正走向商业演出也是始于 20 世纪 80 年代后期。台湾后工业时代的娱乐需求,美国百老汇戏剧、日本通俗闹剧以及西方后现代文艺的影响,使"表坊"的《暗恋桃花源》(赖声川)、"屏风"的《京剧启示录》(李国修)、"新象"的《游园惊梦》(白先勇)等演剧带有更多娱乐化商业性质。

　　在当代中国剧坛,香港话剧始终处于中外交流的前沿地带。20 世纪 50 年代末,香港开始西方戏剧的翻译和演出。这时期的香港话剧创作贫乏,现实剧创作尤为艰难。当代香港话剧创作出现生机是在 1966 年至 1977 年前后,"大专戏剧节"和校协戏剧社的校园演剧,继承中外现实主义传统,受到西方现代主义影响,推出《会考一九七四》(古天农等)、《牛》(林大庆等)等直面现实的创作剧,并在写实基础上汲取现代主义而于戏剧艺术有新的尝试。1977 年至 2000 年,香港戏剧获得重大发展,话剧走出校园成为整个社会的文化艺术活动,形成社会写实剧和现代主义、后现代主义实验剧的多元交汇。代表香港话剧创作主要成就的社会写实剧,如袁立勋和曾柱昭的《逝海》、杜国威和蔡锡昌的《我系香港人》、陈尹莹的《花近高楼》、杜国威的《南海十三郎》等,对于香港现实的关注与思考,和对于香港及香港人身份的探寻,这些剧作充满强烈的主体意识和本土意识。大胆借鉴现代主义戏剧,叙事再现与表现结合,写人探进人物个性及心灵,它们又丰富了香港现实主义戏剧艺术。现代主义、后现代主义实验剧同样关注现实人生,思考香港的身份认同和香港人的历史命运,与社会写实剧的宏大叙事相比较,它们注重描写普通人的生存状态与内心世界,艺术表现或以荒诞形式直喻荒诞内容(潘惠森《废墟中环》等),或在经典解构中拼贴香港现实(陈炳钊与"沙砖上"的《家变九五》等),或是反戏剧、反文本、反语言的意象呈现(荣念曾与"进念"的《百年孤独》等),更多反写实、反传统、反戏剧的叛逆性,有创造却更有困惑。

当代澳门戏剧,同样经历了现实主义、现代主义、后现代主义等外来思潮的冲击。周树利的《我的女儿》、李宇樑的《男儿当自强》和许国权等的《上帝搞乜鬼》等剧,可以代表其不同倾向。澳门戏剧也是在中外戏剧交流中艰难探索和成长的。

世界各民族戏剧相互渗透,特别是东方与西方之间壁垒的打破而出现相互交流与融合,形成 20 世纪世界戏剧的新格局。在 20 世纪中国戏剧走向世界的艰难历程中,如果说现代时期"中国话剧发生发展的历史,即是一部接受外国戏剧理论思潮、流派和创作影响的历史。也是把话剧这个'舶来品'创造性地转化为中国现代民族话剧的历史"[1],那么如上所述,当代时期则是在特定社会情境下,中国话剧在封闭发展中遭受挫折、走入困顿,和在二度西潮影响下开放探索、变革创新,在中外戏剧交融中创造新型现代民族话剧的历史阶段。

----

① 田本相主编《中国现代比较戏剧史》,文化艺术出版社 1993 年版,第 2 页。

三、中国与西方:"外之既不后于世界之思潮"

现代戏剧是"人的戏剧"。正如一切艺术的出发点都应该是"人",真正具有审美价值的戏剧作品,也应该把人当作目的来看待。与过去或以戏剧侍奉神灵、帝王,或将戏剧视为政治工具、消遣娱乐等观念不同,现代戏剧站在人道主义和人的全面解放的立场,它更重视人的生存、生命和追求、命运,更重视人的情感本体和人性深度。"五四"以来中国戏剧正是以此"人学"内涵,迥异于中国传统戏剧而开辟一个新的时代,成为"国民精神所发的火光,同时也是引导国民精神的前途的灯火"[①]。

中国当代戏剧与外国戏剧的关系,首先表现为"人的戏剧"的现代性追求历经曲折。最突出的,是在处理戏剧艺术与社会政治、现实人生关系方面,人的戏剧与非人的戏剧、戏剧的现代性与反现代性较量激烈。当代中国,无论是中国大陆还是台湾、香港及澳门,都有一个或长或短的封闭期。中国大陆时间最长,在 1949 年至 1976 年间。由于当时弥漫全球的严重冷战氛围,和中国大陆出现的日趋严重的"左"倾教条与闭关锁国,中国大陆戏剧与世界的联系极为艰难。除了与苏联,以及以苏联为中心的其他社会主义国家,与西方戏剧界基本隔断交流。并且与苏联的关系也比较复杂。早先与苏联是不同程度地亦步亦趋,苏联"解冻"思潮对中国也有冲击,但在 1958 年之后,中苏关系就呈现为逆向发展的态势。这一时期的中国大陆戏剧,除了受苏联"解冻"思潮影响的《布谷鸟又叫了》等"第四种剧本",和赓续西方批判现实主义精神与"五四"文学传统的《茶馆》《关汉卿》等创作,大都成为"写政策""赶任务"的武器和工具。澳门戏剧在 20 世纪 50 年代至 70 年代中期主要受中国大陆影响,其发展情形可想而知。台湾社会严重封闭是在 1949 年至 1965 年间。这个时期台湾

---

① 鲁迅:《论睁了眼看》,《坟》,人民文学出版社 1995 年版,第 234 页。

戏剧创作大都丧失了作家的主体精神和审美创造,同样成为公式化、概念化的政治图解。50年代至60年代初的香港戏剧,在社会、政治、文化尖锐对峙的总体格局中,其生存与发展也颇为艰难。诸如内地当代戏剧不准上演,本地创作剧要通过审查,校园戏剧比赛中"左"倾剧目遭压抑等等,都使戏剧发展受到很大限制。创作和演出大都是消闲式的古装剧。

戏剧与社会人生,尤其与现实政治的复杂纠葛,既可表现为以"思想的闪电"将人"解放成为人"①的理性启蒙,也可表现为政治实用的庸俗社会学。当代中国戏剧的上述情形大致属于后者。而作为艺术,即便是戏剧中的启蒙理性也必须植根于美学层面,让政治内容受制于作为戏剧内在必然性的审美形式。如果将戏剧仅仅作为"武器"或"工具",用戏剧配合或图解政治,必然导致重功用而轻审美、扬理念而抑情感、尊群体而斥个性等倾向。如果用戏剧服务于错误的、反动的政治,更是会导致专制、封闭和愚昧。"五四"以来中国戏剧的"人学"传统在此被消解。

封闭专制的社会势必隔绝与世界的联系,而随着社会逐渐开放,中国戏剧也就在与世界戏剧的交流中获得不断发展。社会开放必然带来外国戏剧的大量译介,和中国戏剧在西潮冲击下的探索与创新。比较早的是香港戏剧。香港剧坛50年代末就开始译介和演出西方现代戏剧,推动香港戏剧观念发生变革。发展到1966年,这种观念变革就在戏剧运动和戏剧创作上出现新的气象:大、中学生的校园演剧崛起并成为香港剧坛主力,戏剧发展在继承中外写实传统的同时,又转向西方现代主义汲取。香港戏剧也就迅速卷入世界戏剧潮流。接着而来的是台湾戏剧。从1965年前后开始,随着台湾地区与海外交流的加强,和西方戏剧及文艺思潮的涌入,出现姚一苇、马森、黄美序、张晓风等在西方现代戏剧影响下的求新求变。当代台湾戏剧从此融入世界戏剧大潮,促进了台湾戏剧的现代化发展。然后是随着社会的改革开放,70年代末至

---

① [德]卡尔·马克思:《〈黑格尔法哲学批判〉导言》,《马克思恩格斯选集》第1卷,人民出版社1972年版,第15页。

80 年代初,中国大陆戏剧也卷入世界戏剧潮流进行探索和变革。短短数年间,中国大陆新时期戏剧走过了西方现当代戏剧近百年的历程。新时期以来的中国大陆戏剧正是在与世界戏剧交流中充满变革精神的,同时,这种变革精神又进一步拓宽了中国大陆戏剧的现代性视野。澳门戏剧 70 年代中期同样发生了由封闭而开放的艺术革新。

显而易见,中国戏剧要走现代化道路,就必须融入世界戏剧大潮进行艺术创造。封闭,必然导致戏剧的衰落;开放,才能促进戏剧的变革与繁荣。在任何情形下,中国戏剧都不能再回到那种与世界隔绝的封闭状态。

20 世纪以来,中国戏剧曾两度受到西潮的强烈冲击,都在历史转折期或戏剧传统突变时。不同于"五四"时期西方话剧作为"世界新文明"引进中国,外来影响主要是应和中国社会、思想变革而催生了中国现代戏剧,70 年代前后西方戏剧的大量译介,则是为了突破长期以来强加于中国话剧的种种束缚,是因为中国话剧趋于衰落或模式化,已无力表现当代中国社会现实和当代中国人的思想情感而需变革创新。正是从这里出发,卷入世界戏剧大潮的中国当代戏剧,其突出创造,就是现实主义在复归传统基础上的拓展与深化,现代主义的全面译介与探索,以及后现代主义的引进与实验。中国大陆戏剧是这样,台湾、香港及澳门戏剧同样如此。对于当代中国戏剧来说,这些戏剧潮流的译介与发展既是补课,又是突破传统和规范的艺术创新。正是在此影响和接受过程中,中国戏剧家从外来戏剧中借鉴其审视、开掘生活的思想艺术,来表现自己对于现实、对于人深刻而独到的发现,从而有力地推动了中国当代戏剧的现代化进程,重构并加强了 20 世纪中国戏剧的"人学"传统。

现实主义拓展、现代主义探索和后现代主义实验,它们给中国当代戏剧现代性建构带来的重大变化主要有二:戏剧内涵,从"武器"或"工具"转向"人学";戏剧审美,突破传统和规范而进行新的创造。换言之,是思想上向着现代精神前进,艺术上向着更适合于表现新内容的现代形式前进,戏剧创作呈现出新的风貌。

"不是感染力的程度而是强化和照亮的程度才是艺术之优劣的尺度",它能使人们"从蛰伏状态中唤起而进入意识的明亮而强烈的光照之中"①。卡西尔所谓"照亮",就是马克思说的以"思想的闪电"将人"解放成为人"。相对于题材,外来影响在这里更重要的是戏剧精神的渗透。中国当代戏剧在 70 年代前后从"武器"或"工具"转向"人学",就是受到注重"照亮"启蒙理性的西方现代戏剧精神影响,受到奥尼尔等西方现代戏剧"对于'人本'研究中所蕴含的强大的思想力量"②的强烈冲击。这在《狗儿爷涅槃》《桑树坪纪事》《红鼻子》《南海十三郎》等优秀剧作中都有鲜明体现。此前更多传承西方批判现实主义和"五四"文学精神的《茶馆》《关汉卿》等剧亦属此类。"人学"戏剧就是人的戏剧。中国当代戏剧的"人学"内涵,具体地说,就是一种作为精神主体的人所创作的戏剧,一种用来表现人、体现人文关怀的戏剧,一种与人进行情感交流、精神对话的戏剧。所以,它既表现出审美客体的"人"的真实——人的生存、人的命运、人的生命意义、人的复杂性与丰富性,又表现出审美主体的"人"的真实——戏剧家的人生体验、生命感悟和对现实的独特发现,同时,它还能够拓宽创作主体与接受主体心灵对话和情感交流的精神空间。以《茶馆》《关汉卿》《狗儿爷涅槃》《桑树坪纪事》《红鼻子》《南海十三郎》等为代表的中国当代"人的戏剧",主要从以下三个层面去关注和描写人:第一是现实生存层面,对人的生存状态的揭示,对自由、平等、民主、正义等人的生存权利的呼唤;第二是价值原则层面,对人的生命、命运、追求的关心和尊重,对人的主体意识和生命意义的张扬;第三是终极关怀层面,对生与死、爱与恨、信仰与幸福、孤独与隔膜等人的本体存在和困惑的哲理思考。总之,它描写人的生存遭遇、生命体验和人的本体存在与困惑,揭示人的外在现实的真实与内在精神的真实;它有人性意识和人道主义情怀,关注人的价值、人生意义和人类命运,肯定人的生存、尊严、追求与自我实现,具有深厚的人文关怀。中国当代"人的戏剧"正是通过这

---

① ［德］恩斯特·卡西尔:《人论》,甘阳译,上海译文出版社 1986 年版,第 188 页。
② 李龙云:《走访奥尼尔故居》,《荒原与人》,中国社会科学出版社 1993 年版,第 559 页。

些描写,来发展人的精神潜力,开拓人的精神空间,追求人的精神自由,以人性、人道、人格的全面发展与完善,来重塑人的精神与民族的精神。因此,对于那些压抑人、异化人而使其不能成为真正的人的诸如封建传统、政治黑暗、金钱腐蚀、国民劣根性、人性丑陋等等,这些戏剧又包含着严肃的批判精神,和现代理性启蒙精神。这对于当代中国的社会现代化和人的现代化,具有重要促进作用。

同时,这种“人的戏剧”又是艺术本体的戏剧——戏剧艺术自觉的现代审美意识。它要通过情节、结构、叙事等戏剧表现与文本形式,尤其是通过写人,将戏剧家对于社会人生深层结构的发现转化为审美结构的艺术创造。亦即德国哲学家卡西尔所说的,艺术中“情感本身的力量已经成为一种构成力量”,它“使我们的情感赋有审美形式”①。为了更好地表现当代中国复杂多变的社会现实,和当代中国人丰富深刻的精神世界,在西方现当代戏剧思潮流派冲击和启迪下,中国当代戏剧又突破传统和规范进行了新的探索。例如现实主义戏剧。奥尼尔、梅耶荷德、密勒、迪伦马特等 20 世纪西方现实主义戏剧家在传统写实基础上糅合象征主义、表现主义乃至荒诞派的艺术创新,和苏联戏剧及文艺的“现实主义开放体系”,呼吁现实主义在形式、手法、风格等方面多样、广阔的发展,都给予中国戏剧家深刻影响。他们认识到:“20 世纪艺术领域里引人注目的现象之一,就是现实主义艺术家对于现代主义艺术表现出极大的兴趣,现实主义与现代主义的交汇、渗透,已经形成一股潮流。”②现实主义与现代主义的渗透和交汇,也就成为《红鼻子》《武陵人》《狗儿爷涅槃》《洒满月光的荒原》《古塔街》《商鞅》《生死场》《南海十三郎》等当代中国现实主义戏剧的发展趋向。这些作品容纳象征、表现、怪诞、夸张、非逻辑、假定性等非再现手法去描绘社会人生,使现实主义从传统的着重社会分析转向揭示人的精神世界,从传统的着眼于反映外在现实转向对人与人性、民族与人类的深沉思

---

① ［德］恩斯特·卡西尔:《人论》,甘阳译,上海译文出版社 1986 年版,第 189 页。
② 胡伟民:《开放的戏剧》,《文艺研究》1985 年第 2 期。

索,加强了创作的深度与力度。再如现代主义的探索。西方现代主义戏剧的流派纷呈,尤其是各流派戏剧家向传统挑战的反叛精神、张扬个性的自我意识和艺术创新的执着追求,对中国戏剧家形成巨大的刺激和吸引力。他们认识到:

　　(借鉴西方现代主义戏剧)显然有助于我们开阔眼界,结合我们本民族的戏剧传统,去研究我国戏剧艺术发展的道路。[①]

于是,《花与剑》《荷珠新配》《野人》《桑树坪纪事》《中国梦》《WM(我们)》《废墟中环》《棋人》等剧作,或注重从荒诞派戏剧、史诗剧借鉴汲取,以戏剧诉诸理性而予以观众更多人生哲理思考,或受到残酷戏剧、质朴戏剧等启发,侧重戏剧艺术表现和舞台语汇的探索,或借鉴表现主义、象征主义戏剧以揭示生活内在真实、表现人物内心世界的深刻性,等等,其艺术探索又给中国戏剧带来蓬勃生机。

　　现实主义拓展和现代主义探索极大地推进了中国当代戏剧的现代化步伐。相对来说,后现代主义实验则利弊参半。后现代戏剧对演剧形体语言的重视,对表演训练方法的强调,对戏剧在场性、自足性的注重,对戏剧视听意象及娱乐性的开掘,以及戏剧表现空间的拓展和戏剧观演关系的加强,等等,丰富了中国当代戏剧的演剧形式和艺术可能性。然而,注重表演而疏离剧本、文学和语言,注重形体、意象而忽视从人物、叙事挖掘现实内涵,却造成戏剧精神维度的缺失、内容深度的缺失、人的主体性和复杂性的缺失。后现代在中外戏剧交流中需要更多思考和抉择。中国社会和中国戏剧正在走向现代化,戏剧家应该汲取西方后现代戏剧发展的经验教训以完善自己的现代性建构;还因为后现代与前现代表面上存在某些相似,更要警惕后现代与前现代合流而阻

碍中国戏剧的现代化进程。真正的后现代戏剧应该包含着现代性追求、反思与批判,在尖锐的解构中,它必须走出平面感、零散化而加强戏剧的精神建构和美学建构。

从根本上说,外来戏剧影响是基于内在的需要。没有内在需要的借鉴是没有生命力的。为了表现社会人生,尤其是表现人的现实生存、人的生命体验、人的本体困惑与思考等内在需要而借鉴,才会有真正的艺术创造,才能使外来戏剧成为民族戏剧的有机组成部分。戏剧交流不可能在起影响作用的戏剧和接受影响的戏剧之间没有相似的情形。而戏剧艺术也并非渊源和影响的总和,它是与现实、人生、生命融为一体的完整的审美创造。

四、传统与现代:"内之仍弗失固有之血脉"

就人类戏剧交流而论,在不同戏剧体系碰撞中趋向"他者",在向"他者"借鉴中返观并认识"自我",然后,以民族戏剧的现代性建构为前提进行艺术融合,乃是普遍规律。如同"五四"时期新文学家"往往是先接受外国的影响,然后又回到中国文学的传统上来"[1],中国当代戏剧与传统的联系,也有一个先接受西方戏剧,再透过西方戏剧眼光重新认识传统、继承传统的过程。这种对"自我"的认识因为"他者"的对照更趋完整、深刻,并促使人们面向民族传统去挖掘创造资源。延续现代时期的艺术探索[2],当代中国话剧的发展,同样是戏剧家透过民族的现实需求和民族的审美选择,对外国戏剧思潮流派、作家作品不断汲取与借鉴,对民族戏曲及文化传统不断继承和发展,从而实现创造性转化,促进中国话剧不断地走向现代化的历史。

在中外戏剧交流中,外来影响大都表现为创造性的转化。此乃由于,其一,既定的传统构成接受的背景与前提,中国戏剧家是在民族戏剧及文化框架

---

① 冯至:《关于外国文学的影响及其他》,《文学研究动态》1983年第4期。
② 现代时期的艺术探索,参见田本相主编《中国现代比较戏剧史》,文化艺术出版社1993年版。

中理解西方戏剧的。其二,是影响的焦虑。走不出西方影响的焦灼或力图走出西方影响的焦灼,都会促使中国戏剧家去努力探索民族话剧发展道路。其三,是中国传统实用理性善于包容、吸取和同化外来戏剧,又有对自我进行调整、转化而形成新格局的能力。如此等等,都使外国戏剧进入当代中国,必然受到中国戏剧家的选择、批判而转化、创新和变形。另一方面,从世界戏剧的现代化进程来看,各国民族戏剧的现代性创造在趋向世界戏剧现代化大潮的同时,也都包含着用现代眼光对本民族传统进行既有所批判、扬弃,又有所肯定、发现的创造性转化。正如匈牙利美学家卢卡契所指出的:

> 真正的影响永远是一种潜力的解放。①

外来戏剧予以接受者的深层影响,除了确认探求现代戏剧的正当性,给接受者提供范例而使其戏剧追求明朗化,使人们得到本国传统戏剧所无法给予的精神上、审美上的满足外,最重要的,是在于它激发、解放了接受者的潜在倾向。即传统中某些潜在的东西受到外来影响激发、解放而发生现代性转化。一个民族的戏剧变革,即如一个人的思想革新,如果他愿意改变其思想与感觉的模式,这也只有当这一改变“能够进入他精神的整体性而且应该包含在他生命的连续性之内,或者当这一改变能够与他固有的存在、思考与感觉模式取得协调一致”并重新整合方能成功。② 这就是鲁迅所强调的 20 世纪中国文学现代化的核心内容:“外之既不后于世界之思潮,内之仍弗失固有之血脉。”其目的,是使中国戏剧发展符合世界戏剧现代化方向,又使外来影响获得民族精神与民族特色。这是民族传统的现代性转化,也是现代对传统的复归、重构和超越。可见传统与现代并不是对立的,在经过创造性转化之后,传统能够参与现代性

---

① ［匈］乔治・卢卡契:《托尔斯泰与西欧文学》,范之龙译,《卢卡契文学论文集》第 2 卷,中国社会科学出版社 1981 年版,第 452 页。

② ［西］密格尔・乌纳穆诺:《生命的悲剧意识》,段继承译,花城出版社 2007 年版,第 13 页。

建构。

中国当代戏剧发展中这种外来影响激发、解放民族传统潜在倾向,而"内之仍弗失固有之血脉"的现代性创造,体现于思想内容主要有两个层面:第一,是中国戏剧及文学传统中那些包含着永恒性和人类性的东西,如儒家的"仁爱"思想、"民本"观念和人道意识,道家的注重生命、追求自由与返璞归真思想,佛家的人性论与平等观,墨家的"兼爱""非攻"思想及"大同"理想,以及中国文化所追求的"天人合一"理念,等等,这些中国传统自成风格的人学思想与民族精神,既为戏剧家接受西方现代戏剧提供了土壤,而它们自身在经过创造性转化之后,又有其独特价值,成为能与世界对话的现代精神资源。《茶馆》《关汉卿》《狗儿爷涅槃》《桑树坪纪事》《红鼻子》《南海十三郎》等,这些剧作以中国传统的人学思想和民族精神去体现世界现代戏剧的"人学"内涵,借鉴外来影响又糅进新的意境,其民族生活的深刻反映、民族性格的真实刻画、民族风情的生动描写,有丰富而独特的现实意蕴。第二,是中华民族长期以来所形成的人生态度、社会伦理和理想信仰、道德情操,以及积淀在传统戏剧及文学中的审美意识、价值取向、艺术思维、情感表现方式等较稳定的、深层的民族文化心理结构,在中国当代戏剧中不断发生着色彩各异的现代性转化与渗透。例如,描写现实是世界现实主义戏剧的基本原则,中国当代现实主义戏剧则更多直面人生,更强调"积极干预生活"。现代主义戏剧的"形而上"是世界共通的,它在当代中国语境中却更多贴近社会人生,更多现实主义根基遂不过分虚幻空灵。而无论是现实主义还是现代主义,其戏剧批判性又是中外相同的,但在现实批判后面更多人生理想则是中国当代戏剧所特别强调的。即便是后现代主义戏剧,它在西方是晚期资本主义的文化逻辑,在中国它虽然也尚"解构""去中心""多元化",但同时又有较多的、复杂的政治意识和现实情怀。这也许使得中国当代戏剧的现实主义、现代主义、后现代主义不是那么"纯",但又确实是它们在中国不同的发展形态。体现出中华民族关注现实、乐观进取、重视实用、服从理性的文化心理结构,也是为走向现代化的中国当代社会的审

美需求所决定的。同样的,传统在交流中作为既定期待视野规范着戏剧家
的借鉴与创造,它还使得西方现代戏剧中典型的人生"疏离""孤绝""虚无"
等主题描写,和某些支离破碎、晦涩艰深、神怪离奇的艺术表现,在中国剧坛
难以发展。

外来影响激发、解放民族传统潜在倾向而"内之仍弗失固有之血脉"的现
代性创造,它在中国当代戏剧发展中更突出、更明显的,还是艺术审美的融会。
1967 年,姚一苇在评论西方现代主义戏剧受到中国戏曲及东方戏剧影响而出
现新的艺术探索时,就感慨:

> 中国戏剧实在是一片无尽的宝藏,蕴藏了许多如今西洋尚未彻底体
> 会到的深邃内涵。如何将传统的舞台演出形式移植到现代剧场上来,正
> 是我们当前所须要研究与从事的课题。①

1983 年,美国剧作家密勒谈到中国大陆新时期之初《丹心谱》等戏剧,采用传统
写实形式"很难触及生活中应该触及的问题"时,也是强调,"中国戏剧有悠久
的历史","假如中国剧作家能够把手伸进历史中去,可能会帮助全世界的剧作
家得到解放"②。应该说,相对于手法、技巧,西方现代戏剧发展此类观念变化
给予中国戏剧家的启迪,对中国话剧的发展是更为重要、更为深刻的。在这
里,西方现代戏剧观念与中国古老戏曲传统相融会,或者说透过西方现代戏剧
眼光对民族戏剧观念、审美原则及方法进行革新与转化,戏剧家运用这些经过
现代意识重新发掘、阐释的民族传统去描写现实、表现人,使其创作贯注着中
国艺术的精神和韵味,又使传统具备了现代品格。

正是在中国与西方、传统与现代的碰撞和交融中,中国戏剧家认识到:"我

---

① 姚一苇:《谈舞台空间》,《戏剧论集》,台湾开明书店 1969 年版,第 154 页。
② 见张学采:《阿瑟·密勒在〈外国戏剧〉编辑部作客》,《外国戏剧》1983 年第 3 期。

们在探索现代戏剧艺术的时候，更应该从我们自己的戏剧的传统出发。"①还是以西方戏剧潮流对中国当代戏剧影响最显著者，即现实主义拓展、现代主义探索和后现代主义实验为例。现实主义在借鉴20世纪西方戏剧现实主义新发展的同时，因为奥尼尔、梅耶荷德、密勒、迪伦马特等西方现实主义戏剧家为突破传统、探索创新而汲取古老的东方戏剧经验，中国戏剧家又转而重视民族戏曲艺术，力求结合现代戏剧思维和传统戏曲审美以创造中国民族话剧，《红鼻子》《武陵人》《狗儿爷涅槃》《洒满月光的荒原》《商鞅》《南海十三郎》等现实主义创作，融合民族戏曲和西方现代派去表达现实思考和人生发现，其戏剧审美结合写实与写意、再现与表现、具象与抽象，既能以写实、再现手法描摹生活的直接性，又能以写意、表现手法揭示社会现实和人物心灵的深层内涵，极大地丰富和发展了现实主义戏剧艺术。现代主义探索亦如此。中国现代派戏剧是直接译介自西方，但另一方面，20世纪西方现代主义戏剧家如阿尔托、布莱希特、格洛托夫斯基、布鲁克等，为突破写实框范而汲取中国戏曲或东方戏剧的丰富营养并有杰出创造，又使中国戏剧家同时强调对于自己民族戏曲传统的重视和借鉴。假定性的戏剧本性、虚拟性的时空自由、写意性的表演艺术，和戏曲演剧的剧场性、动作性、综合性魅力，给《荷珠新配》《野人》《桑树坪纪事》《中国梦》《废墟中环》《棋人》等现代主义戏剧带来创新活力和民族风味。民族戏曲及文化传统，甚至在最前卫、最先锋的中国后现代主义戏剧中都有明显渗透。比如台湾优剧场、"环虚"等的演剧"本土化"探索，一方面开展演员的形体语言训练，以民族传统的太极拳、气功、剑道、车鼓等去训练演员，使演员的形体及声音能够进入中国人的生命特质，以更好地表现当代中国的现实人生；一方面从民族艺术传统中汲取营养，融入传统民俗表演，化用本土祭祀仪式，借鉴民间戏曲演技，具有民族的、地方的浓郁色彩。

舞台演剧也是这样。50年代后期至60年代初期，因为外国戏剧家批评

---

① 高行健：《现代戏剧手段》，《随笔》1983年第1期。

中国话剧生搬硬套苏联及欧洲戏剧而少有民族特色,同时称赞"世界上任何一种戏剧都可从中国古典戏曲中获得创造发展的启示"①,当代中国剧坛第一次展开了关于"话剧民族化"的论争。戏剧家就中国民族话剧的创建,从剧本创作、导表演、舞美设计等方面进行了认真探讨。其中,尤其是舞台演剧借鉴戏曲的民族化实践如《虎符》《茶馆》《蔡文姬》《红色风暴》《红旗谱》等演出,取得重要成就。戏剧家将斯坦尼斯拉夫斯基体系与民族戏曲传统相融合,力求在探索与实践中"把它化成自己的东西,并逐步建立自己的体系"②。焦菊隐、于是之等艺术家借鉴戏曲美学的话剧舞台创造,强调"戏是演给观众看的",导演要在舞台上"画出动人心魄的人物来",表演要以形体动作挖掘人物"内在的真实"和"诗意的真实",舞美要烘托出"饱满而富有诗意的整体形象",创建了以北京人民艺术剧院为代表的话剧演剧"中国学派"。新时期以来话剧舞台的艺术变革,同样是在西方现代主义戏剧的译介与借鉴中,认识到民族戏曲的美学价值,从而在中外戏剧交融中探索新路。黄佐临导演《中国梦》、徐晓钟导演《桑树坪纪事》、林兆华等导演《狗儿爷涅槃》等,他们寻求用自己的舞台语汇对生活作诗意的概括而使导演艺术由再现美学向表现美学拓宽;林连昆等艺术家在自我、演员、角色关系把握中努力"使表演艺术提高到意识的范围里";《和氏璧》(薛殿杰)、《桑树坪纪事》(刘元声)等设计空灵自由的"这是舞台"演出空间:这些演剧从戏曲写意美学、舞台假定性原则出发进行探索,更加注重话剧演出的剧场性、形体演技、观演关系和形式美,又标志着中国民族话剧新的演剧体系在崛起。台湾、香港及澳门当代戏剧舞台也有相似的发展情形。

　　特别值得提出的,是上述《狗儿爷涅槃》《桑树坪纪事》《中国梦》《生死场》等剧,其舞台演剧,特别是剧本创作的独特美学形态,如戏剧结构的时空写意性、生活表现的动作写意性、情理内涵的诗化写意性,都是着意从中国戏曲的

---

① 　参见《中外戏剧家真挚的交谈》,《戏剧报》1956 年第 4 期。
② 　田汉:《中国话剧艺术发展的径路和展望》,《戏剧论丛》1957 年第 2 辑。

写意美学出发去创造民族话剧，推动 20 世纪以来中国"写意话剧"的探索走向成熟。这些创作真正实现了 20 世纪初中国戏剧家"融合新旧两法，特别制为戏"的艺术憧憬，"在'写意的'和'写实的'两峰间，架起一座桥梁———一种新的戏剧"①。《红鼻子》《荷珠新配》《南海十三郎》等台港戏剧也不同程度地体现出这种美学追求。

中国戏剧现代化必须融入世界戏剧现代化大潮中去，但同时，融入世界戏剧现代化潮流的中国戏剧又要用富于民族性的独特创造，与其他国家民族戏剧共同发展和丰富世界戏剧。人学内涵的中国魂灵，现实主义、现代主义及后现代主义的中国形态，戏剧创作与演出的民族戏曲美学渗透———中国当代戏剧正是以其鲜明的独创性，而为世界戏剧的丰富性、多样性增色添彩。在中外戏剧交流中，外来影响是自觉的追求，民族传统的渗透却是自然形成、潜移默化的。它如鲁迅所说，是"血脉"般溶化在中国当代戏剧中的，并且任何外来影响都是在传统基础上接受和创新而成为中国戏剧的当代存在的。以民族戏剧发展而论，镕铸传统与现代、本土与外来进行独特创造的成熟，是中国当代话剧富有创造力的根本标志。而就人类戏剧发展来说，正是具有独特创造的东西方戏剧，以及各国民族戏剧的既相互抗衡、排斥又彼此交流、融合，滋养和丰富了世界戏剧。

五、民族与世界：世界戏剧与民族戏剧相互阐发

美国学者韦勒克、沃伦主张"比较文学"是与"世界文学"或"总体文学"相互交织的，认为"文学的民族性"以及各个民族对世界文学总的进程所做出的独特贡献应当被理解为比较文学的核心问题，但是同时，他们又强调"全球文

---

① 分别见王梦生：《梨园佳话》，商务印书馆 1915 年版，第 155 页；余上沅：《国剧》，1935 年 4 月 17 日上海《晨报》。

学和民族文学互相关联、互相阐发"①。韦勒克、沃伦这个观点与歌德的"世界文学"理念是相同的。歌德早在19世纪初叶就深情呼唤"世界文学"的到来，在全世界寻找属于文学美的那些永恒不变的东西。歌德的"世界文学"理念是指独具特色的各民族文学的交流与融合。就像一个大型音乐会：

> 在这个音乐会的具体乐章中，仍可听出每个民族的声音，但作为整体已融会成一部伟大的交响乐曲。②

只有这种与世界文学相互阐发的民族文学的独特创造，才能成为人类的共同财富。

中国当代戏剧现代性建构的世界戏剧与民族戏剧相互阐发，它首先表现为半个世纪来中国戏剧走向世界戏剧现代化潮流的坎坷曲折，它向人们昭示："没有拿来的，人不能自成为新人，没有拿来的，文艺不能自成为新文艺。"③

不同民族戏剧的交流是人类戏剧发展的里程碑。借用俄国美学家巴赫金的"对话"理论，"对话"是开放、积极的，"独白"则封闭、保守，"思想只有同他人别的思想发生重要的对话关系之后，才能开始自己的生活，亦即才能形成、发展、寻找和更新自己的语言表现形式，衍生新的思想"④。不同戏剧文化只有在交流中才能充分认识自我，每个民族戏剧都需要异质戏剧的交流与借鉴才能发展和丰富自我。特别是历史进入20世纪，任何国家欲闭关锁国都将越来越不可能，世界戏剧交流已经成为各民族戏剧发展的必须。因此，如果说"与外

---

① [美]雷·韦勒克、奥·沃伦：《文学理论》，刘象愚等译，三联书店1984年版，第47—48页。

② [匈]A.贝兹克：《世界文学的匈牙利理念》，转引自[法]R.艾田伯：《比较文学之道：艾田伯文论选集》，胡玉龙译，三联书店2006年版，第111页。

③ 鲁迅：《拿来主义》，《且介亭杂文》，人民文学出版社1995年版，第34页。

④ [苏]M.巴赫金：《陀斯妥耶夫斯基诗学问题》，白春仁、顾亚铃译，三联书店1988年版，第132页。

界完全隔绝曾是保存旧中国的首要条件"①,那么近代以来的中国是世界的中国,当代中国戏剧就更不可能再回到那种拒斥外来影响、与世界隔绝的封闭状态。20世纪50至70年代中国大陆及台湾戏剧在特殊的政治环境下日趋衰微,乃至成为"精神的荒原",和后来整个中国面向世界开放借鉴,而使戏剧重新变得深刻沉重、丰盈绚丽,都说明一个民族戏剧的荣衰与社会的开放或封闭有着根本联系,也说明中国话剧发展是一种持续的建构,其现代性创造取决于中国戏剧与世界戏剧的相互关系,取决于中国戏剧与世界戏剧对话、交流的广度与深度。一个民族的戏剧融入世界戏剧大潮,它就必然会从世界戏剧的视野和高度来认识和更新自己。故鲁迅强调:"没有拿来的,文艺不能自成为新文艺。"

中国当代戏剧走向世界戏剧的现代性创造,其根本目的是什么呢? 是要以戏剧促进民族国家的现代化和人的现代化。具体地说,就是用戏剧的审美力量"把人的思想从非理性的愚昧、黑暗中解放出来,从被束缚的依附状态下解放出来,使之融入个性有自由、国家有民主,这样一种和谐的现代文明,'人'成为现代之人,'国'成为现代国家"②。其中最重要的是"立人"。因为"立人"是"立国"之根本,因为"人类向各民族所要的是'人'"③。在西方现代思潮激荡下兴起的"五四"新文化运动,其最大成功是"人"的发现;20世纪中国戏剧及文学现代性追求的思想现代化、艺术表现现代化,其出发点和归宿都是要促进人的现代化。正是在这个意义上,鲁迅强调"没有拿来的,人不能自成为新人"。

席勒曾将美看作生命的形式。戏剧艺术,同样是以美的形式积淀着生命的力量。莎士比亚戏剧至今仍有巨大魅力,就是因为在其审美的永恒性中蕴

① [德]卡尔·马克思:《中国革命和欧洲革命》,《马克思恩格斯选集》第2卷,人民出版社1972年版,第3页。
② 董健:《现代启蒙精神与百年中国话剧》,《中国现代文学论丛》第2卷第1期,2007年7月。
③ 鲁迅:《随感录四十》,《热风》,人民文学出版社1995年版,第28页。

藏着人类精神世界的某些共同性。戏剧艺术正是通过美的形式展现人的生命与精神,在人类心灵中注入美好的东西,帮助人解除束缚和奴役而使其个性得到全面发展,使其本质力量得到充分发挥和实现。中国当代戏剧现代化进程之中的世界戏剧与民族戏剧相互阐发,在戏剧现代化与人的现代化这一点上尤为艰难。这种状况直到进入新时期才得以改变。新时期对于人的重新发现,关于人道主义的论争,引发了戏剧创作的人学潮流。人的觉醒、人性复归、重提启蒙、反对异化,可以看作"五四"人的戏剧的复兴与发展。正是带着对人的生存、生命和人生、世界的执着探求,《狗儿爷涅槃》《桑树坪纪事》《洒满月光的荒原》《商鞅》等剧作,在描写时代风云背后人的生命的涌动,表现人的丰富性、复杂性,揭示人类的心理情感本体等方面,都流露出强烈的人生意味和人本关怀,体现着人性建构的实现程度。当代台湾、香港及澳门戏剧发展在这一方面也大致相同。

中国当代戏剧现代化进程之中的世界戏剧与民族戏剧相互阐发,在戏剧现代化与人的现代化方面的艰难曲折,还体现为戏剧政治意识的强烈。美国学者杰姆逊认为第三世界的文学是"民族寓言",其中凝聚了强大的民族的、政治的集体意识。近代以来中国长期处于激烈动荡的变革时代,其戏剧自然充满政治性。政治性与戏剧现代性并不对立。政治意识强烈是20世纪世界戏剧的普遍现象,布莱希特把社会政治带进审美王国,更是拓宽了世界戏剧的艺术天地。但是这里必须具备两点:一是戏剧的政治功用必须通过审美过程实现,只有政治、革命、意识形态而没有艺术,就不成其为戏剧;二是通过审美过程实现的戏剧政治意识必须是现代性的,否则,"就对真理和艺术犯下了双重罪过"①。50年代中国大陆的《春华秋实》等"写政策""赶任务"戏剧,80至90年代台湾的《抢救森林行动》、中国大陆的《切·格瓦拉》等力图参与社会变革的后现代戏剧,和50至60年代中国大陆、台湾那些张扬"阶级斗争""反共抗

---

① 〔德〕G.W.F.黑格尔:《美学》第3卷下册,朱光潜译,商务印书馆1981年版,第268页。

俄"的"教育戏剧""战斗戏剧",可分别代表上述两种情形。而少有或没有布莱希特那样的现代性政治戏剧。80年代以来,"民族寓言"式社会政治对戏剧的抑制逐渐消除,商业演出却又对戏剧造成新的挤压,海峡两岸都出现淡化政治和现实而追求好看、注重娱乐的倾向。舞台演剧缺乏生命积淀和社会内涵同样不是真正的戏剧。

其次,中国当代戏剧现代性建构的世界戏剧与民族戏剧相互阐发,它强调中外戏剧交流是由开放、对话而走向融合,并不是追求世界戏剧同一化、一体化。各国民族戏剧既要共同趋向世界戏剧现代化之潮流,又要保持艺术创造的主体性。中国话剧必须以其独特风貌参与世界戏剧,丰富世界戏剧。

任何民族戏剧都是在世界戏剧文化交流中发展、成熟的,然而外来影响往往是基于内在的需要而发挥渗透作用的,其真正深刻的影响是对民族传统潜力的解放。以《茶馆》《关汉卿》《狗儿爷涅槃》《桑树坪纪事》《红鼻子》《南海十三郎》等中国当代优秀剧作而论,戏剧家就是通过与西方戏剧的比较而"发现"民族戏曲的艺术价值,从而在中外交流、融合中进行现代民族话剧创造的。世界戏剧交流,需要通过"他者"来认识"自我",也需要通过审视"自我"来理解"他者",以更好地革新和发展本民族戏剧。这种以"自我"为主体的互为主观、互为批判,对于外来戏剧,鲜明地显示出中国的话剧革新者大胆拿来、自由驱使的勇气与信心,以及勇于革新与重构民族传统的大胆气魄。将对立互补的外国戏剧纳入本民族传统予以借鉴,传统的魅力因为现代性转化而得到彰显和传承。当然更重要的,是必须从表现现实,尤其是从表现人出发,以经过传统视野选择、改造的外来戏剧,和经过西方戏剧眼光重新发掘、阐释的民族传统及其所形成的艺术张力,推动中国戏剧的现代化进程。在这一方面,任何激进或保守都无助于中外戏剧的交融。中国大陆50年代后期、60年代初创建话剧演剧"中国学派"曾出现偏差,用民族戏曲艺术去矫正"体系热"及中国话剧演剧的不足,进而以戏曲演剧去否定和取代"体系",由于忽视与世界戏剧的广泛联系,而使中国话剧走向褊狭的发展路径。同样的,50年代初中国内地戏剧界因生搬硬套斯坦尼斯拉夫斯基演剧体系而使民族性与固有传统出现弱化,和 80 年代以来海峡两岸部分后现代演剧对西方戏剧的简单模仿而出现的反戏剧、反文本、反语言,都使得他们的戏剧少有独具特色的创造。中外戏剧交融须以二者相互转化为前提:外来影响需民族化,民族传统要现代化。

这就是世界格局中民族戏剧创造的主体性问题。具体地说,就是在世界戏剧现代化大潮中,中国话剧应该如何发展的问题。20 世纪初,胡适就曾以西方现代文化和中国传统文化的冲突,提醒人们,"如果对新文化的接受不是有组织的吸收的形式,而是采取突然替换的形式,因而引起旧文化的消亡,这确实是全人类的一个重大损失";强调必须"以最有效的方式吸收现代文化,使它能同我们的固有文化相一致、协调和继续发展","把现代文化的精华与中国自己的文化精华联结起来"[①]。因为传统不是身外之物,它深深地积淀在民族的"血脉"之中,是无法彻底铲除的,并且传统一般都蕴藏着永恒性和人类普适性的内容,所以只能对传统进行现代性转化,扬弃传统中陈旧落后的东西,开放吸纳、超越创进以形成新的传统,创造新的现代民族戏剧。故而,当代世界全球化语境将各民族戏剧卷入现代化大潮,但世界戏剧的现代化应该是多元的;各民族戏剧在交流中都会接受外来影响,但因为各民族文化都有强韧的生命力,也因为传统的创造性转化总是发生于传统的连续性之内,各民族戏剧在走向现代化的同时又必然更多地保持着自我。近代以来遭遇西方、日本戏剧及文化全面影响的香港和台湾地区,其戏剧及文化仍然保存了浓郁的民族特色,说明外来戏剧及文化只能补充、丰富却不能取代本民族的传统;而人学内涵的中国魂灵,现实主义、现代主义及后现代主义的中国形态,戏剧创作与演出的民族戏曲美学渗透,就更是中国当代话剧对于世界戏剧现代化进程的独特贡献。世界戏剧也因为中国当代戏剧的参与和独特创造而更丰富多彩。卷入现

---

① 胡适:《先秦名学史》,上海亚东图书馆 1922 年版,第 6—7 页。

代化大潮的中国戏剧,必须走向世界才能与其他民族戏剧和谐共存,又必须保持自身的民族独创性、主体性,才能有助于各民族戏剧之间的对话和交流,有助于建构世界戏剧的丰富性和多样性。差别共存,相互尊重,和而不同,才能共同创造和发展世界戏剧。

再次,是由上述两点带来的尖锐问题,即中国当代戏剧现代化进程之中的世界戏剧与民族戏剧相互阐发,如何才能真正实现中国话剧创造的现代性与民族性的统一,真正做到鲁迅所说的"外之既不后于世界之思潮,内之仍弗失固有之血脉"。

现代化与民族化是 20 世纪中国戏剧发展的原生性矛盾。20 世纪中国文学的特异性,就是自觉借鉴外来文化对民族传统进行根本变革以实现现代化,但是,中国传统文学又有其鲜明的"民族本位精神"。现代化与民族化也是 20 世纪世界戏剧发展的普遍性矛盾。因为不可能产生超越民族界限、不属于任何民族的世界戏剧。各国戏剧都是以其民族形式而存在的。忽视民族性,民族戏剧发展就缺少贯通现代与传统的"血脉"。因为"一个民族的特性尽管屈服于外来的影响,仍然会振作起来;因为外来影响是暂时的,民族性是永久的,来自血肉,来自空气与土地,来自头脑与感官的结构与活动;这些都是持久的力量,不断更新,到处存在,决不因为暂时钦佩一种高级的文化而本身就消灭或者受到损害"[1]。歌德的"世界文学"理念也是主张每个民族都在全球性交响乐中演奏自己的声部。然而另一方面,如果忽视现代性,民族戏剧就难以走向世界而成为世界戏剧建构的组成部分。所以韦勒克、沃伦在强调"'文学的民族性'以及各个民族对这个总的文学进程所作出的独特贡献应当被理解为比较文学的核心问题"的同时,又特别指出:"这个问题没有以明晰的理论加以研究,却被民族主义感情和种族理论弄模糊了。"[2]这就牵涉到民族性与世界性、民族性与现代性、民族性与文化相对主义等相关问题。

---

① [法]H.A.丹纳:《艺术哲学》,傅雷译,人民文学出版社 1983 年版,第 208—209 页。

② [美]雷·韦勒克、奥·沃伦:《文学理论》,刘象愚等译,三联书店 1984 年版,第 47 页。

诚然,各国民族戏剧的发展为世界戏剧之形成奠定了基础,但是并非任何独特的民族戏剧都是世界戏剧所必需的。后者需求的戏剧的民族性要有世界性内容。即在戏剧的民族性之中必须包含着人类思想、情感和精神世界的普遍性。正是在这个意义上,别林斯基强调:

> 只有那种既是民族性的同时又是一般人类的文学,才是真正民族性的。①

这一点,对于历史悠久、封建传统深厚的中国,对于走向现代化的 20 世纪中国戏剧来说尤为重要。因为中国要与世界协同发展,就必须与世界现代化思潮合流。鲁迅曾担忧中国人要从"世界人"中挤出——"世界的时代思潮早已六面袭来,而自己还拘禁在三千年陈的桎梏里",呼吁现代中国人"觉醒,挣扎,反叛,要出而参与世界的事业"②,呼吁"明哲之士,必洞达世界之大势,权衡校量,去其偏颇,得其神明,施之国中",使得"人生意义,致之深邃,则国人之自觉至,个性张,沙聚之邦,由是转为人国"③。胡风坚持中国新文学的"世界性"与"异质性"也是此意。中国现代民族戏剧只有参照世界普遍性,才能创造独特的民族性;只有与世界戏剧广泛交流,才能得到充分发展。

真正的民族意识是在开放的社会环境下,在中国走向世界的进程中逐渐意识到并最终形成的:要使中华民族屹立于世界民族之林,要使中国戏剧有助于人的现代化和民族国家的现代化。这就使戏剧的民族性创造具有了现代意识。现代意识,也就成为世界性或人类性的主要内容。这就是说,中国戏剧要走向世界并非富于民族性就好,它首先强调戏剧创作应具有现代意识,要遵循

---

① [俄]维·格·别林斯基:《对民间诗歌及其意义的总的看法》,满涛译,《别林斯基选集》第 3 卷,上海译文出版社 1982 年版,第 187 页。

② 鲁迅:《当陶元庆君的绘画展览时》,《而已集》,人民文学出版社 1995 年版,第 145 页。

③ 鲁迅:《文化偏至论》,《坟》,人民文学出版社 1995 年版,第 49 页。

人类的普适价值。中国现代民族戏剧创造是现代性与民族性的统一，但其前提是现代性。进一步说，注重戏剧民族性是为了更好地实现戏剧现代性。民族性服从现代性，就会用现代意识去除民族传统中的惰性和暮气，用人类普适价值去激活民族传统的生命力，并使民族传统成为建构世界戏剧的重要组成部分。如果面向传统时失落现代意识，则会走向国粹主义，走向封闭、保守。中国当代戏剧人学内涵的消解与重构，其艰难历程就充分说明了这一点。《茶馆》《关汉卿》《狗儿爷涅槃》《桑树坪纪事》《红鼻子》《南海十三郎》等剧作，其民族性创造包含着人类的精神世界，使作品产生了深刻的思想力和感染力。而50年代中国大陆的"话剧民族化"探讨把民族化看作艺术形式问题，又把艺术形式民族化理解为着重学习戏曲，它远离社会现实并与世界戏剧潮流隔绝，就使《百丑图》等剧尽管形式手法多有民族化创新，然而思想情感虚假浮夸，缺乏现代意识，其戏剧表现就没有生命力。90年代有些话剧借鉴戏曲"舞台假定性"的形式革新热火，戏剧内涵的现代性创造却被忽视，也存在同样的问题。有民族性而无现代性，不是真正的民族性。所以不能过分强调民族性，更不能以民族性去排拒现代性，没有现代性的民族性必然导致中国现代民族戏剧创造误入歧途。

狭隘的民族化将导致文化相对主义和文化民族主义，导致戏剧发展的封闭性和排他性。全球化语境下，"第三世界"经常会在外来影响与本土传统的冲突中，感受到追寻现代性和维护民族性的矛盾痛苦。尤其20世纪中国戏剧是在民族危难中提出民族化问题的，它便在走向世界的现代化和继承传统的民族化的艰难进程中，存在或盲目崇拜西方而打倒传统，或盲目排斥西方而固守传统的内外"两重桎梏"。文化相对主义反对"西方中心"论，提倡文化多元共生，有助于各民族戏剧的独特创造，和各民族共同丰富、发展世界戏剧。不过，民族传统包含某些人类普遍性、永恒性的东西，但其中也有糟粕，全球化语境下各民族戏剧多元对话要有自己的声音，但对话必须有一个基本前提——人类普适性的价值评判。否认人类共同、相通的价值标准，宽容那些不应宽容

的民族传统中的负面价值，无疑有碍于民族戏剧和世界戏剧的发展。中国 50
至 60 年代的封闭时期，乃至走向开放的 90 年代出现的某些"话剧民族化"论
调，其中就夹杂着此类不和谐音。它们或成为走向封闭、保守的跳板，或假民
族化之名而行反现代化之实。民族传统有其存在价值，然而，不能为了维护民
族传统而拒绝参与世界、走向现代，只能在走向现代、参与世界的进程中更新
和发展民族传统——"如果我们的老文化里真有无价之宝，禁得起外来势力的
洗涤冲击的，那一部分不可磨灭的文化将来自然会因这一番科学文化的淘洗
而格外发辉光大的。"①

　　正是透过世界戏剧与民族戏剧的相互阐发，可以发现中国当代戏剧的现
代性建构并未完成。由于中国传统文化较少提倡个人观念，也由于 20 世纪以
来思想启蒙与政治救亡的尖锐矛盾，和前现代、现代、后现代在当代中国交错
发展的复杂情形，中国当代戏剧的人学内涵还不够深厚，戏剧创作还缺乏丰盈
的人文关怀、启蒙理性、精神价值、理想诗情和哲学意蕴。走向世界的中国戏
剧在努力探索艺术审美民族性的同时，尤其必须保持与世界戏剧的密切联系，
注重和加强以人学内涵为主要标志的现代性追求。首先，因为存在封建传统、
物质金钱等对人的异化，这就需要戏剧继续坚持启蒙主义和现实批判精神。
包括对人的生存状态、人生命运的关注，批判封建主义和改造国民性，批判束
缚人、奴役人的各种异化现象，探求价值、人性和精神的重建，以实现人的个性
的全面自由发展和民族国家的现代化。其次，是追求以人学内涵为主要标志
的中国戏剧的现代性创造，应该具有超越国家、民族、时代等具体时空的人类
意识。艺术作品的永恒性蕴藏着人类心理的共同结构。戏剧描写社会人生但
又要超越具体时空而升华到普遍的人类问题，从个人体验去探究共通的人性
和人类精神，直面苦难、孤独、不可知、死亡、丑恶等人类生存困境和灵魂痛苦，
维护自由、正义、尊严、梦想、美等人类生存的丰富向度，使戏剧真正成为人类

---

① 　胡适：《试评所谓"中国本位的文化建设"》，1935 年 3 月 31 日《大公报》。

情感本体的象征和心灵交流的家园。再次，以人学内涵为主要标志的中国戏剧的现代性创造，还应该蕴含戏剧的哲理思索。"哲学的起点便是文学的核心。"①戏剧必须反映现实或抗拒现实，还必须超越现实而表达关于人的存在、人生意义、人类命运等的形而上思考，关于人的内心、灵魂、本体等深层意识的挖掘或拷问。这是戏剧精神内涵的升华和深化。它使戏剧的情感表现和人性探究既有人类普遍意义，又有精神自由、理性深度和形上品格。具有现代意识和民族独创的中国戏剧，应该是人的戏剧、人类的戏剧。

---

① 闻一多:《庄子》,《新月》第 2 卷第 9 期,1929 年 11 月。

【中外戏剧比较】

"写真实"与"第四种剧本"

"第四种剧本",是剧作家刘川对 1956 年前后出现在新中国剧坛的一批戏剧的概括。这些剧本突破了当时剧坛流行的公式化、概念化框框,显示出某些新的特色。也许这个命名本身有些不科学,然而,它却敏锐地把握住了当时戏剧创作中的一种重要倾向。

被称作"第四种剧本"的,主要有杨履方的《布谷鸟又叫了》、岳野的《同甘共苦》、海默的《洞箫横吹》。此外,何求的《新局长来到之前》、王少燕的《葡萄烂了》、鲁彦周的《归来》、李超的《开会忙》等剧作,因其相似的创作倾向,也被看作"第四种剧本"。

杨履方、海默、岳野等戏剧家或是在解放区成长,或是于中华人民共和国成立后开始戏剧创作,其所受影响大都是苏联的。而 20 世纪 50 年代苏联戏剧界观念的变革,尤其是"写真实"观念的重申,更是深刻地影响着"第四种剧本"的创作及其审美特征。

一、苏联"解冻"思潮的强烈震荡

20 世纪 50 年代初期到中期,苏联戏剧如同整个苏联文艺界,正在努力挣脱"左"倾教条的束缚和庸俗社会学的影响,力求按照自身的艺术规律去发展戏剧创作。

　　由此而首先展开的，是对长期以来流行于苏联剧坛的"无冲突论"的批判。"无冲突论"在二次大战前的苏联就已形成，战争期间虽然暂时沉寂，战后却由于个人崇拜的盛行而日趋严重。按照这种理论，似乎苏联一切都是"美好的""理想的"，现实中已经没有尖锐复杂的矛盾和斗争。于是，戏剧要写冲突也只能写"好的与更好的之间的冲突"。只能歌颂而不能批判，只能塑造正面英雄形象而不能写反面典型，由此引起的粉饰现实、公式化概念化等倾向，严重地阻碍了苏联戏剧的发展。1952年4月7日，苏联《真理报》发表专论《克服戏剧创作的落后现象》，率先对"无冲突论"发起批判，指出这种理论"必然导致对现实作出反现实主义的、歪曲的和片面的描写"。同年10月，苏共第十九次代表大会的中央工作总结报告更是尖锐地指出，"文学和艺术必须大胆地表现生活的矛盾和冲突"，并且呼唤"需要苏维埃的果戈理和谢德林"。

　　针对"无冲突论"，以及由此引起的粉饰现实、公式化概念化等倾向，《真理报》的这篇专论重申了文艺创作的"写真实"原则，指出："写真实，这就是看见并忠实地反映现实底发展和它的矛盾以及新与旧的斗争。"此后相当长时期内，"写真实"成为苏联戏剧及文学创作的主要原则。1953年10月全苏作协理事会第十四次会议中，西蒙诺夫的报告《苏联戏剧创作的发展问题》和拉甫列乌夫的报告《新的剧本和戏剧季的展望》，1954年12月全苏第二次作家代表大会中，苏共中央的祝词和苏尔科夫的报告《苏联文学的现状和任务》、西蒙诺夫的补充报告《散文发展的几个问题》，等等，都是批判那种不愿意认识现实、进而粉饰现实的错误倾向，着重强调的即"写真实"原则：要"真实地描写生活"，"真实地描写我们同时代的活生生的人"。而"写真实"的直接表现，就是"积极干预生活"。1953年11月3日，苏联《真理报》发表《进一步提高苏联戏剧创作的水平》的专论，强调："积极干预生活——这是社会主义现实主义艺术的战斗口号"，要求戏剧家"勇敢地提出广大劳动人民关注的问题，鼓舞人心地表现生活的真实、矛盾和冲突"。苏共中央1954年给全苏第二次作家代表大会的祝词，也号召作家"深入研究现实"，"发现生活中的矛盾和冲突"，要"积极干预生活"。

批判"无冲突论"而提倡"写真实""积极干预生活",由此,便形成苏联文坛汹涌的"解冻"思潮。在这股令世界文坛瞩目的文艺思潮中,先前被迫害的布尔加科夫、梅耶荷德等戏剧家得到平反,马雅可夫斯基的《澡堂》、米哈尔科夫的《虾》等先前遭禁的讽刺剧重新上演,尤其是罗佐夫的《祝你成功》、佐林的《客人》、考涅楚克的《翅膀》、史泰因的《人事档案》、阿尔布卓夫的《漂泊岁月》、沃洛金的《工厂姑娘》等真实描写现实、积极干预生活的戏剧创作与演出,给予因"无冲突论"而困顿的苏联戏剧以蓬勃的生机活力。

由于中苏两国特殊的政治联盟,新中国初期,苏联戏剧发展的这些政策、专论、报告大都被译介过来,及时地在《戏剧报》《文艺报》《剧本》等重要刊物予以转载,有的还加上"编者按"阐释其对于中国戏剧发展的"指导意义"。"解冻"思潮中出现的那些戏剧,《戏剧报》《剧本》等杂志也都迅速地予以翻译或介绍,有的还在中国演出过。这些译介和演出在中国戏剧界及文学界产生了强烈震荡,此前因受苏联影响的文艺观念在发生重大转变。1953年召开的全国第二次文代会,就在"为创造更多的优秀的文学艺术作品而奋斗"的目标下,批评了因"无冲突论"而形成的公式化、概念化倾向,号召文艺家"大胆地反映我国社会主义改造时期中社会生活的各种矛盾";1954年举行的华东话剧观摩演出大会也传出信息——

> 作家们已经开始在克服公式化概念化的缺点,力求真实反映生活,力求刻画人物,力求反映当前社会主义过渡时期的复杂矛盾。①

这其中,有两个时期是特别值得提起的。一是苏联批判"无冲突论"、呼唤"苏维埃的果戈理和谢德林"而开展的讽刺剧讨论与创作,1955年前后也在中

---

① 江东:《记华东话剧观摩演出大会》,《戏剧报》1954年第10期。

国剧坛引起强烈反响。林耘的《苏联讽刺剧的情况》等文章,及时介绍了苏联关于讽刺剧的讨论和创作中出现的问题;《文艺月报》《剧本》等杂志还转载了苏联在讨论中发表的几篇代表性论文,如叶尔米洛夫的《苏联戏剧创作理论的若干问题——论果戈理的传统》、伊里阿奇的《讽刺的目的和手段》、弗劳洛夫的《讽刺作品的力量》等。这些翻译和介绍,也引发了中国戏剧界的讽刺剧讨论和创作。何求的《新局长来到之前》、王少燕的《葡萄烂了》、李超的《开会忙》等讽刺剧,都是学习苏联戏剧家,要用讽刺的火焰去烧毁生活中那些丑陋的东西,使人们感受到戏剧"写真实""积极干预生活"的现实主义力量。

二是1956年年初苏共二十大批评个人崇拜,以及东欧部分社会主义国家的意识形态变革,促使中国共产党破除迷信、解放思想而提出"双百"方针,1956年至1957年,中国文艺界对"社会主义现实主义"等问题展开了热烈讨论,经过秦兆阳《现实主义——广阔的道路》、刘绍棠《现实主义在社会主义时代的发展》、巴人《论人情》、钱谷融《论"文学是人学"》等文的阐发,苏联文艺界前些年提倡或重申的"写真实""积极干预生活""文学是人学""人道主义"等观念,引起中国文艺家普遍而强烈的共鸣。与此同时,在1956年春举行的新中国首届话剧观摩演出会上,来自苏联、罗马尼亚、南斯拉夫等当时12个社会主义国家的戏剧家们,肯定了新中国戏剧的积极发展,也对其中出现的诸如把现实归结为正反两面而将生活简单化、只写工作过程而少有性格刻画、思想表达标语式政论式、剧情结构死板且相互雷同等倾向给予了批评。他们希望中国戏剧要"尽快克服公式主义,摧毁工业、农业剧本中的'框子'","希望中国剧作家勇敢地深入生活"并"要真实地表现(生活)"等殷切寄语①,更是引起中国戏剧家的深沉反思。会演期间,张光年、孙维世、刘露就剧本创作、导表演、舞美等分别做了专题学术报告,也对新中国戏剧中存在的问题提出了尖锐批评。这些都使戏剧家痛切地感受到,中国话剧再也不能这样下去,必须要有新的探

---

① 参见《朋友们的关怀——几位兄弟国家戏剧专家对话剧会演的观后感》(《剧本》1956年5月号)、《中外戏剧家真挚的交谈》(《戏剧报》1956年第4期)等文。

索和突破。

杨履方的《布谷鸟又叫了》、岳野的《同甘共苦》、海默的《洞箫横吹》等创作,一方面,是"双百"氛围中关于"社会主义现实主义"的讨论、苏联的"写真实"等理论和戏剧创作对他们的巨大影响;另一方面,如岳野后来所说,也是他们在看到话剧会演中很多"为公式化、概念化、'主题先行'等等锁链所捆绑得喘不过气来的作者的苦恼",而"产生了和同行们一齐用力将它挣断的欲望"①,遂努力探索新路子的结果。后来,"写真实""积极干预生活""文学是人学""人道主义"等观念受到批判,这些剧作被诬为"修正主义文艺思潮"而横遭噩运,也可见当时批判者是看到了它们与苏联"解冻"思潮的联系的。

这些"第四种剧本",尤其是《布谷鸟又叫了》《同甘共苦》《洞箫横吹》等剧作的出现,顿使人们感到它们突破了当时的公式化、概念化框框,开辟了话剧创作的新生面。那么,它们是如何突破"框框",而这些突破又给当时的中国话剧带来哪些新的东西呢?

二、"写真实":积极干预生活

新中国初期,因为受苏联戏剧影响,中国剧坛也在相当程度上流行着"无冲突论":"有些人不承认社会主义制度下还存在人民内部矛盾。他们硬说在我们生活中间只有好与更好的差别,只有先进与后进的差别",有些人甚至"认为'没有冲突就没有戏剧'的说法,是应该抛弃的资产阶级戏剧家过了时的论调",因此,他们"在作品中只着力渲染生活气氛和一些表面现象,不敢去接触生活本质,回避生活中的矛盾冲突"②。

田汉所批评的这种情形,虽然在1953年前后苏联批判"无冲突论"时引起中国文艺界的警觉,强调文艺家"应当深刻地去揭露生活中的矛盾",指出"任

---

① 岳野:《关于话剧〈同甘共苦〉》,《南国戏剧》1981年第4期。
② 田汉:《建国十一年来戏剧战线的斗争和今后的任务》,《戏剧报》1960年第14、15期合刊。

何企图掩盖、粉饰和冲淡生活中的矛盾的倾向,都是违背现实的真实"[1];然而在创作实践中,尽管1954年前后也出现一些揭示现实矛盾的讽刺剧,但是,戏剧要真正"深刻地去揭露生活中的矛盾",尤其是那些重大、尖锐的人民内部矛盾,仍是困难重重。"左"倾思想和教条主义的泛滥,"生活难道是这样的吗?""没有写出生活的本质!"等庸俗社会学的"批评",都使戏剧家不能或不敢去正视和揭露现实矛盾。如此,那种"掩盖、粉饰和冲淡生活中的矛盾的倾向",在中国剧坛仍然严重地存在着。

因"无冲突论"而形成的这种不敢正视现实、进而粉饰现实的倾向,在1956年的全国话剧会演中集中地暴露了出来。而乘着"双百"方针的春风和受到苏联"解冻"思潮的影响,戏剧界就此展开了热烈讨论。很多戏剧家都谈到了"现实主义",谈到了"写真实"和"积极干预生活"。曹禺就尖锐地指出:问题的关键是"不真实的描写",是"因为作者自己的不勇敢,看见了真实的事物却缺少足够的勇气打破写作上现成的公式,作活生生的描写"[2]。

中国戏剧要突破、要创新,就必须正视现实,必须对现实进行深入的观察和描写。这里,不仅需要戏剧家有对现实的敏锐眼光和深刻认识,更需要戏剧家的艺术良知和探索的勇气。岳野、杨履方、海默等戏剧家以前也受过"无冲突论"的影响,"有时看到了生活中的矛盾,但又缺乏表现它的胆识"[3]。是苏联戏剧家"真正地深入了生活和斗争"并"进行认真的观察、体验"的创作精神,和苏联戏剧家敢于去碰那些"严重而又巨大的题材"的"胆量和信心",及其"敏锐地看到自身一切优点和一切缺点"的"政治热情和责任感",给予他们以创作推动力[4]。于是,他们从生活出发而不再是从政治教条出发,以"干预生活"的积极姿态深入现实,其剧作就尖锐地揭示出现实矛盾并予以真实的表现。

---

[1] 周扬:《社会主义现实主义——中国文学前进的道路》,1953年1月11日《人民日报》。

[2] 曹禺:《不断努力,写更好的作品》,《文艺报》1956年第3期。

[3] 杨履方:《谈谈话剧下乡》,《戏剧报》1963年第1期。

[4] 岳野:《向苏联剧作家和他们的作品学习》,《剧本》1957年11月号。

　　戏剧家首先将批判锋芒对准现实中的官僚主义等思想作风。当时苏联剧坛蓬勃发展而在中国广为译介的苏联讽刺剧,它们大胆地把苏联现实中那些阻碍社会前进的诸如官僚主义等反面事物,拉到阳光底下来予以暴露和嘲讽的"写真实",激励着中国戏剧家也要用讽刺的火焰去烧毁现实中那些落后的、反动的东西。戏剧家于冷静的观察思索中,敏锐地感受到新中国明媚春光中那依稀黯淡的现实寒流,遂举起锐利的喜剧投枪,用讽刺的笑声去冲刷旧社会遗留下来的污泥浊水,和新社会机体上滋生的霉腐毒菌。这些剧作,或嘲讽某些领导的官僚主义、主观主义、教条主义、事务主义等思想作风(王少燕《葡萄烂了》《春光明媚》《墙》,李超《开会忙》等),或揭露新社会所脱胎的那个陈腐社会的胎记与外来资产阶级腐朽思想的侵蚀毒害所产生的丑陋现象(何求《新局长来到之前》等),都真实地描写了随着现实发展而日趋严重、尖锐的社会问题。尽管这些创作对现实的揭示还不甚深刻,艺术表现也稍嫌粗糙,然而,戏剧家严肃的社会责任感和敏锐的生活洞察力,及其对于现实丑陋的热情辛辣的嘲讽与批判,都赋予剧作积极的审美价值。

　　1956年至1957年出现的《布谷鸟又叫了》《同甘共苦》《洞箫横吹》等剧作,戏剧家更是大胆地突破禁区,将笔触刺探进生活的深层,从不同角度真实、深刻地揭示出现实发展中存在着的某些重大尖锐的矛盾冲突。

　　《布谷鸟又叫了》写于农业合作化运动高潮期的1956年。但是在这里,作者没有像当时绝大多数写合作化的剧作那样,只满足于描写合作社繁忙的劳动场景和农村的变化,他要求自己扎实地深入生活,去感受和描写更真实的农村现实。于是,在轰轰烈烈的合作化运动中,杨履方发现:

　　　　一方面,也是主要的一方面,随着社会主义社会制度的实现,很多新的人物、新的思想正在不断地涌现、成长和壮大,成为生活中的主流,成为不可抗拒的力量;另一方面,也是在逐渐消灭的一方面,有些人的社会意识落后于社会制度,就是旧社会遗留下来的污点,还残留在一些人的身上，如封建残余、私有观念等，表现在对合作社、工作、爱人、妻子、儿女等关系上。这些东西还会妨碍着生产和进步。①

正是在深入生活的过程中，杨履方既被合作化运动中涌现出的新人、新事、新气象所感动，更是敏锐地看到了封建幽灵仍然在新中国农村徘徊，因而在剧作中，他通过"布谷鸟"童亚男的爱情遭遇，在童亚男与王必好，以及童亚花与雷大汉等矛盾冲突的描写中，揭示出封建残余和私有观念对农村妇女的种种压抑和迫害，揭示出这些封建的东西仍然在造成社会悲剧、阻碍社会发展这个严重的现实问题。剧作在平常生活的描写中揭示出了具有重大社会意义的主题内涵，在幽默嬉笑中透露出了尖锐的现实批判锋芒。

同样是反映合作化运动高潮期的农村生活，海默的《洞箫横吹》，则是从正面去描写办社过程中所存在的尖锐的矛盾冲突。这个剧本虽然在某种程度上还没有完全摆脱写建社"过程"的模式，但是作者深入生活、熟悉生活，因此，他从生活出发去真实地描写合作化运动，就与那些盲目地歌颂合作化的作品不同。剧作写合作化运动给中国农村和农民带来希望、带来变化，但更尖锐的是，它揭露了办社中的"灯下黑"等现象在阻碍着农村的社会主义建设的发展，揭露了有些领导干部在办社中不问群众疾苦而只考虑个人名利的不良思想作风，真实地反映了合作化运动中存在的矛盾和问题，以及潜藏在群众中的社会主义建设的积极性。从今天来看，作者对合作化运动的描写还带有较多的时代局限；但是，剧作从中所揭示的问题是严峻的、尖锐的，作者对问题的思考是真实的、沉重的。

岳野的《同甘共苦》也是以农业合作化运动为背景，不过它所揭示的，主要是爱情、婚姻、家庭中的伦理道德问题。显而易见，这里有"解冻"后苏联蓬勃发展的道德伦理剧的深刻影响。此前，鲁彦周的《归来》写的也是这方面的内

---

① 杨履方：《关于〈布谷鸟又叫了〉的一些创作情况》，《剧本》1958 年 5 月号。

容。《归来》在谴责某些领导干部婚姻上的道德败坏的同时,着力描写了新中国劳动妇女的坚强性格与美丽的心灵;《同甘共苦》则将新中国初期某些农民出身的领导干部的婚姻家庭问题,与农业合作化建设中出现的社会矛盾交织起来描写。它主要不是写建社的矛盾冲突,而是在合作化运动的社会背景中,着重通过孟荪荆、刘芳纹、华云复杂的情感矛盾的描写,去批判婚姻家庭中的封建意识和资产阶级观念,张扬和维护"同甘共苦"的社会主义伦理道德。因此,尽管剧中帅剑辉夫妇关于婚姻家庭伦理道德的议论,多少还带有作者"传声筒"的痕迹,但是剧作在与合作化建设的矛盾冲突的紧密联系中,尖锐地揭示出当时领导干部婚姻家庭中普遍存在的伦理道德这个严肃的社会问题,显示了作者敏锐的现实洞察力。

显而易见,在苏联戏剧"写真实"的影响下,"第四种剧本"对现实的反映有力地突破了当时中国剧坛的禁区。它们不再是机械地"写政策""赶任务",更不再是"无冲突"地去粉饰现实,而是从生活出发,去真实地写生活,尤其是去真实地描写人民内部的矛盾,尖锐地提出现实发展中存在的那些严肃、迫切的社会问题。因此,与当时那些粉饰现实的公式化、概念化戏剧相比较,"第四种剧本"最突出的,就是体现出这些戏剧家具有审视现实、干预生活的主体意识。在"左"倾教条的沉重压力下,当时的戏剧家大都丧失了主体意识和艺术良知,对现实少有或没有自己的独立思考。而这些戏剧家虽然也曾迷糊过、困惑过,但是,当他们在"写真实"的激励下深入生活之后,当他们努力以自己的眼睛去研究生活,以自己的头脑去思考现实时,就像岳野所说的,他们"就本着自己的观点去写"①,才真切地、深刻地写出了生活的真实。在错综复杂的现实面前不是人云亦云而敢于自己去独立地思考,在粉饰现实被褒扬、真实反映现实遭受责难和打击的情形下,这些戏剧家敢于正视现实,敢于表达自己对现实的独特认识,敢于真实地描写现实的矛盾和冲突,正是这种积极干预生活的主体性精

---

① 岳野语,见《关于话剧〈同甘共苦〉的讨论》,《剧本》1957年1月号。

神,赋予其剧作严肃的现实批判精神、深沉的忧患意识和现实主义的真实性。

三、人道主义:人情与人性

在 1956 年至 1957 年关于"写真实"的讨论中,很多人都批评"左"倾教条的公式化、概念化作品在题材描写上有不真实的倾向:把"家务事、儿女情"题材与工农兵生活题材截然对立起来。刘绍棠尖锐地指出:

> 其实这种论调是可笑得很的。难道工农兵就没有"家务事、儿女情"吗? 难道写工人只能写"炉火通红,机轮转动,铁锤叮当响"的题材吗? 难道写农民只能写"唉咳唉咳哟,努力加油干,生产长一寸"的题材吗? 难道写士兵只能写"端起冲锋枪,冲呀! 杀呀"的题材吗? 难道能够把"家务事、儿女情"和劳动、生产、战斗截然割裂吗?[①]

这种情形在戏剧中也同样严重地存在着。老作家巴人就严厉批评这种"只是唱'教条'"的戏剧"不合情理","政治气味太浓,人情味太少","缺乏出于人类本性的人道主义",并且深情地呼唤文艺创作中人情与人性的"魂兮归来"[②]。

这种更多"政治味"而缺少"人情味"的创作,其影响源主要还是"左"倾教条时期的苏联戏剧。《文艺报》1952 年第 9 号转载的苏联《真理报》专论《克服戏剧创作的落后现象》,就批评了苏联戏剧家将丰富的现实生活归结为写"工厂的"和"集体农庄的"等简单化弊病,并且指出,这种戏剧还存在着严重的"对苏联人生活的描写底片面性":"这些作品描写技术,谈论竞赛,谈论执行生产计划。可是它们却没有表现日常生活中的人们,他们的文化和精神世界……似乎他们除了生产技术以外,就没有任何兴趣。"受其影响,着重写生产、劳动、

---

① 刘绍棠:《我对当前文艺问题的一些浅见》,《文艺学习》1957 年第 5 期。
② 巴人:《论人情》,《新港》1957 年第 1 期。

斗争而忽视"表现日常生活中的人们",也成为新中国初期话剧的主要创作倾向。当时就有观众"刻薄"地批评中国话剧舞台上只有三种剧本:工人剧本,写先进思想和保守思想的斗争;农民剧本,写入社和不入社的斗争;部队剧本,写我军和敌军的斗争。并且提出这样的问题:"到底我们能不能写出不属于上面三个框子的第四种剧本呢?"①

而苏联文艺"解冻"思潮要求"关心人""信任人""尊重人"的强烈呼声,关于人道主义、人情和人性等问题的热烈争论,以及体现这种思潮的考涅楚克的《翅膀》、阿尔布卓夫的《漂泊岁月》、罗佐夫的《祝你成功》、沃洛金的《工厂姑娘》等剧作的翻译或介绍,同样地,又深刻影响着 1956 年前后中国戏剧的发展。其理论的积极回应,就是巴人的《论人情》、钱谷融的《论"文学是人学"》等文章,石破天惊般的在新中国文坛张扬文艺应该写人情、写人性;在戏剧创作中,就是"解冻"时期苏联戏剧的关心人,写普通人、写普通人的人情和人性等内涵,深刻地影响了"第四种剧本",在中国剧坛涌动着真实地写人情、写人性的人道主义浪潮。

戏剧要有"人情味",其前提就是戏剧必须关心人、尊重人。人道主义的核心内容就是要把人当作人。因此,"第四种剧本"首先批评了现实中存在的与此相悖的两种现象:一是官僚主义、事务主义等作风的不关心人;二是封建意识残余的不把女性当作人。前者是《新局长来到之前》《春光明媚》等剧作的主要内涵,后者是《归来》等剧作的主要批判对象,而更深刻地对这两个方面予以思索和描写的,则是《布谷鸟又叫了》等作品。《布谷鸟又叫了》这部搬演合作化建设过程中青年男女的生活与爱情、劳动与理想,以及由此而产生的矛盾冲突的剧作,突出地描写了妇女因为参加合作社劳动和新婚姻法的颁布而挺直了腰杆——"女人也是人",而要争取人的尊严与地位、爱情与幸福。但是,旧中国遗留下来的封建思想意识还在羁绊着人们前进的脚步。它包括雷家母

---

① 参见黎弘(刘川):《第四种剧本》,1957 年 6 月 11 日《南京日报》。

子、马大婶等人的嫁鸡随鸡、把女人当作铁砧和洗脚水的封建意识,但更可怕的,是王必好、孔玉成这样仍旧把女性视为私有财产但是以"组织"名义出现的封建观念指导下的行政干预;而支部书记方宝山的只重视生产而忽视思想教育、见物而不见人的事务主义、官僚主义作风,又给这些封建残余以可乘之机。在由此而产生的尖锐的现实矛盾中,作者发出了"要关心人"的呐喊,这其中所激荡着的,就是那股人道主义的暖流。同样的,《洞箫横吹》对那种只顾领导个人的名利去培养"典型",而不理睬群众的要求、不关心贫困农民生活的"灯下黑"现象的批评,《同甘共苦》对刘芳纹从受欺侮的童养媳成长为新农村真正的当家人的赞美,等等,都体现出作者关心人、尊重人的人道主义情怀。

而从这种人道主义立场去关心人和真实地写人,"第四种剧本"所关注的,是生活中那些平凡的、普通的人。与当时戏剧界大力宣扬的要写高大的正面英雄和"理想人物"不同,这些剧作中的主要人物,诸如《布谷鸟又叫了》中的童亚男、《同甘共苦》中的刘芳纹、《洞箫横吹》中的刘杰,等等,都是现实生活中的"小人物";即便是写到像孟莳荆(《同甘共苦》)这样官职不小的"大人物",剧作也没有渲染其形象的"高大",而是相反地,着重描写的是他作为普通人的这一面。这些平凡的普通人,其人生中没有那种叱咤风云的英雄壮举,戏剧家着意描写的是他们平凡的日常生活,他们的劳动与工作、向往与追求及其情感的喜怒哀乐,在这当中去揭示他们作为普通人的人生理想和人生价值。农村女青年童亚男热爱新社会、热爱生活、热爱劳动的青春朝气,及其为追求人生幸福而勇于反抗的斗争精神,复员军人刘杰为了贫穷的乡亲们也能走上发家致富的合作化道路,而不畏困难、艰苦奋斗的实干作风,都在普通和平凡中闪烁着新时代的光辉。这种特点在刘芳纹身上表现得更为突出。这位饱受封建婚姻的痛苦而失去爱情幸福的农村妇女,在合作化的劳动中真正找回了自己作为人的尊严和地位,表现出翻身农民当家做主人的自豪感和责任感;而她在生活中总是压抑着自己内心的悲苦仍然处处为他人着想,宁愿委屈自己也不愿伤害别人,又流露出中国传统女性所特有的悲剧美和心灵美。戏剧家就是要在这些普通人的平凡生活的描写中,去真实地表现普通、平凡但却蕴涵着生活本质的社会现实。

体现在这些剧作人物身上的正直、善良、诚实、友情、爱情及富有同情心、乐于助人等,都是"出乎人类本性"的东西,所以,当年的观众很快就发现这些剧作不同于那些公式化、概念化的作品,它们充满了浓郁的人性和人情味。而为了更真实地写生活、更真实地写人,为了写出更丰富的人性和更浓郁的人情,"第四种剧本"又拓展了戏剧的题材领域。这主要表现在:一是突破禁区写爱情,此即所谓"儿女情"。爱情是最能体现人性和人情的人生领域,而公式化、概念化的戏剧是不准写爱情的,或者是即便描写也是那种恋(爱)人相见但仍是谈论生产、工作、斗争的所谓"爱情"的点缀。但这些剧作却大不相同,它们是真正去写"儿女情",童亚男和王必好、孟莳荆与刘芳纹、华云、刘杰和杨依兰等,现实的矛盾冲突正是在他们的爱情描写中才更深刻地表现出来。如此,情感描写就有深厚的现实底蕴,现实的描写也不致干巴枯燥,又使剧中人物具有更多人性和人情味。二是描写身边琐事,此即所谓"家务事"。公式化、概念化的戏剧也是不写生活琐事的,似乎人在现实中总是劳动、生产、斗争。而在这些剧作中,现实矛盾冲突又都是在"家务事"等身边琐事中进行的,它既将现实矛盾与真实的人生联系起来,又在身边琐事的描写中,更真实地展现剧中人物作为普通人身上更多的人性与人情的东西。可以看出戏剧家是有意为之的,尽管有时还做得不尽如人意。例如《洞箫横吹》中的副省长,他在争论"黑社"问题时拿扑克给乡亲们玩,从口袋里抓糖果给乡亲们吃,这些描写与这个严肃的场合是有些不大和谐,但是作者着力写其"人情味"的良苦用心又是显而易见的。

在世界文学史上,最伟大的文学都是具有最充分的人道主义的文学。那种把文学的阶级性与人情、人性对立起来,把人情和人性拱手送给资产阶级的观念,并不是真正的马克思主义。"第四种剧本"受"写真实"的影响,关心人、写普通人、写普通人的人性与人情,体现出这些戏剧家基于人性觉醒的现实情怀,及其对人的生存、情感等的精神关怀,这赋予其戏剧创作以深沉的人道主义精神。

四、人的真实:"文学是人学"

在"第四种剧本"中,形象创造不再是所谓"社会本质"的载体或某种观念的代表,而是具有思想和情感、矛盾和困惑的血肉丰满的人。刘川在《"第四种剧本"》一文中评论道,这些戏剧"完全不按阶级配方来划分先进与落后,也不按党团员、群众来贴上各种思想标签",戏剧家从"生活本身的独特形态"出发写出了"人"的真实。这是对公式化、概念化框框的有力突破。

在戏剧形象的创造方面,苏联戏剧的"左"倾教条在相当长时期里对新中国戏剧的影响也是明显的。1953 年西蒙诺夫严厉批评的那种只有"极为响亮动听"的说白和对话而没有"生动的个性",以及"令人厌倦的对某一种技术的描写,常常代替了人的社会生活和社会活动的广阔的图画"[①]的现象,它在中国剧坛的存在,就是用思想概念代替形象描写、"见事不见人"等严重倾向;而其理论根源"典型是某种社会力量的本质表现"说和"无冲突论",这个时期,在中国剧坛也同样是"经典"。这样写出来的戏剧,所谓生活的"本质"和"规律"似乎都有了,但恰恰缺少了文学之所以为文学的灵魂——人。而因为没有鲜明生动的人物形象,这种戏剧也就缺乏强烈的艺术感染力,也谈不上什么"本质"和"规律"。

在"写真实"讨论中,苏联剧坛关于戏剧必须写"人"、必须写出"人的真实"的呼声,也迅速传递到中国戏剧界。1952 年苏联《真理报》发表专论《克服戏剧创作的落后现象》,强调戏剧必须描写"真实的、活生生的性格",指出"片面地只描写人物底生产技术活动,这只能使社会主义现实主义简单化、概念化。社

---

① [苏]康·西蒙诺夫:《苏联戏剧创作的发展问题》,李相崇等译,《文艺报》1953 年第 20 号。

会主义现实主义,要求在对于极端复杂的生活、首先是对于人底精神面貌底丰富作艺术表现时要多样而丰满"。《文艺报》同年转载该文,在中国剧坛反响极大。1954 年,中国戏剧家代表团访苏归来,带回苏联戏剧正在努力"把新人物战斗的性格、心灵与情感表现得更加鲜明、更加饱满"的信息,和苏联戏剧家对中国戏剧"对人物的性格、心灵发掘不深"的批评[①],也引起中国戏剧家的思考。只是当时典型的"本质"说还占主导地位,因此,戏剧形象的创造在诸多问题上仍是积重难返。1955 年,苏联《共产党人》杂志发表《关于文学艺术中的典型问题》的专论,对"本质论"庸俗社会学理解典型创造的理论展开批判,强调文艺必须"用鲜明的、具体感性的、给人以美感的形象来再现生活的本质方面"。该文迅速在《文艺报》转载,引起中国文艺界关于典型、写真实、现实主义等问题的激烈论争,戏剧创作必须以写"人"为中心,戏剧形象创造必须写出"人的真实"等问题,才受到戏剧家的真正重视。与此同时,1956 年全国话剧会演中外国戏剧家对中国话剧用思想概念代替典型创造、见事不见人等现象的批评,以及观众对此的尖锐指责,更使戏剧界感到这个问题的严重性而开始认真思索。此外,苏共十九大总结报告强调反面人物也可以成为苏联文艺中的典型,西蒙诺夫在全苏作协理事会上的报告《苏联戏剧创作的发展问题》中认为正面人物也是"活的、人间的人,他们斗争、思考,有时动摇,有时还犯错误"等论述,也都给予中国戏剧家以启示。

　　显而易见,"文学是人学",深刻地影响着苏联戏剧"写真实"和人道主义发展的高尔基的这句话,也同样深刻地影响着"第四种剧本"的创作。"第四种剧本"的作者原先在创作中也存在着"见事不见人"等弊病。岳野说他 1955 年创作电影剧本《英雄司机》,就是"对生产技术方面的描写排挤了对人物思想感情的刻画,主要人物郭大鹏成为机械的附属品,缺乏饱满的血肉"[②]。而创作《同甘共苦》,岳野后来在中央戏剧学院实验话剧院讨论该剧的座谈会上说,他牢

---

① 张光年:《学习苏联戏剧工作的先进经验》,《剧本》1954 年 11 月号。
② 见《记故事片编、导、演创作会议》,《文艺报》1955 年第 6 号。

记的是高尔基的"文学是人学"的理论。《布谷鸟又叫了》《洞箫横吹》等剧本的创作也是这样。在《关于〈布谷鸟又叫了〉的一些创作情况》一文中,杨履方说,合作化轰轰烈烈的劳动生产使他深深地感动,但是在体验生活时,他并没有满足于这些劳动现象的观察,而是扎进生活的深层去努力了解人、熟悉人;进入创作阶段,他更是要求自己尽力抛开那些概念性的"思想"和"问题",而去写"在生活中感受最深的人和事件"。如此,剧作才能在农民的物质生活,尤其是精神世界的变化中,深刻地揭示出时代的进步和现实发展中存在的某些严重的社会问题。

"第四种剧本"的形象创造,首先突破了所谓戏剧只能描写代表"社会本质"的正面人物这种庸俗社会学的典型观。在他们看来,戏剧不一定必须写正面英雄人物,普通人物、落后的或中间状态的人物,甚至反面人物,也都可以成为戏剧的主角。《新局长来到之前》中的总务科长刘善其、《葡萄烂了》中的陈主任、《开会忙》中的荣主任等形象创造,都以讽刺的极端化与漫画化,表现出作者执着地撕毁丑陋的喜剧激情;而《布谷鸟又叫了》《同甘共苦》《洞箫横吹》等剧作,剧中的主要人物如童亚男、刘芳纹、刘杰等,又都是生活中平凡的普通人。在这些剧作家看来,戏剧的形象创造不论是正面人物还是反面人物,都应重在描写人物的命运,尤其是要写出人物独特的性格特征;并且,这里的性格又不是那些公式化、概念化戏剧中所写的,只是人物的某种脾气或怪癖,或是某种思想观念的符号,而主要是在生活的复杂性中表现出来的人物内心情感的丰富性。因此,"第四种剧本"坚持从生活出发去塑造人物形象,让剧作内涵从血肉丰满的形象刻画和充满生活气息的现实描写中生动自然地流露出来。从生活和人物出发,在人物的性格冲突,以及由此构成的现实矛盾中去写人物的思想与情感,这样的戏剧形象创造才有独特的个性,才是真正的"人"。

那么,戏剧的形象创造应该如何才能突破黑白分明的正、反面人物的模式,而写出人的真实和真实的人呢? 他们认为,首先要写出人的性格的真实性。在这方面,岳野的看法很有代表性。从"文学是人学"出发,岳野觉得——

> 不能简单地把人分成正面人物和反面人物，那是不科学的。因为在现实生活中，每个人的性格形成都是很复杂的，有时这个问题上对了，但在某个问题上又错了。人的本身也经常是矛盾的，矛盾解决了就又前进一步。①

正因为人是充满矛盾的，人的性格是复杂的，所以，"第四种剧本"总是力求从多方面去描写人物性格，在形象创造中表现出人物个性的发展和人物成长的复杂过程。《同甘共苦》中孟莳荆的形象创造就是如此。一方面，作者描写了他对工作的满腔热情和苦干实干的精神，是位优秀的中共高级农业干部；但另一方面，在感情和婚姻问题上，他又有大男子主义的封建意识残余。而后者就不可避免地会给刘芳纹和华云带来感情的伤害。作者没有把孟莳荆写成高大的正面英雄人物，而是着眼于把他作为一个"人"去描写，写他的优点和缺点，他的可爱处和可恨处，揭示出人物性格的丰富性和生活的复杂性。《布谷鸟又叫了》中的方宝山、《洞箫横吹》中的杨万福，都是中共支部书记、村合作社主任，剧作中对其描写也都突破了庸俗社会学的典型论所谓写正面人物不能写缺点的框框，他们是正面人物，但更是真实的人。当然，这些剧作的形象描写也存在着某些不足，有些人物的描写（例如孟莳荆）在某种程度上出现性格分裂的现象，有时性格冲突的设置还不够缜密（例如孟莳荆与华云的矛盾），但即便是这些不足，也从某个侧面体现出戏剧家这种真实地写人的执着追求。

更进一步，从"文学是人学"出发，"第四种剧本"又探进人物的内心世界，力求真实地写出人物心灵的丰富性和复杂性。杨履方在创作《布谷鸟又叫了》的过程中，严格要求自己扎实地深入生活，尤其是"农民生产以外的生活：精神生活，感情生活"，就是为了"深入地理解劳动人民的心灵，塑造出更丰满、更鲜

---

① 岳野在《剧本》编辑部召开的《同甘共苦》座谈会上的发言，见《剧本》1957 年 1 月号。

明的人物形象"(《关于〈布谷鸟又叫了〉的一些创作情况》)。而剧作也确实在青年男女的生产劳动、爱情婚姻以及由此形成的矛盾冲突中,将新中国农民"精神生活的变化"的"细致、复杂、丰富、多彩",真实地揭示了出来。《洞箫横吹》和《同甘共苦》等剧,也都以细腻的笔触写出了人物心灵的丰富性。例如《同甘共苦》,剧作着重深入心灵世界去描写人物内心情感的真实。孟蒔荆与前妻刘芳纹,从孟蒔荆以前对刘芳纹从来没有爱情,到现在欣喜地看到刘芳纹在合作化运动中的巨大变化,而在工作中对她逐渐产生好感、愧疚,乃至在妻子华云闹矛盾时他向刘芳纹的爱情表白;刘芳纹在孟蒔荆对自己的情感变化面前心灵的波动,她在孟蒔荆和展玉厚的爱情夹击中情感波澜的翻卷;华云深爱孟蒔荆,却因心胸狭窄而生气、嫉妒和遭遇流氓以至于差点受骗,及其醒悟后的情感复苏等,都是非常真实的描写。而写出心灵的真实,也就生动地刻画了人物形象,深刻地揭示了现实内涵。

五、突破规范:风格样式的创新

受苏联戏剧影响,新中国初期的戏剧创作在风格、样式上也有诸多限制。由于认为社会主义现实主义只能是"肯定的"而不能是"批判的",因此,喜剧等擅长批判的戏剧体裁被压抑,悲剧创作更是被判了死刑。在戏剧审美表现上,又总是强调那种乐观明朗、高昂豪迈的风格,似乎批判和嘲讽、悲哀和死亡就与社会主义戏剧格格不入。然而,真正的社会主义现实主义文艺,是同作家创作个性的张扬和艺术的形式、风格创造分不开的。1953 年 11 月 3 日,苏联《真理报》发表专论《提高苏联戏剧创作的水平》,就严肃地批评了戏剧发展中出现的"剧作体裁的贫乏"和艺术审美"缺乏表现力"的现象,号召戏剧家"广泛地利用各种戏剧创作的样式"。1954 年 12 月,全苏第二次作家代表大会在重申"真实地"反映现实的同时,把"不同创作风格流派的竞赛"确定为社会主义现实主义创作的重要任务,鼓励作家在文艺的体裁、形式、风格等方面要大胆地创造。

由此出现"写真实"的讨论及其在创作上的探索,就必然会在风格样式上促进苏联戏剧突破规范而有新的发展。这种情形,在 1956 年前后中国文艺界的"写真实"讨论中也同样出现。中国文艺家尖锐地批评了那种"认为社会主义现实主义也规定了文学的风格本身,也就是它只允许一种文学风格存在"的观念,强调现实主义"它的道路比任何艺术流派的道路要宽阔得多"①。

"第四种剧本"就在这种情形中应运而生。即如杨履方所说,在戏剧艺术上"创造多种多样的、为广大工农兵群众所喜闻乐见的形式和风格",创造"多种多样新颖的样式和独特的风格"②,成为其明确的审美追求。因而,这些戏剧不再是满眼的莺歌燕舞、春光明媚,而更多的是深入生活并予以真实描写的严肃与沉重;不再是一味地乐观明朗、高昂豪迈,而更多的是蕴涵着深沉忧虑的批评和嘲讽。既有欢快、抒情,也有讽刺、忧伤和悲哀。

"第四种剧本"审美创造意识的自觉,主要来自戏剧家主体意识的觉醒与加强。这种受"写真实"影响而产生的主体意识,不仅促使戏剧家真实地去表现生活和揭示现实矛盾;在艺术审美方面,它也要求戏剧家从真实反映现实出发,去追求艺术上的大胆创新,去探索多样的戏剧表现形式。岳野说:"坚决遵守社会主义现实主义的文学原则,是不可动摇的,但不等于在进行艺术构思时抱着固定不变的公式",同一题材可以有"不同写法"③。这也就是刘川在《"第四种剧本"》一文中所说的:"第四种剧本"它们"考虑的是生活,是生活本身的独特形态! 作者表现风格上的独特性实际是来源于观察生活的独特性"。

由此带来"第四种剧本"艺术风格、样式的多样化。因为审视现实的角度不同,"第四种剧本"对现实的把握和描写就表现出不同的特色。例如,同样是以 50 年代的合作化运动为背景来反映现实社会的矛盾冲突,《布谷鸟又叫了》从青年男女的婚姻恋爱切入,《同甘共苦》是从伦理道德着眼,《洞箫横吹》则是

---

① 何直(秦兆阳):《现实主义——广阔的道路》,《人民文学》1956 年第 9 期。
② 杨履方:《谈〈布谷鸟又叫了〉的样式和风格》,《文艺月报》1958 年第 5 期。
③ 岳野:《有关〈同甘共苦〉的几点感受》,1957 年 2 月 14 日《北京日报》。

将其融入建社的复杂过程去予以揭示，等等，题材的选择、冲突的描写和剧作的结构艺术都各有特点。也由于戏剧家是从不同角度去审视和描写现实，其剧作的体裁样式和艺术风格也就有所不同：有的侧重于揭露嘲讽，以尖锐的笑声去撕毁丑陋（《新局长来到之前》《葡萄烂了》等）；有的侧重于欢快抒情，以幽默的笔调去表现新生活的美好和新事物的胜利（《布谷鸟又叫了》等）；有的着重心理的探索，在人物心灵世界的挖掘中去把握现实人生（《同甘共苦》等）；有的着重写实的概括，在现实的冷峻描写中去揭示社会内涵（《洞箫横吹》等），等等，在艺术审美上都有独特的创造。

　　"第四种剧本"在风格样式上的艺术创新，是为了更好地表现急剧变化的社会现实生活，也是为了创造为中国民众喜闻乐见的、具有中国特征和中国气派的民族话剧。因此，与"写真实"的苏联戏剧相比较，受其影响的"第四种剧本"，至少有两点又是独特的：第一，它们没有苏联戏剧"写真实"探索中出现的某些形式主义倾向。真实地描写现实，积极地干预生活，使得中国戏剧家始终坚持从生活出发去探索艺术的创新，从推进社会变革出发去从事戏剧创造，戏剧审美的探索深深地植根于现实的土壤。此即杨履方在《谈〈布谷鸟又叫了〉的样式和风格》一文中所说的，他们是追求"在社会主义现实主义的大纛下，百花争妍，万艳竞芳！"第二，借鉴民族艺术，尤其是民族戏曲的话剧审美创造。从话剧是综合艺术和话剧民族化出发，他们尝试从中国古典戏曲、地方戏曲，以及民间歌舞中汲取营养以丰富话剧艺术。例如《布谷鸟又叫了》，就在剧情发展中适当地穿插具有浓郁民族风味的民歌民谣，场景的选择采用某些写意的、象征的手法，剧本结构脉络分明而又冲突曲折，有些重要的情节和台词反复交代，等等，都是把戏曲传统、民族艺术等"通过话剧的胃，加以消化，变为适合于自己身体的养料"①。《洞箫横吹》《同甘共苦》的剧情结构、冲突描写和形象刻画等，也同样对传统戏曲和民族艺术有所借鉴。

---

　　①　杨履方：《谈谈话剧下乡》，《戏剧报》1963 年第 1 期。

因而,尽管"第四种剧本"的创作由于存在时间的短暂而数量不多,在戏剧的审美创造上也未能充分展开探索,而在某些方面还不够完善;但值得肯定的是,它们从生活出发、从人物出发去真实地描写现实,就绝少有公式化、概念化的既定模式,个个鲜活生动,力求在艺术表现上显示出自己的独特魅力。这里有戏剧家主体的自我意识,有戏剧家对现实的独立思考,如此,也就有了真正的艺术创造。

西风东渐与现代现实主义戏剧

新时期现实主义戏剧的拓展始自 1980 年前后的"戏剧危机"。努力复归现实主义的问题剧遭遇冷落,促使人们认真反思中国话剧的现实主义传统何在;而 20 世纪以来西方戏剧现实主义的发展,又启迪中国戏剧家对现实主义进行新的探索。

与传统现实主义强调反映外在现实、塑造性格和客观写实相比较,新时期走向开放的现实主义戏剧融合传统现实主义、西方现代主义和民族戏曲艺术等多种手法,更注重揭示人的生存、生命和人类共同的痛苦与欢乐,挖掘人的精神世界深处的复杂矛盾,丰富了中国现实主义戏剧的精神内涵和艺术表现力。

一、走向"现代现实主义"

1980 年前后话剧界存在的危机,主要是问题剧的发展陷入困境。1977 年至 1979 年间,《于无声处》(宗福先)、《丹心谱》(苏叔阳)、《报春花》(崔德志)、《权与法》(邢益勋)、《未来在召唤》(赵梓雄)、《救救她》(赵国庆)、《假如我是真的》(沙叶新等)、《灰色王国的黎明》(中杰英)等剧作的出现,标志着"文革"之后中国话剧的复苏。这些创作敢于直面人生,敢于干预生活,敢于闯禁区、讲真话。不难看出,问题剧是要摆脱"文革"戏剧的"瞒和骗"及"假大空"模式,摒弃虚假的现实主义,努力复归中国话剧的现实主义传统。然而,这些努力复归现实主义的问题剧,在某种程度上又还残留着"十七年"戏剧,乃至"文革"戏剧的印痕。其突出的表现,是它们大都把戏剧主题演绎为某个具体的社会问题,在人物围绕问题的冲突、争论中摆出不同的思想观点,把情节看作对立双方围绕着问题而展开冲突的过程,让人物和情节去传达作者的主观意念,并且戏的结尾往往把问题都解决了。如此,错综复杂的现实人生被过滤得简单抽象,失去其完整性、丰富性及其内涵的深刻性,也就没能更好地体现出现实主义的思想性和真实性。因而在 1980 年前后,问题剧受到观众冷落而趋向衰微。

问题剧的衰微引起了戏剧界的讨论,并且讨论很快发展为关于现实主义戏剧的论争。新时期中国戏剧是否还需要现实主义?有些人将问题剧暴露出来的反映现实的公式化、概念化倾向与现实主义画等号,进而在批评其弊端的同时也否定了现实主义。这种观点的偏颇是显见的,绝大多数戏剧家认为,现实主义戏剧有其不可替代的审美价值和社会功能,中国戏剧需要现实主义!那么接下来的问题,是新时期戏剧的发展需要什么样的现实主义呢?这又引发了关于中国话剧现实主义"传统"的反思。正是这次反思使戏剧家认识到,新时期问题剧在很大程度上是"十七年"戏剧的复苏,其概念化公式化地演绎社会问题、图解政治观念的倾向,是没有充分地、真正地把握现实主义的审美精神。那么,新时期现实主义戏剧究竟应该向何处复归呢?戏剧家把眼光转向现代中国,在曹禺、田汉、夏衍、老舍等人的创作中去找寻现实主义的真正内涵。由此他们发现,20 世纪中国现实主义戏剧经过"五四"时期的多方吸收和借鉴,在三四十年代已趋成熟并形成其独特的审美形态:它以深入把握社会现实的底蕴为特征,把倾力塑造形象作为审美追求的重心,以生动的感性形式表达对现实人生的独到发现。由问题剧衰微而引发的关于 20 世纪中国现实主义戏剧传统的反思,加深了人们对现实主义的理解,并使其将新时期戏剧的现实主义逐渐复归到"五四"以来现实主义的深刻内涵上来。苏叔阳的《左邻右舍》、李龙云的《小井胡同》、李杰的《高粱红了》、郝国忱的《昨天、今天和明天》、

魏敏等的《红白喜事》、何冀平的《天下第一楼》、杨利民的《黑色的石头》等剧
作,即这种现实主义真正传统复归的体现。

然而,新时期戏剧的现实主义发展是否就以此作为依归呢? 戏剧界仍在
思索。严重的危机使戏剧家深切地感受到时代与观众对于戏剧新的审美需
求,欧美现代戏剧的大量译介及其对中国剧坛的猛力冲击,又使戏剧家在世界
戏剧的广阔视野中,对现实主义戏剧有了新的认识。他们看到,中国“五四”以
来的现实主义戏剧更多是 19 世纪末 20 世纪初西方批判现实主义的借鉴,而
随着时代的急遽变迁和艺术的深入探索,20 世纪的世界现实主义戏剧,其现实
内涵和艺术审美都在不断地丰富与拓展。同样的,新时期以来中国正经历着
剧烈、深刻而迅速的变革,人们的社会意识、生活方式、价值观念和审美情趣等
都在发生重大变化。“这个巨大的历史潮流推动戏剧寻找新的表现形式和方
法,向着多极化方向发展。传统现实主义显然还有它的生命力,但它对表现今
天无限宽广、复杂、瞬息万变的生活已感不足,它需要发展,添进新的东西。”[①]

李龙云从《小井胡同》到《洒满月光的荒原》的创作很有代表性。《洒满月
光的荒原》仍然是现实主义的,但是很明显,它在《小井胡同》的“传统”中“添进
(了)新的东西”。作者说,如果仍然“用《小井胡同》的方法来写《荒》剧,就势必
把丰富的材料糟践了”。此乃因为,这部作品“所占有的一方水土,一种文化,
一团情绪,一片生活”不同。所以,李龙云强调:

> 当现有的方式已经不足以承担表现内容的时候,必然要把现有的舞
> 台规律打碎,寻找新的表现形式。[②]

这就是说,时代的发展和现实的变革需要现实主义戏剧拓展其观念、形态及手
法。而同时,戏剧家又看到:“现实主义在它的发展历程中受到各种冲击,但它

---

① 丁扬忠:《谈戏剧观的突破》,《戏剧报》1983 年第 3 期。
② 李龙云在 1986 年全国话剧剧本讨论会上的发言,见《追求、探索和奋进》,《剧本》1987 年 1 月号。

最基本的东西仍有强大的生命力,那就是它的吸收性。"①同样在《高粱红了》等传统现实主义中"添进新的东西"而创作了《古塔街》的李杰,在戏剧探索中敏锐地感受到现实主义是随着现实发展而发展的,现实主义本身即有其吸收性和开放性。

新时期现实主义戏剧的开放与拓展,首先是面向西方现代戏剧借鉴汲取。20世纪西方剧坛已经没有纯粹的"某某主义"的戏剧,现实主义戏剧中交织着象征主义、表现主义、荒诞派等,成为发展趋势。然而,在整个社会还"乍暖还寒"的80年代初期,文艺上的突破现实主义还有某些政治风险,戏剧家们借鉴西方现代戏剧就着重体现在以下三个方面。一是布莱希特,因为他是马克思主义者并对中国文化很感兴趣。布莱希特是现代西方戏剧革新的代表人物,他坚称自己是现实主义戏剧家,但又强调现实主义要大胆借鉴表现主义等现代派戏剧,追求现实主义的广阔性和多样性。从"布莱希特的戏剧作品,是传统的现实主义和西方现代美学新经验、古老的东方戏剧经验的结晶体",中国戏剧家知道布莱希特"是位广阔的现实主义者",并认识到中国现实主义戏剧发展也应该遵从"开放的戏剧观念":

> 在坚持现实主义方向的同时,向各种戏剧流派、各种演剧方法全面开放。②

二是苏联的"现实主义开放体系"理论。50至70年代,苏联文艺界围绕着"社会主义现实主义"展开了激烈的论争。论争的基本趋向是承认在现实主义之外还存在着不同的创作方法,批评以前对于现实主义的教条理解,重新评价了梅耶荷德"假定性的现实主义"等论述,认为现实主义可以容纳象征、怪诞、夸

---

① 李杰在1986年全国话剧剧本讨论会上的发言,见《追求、探索和奋进》,《剧本》1987年1月号。
② 胡伟民:《开放的戏剧》,《文艺研究》1985年第2期。

张、非逻辑、假定性等非再现式的艺术表现形式以广阔地把握和真实地表现生活，呼吁现实主义在形式、风格、手法等方面的多样发展。1972 年，文艺理论家马尔科夫发表长文，提出社会主义现实主义是"历史地开放的体系"①的重要理论。新时期戏剧界对苏联社会主义现实主义开放体系的讨论非常重视，所谓现实主义"开放的戏剧观念"的提出，同样是其理论渗透的产物。三是以奥尼尔、斯特林堡、迪伦马特、密勒等经典剧作家为代表的 20 世纪西方现实主义戏剧的新发展给予中国戏剧家的启示。尤其是奥尼尔，因为曹禺当时针对问题剧的弊端，经常以奥尼尔为例阐释现实主义戏剧的深刻性、丰富性和开放性，使得"在中国当代剧作家中，现在已经很少有人不知道奥尼尔了"②。斯特林堡、密勒、迪伦马特等在现实主义基础上糅合象征主义、表现主义乃至荒诞派戏剧的艺术手法，也都予以中国戏剧家深刻的影响。

　　显而易见，无论是布莱希特的"广阔的现实主义"，还是苏联的"现实主义开放体系"，以及奥尼尔等糅合现代派的现实主义戏剧创造，与传统现实主义戏剧相比较，最突出的特点，就是它们都是经过现代主义"擦拭"的现实主义。就像胡伟民在《开放的戏剧》中所说的，它使中国戏剧家明白："20 世纪艺术领域里引人注目的现象之一，就是现实主义艺术家对于现代主义艺术表现出极大的兴趣，现实主义与现代主义的交叉、汇合、渗透，已经形成一股潮流。"新时期现实主义戏剧与现代主义交叉、汇合、渗透，也成为发展趋向。然而另一方面，新时期现实主义戏剧家在借鉴 20 世纪西方戏剧现实主义新发展的同时，因为布莱希特及其他西方现代戏剧家为突破传统、探索创新而汲取"古老的东方戏剧经验"，又转而重视传统的民族戏曲艺术，力求"使用民族戏剧的丰富经验，用现代人的艺术思维探求和传统的审美意识的融合，创造出能体现中国风

---

　　①　参见[苏]德·马尔科夫：《论社会主义现实主义艺术概括的形式》，李辉凡译，《二十世纪现实主义》，中国社会科学出版社 1992 年版。
　　②　李龙云：《走访奥尼尔故居》，《荒原与人》，中国社会科学出版社 1993 年版，第 555 页。

格的话剧"①。并且这种民族传统是渗入骨髓的,即如刘锦云所言,每当他"构思或是落笔的时候,眼前脑际总抹不掉那遥远的故乡小村空场上用碌碡、门板、苇席搭成的戏台"②。因此,尽管新时期的现实主义戏剧和 20 世纪西方现实主义戏剧的发展,都体现出传统与现代、写实与写意的结合,但是,在中国戏剧家的创作中又渗透着浓厚的民族历史文化与审美意蕴。

借鉴西方现代戏剧和继承民族戏曲美学以拓展现实主义,其根本目的,是为了更加真实、深刻地表现社会人生。因而戏剧家在创作时——

> 就不分也不管哪是中国的、哪是外国的了,反正是从内容出发,什么样的手段都拿来为我所用。③

于是,新时期剧坛先后出现了《陈毅市长》(沙叶新)、《绝对信号》(高行健等)、《洒满月光的荒原》(李龙云)、《狗儿爷涅槃》(刘锦云)、《古塔街》(李杰)、《扎龙屯》(郝国忱)、《大雪地》(杨利民)、《死水微澜》(查丽芳)、《商鞅》(姚远)、《天边有一簇圣火》(郑振环)、《同船过渡》(沈虹光)、《生死场》(田沁鑫)等"现代现实主义"戏剧。

二、戏剧的"人学"转向与探索

与传统现实主义相同,现代现实主义仍然强调戏剧创作要从生活出发,正视现实,直面人生。这些戏剧家以现实主义所特有的那种沉重的社会使命感和责任感,去描写生活的矛盾和冲突,去思考社会、历史和现实,去表现人生的丰富性和复杂性。反映现实题材如刘锦云写《狗儿爷涅槃》,他要求自己——

---

① 查丽芳:《说不尽的〈死水微澜〉》,《中国话剧研究》第 7 辑,1993 年 12 月。
② 锦云:《故乡的戏台》,《艺术家》1988 年第 4 期。
③ 锦云:《关于"狗儿爷"》,《文艺研究》1988 年第 1 期。

两脚踩着收获的泥土,两眼盯着农民的命运。①

深深地扎根在自己所熟悉的那片土壤上。描写历史题材如姚远创作《商鞅》,也是寻求当代观众与历史人物心中的通道,"让历史的镜子折射出今天这个时代的光"②。现代现实主义正是以其巨大的热情拥抱现实、思考人生,才使其创作具有强烈的现实活力和深沉的历史感。

如果说中国传统现实主义戏剧较多着眼于社会学层面而对现实人生,尤其是对人的深层意蕴挖掘不够,如果说中国传统现实主义戏剧较多注重个别的、具体的社会事件而对历史与文化、民族与人类等思考不够,那么,现代现实主义戏剧其题材选择和主题挖掘就在这里发生了重大转向:它将现实描写的重心从社会学层面转向人学层面,通过写人(尤其是写普通人),去思考人与人性、历史与现实、民族与人类。李杰从《高粱红了》"以一种政治批判另一种政治",到《田野又是青纱帐》"仍然存在着源出意念的习惯思考模式",到《古塔街》着重写人——"深爱底层的中国人,又为其焦虑不安"③,就典型地反映出这种转向的发展过程。新时期其他现实主义剧作家如李龙云、郝国忱、刘锦云、姚远、沈虹光、杨利民等,其创作也大都经历了如此转向。而从整体发展来看,创作于 80 年代初期的《陈毅市长》《绝对信号》等还有比较明显的转向痕迹,1985 年以后出现的上述其他剧作,人学的描写与思考就成为其主要内涵。

新时期现实主义戏剧从社会学层面向人学层面的转向,其深层的社会原因,是走出"文革"的中国人在迷惘和困顿之中,开始用自己的大脑去思考现实、历史与文化,去思考人、民族与人类在戏剧中的突出体现。1983 年前后理论界关于人性、人道主义、人的异化等的论争,又为新时期现实主义戏剧的人

---

① 参见锦云等:《踩着收获的泥土,注视农民的命运》,1986 年 12 月 15 日《文汇报》。

② 参见江宛柳:《军队剧作家姚远访谈》,《剧本》1997 年 4 月号。

③ 参见李杰:《高粱红了"题记"》《古塔街"题记"》,《李杰剧作选》,中国戏剧出版社 1989 年版。

学转向推波助澜。而就其影响源来说,不论是苏联"现实主义开放体系"强调"文学恢复了自己的基本使命——研究人的本质"①,还是布莱希特成熟期的戏剧创作"超越仅仅是剧中人体验到的意识,通过文学的概括表现具体的伟大的人类问题"②,尤其是奥尼尔戏剧"对于'人本'研究中所蕴含的强大的思想力量"③,等等,对新时期现实主义戏剧的人学转向都有着深刻的启迪意义。

由此,现代现实主义不仅要求戏剧真实地反映现实,它更注重描写现实中的人及其生存状态、人生命运,并力求从中挖掘出时代大潮的涌动或民族心态的积淀,以及蕴藏在复杂多变的社会现象中的民族、历史与文化根源。《狗儿爷涅槃》在主人公的现实遭遇中,对当代中国农村的历史变迁和新中国成立以来的农村政策进行了深沉的反思,更对传统小农经济禁锢下的中国农民的命运,和以狗儿爷为代表的传统中国农民的本质特征——在其勤劳纯朴、坚韧善良中混杂着愚昧狭隘和因循守旧——做了深层开掘。故而,狗儿爷身上所体现出来的就不仅是传统中国农民的特征,它还包含着中国民族特性和历史文化的某些内涵,表达了作者对于国民性的深刻理解与批判精神。《商鞅》用现代眼光去审视历史,描写商鞅从会说话的"牲口"成为倒转乾坤的巨人的奋斗历程,及其一心事秦、变法强秦最后却被秦人万箭穿心的悲剧命运。"商鞅之法不可不行,商鞅之人却不可不除",商鞅的人生遭遇同样融入了作者对民族文化传统和国民劣根性的冷峻思考与批判。《生死场》在讴歌民族的非凡韧性和雄强生命力的同时,刻画了现代中国人非爱非恨的生存状态及其面对生老病死麻木冷漠的精神世界,《大雪地》在黄子牛"是谁把我变成这样的"的悲愤质问中,对长期以来极"左"思潮的精神奴役使人成为失去自己意志、专业乃至爱情的"废物"的揭示,等等,都从民族历史文化的角度,超越故事情节、政治评

---

① 转引自倪蕊琴主编《论中苏文学发展进程》,华东师范大学出版社 1991 年版,第 133 页。

② [匈]乔治·卢卡契:《批判现实主义的当前意义》,转引自柳鸣九主编《二十世纪现实主义》,中国社会科学出版社 1992 年版,第 81 页。

③ 李龙云:《走访奥尼尔故居》,《荒原与人》,中国社会科学出版社 1993 年版,第 559 页。

判、道德是非等现实表层,探求传统文化心理结构和当代中国人的心理结构,并启发人们对民族历史、现实人生进行反思与批判。

进而,现代现实主义在人的生存状态、人生命运的真实描写中,又对人进行深层透视和探求,着意表现人性与人的生命意识。《扎龙屯》反映当代东北农村历史变迁中农民的生存状态和生命状态,揭示出他们在苦难年代人格的失落、求生的挣扎和人性的呻吟,他们在改革大潮冲击下对人的权利、价值和人格的追求。剧作在人性的审美探求中展现了惊心动魄的历史发展。《古塔街》搬演一条旧街上社会底层人们的生活,从其身上折射出历史的变迁和岁月的沧桑。更重要的,是作者揭示出这些生活在底层的人们为了实现生命的意义、个人的意志和对自由的想慕,他们也有自己的欢欣和悲伤、追求和困惑,从中体现出人的尊严、人格和生命的价值。《同船过渡》在普通人的平凡生活中挖掘出"百年修得同船渡"的人生意蕴,呼唤人们真诚理解、心灵沟通、相互宽容。《死水微澜》在辛亥革命前偏僻四川的世事变动中,突出描写邓幺姑在严酷滞重的封建社会死水里掀起的爱情追求和生命的呐喊。即便如《天边有一簇圣火》表现当代军人献身边防的艰难和奉献精神的伟大,也把军人放到现实矛盾中写其人性的碰撞、心灵的矛盾和生命的喜怒哀乐,等等。这些戏剧都是表现在纷纭复杂的社会现象遮掩下的人的自身、人的存在与人的意志,剧中人物身上都闪烁着真正的人性的光辉和生命的价值,而在作者笔下流淌的,是那种深沉的人道主义精神。

更进一步,有些现代现实主义创作还将现实描写中所强调的人的生存状态和人的生命意识,复归于人的本体,探索人的本性、人的困惑与追求,力求在民族现实的描写中表现人类的欢乐与痛苦,人类面临的困境和艰难选择。这方面比较突出的是《洒满月光的荒原》。该剧以"十五年后的马兆新"回到当年落马湖垦荒队为自己飘忽不定的心灵寻找归属为情节结构线,展示了"那个秋天"发生在落马湖的人生悲剧,尤其是垦荒队队员们的艰难生存,及其交织着追求、惶惑、迷惘的复杂心灵世界,并从中揭示出某些"人类共同本质的东西"

和"人类自身无法解决的问题":

> 人在命运面前的倔强与悲壮,人在大自然面前的自尊与自卑,人与自
> 身与生俱来的弱点的对抗与妥协,人在重建理想过程中的顽强与苍凉,人
> 在寻找归属时的茫然无措。①

它不仅写出了剧中人的失落与追求,而且写出了人生的惆怅与苍茫、人类的残
缺美与悲凉感,融入了作者对人与人性、社会与自然、民族与人类的同样充满
焦灼、困惑的深沉思考。狗儿爷(《狗儿爷涅槃》)身上那种根深蒂固的"土地意
识"所体现的农业社会农民的某些共同特点,商鞅(《商鞅》)悲剧命运所凸显的
"谁也不想被证明自己是一匹劣马"的人性阴暗面等,也都超越剧情、超越国界
而有人类普遍性。

　　戏剧描写从社会学层面向人学层面的转向,体现出中国现实主义戏剧在
题材和主题方面的拓展与深化。这些作品都渗透着剧作家主体独到的现实发
现、深刻的人生感悟和生命体验。它们不再满足于从政治视角去反映重大的
社会事件,也不再将人依附于某个问题或理念,而是从人的视角去描写现实与
历史、民族与文化,去挖掘现实深层更复杂、更丰富的内涵。它们不再偏重政
治或道德的评判,理念或教训的灌输,而是从完善的人性的高度,去批判社会、
历史和人生,去思索人、民族和人类。这是戏剧家站在社会的、历史的、文化
的、心理的、哲学的等更高层次,以真正体现人类发展的要求去对社会人生进
行观照而获得的审视角度和戏剧呈现。它借鉴现代主义的审美感知方式,赋
予创作更多的历史内涵、文化意蕴和哲理思辨,使现实主义戏剧在对现实的审
美观照中贯注着强烈的现代意识。

　　中国现实主义戏剧在新时期的人学转向,西方现代戏剧的影响是明显的、

---

① 李龙云:《人·大自然·命运·戏剧文学》,《剧本》1988 年 1 月号。

深刻的,然而,中国戏剧家是从本民族土地走向世界的,是从民族生活、民族文化出发去借鉴西方现代戏剧的,其创作也就具有浓厚的历史感和民族感。现代现实主义非常注重历史感和民族感的戏剧创造,认为它会使作品"产生一种特殊的味道,一种浓郁的氛围,达到一种超越于结构之上的更高境界的追求"①。比如《狗儿爷涅槃》《商鞅》《扎龙屯》《古塔街》等,它们在中国人的生存状态中去挖掘错综复杂的社会现象底层的民族历史文化根源,去表现人性与人的生命意识,其中流淌的自然更多是中华民族的血液和气质。即便如《洒满月光的荒原》等剧在当代中国人的生存状态中去反映人类的生存困境和艰难选择,因为剧中人生存环境的特定风土人情,和中华民族发展所形成的特定历史文化,它所体现的也更多是这片历史风情所孕育的精神和灵魂。这种历史感和民族感,是以文化氛围、情感氛围等形式渗透在戏剧中的,它在某种意义上已成为戏剧内涵的情感表现和文化传达,所以,就像李龙云在《学习·思索·追求》一文中所说的,正是这些,"它闪闪烁烁隐藏在一部作品所能看到的东西背后,但又让你处处感到它的存在,形成一种内在的魅力"。

三、形象刻画:内心世界审美化

现代现实主义仍然注重描写典型,强调戏剧内涵是通过艺术形象呈现出来的作家的人生感悟与生命体验。老戏剧家曹禺"写戏主要是写'人'"②的名言,集中概括了传统现实主义创作的精髓,也是现代现实主义戏剧反映现实、艺术探索的出发点。这就是:"话剧在揭示人物灵魂方面具有奇特的魅力与优势,而人物应该是复杂的。"③

然而,与传统现实主义通过典型去揭示一般,通过人的命运来再现现实,

---

① 李龙云:《学习·思索·追求》,《小井风波录》,黑龙江人民出版社1987年版,第28页。
② 曹禺:《看话剧〈丹心谱〉》,1978年4月24日《人民日报》。
③ 李龙云:《杂感二十三题》,《戏剧文学》2000年第12期。

因而其形象着重"性格"的典型刻画不同,现代现实主义要从人的内在生命、精神世界去表现民族、历史与文化,去思考人、人性与人类,所以,其形象刻画着重"心灵"的复杂性与丰富性,其典型创造追求人的精神世界的深入开掘。这就是说,现代现实主义戏剧反映现实从社会学层面转向人学层面,也就决定着其形象刻画必然会发生从注重"性格"到着重"心灵"的重要转向。这种转向同样在 20 世纪 80 年代初《绝对信号》等剧中即已显现,而在 1985 年以后的现实主义创作中成为趋势。郝国忱的《昨天、今天和明天》是以鲜活的性格刻画来再现现实的,后来他认识到,如此"实地写生式的那些形象,生动是生动,新鲜也新鲜,但却缺少作为艺术形象应该具有的那种巨大的涵概力",不能让人们在"形象中联想到更多的人、联想到自身",遂强调:

应该将现实主义整体提升到生命意识的层面。①

于是有写人的生命、心灵的《扎龙屯》创作。李龙云、刘锦云、李杰、姚远、沈虹光、杨利民等新时期其他现实主义剧作家,其戏剧形象刻画也大都经历了这种转向。

戏剧反映现实从社会学层面转向人学层面,体现在形象刻画上,就是从传统现实主义在人和社会的冲突中揭示人的性格、处境与命运,转而在广阔的现实背景中去深入写人,尤其是力求挖掘出人的心灵世界的丰富性和复杂性。观察与把握现实的新视角,使戏剧家深切地感受到:"生活本身是'多义'的,我力求'囫囵个儿'地写生活。生活中的人是'多面'的,我力求写出复杂的灵魂。"②狗儿爷(《狗儿爷涅槃》)就是具有如此思想深度和历史容量的"复杂的灵魂"。狗儿爷一生的酸甜苦辣是新中国农民几十年来现实遭遇的缩影,而狗儿爷渗入骨髓的"土地意识",又深刻地写出了几千年来中国农民的本质。土地

---

① 郝国忱:《后记》,《郝国忱剧作选》,中国戏剧出版社 1988 年版,第 368 页。
② 锦云:《生活不负我》,《戏剧报》1987 年第 6 期。

是农民的命根。狗儿爷的爹为了二亩地跟人打赌活吃小狗而丧命,狗儿爷自己先是在炮火中抢收地主的庄稼而使结发妻子死于轰炸,后来因为土地"归大堆"而疯癫又使后妻离家改嫁。视土地如生命的狗儿爷,其人生理想就是做祁永年那样的地主。这种因为对土地的挚爱而形成的愚昧狭隘、因循守旧,又是中国农民潜意识中极其强烈的"地主意识"。尽管狗儿爷仇恨、蔑视祁永年,但是,想当地主的他又羡慕祁永年,他一辈子都在与祁永年争个高下。祁永年有的他都想有,土地、门楼归他狗儿爷了,他还要祁永年把印章倒给他——"咱把它磨磨,把'你'磨了去,重新刻上'我'"。这一神来之笔,入木三分地刻画出狗儿爷内心的渴望与追求。该剧在土地得而复失、失而复得的现实冲突中,着重揭示的是狗儿爷心灵情感的剧烈波动及其自身的心理冲突,而在其心灵波动中又交织着广阔的历史风云。深入人的精神世界去写人,已成为现代现实主义戏剧的艺术自觉。即使是军旅戏剧如《天边有一簇圣火》中的蓝禾儿,也大胆突破禁忌,既写其作为"军人"的甘于奉献和牺牲,也写其作为"人"的七情六欲和生命的需要,以及当这些不能满足时"内心的不平衡"和"灵魂出现倾斜",是一个具有心理深度和内涵的军人形象。

现代现实主义在广阔的现实背景中写人,力求挖掘出人的心灵世界的丰富性和复杂性,主要有两个走向:一是写人的生命活动;二是写人的本体内涵。

《同船过渡》《古塔街》等剧,着重在人的生命活动中去挖掘心灵世界的复杂性和丰富性。《同船过渡》中的高爷爷和方老师都有沉痛的过去。高爷爷一生在长江上漂泊,跑船生活异常艰苦,妻子情感寂寞而有外遇,他虽残酷休妻,但长期遭受心灵折磨又对亡妻真诚地忏悔。方老师早年因为买卖婚姻而抗婚,后来因为不愿做生殖机器又未婚,长期独身形成她好强、要面子和矜持等特点,但其内心孤独、寂寞。两位老人各有个性故有隔膜,可人性渴望爱抚,心灵渴望交流,饱经风霜的人生经历及其黄昏恋的美好动人,既揭示出他们心灵深处隐藏着的复杂矛盾,也体现出他们在阅尽人生之后的宽厚仁爱和顽强的生命状态,有着凝重的人生况味。《古塔街》中的神瘸子蹲在古塔街的墙旮旯里为人修鞋将近半个世纪了。神瘸子打小随父母闯关东，父亲做瓦匠修过这古塔，他自己解放战争中在古塔下被炮弹炸掉双腿。后来因为战友老尚借他的战功把自己打扮成英雄，他便突然顿悟，决计就在古塔街上为人修鞋。经历了世事沧桑，他对弱小者充满同情，对不义和丑行极为憎恨，对自己他从来不抱怨："我来到人世，就该是给大伙修鞋。方便了大伙，我心里也觉着活得干净。"神瘸子也如同高爷爷、方老师，都是普通小人物，其生活也都平凡甚至平庸，但作者探进其心灵深处，在他们身上挖掘出了生命的流动、生命的价值，而在其生命呈现中又包含着丰富的现实意蕴。《死水微澜》叙述主人公邓幺姑先后与蔡兴顺、罗德生、顾天成的婚姻经历和人生坎坷，同样是着力描写她渴望爱情幸福的人性觉醒和生命的燃烧，又在其复杂丰富的心灵世界的开掘中铺展了时代的风云变幻。

　　现代现实主义复归人的本体，重在挖掘心灵世界的丰富性与复杂性。它或是写人性的沉沦与挣扎，或是写人与自身的残酷搏斗。前者如搬演 20 世纪 30 年代东北农民活着苟且、死亦漠然的生存状态的《生死场》。生死是人类最基本的生命体验，剧中的农民都在生、老、病、死的轮回牵引下麻木地活着，剧作也就通过他们的生与死，表现了他们生存的苦难和人性的挣扎。剧中主人公赵三是个敢作敢为的汉子，"整"地主二爷显出他的血性，但真正的二爷没死，他转而跪地求饶，被二爷从狱中赎出后他感恩戴德，又显出其麻木和奴性。妻子王婆自杀尚有气息他却以木棍狠狠地"压尸"，女儿金枝未婚先孕，他要打死她并愤怒地摔死婴孩，对待生命他又是何等地愚昧和冷漠！然而最后，当日本兵的屠杀以血腥的死亡把人逼向绝路时，赵三与村民们为了生存愤而与日军拼死，他们又走出人性的麻木和愚昧，显示出人性的尊严、力量和坚强。后者如《洒满月光的荒原》，此剧写马兆新、李天甜、苏家琪、细草等在落马湖荒原寻找爱情、理解、尊严、人间温暖等理想的破灭，这是人生的悲剧；而理想破灭之后他们在困惑、痛苦中仍然执着地追求，则又表现出人在命运和大自然面前的倔强和悲壮，和人生的价值与意义。在作者看来，人生这种悲剧的根源，在于社会和大自然等环境因素的制约，但也在于人与生俱来的人性弱点。比如马兆新，他真心爱着细草，只要有细草他就感到温暖，因"宣传队"事件而被开除团籍、游斗、批判他都不在乎。但是，细草被心怀鬼胎的于大个子任命为垦荒队副指导员而整天被拉着跑地号，他妒火中烧，细草被于大个子强暴而怀有身孕更使他怒不可遏。剧中"马兆新赶车送细草出嫁"一场，就把心灵受到扭曲的马兆新的爱与嫉妒、理解与褊狭的自身残酷搏斗刻画得淋漓尽致，写出了其心灵的复杂性、丰富性和深刻性。人总想摆脱不可能摆脱掉的东西，人的精神世界深处总隐藏着尖锐的自我矛盾。世界上最残酷的是人与自身的搏斗。

现代现实主义戏剧的形象刻画注重内心世界审美化，它不同于某些问题剧着眼人物外部特征、作为政治观念符号的肤浅，也有别于传统现实主义对性格刻画的追求。它从"符号"和"性格"，转向人的自身、内心与本体。世界戏剧从早期的注重故事"情节"，到文艺复兴时期着意"塑造典型与性格"，到19世纪末和20世纪以来"开始醉心于对人的深刻复杂的研究解剖"的发展趋势①，给予现代现实主义戏剧以深刻影响。这其中，特别是奥尼尔对人的复杂性的深刻探究，对人与自身搏斗的残酷性的深刻描写，和他对人类痛苦的深刻理解，曹禺曾多次给青年剧作家分析并高度评价他是"深刻的写实主义者"②，在现代现实主义戏剧的形象刻画中更有明显的渗透。同样的，新时期以来中国文艺界在西方文学与文化冲击下出现的两次"人的发现"——从发现人的尊严与价值，呼唤把人当作人，到发现人的自身，即发现自我的分裂、矛盾与困惑，也促使现代现实主义的形象刻画转向内心世界的审美化。这些都从不同角度推动中国现实主义戏剧从人物性格的展示，或从一般的写人和人的心理，深入人物心灵去着重开掘人的精神世界。

探进心灵深处揭示人的精神世界，现代现实主义就与中国传统现实主义更多借鉴易卜生、契诃夫、果戈理等不同，它更多向奥尼尔、密勒以及斯特林

① 李龙云：《戏剧断想》，《戏剧报》1987年第4期。
② 曹禺：《我所知道的奥尼尔》，《外国戏剧》1985年第1期。

堡、迪伦马特等取精用宏，然而表现出来的仍然是中国人特有的情感与精神内涵。因为就像李龙云在《戏剧断想》中所说的："一个民族文化的根在哪里？在所有活着的人的血液里。"狗儿爷渗入骨髓的"土地意识"和"地主意识"，是中国数千年封闭落后的小农经济发展所形成的传统；赵三的麻木、愚昧和挣扎、反抗，神瘸子经历世事沧桑的顿悟、淡泊和坦然等等，也都是中国国民性的不同侧面。而马兆新等的悲剧人生，又体现出传统的民族性格和"文革"所造成的民族心灵扭曲。他们带有人类某些共同特征，但更多的是中国的民族精神、民族气质及民族劣根性。

从传统现实主义在人和社会的冲突中揭示人的性格与命运，到现代现实主义深入人物心灵去开掘人的精神世界，从传统现实主义在人和社会的冲突中揭示现实问题产生的社会根源并予以批判，到现代现实主义着意描写心灵世界的复杂矛盾而对人自身进行思索，体现了中国现实主义戏剧其形象刻画的现代性拓展。新时期的现代现实主义戏剧揭开纷纭复杂的现实面纱，透视人物的心灵世界，面对新旧、善恶、美丑交织的复杂现实，它没有简单地肯定或否定，而是力求在人的生命、人的本体等复杂心灵的揭示中，折射出民族历史文化的积淀与变迁，交织着戏剧家对于时代与现实、人与人类的深沉思考。这种注重精神建构、具有"灵魂之深"的形象刻画，它既有具体生动的性格，又有精神世界的"巨大的涵概力"，既有历史的、社会的评判，又有文化的、哲理的内涵，其形象的内在意义更加丰富、完整、深刻，又渗透着思索的品格和清醒的理性批判精神。

四、新的现实主义艺术表现

必须指出，现代现实主义戏剧反映现实从社会学层面转向人学层面，形象刻画从注重塑造性格转向着意开掘人的精神世界，都是与其艺术表现的突破创新紧密相连的。如果说戏剧的人学内涵和人的精神世界的开掘在曹禺等中国传统现实主义的优秀剧作中也有不同程度的体现,那么如前所述,现代现实主义的戏剧艺术表现,则在写实、再现的基础上,借鉴西方现代主义戏剧和民族戏曲美学进行了新的探索与创造。它突破传统现实主义的戏剧结构模式和形象刻画艺术,大胆"拿来"舞台假定性、象征、荒诞、意识流、间离、变形、内心外化、歌舞等手法,使中国现实主义戏剧呈现出前所未有的新特色。

在现代现实主义艺术表现的探索中,有两点是值得注意的:第一,从内容出发的艺术拓展,形式的探索是为了能更好地表现戏剧家对于现实人生的深刻思考。现代现实主义观照现实强调人学内涵的新视角,和刻画形象着重人物心灵世界复杂性、丰富性的揭示,使其艺术表现必然要突破传统样式而进行新的创造。刘锦云创作《狗儿爷涅槃》,借鉴意识流、间离、内心外化等手法表现狗儿爷的"疯"是其重要创新。作者说:

> 这个疯是从内容亦即戏的整体要求出发的。这不仅是人物的原型提示了我,重要的是,我认为唯其疯,才能更有力地揭示这个特定人物的内心世界,才便于更加浓缩地表现我要反映的现实生活和时代特征。[①]

如此借鉴就引出了新的创造。现代现实主义戏剧家认为,只有这种与内容相吻合的形式创新,才能成为内容的有机构成,其探索才是真正对现实主义的丰富与拓展。第二,以民族戏曲美学为根基去接受和消化西方现代戏剧。上述现代现实主义剧作家都读过大量西方现代戏剧,然而,他们所熟悉的民族戏曲艺术对其影响更是潜移默化的。又因为 20 世纪西方现代戏剧都程度不同地受到包括中国戏曲在内的东方戏剧的影响,因此从某种意义上说,这些戏剧家是带着深厚的民族戏曲传统去借鉴西方现代戏剧的——

---

① 锦云:《关于"狗儿爷"》,《文艺研究》1988 年第 1 期。

关于东西方戏剧观念的继承和融合，我觉得还是要从我们中国自己的本土特性出发。①

田沁鑫这里所强调的，正是现代现实主义戏剧对民族戏曲传统的重视和创造性转化。所以，如果说现代现实主义的戏剧人学内涵和人的精神世界开掘，是在现实主义与现代主义之间架起了一座"桥梁"，那么其艺术表现，则是现实主义和现代主义、民族戏曲艺术的审美糅合。

中国传统现实主义戏剧基本上是"易卜生-斯坦尼"样式，注重在社会冲突中去描写人物性格及其转变，矛盾尖锐激烈，剧情错综复杂，戏剧结构闭锁凝聚，舞台时空与现实情形相近。然而现代社会的急遽发展和现代人内心感受的日趋丰富复杂，传统现实主义那种围绕某个社会事件、按照现实表象去构置冲突、安排剧情的结构模式已不能完全满足现实审美，需要以多样的艺术结构去揭示人们的感受、联想、幻觉、梦境、哲理与诗情，更好地表现戏剧家对于现实的深刻思考。也正因此，现代现实主义首先在戏剧结构上突破，从封闭走向开放，从凝聚走向松散，舞台时空自由，写实写意相间，在剧情发展的向心力与离心力的牵制中寻求艺术创造。《洒满月光的荒原》由"十五年后的马兆新"回到落马湖的寻找、回忆往事而展开剧情，以"十五年后的马兆新"对当年的马兆新及垦荒队的反思与批判为戏的框架。因此，其结构不是情节性的而是心灵性的，随着"十五年后的马兆新"的回忆、联想、幻觉、梦境等思维情绪的流动，舞台上从现实时空到心理时空，从客观环境到主观环境，多层次、多时空地写出了"人是一团流动的生命"，又朦胧着一种诗的意境。《绝对信号》《陈毅市长》《狗儿爷涅槃》《古塔街》《扎龙屯》《死水微澜》《商鞅》《大雪地》《同船过渡》《生死场》等剧作，或是为展示现实社会与人物心灵世界的复杂性、丰富性，运用那种彼此纠葛又相互独立的行为与意识所构成的复调结构或多声部结构；

---

① 田沁鑫：《〈赵氏孤儿〉排练记录》，《我做戏，因为我悲伤》，作家出版社 2003 年版，第 29 页。

或是以"冰糖葫芦"式结构连贯独立成章的众多场次,使戏剧既能多层面地反映现实而又有艺术的整体感;或是为表现复杂的社会生活和置身其间的人物关系以及人物形象的多侧面,采取无场次、多场次、多空间、散文化、电影式结构;或是打乱事件发展顺序和人物心理活动,将现实与回忆、存在与幻觉、过去与现在相互交织来结构剧情,以表现人的深层意识;或是传统戏剧性中融入史诗剧的叙述性、说唱艺术,以浓缩事件过程的铺叙加强对人物心灵世界的揭示,等等。更有戏剧家在创作中将这些手法做不同组合,以深化对现实的把握和对人物心灵的开掘。

现代现实主义戏剧还是通过形象刻画来表现作家对现实的思考和发现的,结构的创新,是为了能深刻地揭示蕴含着丰富复杂的现实内涵的人物心灵世界。现代人内心世界的日趋丰富复杂,传统现实主义注重行为描写、逼肖自然的性格刻画,已难以深刻揭示出这种主观情绪、心理感受、内在灵魂的新特点。这就会顺理成章地出现现实主义戏剧受表现主义、意识流、舞台假定性等影响,直接深入心灵世界进行创造的探索。从这里出发,现代现实主义刻画形象既注重性格的外在写实,更注重人物心灵情感的内在真实;它揭示人物心灵也不再像传统现实主义那样着重挖掘人物内心的潜台词,而是创造"心理空间"或"心理时间"将人物内心世界外化、戏剧化,以鲜明生动的舞台形象将人物的内心活动和内在生命呈现在观众面前。比如狗儿爷(《狗儿爷涅槃》)的性格描写主要采用传统现实主义的写实手法,对其心灵世界的开掘,则借鉴了民族戏曲和西方现代派戏剧。后者,剧作写了狗儿爷的疯癫,写了狗儿爷与祁永年幽灵的对话。狗儿爷疯癫才能"意识流",他对现实的感受和他内心的波动才能真实地、淋漓尽致地表现出来,他的看似疯癫的清醒才能映衬出现实的反常和荒唐。而祁永年的幽灵既是狗儿爷疯癫的一种表现,更是其心灵世界的舞台外化。狗儿爷仇恨地主又羡慕地主的复杂心理,在他与祁永年幽灵的对话和较量中,荒诞而又真实地表现了出来。现代现实主义戏剧还努力探索多种手法以揭示人物深层的心理动机和人物的内在生命,比如《绝对信号》中回忆、想象和内心活动的舞台形象外化,《洒满月光的荒原》中大段的内心独白、画外音和人物之间的心灵交感,《死水微澜》以狂放的红绸舞和音乐将人物内心情感形象化,等等。既运用传统现实主义刻画人物性格的手法,又汲取西方现代戏剧和民族传统戏曲表现人物深层精神活动的艺术,从而使其形象刻画既鲜明生动又富有深度。

现代现实主义戏剧追求剧情结构的散漫体和形象刻画的内向化,它又必然会突破传统现实主义在艺术手法上要求现实描写的客观性、生活化的观念,而借鉴民族戏曲和西方现代派戏剧艺术,在坚持现实主义审美原则的前提下去探索表现手法的多样化,以深入揭示人物心灵的复杂性、丰富性,表达戏剧家对于现实人生的深刻思考。于是,对舞台假定性、象征、荒诞、意识流、间离、隐喻、幻觉、变形、内心外化、歌舞等民族戏曲和西方现代派戏剧形式和手法的大胆借鉴,使中国现实主义戏剧呈现出前所未有的新特色。《狗儿爷涅槃》中狗儿爷回忆往昔的意识流与叙述的间离,和狗儿爷与地主幽灵对话的荒诞色彩,《洒满月光的荒原》中现实与回忆、存在与幻觉交织进行的戏剧间离与叙事,和象征主义、表现主义、魔幻现实主义以及史诗剧叙述等手法的运用,《生死场》汲取绘画的造型意识和平行蒙太奇、定格、倒叙、插叙等电影手法,《绝对信号》中灯光、音响、道具等成为重要"角色"参与剧情发展,以及现代现实主义借鉴民族戏曲和西方现代派而带来的布景中性化、戏剧时空自由、表演兼容体验与表现,等等,都是有益的探索。这样,既能以写实的、再现的手法描摹出生活的直接性,又能以写意的、表现的手法挖掘出深层的现实内涵,"使具象与抽象融合,让艺术形象具有高度的概括力量",也"有助于现实主义艺术家从现实的经验上升到更高更广的水平面上,扩大理解,扩大作品的内涵意义"①。

与传统现实主义戏剧强调客观写实,按照生活的本来面目反映现实不同,世界现实主义戏剧发展到 20 世纪以来,着重探索的是如何表现人的内心世

① 胡伟民:《开放的戏剧》,《文艺研究》1985 年第 2 期。

界:"以最明晰、最经济的戏剧手段,表现出心理学的探索不断向我们揭示的人心中隐藏的深刻矛盾。"所以奥尼尔说,不能"抱着陈旧衰老的现实主义技巧不放"①。因而在现代现实主义的戏剧结构、形象刻画和艺术手法中,出现幻觉与间离的并用,再现与表现的交融,写实与写意的结合,使其戏剧创造能突破社会现象的表层结构而切入现实社会和人物心灵的深层结构,有着丰富的人生内涵和艺术表现力。其形式和手法带有现代主义气息,但从其正视现实、直面人生,从其开掘人的精神世界并刻画出深刻的艺术形象来看,它整体上是现实主义的。它是中国现实主义戏剧在艺术表现方面的现代性拓展。

五、现实主义的传统、创新和发展

　　现实主义戏剧在中国的兴起,始于"五四"时期《新青年》派的理论倡导。"五四"新文学运动是以思想启蒙为先导的。直面数千年封建制度和封建礼教的"治绩",先驱者深切地认识到,首先和最重要的启蒙,是揭示现实黑暗以警世醒民,批判国民性的愚昧落后以救出自我的手段,如此,才能真正地改造国民、变革社会。故而,他们特别张扬写实文学,强调要撕破封建文学的"瞒和骗"——

　　　　真诚地,深入地,大胆地看取人生并且写出他的血和肉来。②

特定时代的社会审美需求,使现实主义成为 20 世纪中国戏剧创作的主流。
　　20 世纪中国现实主义戏剧的发展大致经历了三个阶段。20 年代为初始期。这一时期的现实主义戏剧,就是易卜生为代表的"把社会种种腐败龌龊的

① ［美］尤金·奥尼尔:《关于面具的备忘录》,薛鸿时译,《外国现代剧作家论剧作》,中国社会科学出版社 1982 年版,第 75 页。
② 鲁迅:《论睁了眼看》,《坟》,人民文学出版社 1995 年版,第 235 页。

实在情形写出来叫大家仔细看"的欧美近现代批判现实主义。胡适阐释"易卜生主义"的个性解放的思想启蒙与批判现实黑暗的文艺写实①,既是当时中国戏剧界面向世界取精用宏的主要审视角度,也成为 20 年代中国现实主义戏剧的创作精神。

从 30 年代开始,中国戏剧的现实主义发展主要有两个走向:继续"五四"的批判现实主义,和借鉴苏联、日本等的普罗现实主义、社会主义现实主义以及革命现实主义。其发展趋势,是后者逐渐强盛,至 1957 年以后完全压倒前者。

30 年代初崛起于中国剧坛的普罗现实主义,对易卜生式批判现实主义的"只诊脉案,不开药方"感到不满,强调现实主义必须站在社会的、阶级的立场去描写现实、批判现实,要以普罗意识引导民众去反抗黑暗、追求解放。更为注重现实主义的"现实性"与"倾向性"的普罗现实主义,在 30 和 40 年代中国剧坛具有举足轻重的作用,它给现实主义戏剧在中国的发展注入新的内涵与活力。但是,强调戏剧直接为现实政治服务,使其偏激地将"现实性"理解为只是写现实斗争题材,将"倾向性"理解为只是革命理念的张扬,由此产生的公式化和概念化,又是与现实主义的"真实性"灵魂相违背的。

与普罗现实主义并进的,是曹禺、李健吾等的批判现实主义。此时中国戏剧家借鉴欧美批判现实主义,易卜生、萧伯纳、高尔斯华绥等魅力犹存,契诃夫、高尔基、果戈理及奥尼尔等影响日盛。尤其是契诃夫,这位在俄国剧坛充斥"口号戏""情节戏"时力挽狂澜的戏剧家,因为 30 年代中国剧坛遭遇相似情形,人们看到其戏剧的独特魅力,从中找到了充实戏剧现实主义的杰出艺术。并且通过契诃夫,中国戏剧家还认识了高尔基和斯坦尼斯拉夫斯基等。俄国戏剧的批判现实主义传统对曹禺、夏衍、田汉、陈白尘、吴祖光等戏剧家产生了深刻影响,有力地推进着中国现实主义戏剧的深入发展。

---

① 胡适:《"易卜生主义"》,《新青年》第 4 卷第 6 号,1918 年 6 月。

　　新中国初期戏剧,学习苏联"社会主义现实主义"来"写政策""赶任务",出现了漠视生活真实、宣扬"无冲突论"、掩盖矛盾等严重扭曲现实主义的偏向。1953年前后,苏联文艺界针对"社会主义现实主义"带来的种种创作弊端,重申"写真实"原则,批判"无冲突论",要求作家真实地、大胆地描写现实人生,这股"解冻"思潮在中国剧坛引起强烈反响。1956年前后出现的《布谷鸟又叫了》(杨履方)、《同甘共苦》(岳野)等"第四种剧本",即在"写真实""积极干预生活""文学是人学"等"解冻"思潮观念影响下的戏剧创造。1956年的反思社会主义现实主义和重新评价批判现实主义,也使老舍、田汉等老戏剧家,在其《茶馆》《关汉卿》等剧的审美精神上与西方批判现实主义和"五四"戏剧传统有着更多的关联。这些创作突破了当时剧坛的公式化、概念化框框,是对"五四"精神的回归,也是新中国戏剧现实主义的深化。

　　但是,随着1957年以后中国社会政治的日趋严峻,"写真实"等理论受到批判,同时由于中苏关系交恶,"社会主义现实主义"被"革命现实主义与革命浪漫主义相结合"所代替。"两结合"的提出是在浮夸风盛行的"大跃进"年代,它被某些人庸俗地理解为"两结合"就是突出革命浪漫主义(革命浪漫主义又被庸俗地理解为浮夸地空想和幻想),甚至有人用"两结合"去诋毁现实主义。这种没有现实主义基础的"两结合",乃至诋毁现实主义而突出所谓浪漫主义的"两结合",使其可以脱离现实而任意空想和幻想,可以漠视生活真实而任意装扮和粉饰现实,完全背离了现实主义审美精神。

　　显而易见,现实主义戏剧在中国没有得到充分的发展,而"五四"时期提出的批判封建思想意识、批判国民性愚昧落后以启蒙民众、变革社会的伟大历史使命也还没有完成,所以,中国戏剧仍然需要撕破"瞒和骗","真诚地,深入地,大胆地看取人生并且写出他的血和肉来"的现实主义。而现实主义戏剧在新时期的开放与拓展,它在创作中所取得的突出成就,又昭示着现实主义的强大艺术生命力。同时,它也说明现实主义有一个需要拓展和丰富的创作原则,现实主义本身也具有开放性和吸收性。现代现实主义把中国现实主义戏剧推向一个新的发展阶段。

新时期现实主义戏剧的开放与拓展,戏剧形式和手法的创新当然是重要的方面,但是,它最突出、最根本的是戏剧的"人学"转向与探索:现实主义从着重社会分析、干预生活转而关注人、描写人,强调戏剧艺术的使命是完善人性,提升人的精神。它既表现出审美客体的"人"的真实——人的生存、人的命运、人的生命的意义、人的心灵的复杂性与丰富性,又表现出审美主体的"人"的真实——戏剧家的人生体验、生命感悟和对现实的独特发现,对审美客体与审美主体所共有的生存境遇和困惑的思考,同时,它还拓宽了创作主体与接受主体心灵对话和情感交流的精神空间。这是一个世纪来经过几代中国戏剧家的艰辛探索,而不断丰富、拓展和深化的现实主义戏剧精神,这是卷入世界戏剧大潮的中国现实主义戏剧与民族现实拥抱,而从"传统"走向"现代"的本质内涵。现代现实主义戏剧正是以其执着的艺术追求和探索,丰富了中国现实主义戏剧的精神内涵与艺术表现力,从而使现实主义具备了现代意义。

90年代以来,现代现实主义在形式、手法方面的艺术探索已经汇入戏剧主流,当年的创新和突破如今已是习闻常见,而它更为重要的方面,即现代现实主义的本质内涵和戏剧精神——戏剧的"人学"转向与深化——却往往被忽视。有两种倾向:一是仍然视"战斗精神"为现实主义"传统",而注重戏剧的政治与社会功利;一是沉迷于个人情趣、寻欢偷情、吃喝拉撒等,而缺乏思想、理想和激情。这两种创作其外观都不乏"现代现实主义",但其深层内涵,却排斥、摈弃了现代现实主义审视现实的现代眼光和现代意识。在这里,新的形式和手法成为苍白、空虚、庸俗内容的绚丽包装,甚至给予那些保守教条、愚昧陈旧的理念以时髦形态,而缺少现代现实主义对人的生存、生命和对人类共同的痛苦与欢乐的关注和描写,戏剧呈现缺少深刻的现实体验、生命感悟和哲理思考。这同样是现实主义的异化,它使中国现实主义戏剧再次面临着"失魂"的严重危机。从这个意义上说,戏剧的"人学"转向与深化,是新时期现代现实主义戏剧获得重大成就的根本所在,也是它给予当前中国戏剧发展的深刻启示。

布莱希特在中国的影响与误读

布莱希特是 20 世纪世界剧坛最著名,也最受争议的戏剧家之一。赞誉者称其为"新型戏剧的开拓者""新导演学派的创立者""开辟戏剧新时代的真正革新家",其理论著作《戏剧小工具篇》被誉为"新诗学"。反对者同样是不遗余力,对布莱希特的戏剧理论、剧本创作和舞台演剧多有贬斥。布莱希特对新时期中国戏剧的发展有巨大影响,但也带来诸多问题。这些问题同样导致中国戏剧界对布莱希特产生不同的看法。有学者认为新时期中国戏剧译介布莱希特是"历史的错位",甚至对布莱希特戏剧理论是否符合艺术规律,布莱希特戏剧是否有价值都提出了怀疑。新时期中国戏剧为什么出现"布莱希特热"? 布莱希特对中国戏剧意味着什么? 为什么布莱希特在中国会被"误读"? 中国戏剧是否需要布莱希特? 回答这些问题,对于中国戏剧的发展具有重要意义。

一、新时期戏剧的"布莱希特热"

布莱希特是新时期戏剧界第一个推出的西方戏剧家。1979 年年初,中国青年艺术剧院上演布莱希特的《伽俐略传》(黄佐临、陈颙导演)获得巨大成功,引起国内外强烈反响。此后,布莱希特在中国的译介逐渐深入,他重要的戏剧理论和创作都先后译介进来。1985 年中国举办首届布莱希特讨论会,又演出了《高加索灰阑记》《四川好人》《二次大战中的好兵帅克》《潘第拉先生和他的男仆马狄》等剧。布莱希特成为中国戏剧向西方开放、西方戏剧与中国交流的象征。当然更重要的,是布莱希特对中国戏剧产生了深刻影响,而在新时期剧坛形成"布莱希特热"。不论是赞扬者言,"我们的戏剧如果要获得时代的审美特征,不直接或间接与布莱希特发生联系是不可思议的"①;还是批评者认为,这"几乎把布氏戏剧、布氏戏剧观抬到世界戏剧的最高峰"②,他们都从不同侧面涉及新时期戏剧的一个重要现象,那就是:布莱希特对中国戏剧形成了全面渗透,几乎所有的戏剧思潮与流派,和戏剧理论、创作与演剧等方面,都程度不同地受到了布莱希特的影响。甚至从某种意义上可以说,因为布莱希特的译介,中国话剧开始了变革与转型:从原先的理论、创作及演出主要是"易卜生-斯坦尼"样式,转向戏剧观念、戏剧美学、戏剧形态的多元发展。

布莱希特在中国的译介最早是 1929 年。三四十年代翻译了布莱希特《第三帝国的恐惧与灾难》中的两场戏(《告密的人》《两个面包师》),是作为"反法西斯短剧"译介的,对于布莱希特戏剧体系没有论及;五六十年代译介布莱希特,1959 年出版了《布莱希特选集》,并由上海人民艺术剧院演出《大胆妈妈和她的孩子们》(黄佐临导演),1962 年黄佐临又发表了《漫谈"戏剧观"》的文章,使中国戏剧界知道布莱希特及其史诗剧③观念,但对当时戏剧发展的影响几近于无。那么,为什么布莱希特在新时期的译介获得巨大反响,新时期中国戏剧界又为什么对布莱希特尤为青睐呢?

要回答这个问题,首先必须明白新时期戏剧界为什么要译介布莱希特。这就要提及 1980 年前后戏剧发展遭遇的严重危机。当时,整个戏剧界都在这场严重危机面前探寻出路,并引发了长达数年的关于"戏剧观"的论争。在戏剧观念论争和戏剧实践探索中,有许多人认为戏剧危机是由于戏剧观念和手

---

① 叶廷芳:《现代审美意识正在觉醒》,《戏剧报》1987 年第 1 期。

② 马也:《话剧何以缺少旷世之作》,《戏剧报》1985 年第 3 期。

③ 史诗剧也译为叙事剧、叙述体戏剧、辩证戏剧等。从布莱希特对这种戏剧形态强调把叙述方法引进戏剧艺术,和强调要自由开阔地表现错综复杂的社会人生来说,史诗剧概念比较切合其旨意。

法不能适应时代要求,因而突破"易卜生-斯坦尼"的写实形态而走向非写实,逐渐成为压倒性趋势。胡伟民的看法很有代表性。他说:

> (戏剧探索就是)想突破七十多年来中国话剧奉为正宗的传统戏剧观念,想突破我们擅长运用的写实手法,诸如古典主义剧作法的"三一律",以及种种深受"三一律"影响的剧作结构;演剧方法上的"第四堵墙"理论,以及由此派生的"当众孤独";表导演理论上独尊斯坦尼斯拉夫斯基体系一家的垄断性局面。简言之,想突破主要依赖写实手法,力求在舞台上创造生活幻觉的束缚,倚重写意手法,到达非幻觉主义艺术的彼岸。[1]

具体地说,就是认为传统现实主义虽然仍有生命力,但对于表现复杂多变的当代现实社会和当代人的思想情感已显不足,需要突破与变革;而 20 世纪以来象征主义戏剧、表现主义戏剧、史诗剧、残酷戏剧、存在主义戏剧、荒诞派戏剧、质朴戏剧等现代派探索,其艺术创造值得借鉴。面对危机,戏剧家都在探寻能更真实深刻地感受人生、表现现实的戏剧艺术。

中国话剧在其自身传统中不可能形成如此的艺术变革,它亟需某种外来力量的刺激和推动。那么,由谁来承担突破现实主义、张扬现代主义,刺激和推动中国话剧变革的重任呢?中国戏剧界选择了布莱希特。在 1980 年前后"拨乱反正"的特定历史时期,戏剧的"反现实主义"、译介现代主义还有相当的政治风险,这种选择,就有政治上与艺术上的双重考虑。就政治论,布莱希特是马克思主义者,并且他对中国文化和戏剧很感兴趣;以艺术而言,布莱希特是现代西方戏剧革新的代表人物,而他又坚称自己是现实主义戏剧家。因此,在当时"乍暖还寒"的新时期戏剧界,选择布莱希特去变革和突破中国话剧传统不大会"犯忌"。布莱希特坚称自己是现实主义戏剧家,但他又强调现实主

---

[1]　胡伟民:《话剧艺术革新浪潮的实质》,《戏剧报》1982 年第 7 期。

义要具有"风格的广阔性和多样性";布莱希特大胆借鉴表现主义等现代派戏剧那些"尚未被人们充分利用的美学成果",然而他又批评表现主义等"没有能力把世界作为人们实践的客体去解释"并进行新的探索。① 更重要的是,布莱希特为此开创了一种新型戏剧——运用陌生化手段,而着重诉诸理性、启发思考的史诗剧。布莱希特的戏剧创新使中国戏剧家激动不已,对他们来说,布莱希特当年的戏剧追求和戏剧变革,似乎正昭示着新时期中国话剧的发展道路。

当然,新时期话剧的"布莱希特热",还与当时"拨乱反正"的社会语境有深刻的关联。当代中国社会经过"十七年"渐趋"左"倾的沉重压抑,从那个时代走过来的人们,也在迷惘和困顿中开始用自己的大脑,去思考现实、人生与人,思考我们这个民族的历史与文化。中国需要理性,人民需要思考,布莱希特着重诉诸理性、启发思考的史诗剧,又在这个意义上满足了新时期的社会审美需求。对现实人生的理性思考,和对戏剧表现的锐意变革,布莱希特戏剧和新时期中国戏剧正是在这里因缘际会而形成"布莱希特热"。这股热潮 90 年代仍然持续,如孟京辉所言:"我要让观众的大脑思考,布莱希特对我就非常合适。"②

这就是新时期会掀起"布莱希特热",而此前布莱希特在中国少有影响的主要原因。有学者认为此前布莱希特在中国少有影响,是因为斯坦尼体系至上,和中国当时排斥西方。③ 其实这不是关键。当时中国是排斥西方,但这个问题对布莱希特不存在,1959 年中国出版《布莱希特选集》,还演出了布莱希特戏剧;而斯坦尼体系在 50 年代末的中国戏剧界已经不"至上",从 1956 年开始的"话剧民族化"探索曾初步突破"体系"的独尊。国外有些研究者也疑惑:布莱希特与中国有特殊缘分,中国应该比较能够理解和接受布莱希特,但为什么

---

① ［德］贝托尔特·布莱希特:《论实验戏剧》,丁扬忠译,《布莱希特论戏剧》,中国戏剧出版社 1990 年版,第 54 页。

② 转见张璐:《孟京辉导演的"业余"状态》,《中国戏剧》1999 年第 6 期。

③ 参见丁扬忠:《布莱希特戏剧与中国戏剧现状》,《戏剧》1987 年第 1 期。

布莱希特长期在中国少有影响？这里最关键的，是此前中国话剧的发展还没有对于布莱希特的亟需。三四十年代的中国戏剧界还没有"布莱希特"概念，译介布莱希特只是着眼其戏剧的反法西斯内容；五六十年代译介布莱希特也主要是政治而非戏剧①，当时中国话剧也在改变观念，但主要是接受外国戏剧家对1956年中国话剧观摩演出大会的批评，在话剧与民族戏曲之间架构美学"桥梁"。新时期译介布莱希特则根本不同，它不是政治或其他外力牵制的行为，而是从戏剧本身出发所进行的艺术探索；并且不但要突破传统话剧样式而另寻新路，它还要探寻一种更符合现代人感受与思考方式的戏剧。

中国戏剧家在布莱希特那里找到了知音。布莱希特对新时期以来中国戏剧的影响是持久、广泛、深刻的。新时期以来的优秀话剧，诸如《陈毅市长》（沙叶新）、《一个死者对生者的访问》（刘树纲）、《WM（我们）》（王培公、王贵）、《野人》（高行健）、《中国梦》（孙惠柱、黄佐临等）、《狗儿爷涅槃》（刘锦云）、《桑树坪纪事》（陈子度、徐晓钟等）、《思凡》（孟京辉）、《生死场》（田沁鑫）等，都渗透着布莱希特的影响。时至今日，布莱希特的"陌生化效果""理性思考""戏剧叙述"等戏剧观念与艺术表现，已经在对中国话剧的渗透与影响中，积淀为中国话剧宝库的重要组成部分，滋养、丰富和发展了中国话剧艺术。

二、史诗剧、叙述体和陌生化

戏剧界这样评价新时期以来中国话剧的发展：

> 我国话剧呼唤戏剧的哲理、诗情和美的形式。话剧界在继承与借鉴的基础上热情创造，使话剧艺术在戏剧功能、演剧观念、美学原则、艺术方法以及表现形式诸方面，都发生了巨变！如戏剧"假定性"美学原则、布莱

---

① 1959年是中国与前民主德国建交十周年。译介及演出布莱希特是两国政治与文化交流协定。

希特陌生化效果的理论、文学上的意识流方法等,在我们的创作中被多样
化地运用;象征、隐喻、荒诞、变形以及抽象美学与语汇的借鉴,戏剧结构
的散文化,戏剧叙述成分的引入,戏剧时空的自由组接;歌唱、舞蹈因素的
增加,舞台机械被系统地采用;等等。①

在新时期话剧的艺术变革与创造中,不难看出,布莱希特具有重要的价值和
意义。

　　史诗剧是布莱希特对世界戏剧的独特贡献。布莱希特称其史诗剧为"非
亚里士多德式戏剧",很明显,它是对传统的亚里士多德式戏剧的突破与变革。
布莱希特认为,身处 20 世纪激烈动荡的时代,符合亚里士多德《诗学》那种以
语言及动作摹仿现实,借引起怜悯或恐惧使观众对演员摹仿的人物产生情感
上的共鸣,来达到净化观众情感的戏剧已不适用,戏剧必须能够自由开阔地揭
示重大的社会历史题材,更重要的,戏剧必须能够帮助人们认识现实和干预社
会。其史诗剧锐意变革,打破传统亚里士多德式戏剧的"三一律"结构和不许
叙述的禁忌,采用史诗艺术自由开阔的结构和叙述的方法,将戏剧所表现的现
实陌生化,目的是通过艺术欣赏启发观众对于社会人生的思考与批判,并激发
人们去变革现实,改造世界。

　　史诗剧在新时期的译介,布莱希特在哪些方面启发了中国戏剧家的思考
与探索呢? 应该说,布莱希特在中国的影响是多方面的,其中最重要的有两
点:一是戏剧观念的变革,二是史诗剧艺术的创新。

　　布莱希特是直面 20 世纪错综复杂、瞬息多变的现实社会,而去探索能更
真实、深刻地表现生活的戏剧艺术。新时期中国社会同样激烈动荡,人们的社
会意识、生活方式、价值观念、审美情趣等也都发生重大变化。戏剧如何表现

---

　　① 徐晓钟:《走具有中国特色的话剧发展之路》,1998 年 2 月 12 日《中国文化报》。该文是中国戏
剧家协会原副主席、中央戏剧学院原院长徐晓钟,在国家举行的"纪念中国话剧 90 周年大会"上,代表
中国戏剧家协会对中国话剧发展 90 周年的总结报告。

新的社会现实,如何满足人们新的审美需求? 布莱希特的戏剧变革使中国戏
剧家认识到,"现今的世界就这么纷繁复杂,人的感受方式也得相应地复杂",
戏剧家必须"找寻更符合现代人感受方式的戏剧表现形式"①。首先,是布莱希
特的发展现实主义、借鉴现代主义,有力地拓宽了中国戏剧家的思路。从"广
阔的现实主义者"布莱希特身上,中国戏剧家懂得:"20 世纪艺术领域里引人注
目的现象之一,就是现实主义艺术家对于现代主义艺术表现出极大的兴趣,现
实主义与现代主义的交叉、汇合、渗透,已经形成一股潮流。"又从现实主义戏
剧家布莱希特的借鉴现代主义,看到现代主义戏剧有其独特价值,如"戏剧中
的表现主义、象征主义,在揭示生活内在真实,深入表现人物潜在意识方面,有
不少长处"。② 因而迅速地,突破传统写实而走向现代现实主义,打破写实独尊
而开展现代主义的探索,形成新时期中国话剧最为壮丽的景观。其次,是布莱
希特的史诗剧观念对中国戏剧家的深深吸引。中国话剧长期以来也是"亚里
士多德式"的。"非亚里士多德式"的布莱希特,曾在不同时期激动过几代中国
戏剧家。1936 年黄佐临留学英国,读到布莱希特《中国戏剧表演艺术中的陌生
化效果》等文章及剧本,从此对布莱希特怀有浓厚兴趣。陈颙 50 年代留学苏
联时,看到德国柏林剧团演出《大胆妈妈和她的孩子们》与《伽俐略传》,她说:
"它们使我感到既陌生又震惊,眼前仿佛打开了一片新天地,世界上还竟然有
这样和斯坦尼体系迥然不同的演剧方法。"80 年代高行健同样感慨:"戏剧居然
还可以这么一种样子,布莱希特正是第一个让我领悟到戏剧这门艺术的法则
竟也还可以重新另立的戏剧家。"③如果说此前中国话剧借鉴布莱希特的时机
还不成熟,那么新时期,正是在黄佐临、陈颙、高行健等戏剧家推动下,布莱希
特不仅成为中国话剧艺术创新的代名词,而且,其"理性思考""陌生化效果"

---

①　高行健:《京华夜谈》,《对一种现代戏剧的追求》,中国戏剧出版社 1988 年版,第 190 页。

②　胡伟民:《开放的戏剧》,《文艺研究》1985 年第 2 期。

③　参见黄佐临《回顾·借鉴·展望》(《戏剧艺术》1978 年第 4 期),陈颙《布莱希特与"中国青艺"》
(《我的艺术舞台》,中国戏剧出版社 1999 年版,第 52—53 页),高行健《我与布莱希特》(《当代文艺思
潮》1986 年第 4 期)。

"叙述体"等概念,已经演变为中国话剧理论与实践的重要内涵。第三,是布莱希特对中国戏曲的欣赏,及其戏剧艺术表现与中国戏曲艺术的某些相似,使得中国戏剧家由布莱希特返观民族戏曲,认识了"假定性"等戏剧表现美学的独特价值与魅力。长期以来,中国话剧是"易卜生-斯坦尼"样式,把逼真写实视为话剧艺术的本性。布莱希特等西方戏剧家对包括中国戏曲在内的东方戏剧的舞台假定性的探寻与借鉴,及其对西方近百年来写实样式戏剧的变革,使中国戏剧家认识到,舞台假定性不是戏曲的专有特点,而是包括话剧在内的戏剧共有的基本特性。由此,以再现美学为基础而向表现美学拓宽,成为新时期话剧审美转型的突出标志。假定性的时空结构、戏剧动作,以及假定性的舞台调度、设计和演出,打开了中国话剧艺术一片新天地。

真正重大的戏剧影响,必定在起影响作用的戏剧中和接受影响的戏剧中存在着类似的情形或倾向。然而必须看到,中国话剧发展到新时期朝着表现美学拓宽,它虽然是向民族传统复归,但实际情形,是中国戏剧家建构了布莱希特等西方戏剧家的"他者",是在"他者"与"自我"的比较中认识了民族戏曲的价值和中国话剧的发展路向的。不仅如此,就像胡伟民在《开放的戏剧》中所指出的,布莱希特融合"传统的现实主义和西方现代美学新经验、古老的东方戏剧经验"的戏剧创新,同样成为新时期话剧的主要构成,只是不同思潮流派各有侧重而已。在新时期话剧观念的变革中,布莱希特所起的作用是极为重要的。

史诗剧艺术创新对新时期话剧的影响也是多方面的。它不仅在理论观念上,而且在创作实践中,对新时期话剧都有程度不同的渗透。主要表现在:

第一,是史诗剧的核心观念——"陌生化效果"理论的接受。如上所述,布莱希特开创"非亚里士多德式"的史诗剧,是他不满意"亚里士多德式"传统戏剧在摹仿—同情—共鸣中,使人们陷入一种梦幻般的沉迷状态,丧失了对于现实社会的思考与批判。史诗剧采用"叙述"手法,一方面是为了能够自由开阔地表现重大的社会历史事件,更重要的方面,是为了使戏剧所表现的现实"陌生化",而把观众从剧情发展中"间离"出来并促其思考。布莱希特说:如此陌生化具有"一种使所要表现的人与人之间的事物带有令人触目惊心的、引人寻求解释、不是想当然的和不简单自然的特点。这种效果的目的是使观众能够从社会角度做出正确的批判"①。史诗剧这个"陌生化"的核心观念,黄佐临准确地理解为"主张使演员和角色之间、观众和演员之间、观众和角色之间保持一定距离的戏剧学派",懂得布莱希特用"日常生活历史化"、演剧忽进忽出的评价意识等手法,是要演出时"防止演员用倾盆大雨的感情来刺激观众的感情,使观众以着了迷的状态进入剧中人物和规定情景。……生怕演员和观众都过于感情用事,从而失去理智,不能以一个冷静清醒的头脑去领会剧作家艺术家所要说的话,不能抱着一个批判的态度去感受剧本的思想性、哲理性,去探索事物的本质"②。在新时期,随着布莱希特译介的深入和中国话剧对于思考品格追求的加强,布莱希特这种将描写对象"陌生化"以引发思考的戏剧观念,更是获得广泛共鸣。

第二,是布莱希特强调理性思考对中国戏剧家的艺术启迪。史诗剧把人们熟悉的对象"陌生化",是要人们从新的视角去重新审视、评判对象,让观众在艺术欣赏中获得思考的快乐。黄佐临 1962 年在《漫谈"戏剧观"》中就指出,"关于哲理性,我认为这是我们戏剧创作中最缺乏的一面",所以他要译介布莱希特。而新时期布莱希特译介对戏剧发展的影响,首先就是"从诉诸感情向诉诸理智转化"③。其主要原因当然是植根于时代,对于现实与历史、民族与文化、中国与世界,以及对于人自身,都有很多问题需要思考。《狗儿爷涅槃》在狗儿爷形象的描写中对长期以来极"左"思潮给中国农村和农民带来的深沉反思;《桑树坪纪事》对生存于封建传统深厚的黄土地上的人们的物质贫困与精

---

① ［德］贝托尔特·布莱希特:《街头一幕》,君余译,《布莱希特论戏剧》,中国戏剧出版社 1990 年版,第 83—84 页。

② 黄佐临:《漫谈"戏剧观"》,1962 年 4 月 25 日《人民日报》。

③ 陈恭敏:《当代戏剧观的新变化》,《戏剧艺术》1985 年第 3 期。

神愚昧的深刻揭示;《WM(我们)》里的青年人在困惑、失落中对"人哪！人是什么呀?"的痛苦思索与追求;《生死场》对现代中国人面对"生、老、病、死"不动情性的麻木态度的尖锐批判等等,都蕴涵着严肃的理性思考。这种理性思考带有强烈的思辨性和较好的哲理深度,它能引导观众对戏剧所表现的社会人生进行思索与批判。

第三,是对史诗剧通过"叙述"方法达到"陌生化效果"的戏剧创新的借鉴。这体现在剧本创作和舞台演剧两方面。剧本创作"陌生化",如同布莱希特的史诗剧,《陈毅市长》《一个死者对生者的访问》《WM(我们)》《野人》《中国梦》《狗儿爷涅槃》《桑树坪纪事》《思凡》《生死场》等剧都是采用多场景形式,全剧没有中心事件,没有完整的故事,场与场之间结构松散;又从布莱希特那里借鉴了叙述性手法,如歌唱(独唱、歌队合唱)、解说、巨幅字幕、幻灯、影像、舞蹈等来叙述事件、评论剧情,既打破"第四堵墙",又使松散的多场景戏保持生命力。与《雷雨》(曹禺)、《上海屋檐下》(夏衍)、《屈原》(郭沫若)、《关汉卿》(田汉)等剧情完整、结构严谨、环环相扣的传统的"戏剧性戏剧"相比较,这种结构松散并插入叙述的"叙述体戏剧",既能自由开阔地呈现复杂错综的社会历史事件,又能把观众从戏剧情节和人物命运中"间离"出来,或者说,插入叙述因素而使剧中情节和人物命运"陌生化",使观众不卷入事件而成为事件的观察者,因为"陌生化"而惊异和思考。借鉴布莱希特的舞台演剧陌生化,是指演员或是忽进忽出地在戏剧性表演中插入叙述,或是以非生活化的姿势与动作揭示人物潜意识的精神世界。而在《桑树坪纪事》《狗儿爷涅槃》《WM(我们)》《中国梦》《生死场》等优秀演剧中,这二者又是交互运用或相融的。不同于传统演剧的演员即角色而引起观众的同情和共鸣,这种演剧带有明显的评价意识——表演与评述结合,它更多诉诸观众的理智。它使演员和观众都从剧情中"间离"出来,演员在表演角色时要揭示角色行为的动机,使观众对演员"陌生化"表演的情节与人物感到惊异,从而对戏剧现实做出自己的思考和评判。

新时期中国剧坛没有出现完全"布莱希特式"的戏剧,但是,无论是戏剧观念的变革,还是史诗剧艺术的创新,布莱希特的译介都给中国话剧带来了诸多新的东西。它极大地拓展了中国话剧的艺术观念,唤醒了中国话剧的创新意识;它加强了中国话剧的思考品格,深化了中国话剧反映现实的哲理内涵;它增强了中国话剧的艺术表现力,丰富了中国话剧的艺术语汇,扩大了中国话剧广泛、深刻地表现社会人生的艺术可能性。

三、布莱希特译介与接受的困境

然而到 80 年代中期,布莱希特在中国的译介却遭遇了困境。困境不在于布莱希特的译介在很大程度上推动了中国现实主义戏剧的嬗变和现代主义戏剧的兴起,而主要来自布莱希特史诗剧的译介与影响——

有人说"在中国介绍和宣传布莱希特戏剧主张促使了戏剧舞台出现公式化、概念化的倾向",一时间许多评论文章和座谈会上谈起"间离效果""理性思考""叙事体戏剧"时,都带有某种讥讽的味道。好像布莱希特和非戏剧、非艺术性、失去观众、旁门左道成为同义语。①

布莱希特为何在中国遭到如此严厉的批评? 布莱希特史诗剧是否真像批评者所指责的那样肤浅直露? 布莱希特在欧美国家也曾引发过类似议论,但值得注意的是,当人们真正看过布莱希特戏剧以后,又都会赞赏他的戏剧创造。美国戏剧家斯特拉斯堡对此情形有过描述:

柏林剧团演出的布莱希特戏剧在我看来是代表着战后时期某些杰出的演剧贡献,这不全是由于这些剧本的戏剧观,而是由于它的演出的卓越

① 陈颙:《新的审视能产生新的见解》,《我的艺术舞台》,中国戏剧出版社 1999 年版,第 276 页。

的剧场性和想像力同表演的单纯、朴实和真挚结合了起来⋯⋯观众的一般反应只是："我们原以为布莱希特总是冷冰冰的,理性化的,陌生化的,不动感情的。结果呢,这是那么激动人,富于色彩,令人愉快和感动!"①

事实上,布莱希特自己生前就饱受这类只从观念片面理解而没有全面深入地研究其戏剧革新的责难。他说:"如果批评家能像观察家那样地探讨我的戏剧,而不事先过多地谈及我的理论",就能发现这"是一种富有想像和幽默感的戏剧",就"能发现这种戏剧的新奇之处"。他无可奈何地说:"我终于认清,我在戏剧方面的许多论述都被误解了。"②

情形似乎相同,在中国,布莱希特也是"戏剧方面的许多论述都被误解了"。当然被误解本身,一方面可能是其理论抽象难于理解,另一方面,也说明布莱希特的戏剧论述确实有其不足或矛盾。尤其是创建史诗剧的早期,那种锐意变革的叛逆与创新,使其理论阐述在理性思考、戏剧叙述、感情间离等方面矫枉过正,此时的《措施》《母亲》等创作实践也激烈偏颇。但是布莱希特之所以成为一个杰出的戏剧家,首先因为他是杰出的诗人,在很大程度上,诗人布莱希特背叛或者说矫正了那个执着创建史诗剧而矫枉过正的戏剧家布莱希特。他的《大胆妈妈和她的孩子们》《伽俐略传》《高加索灰阑记》《四川好人》等剧,也因此成为世界文学的经典。况且布莱希特后来也感觉到其理论的偏激,力图从"陌生化"出发,把理性思考与审美感受、叙述体与戏剧性、间离与共鸣等相结合,并将其戏剧叫作辩证戏剧。

然而 80 年代前期,布莱希特在中国却没有被"辩证"地译介和接受。尤其是在戏剧实践界,断章取义地片面理解、为我所用的情形比较严重。这就直接导致了上述布莱希特在中国的困境。如此译介选择了一个什么样的布莱希

①　[美]李·斯特拉斯堡:《"方法"与非现实主义风格》,郑雪来译,《世界电影》1990 年第 6 期。

②　转引自[英]约翰·魏勒特:《关于布莱希特史诗剧的理论问题》,刘明正译,《布莱希特研究》,中国社会科学出版社 1984 年版,第 41 页。

特呢？

首先，是大量出现"只让几个化了装的角色在舞台上宣讲自己发明的哲理"的戏剧。戏剧界出现"思考大于欣赏"的提法，有人甚至认为布莱希特只是诉诸理智。由此带来的弊病，是戏剧充斥观念和议论而少有精彩动人的情节与形象，所谓哲理也就缺乏对社会人生的深刻体验与思考，大都是干巴乏味的政治说教或伦理教化。这种戏剧"使观众倒胃口，他们不愿忍受化装讲演，剧场里也只好留下一片空空的座椅"①。

这种片面追求"理性思考"而空洞说教的"化装讲演"，是不是布莱希特的本意呢？布莱希特是强调戏剧的理性思考，但他更强调戏剧要把思考和娱乐结合起来，强调史诗剧要"把道德的东西变成娱乐，特别是把思维变成娱乐"②。布莱希特成熟期的创作，其理性思考是渗透在戏剧的整体结构和性格描写中的。潘第拉（《潘第拉先生和他的男仆马狄》）、大胆妈妈（《大胆妈妈和她的孩子们》）等都是血肉丰满的形象，"战争是大人物做的买卖而不是小人物应当做的买卖"等哲理思考，都是在现实的具体化、形象化呈现中挖掘出来的，是"由感情所引起和伴随的思考"③。美是理念的感性显现，戏剧的理性思考不可能离开社会人生的感性表象。

其次，是强调"叙述"而结构松散和戏剧动作中断，"'散''淡'而无味，无话剧个性和特色"④。为什么出现采用叙述体就缺乏戏剧性的现象呢？这与戏剧界认为布莱希特史诗剧完全推翻"第四堵墙"有关。所谓"斯坦尼斯拉夫斯基相信第四堵墙，布莱希特要推翻这第四堵墙"，黄佐临的《漫谈"戏剧观"》把"陌生化效果"看作"破除舞台幻觉的技巧"等论述，严重地影响了中国戏剧界对布

① 苏叔阳：《生活的挑战与戏剧的回答》，《文艺研究》1985年第1期。
② ［德］贝托尔特·布莱希特：《戏剧小工具篇》，张黎译，《布莱希特论戏剧》，中国戏剧出版社1990年版，第6页。
③ ［德］贝托尔特·布莱希特：《幻觉与共鸣的消除》，景岱灵译，《布莱希特论戏剧》，中国戏剧出版社1990年版，第184页。
④ 马也：《理论的迷途与戏剧的危机》，《戏剧》1986年第1期。

莱希特的译介和接受。

史诗剧是否完全"叙述",又完全"破除舞台幻觉"呢?并非如此。戏剧不可能完全叙述,就像布莱希特所说的,史诗剧只是"把亚里士多德式的戏剧手法同非亚里士多德式的戏剧手法并用",而"绝没有取而代之的意思"①。史诗剧有两方面的主要构成,即传统戏剧的戏剧性艺术和史诗的叙述性手法。布莱希特在传统的戏剧性中插入叙述性因素以打破"第四堵墙",只是在需要时,将观众从剧情发展和人物命运的"入戏"状态间离"出戏",促使其对戏剧现实进行思考。大结构的叙述体和小结构的戏剧性相结合,布莱希特仍然重视戏剧特有的形式本质,仍然强调需要通过矛盾冲突、戏剧动作去表现事件、刻画人物和揭示哲理。

再次,是戏剧表演强调"感情间离"而少有鲜明生动的舞台形象,普遍存在着"表演上的虚假、肤浅、直露和缺乏形象性,缺乏体现手段,以及缺乏功底的现象"②。其根本原因,同样是戏剧界对于布莱希特史诗剧表演理论译介的偏颇,让人觉得布莱希特要求演员的似乎只是间离又间离、理智再理智,认为布莱希特演剧似乎完全排斥进入角色,完全排斥演员及观众的感情体验和共鸣。

布莱希特主张表演忽进忽出的"感情间离",主要有两种形式:一是戏剧性表演进入角色与歌唱等叙述性表演跳出角色的交替,一是戏剧性表演既能进入角色体验而又能跳出角色对其予以评价。而无论是哪种形式,这都是史诗剧向观众传达感情的独特方式:既要表演角色而又不要与角色融合为一,却又要求以外部感官动作同样体现出感情的真实。史诗剧表演不可能没有体验和共鸣,只是"在流行的表演形式里,这种心理活动要在演出时完成,其目的是使观众也产生同样的心理活动;而在这里,演员是在事前,在排练角色过程中的

---

① 布莱希特语,转引自张黎:《布莱希特的史诗剧理论》,《外国戏剧》1980 年第 4 期。布莱希特在戏剧《马哈哥尼城的兴衰》的注释中,将叙述体戏剧与戏剧性戏剧对比分析,指出,它"不是说明两种形式的截然不同的对立,而只是说明重点的移动"(《布莱希特论戏剧》,中国戏剧出版社 1990 年版,第 106 页)。

② 徐晓钟:《坚持在体验基础上的再体现的艺术》,《戏剧报》1984 年第 7 期。

某个时候,来完成这种共鸣活动"①。布莱希特讲理性也讲感情,讲表现也讲体验,只是他着重从"间离"出发去融合理性与感情、表现与体验,让观众时而入戏(共鸣)欣赏,时而出戏(间离)思考,从而以探讨的、批判的态度观看演出。

布莱希特"戏剧方面的许多论述都被误解"的情形,80年代前期比较严重。以高行健为例。正是在布莱希特影响下,高行健的《野人》《车站》等创作强调戏剧的哲理思考,并且,他把布莱希特的叙述发展为"多声部的""复调的"等方式,还把布莱希特的间离表演发展成"自我—演员—角色"的相互审视与交流②,对新时期话剧创造多有贡献。但也存在明显的不足。比如《野人》关于人与自然的关系、人类的发展与命运的思考,因为更多是叙述出来的而不是在剧情发展、性格刻画中揭示出来的,它缺少冲突和行动而难以维系戏剧的张力,缺少文学的形象和意蕴而欠深刻,整部戏就显得有些苍白枯燥。《野人》《车站》等借鉴布莱希特较好者尚且如此,其他等而下之者也就可想而知。

原本是启蒙、批判的布莱希特戏剧,在中国为什么会成为政治说教?不断尝试用新形式表现新现实的布莱希特戏剧,为什么在中国会被公式化概念化?世界文化交流中必然存在着误读,即如布莱希特从创造史诗剧出发,而在中国戏曲审美中阐释出"间离"的认识因素。所以重要的,是要揭示除了布莱希特早期的某些论述确实存在偏颇与矛盾,在中国,他"戏剧方面的许多论述都被误解"的深层原因是什么。至少有两点是值得注意的:一是实用主义的译介目的;二是庸俗社会学的接受视野。布莱希特是在中国话剧要突破"易卜生-斯坦尼"样式而另寻新路的关口被译介到中国来的,史诗剧本身又是对"亚里士多德式"戏剧的突破,所以布莱希特在中国,首先是被当作对抗传统现实主义的戏剧先锋。因为这种实用主义的译介目的,中国戏剧家就自觉或不自觉地

---

① 　[德]贝托尔特·布莱希特:《简述产生陌生化效果的表演艺术新技巧》,张黎译,《布莱希特论戏剧》,中国戏剧出版社1990年版,第209页。

② 　参见高行健《〈野人〉和我》《我与布莱希特》《京华夜谈》等文,《对一种现代戏剧的追求》,中国戏剧出版社1988年版。

把布莱希特与现实主义对立起来,对他的译介也就把他本来即矫枉过正的论述推向极端,而没有看到在布莱希特那里,叙述体戏剧与戏剧性戏剧只是侧重点不同,二者并不截然对立。而另一方面,80 年代初中国话剧译介布莱希特,其接受视野又主要是长期以来所形成的观念先行、图解思想的庸俗社会学。不彻底清除戏剧创作的庸俗社会学,而更多在戏剧叙述、间离表演等技艺层面突破,没有深刻的人生感悟和生命体验而强调哲理思考,所接受的又是史诗剧这种理性主义戏剧形式,中国话剧的注重革命和宣传,就使其很容易接受布莱希特的理性、教育的一面,而忽视其"莎士比亚传统"的一面,所谓创新,也就容易出现用新的形式去演绎观念、图解思想的倾向。中国话剧译介布莱希特以后出现了严重的公式化概念化,但那主要不是布莱希特的问题。只要存在那个庸俗社会学的接受视野,无论译介谁,都会公式化、概念化的。

四、中国戏剧需要布莱希特

中国话剧长期形成的庸俗社会学在相当程度上改换、同化了布莱希特,而新时期的戏剧生态,又在某些方面变易或扭曲了布莱希特。新时期话剧借鉴布莱希特等西方现代戏剧,是在 1980 年前后出现"戏剧危机"时。面对危机,戏剧界从开始强调要真实、深刻地反映现实以追求中国话剧的现代化,到后来认为关键是要突破"三一律""第四堵墙"等写实传统而走向"假定性"[①],可以看出"左"倾势力对话剧发展的严重束缚。这就是:当真实深刻地反映现实"此路不通"时,戏剧界就绕开戏剧与现实、戏剧与人等更重要的问题,而去探索"假定性"等形式革新。在布莱希特译介中,这种情形突出体现在以下两个方面:

第一,就是前面提及的用布莱希特去对抗易卜生、斯坦尼为代表的传统戏

---

① 参见陈恭敏《工具论还是反映论》(《戏剧艺术》1979 年第 1 期)、《戏剧观念问题》(《剧本》1981年 5 月号),和胡伟民《话剧要发展,必须现代化》(《人民戏剧》1982 年第 2 期)、《话剧艺术革新浪潮的实质》(《戏剧报》1982 年第 7 期)等文。陈恭敏、胡伟民的这几篇文章在当时很有代表性。

剧,用"陌生化效果"等新观念去对抗现实主义。这就不是拓展现实主义,而是像陈颙批评的,是"得出偏颇的结论,认为现实主义创作方法就和'保守陈旧'划等号"①。这种观念把话剧困境归因于"写实""幻觉",又把"写实""幻觉"等同于现实主义,似乎要突破困境就必须否定现实主义。不懂得戏剧危机最主要的根源是演绎观念、图解思想的公式化概念化,而"写实""幻觉"可以演绎观念、图解思想,"写意""非幻觉"同样可以图解思想、演绎观念。也不懂得布莱希特对戏剧性戏剧的批判,主要是从创立新型戏剧出发的矫枉过正,更多时候,他认为两个体系在某些方面是相通的,主张两个体系应相互补充。在那种把布莱希特和"易卜生-斯坦尼"截然对立起来、把布莱希特与现实主义截然对立起来的观念影响下,借鉴布莱希特大都纠缠于写实与写意、幻觉与非幻觉等形式问题。可以说,布莱希特在中国经历了"双重误读":1962 年前后黄佐临误读布莱希特是要完全打破"第四堵墙",新时期则误读黄佐临当年提倡布莱希特是反对现实主义。如果说黄佐临 1962 年主要是从舞台演剧出发去提倡布莱希特、突破斯坦尼体系以建立民族话剧演剧体系,这第一重误读也许能带来创新契机的话,那么,第二重误读给新时期话剧带来的则更多是负面影响。

第二,是"陌生化效果"被形式主义地理解而失去其尖锐的批判锋芒。"陌生化效果"在布莱希特那里首先是作为一种认识的否定之否定(认识—不认识—认识),它把熟悉的对象陌生化,是为了启发人们认识过去熟悉的对象中并不熟悉的内在本质,促使人们以惊讶、怀疑、批判的态度去看待过去认为理所当然的事物。然而,与"陌生化"在西方常常被形式主义地理解相似,它在中国的译介虽然理论上也被接受,但在实践中,却更多的是作为破除幻觉、间离观众的手段或技巧,而作为认识论的"陌生化"长期被忽视。黄佐临五六十年代借鉴布莱希特,主要是着眼于史诗剧反映现实的宽广规模和时空自由,80 年

---

① 陈颙:《把握当代戏剧变革中社会交往与信息传递的特征》,《戏剧学习》1985 年第 3 期。

代,高行健等也着重是从"戏剧可以叙述"的角度去看取布莱希特。① 这种将"陌生化效果"技巧化而忽视其批判性、启蒙性的做法,割裂了陌生化与其所表现的现实之间的关系,它一方面导致布莱希特译介变成陌生化而陌生化的单纯舞台效果,另一方面,是加剧了新时期话剧回避直面现实而注重形式创新的倾向。史诗剧最重要的批判现实、精神启蒙的功能在这里被消解,甚而至于,还有人运用布莱希特手法去图解、演绎那些保守、陈旧的政治观念。正因为陌生化失去批判、启蒙的命根,这些戏剧的所谓理性思考也就大都是空洞的说教。

　　这可能就是布莱希特在中国遭扭曲而被视为政治说教及公式化概念化,并怀疑"布氏的戏剧观是否符合艺术规律""布氏戏剧是否有价值""布莱希特是否适合中国话剧"及新时期译介布莱希特是否历史性"错位"的主要原因。② 布莱希特的戏剧观念及创作有没有艺术价值? 苏联著名导演托甫斯托诺戈夫,曾这样评价布莱希特对世界戏剧的影响:"离开了布莱希特戏剧遗产,现代戏剧艺术便是不可思议的。"③托甫斯托诺戈夫是布莱希特的"敌对"学派——斯坦尼体系的传人,由他说出这番话是更具说服力的。布莱希特作为一个杰出的戏剧家,也许他早期那些反抗当时社会的革命戏剧、宣教戏剧已经过时,但是,他成熟时期那些对于历史、现实、人生与人深刻思考的戏剧已成为世界经典,其戏剧观念与手法推动西方戏剧进入新的发展阶段。当代欧美戏剧的叙述性、陌生化、非幻觉、时空自由等倾向,大都渗透着布莱希特的深刻影响。而新时期中国剧坛,尤其是 80 年代后期以来,集中代表新时期话剧创作成就

---

　　① 参见黄佐临:《德国戏剧艺术家布莱希特》,《戏剧研究》1959 年第 6 期;高行健:《我与布莱希特》,《当代文艺思潮》1986 年第 4 期。

　　② 参见马也《话剧何以缺少旷世之作》(《戏剧报》1985 年第 3 期)、《理论的迷途与戏剧的危机》(《戏剧》1986 年第 1 期)、王晓华《对布莱希特戏剧理论的重新评价》(《外国文学评论》1996 年第 1 期)等文。

　　③ [苏]A.托甫斯托诺戈夫:《情感的本质》,转引自童道明:《我主张戏剧观念的多元化》,《戏剧报》1986 年第 3 期。

的《狗儿爷涅槃》《桑树坪纪事》《中国梦》《生死场》等作品的成功,同样说明布莱希特对于中国话剧的发展具有重要价值。

那么,为什么又会出现布莱希特在中国的译介"把观众间离到剧场外面去"的情形呢? 这就牵涉如何借鉴布莱希特的问题:是生搬硬套,还是从中国话剧实际出发汲取某些有用的东西。1959 年黄佐临导演《大胆妈妈和她的孩子们》失败——"把观众都间离到剧场外面去了"(黄佐临《回顾·借鉴·展望》),而他 1979 年导演《伽俐略传》、1987 年导演《中国梦》又为什么大获成功? 根本原因在于前者是完全套搬布莱希特演出录像,遂让观众迷惑不解,后者则或结合布莱希特与斯坦尼,或结合布莱希特、斯坦尼与中国戏曲,是从表现现实和人出发,从民族审美和观众情趣出发去融会贯通。其实,布莱希特译介与接受的这种情形不仅在中国,在印度、日本等其他东方国家也大致如此。[1] 也许正因为有 1959 年生搬硬套布莱希特失败的教训,1962 年黄佐临发表《漫谈"戏剧观"》,就明确指出,译介布莱希特是为了"突破一下我们狭隘戏剧观"。黄佐临这篇文章对布莱希特在中国的译介有所误导,但在这一点上是完全正确的。中国话剧译介和接受布莱希特,不是为了把中国话剧变为布莱希特式的,而是为了拓展中国话剧的戏剧观念,丰富中国话剧的表现手段。80 年代后期以来,《桑树坪纪事》《狗儿爷涅槃》《中国梦》《生死场》等剧,也正是在这里寻求各种戏剧理论、流派的融合,而有成功的借鉴与创造。

就像布莱希特从中国戏曲中印证了史诗剧的美学原则,也印证了西方戏剧中的"非亚里士多德式"传统,中国戏剧家也从布莱希特那里发现了自己的民族戏剧传统。如果说 80 年代前期,由于"十七年"戏剧和"文革"戏剧发展的惯性作用,中国话剧主要是以"革命""战斗"的视野去接受布莱希特,从而导致布莱希特译介加剧了中国话剧的政治说教和公式化概念化倾向;那么,80 年代后期以来中国戏剧家调整接受视野,从表现现实和民族审美出发,以民族戏曲

---

[1]　1986 年香港举办布莱希特国际研讨会,中国陈颙导演的《高加索灰阑记》,日本千田是也导演的《四川好人》,印度戏剧家演出的《潘第拉先生和他的仆人马迪》等剧,都渗透着各自的民族戏剧风格。

艺术及斯坦尼体系去融合布莱希特,就在相当程度上矫正了把布莱希特与现实主义截然对立的偏颇,尽管它在"陌生化"的认识论意义的批判性、启蒙性方面还仍然不尽如人意。可以看出,布莱希特在中国的影响有一个渐趋深入的过程。正是因为出现了接受中的问题与困惑,从80年代后期开始,戏剧家才认真反思布莱希特在中国的译介,既对布莱希特有了比较全面深入的理解,又较好地体现出自己的主体性和创造性。

这就是从表现现实和表现人出发,从民族审美和观众情趣出发进行戏剧"融合"的创造性转化。它成为新时期话剧深入发展的突出标志。就译介和接受布莱希特来说,即如徐晓钟创作、导演《桑树坪纪事》所强调的,是要"以我为主,辩证地兼收并蓄",努力创造"兼有叙述体戏剧及戏剧性戏剧的特征""'情'与'理'的结合""破除现实幻觉与创造现实幻觉两种原则相结合"的戏剧。①"融合"是要弥合此前因片面理解布莱希特而导致的艺术断裂。首先,就情与理的关系而论,为了矫正早先注重理性思考而忽视审美感性的偏颇,戏剧家强调要研究传统戏曲的情理交融观,认为戏剧应该激发观众的是对人物命运的关切所产生的哲理思考,是情感化的哲理或曰哲理化的情感。因而其次,戏剧既要有对现实进行"陌生化"以引发思考的叙述性因素,又要有人物冲突、人物关系与命运的戏剧性情节。再次,是与情理交融、戏剧性和叙述体结合相对应,强调舞台演剧在反映人物性格、关系与命运时要创造现实幻觉,即演员对角色的生活、情感要有体验和共鸣,而当演员对自己扮演的人物、事件进行评价时,则与角色处于若即若离的状态以破除现实幻觉。《桑树坪纪事》中许彩芳、陈青女、王志科的悲剧命运都是写实的、戏剧性的,穿插了歌队、舞蹈、音乐的叙述,和"围猎"等写意的诗化意象,从而在现实的深层挖掘中达到哲理的揭示和诗情的升华。《中国梦》《狗儿爷涅槃》《生死场》等剧,也都是这种总体结构的叙述体与具体场面的戏剧性的结合,戏剧性场面的体验派表演与叙述性

---

① 参见徐晓钟:《在兼容与结合中嬗变》,《戏剧报》1988年第4期、第5期。

因素的表现派表演的结合，坚持在写实、再现基础上的写意与表现，既让观众"进戏"而有情感的激动，又引导观众"出戏"进行冷静的思考。

显而易见，中国话剧需要布莱希特，布莱希特戏剧有其独特的价值与意义，新时期剧坛译介布莱希特并非"历史性的错位"。那么，布莱希特在中国的遭遇又意味着什么呢？它向人们昭示，中国话剧需要布莱希特的不是一个戏剧模式，而是一种戏剧精神。就像世界文化交流中的真正影响是潜力的解放，是精神的渗透。布莱希特的戏剧精神是什么？撮其要点有三：一是戏剧批判精神。布莱希特反对虚假的、欺骗的戏剧，站在启蒙的立场、以变革社会的姿态进行戏剧创作，用"陌生化效果"激发观众在艺术欣赏的同时思考、批判社会人生，这是布莱希特戏剧最为可贵的精神。卡西尔说：

> （民众）默默地等待着被从蛰伏状态中唤起而进入意识的明亮而强烈的光照之中。不是感染力的程度而是强化和照亮的程度才是艺术之优劣的尺度。①

在社会转型而异化力量仍然强大的当代中国，更需要这种批判性、启蒙性的戏剧。二是戏剧创新精神。"叙述体""史诗性""陌生化"等都并非布莱希特首创，但是，他从变革社会、启蒙民众出发去探求戏剧的发展，从欧洲戏剧传统、西方现代戏剧和东方戏剧艺术中大量汲取而形成了自己独特的戏剧体系。也许布莱希特的有些观念今天已经过时，然而，它所包含的任何时代都应创造出能促进自身解放、表现当代社会的戏剧艺术的创新精神、探索精神是永远不过时的。也正因此，借鉴布莱希特不能机械、片面地理解，必须不断地探索和创新。三是戏剧辩证精神。布莱希特早期曾把某些理论绝对化，成熟以后，其戏剧理论与实践趋向辩证，以"陌生化效果"为主而融合传统与现代、西方与东方

---

① ［德］恩斯特·卡西尔：《人论》，甘阳译，上海译文出版社1986年版，第188页。

的其他戏剧观念与方法。任何戏剧变革都会出现矫枉过正的偏激,而任何探索都有助于开掘戏剧艺术的潜能,各种戏剧艺术观念由彼此对峙走向相互吸收,才可能完成对戏剧真理的全面把握。同样地,处于转型期和探索期的中国话剧,也需要融合包括布莱希特在内的各种理论和流派进行新的创造。总之,译介布莱希特不是为了模仿布莱希特,而是借鉴以创造具有现代性的中国民族话剧。从这个意义上说,布莱希特戏剧蕴藏着丰富的艺术资源。

【戏剧家研究】

陈白尘：执着追求自由的杰出人文主义作家

在现当代中国文学史上，陈白尘先生是一位以讽刺喜剧独树一帜、执着追求自由的杰出的人文主义作家。陈白尘以剧作家闻名于世，然而他又是文学创作的多面手，在小说、散文和电影文学等方面都奉献出了一批佳作。

陈白尘的创作生涯大致可以分为五个时期：早期的文学初步，"左联"时期，抗战时期及战后，"十七年"，和"文革"以来。追随着 20 世纪中国社会的时代大潮汹涌，陈白尘创作追求自由的主题意旨在不断发展，其创作的人文主义内涵也在逐渐深化。

一、初露锋芒：幼稚芜杂中的人文倾向

陈白尘，原名陈增鸿，出生于江苏淮阴一个小商人家庭。六岁起进私塾开始传统启蒙教育，1923 年考入淮阴成志初级中学接受现代教育。童年和少年时期的陈白尘因为聪敏智慧，在学习上表现出优异的才华和天赋；更在性格特征与文学兴趣等方面，孕育了他后来成为执着追求自由的、杰出的人文主义作家的最初萌芽。

童年和少年时期的陈白尘，其学生生活都有一些特殊的经历，对于他的性格成长具有重要意义。比如，童年陈白尘为了反抗私塾先生不管他们课程、常去茶楼品茗听书而逃课两年，在穿街走巷的四处游荡中，他朦胧地知晓了人世

间的贫穷与痛苦、欺辱与压迫,而在他幼小的心灵里产生了对于欺压者的憎恨和对于被欺压者的同情;他更难忘京杭大运河淮阴大闸口"岸束穿流怒"的雄阔浩荡、气势万千,和轮船过闸时"鼓急万夫争"的惊险艰难、紧张激烈,那片水土溶入他的血液而铸就了他刚烈坚强的性格。所以,当他和许多同学受到"界子"——青皮流氓式子弟——的欺负敲诈,他就联合同学与其"城头大战"无畏抗争;当他得知私塾房东家那位善良温顺的大姐出嫁三天就被丈夫休弃,他署名"不平人"写信鼓励她大胆提出离婚去追求自己的爱情幸福。憎恨丑恶,同情弱者,反抗欺辱,追求自由,在这一时期陈白尘的性格中就已经初见端倪。后来进入成志中学,校长李更生在"五卅运动"后,组织同学参加上海大学生报告惨案经过的演讲会,带领师生与淮阴城中小学校一起上街游行,以及支持陈白尘等同学走出校门、徒步苏北乡镇去宣传募捐,又在少年陈白尘心里种下了"爱国""革命"的初步信念。

至于文学兴趣,因为淮阴地处偏僻闭塞的苏北,"五四"新文学运动当时在这里少有影响。陈白尘童年、少年时期阅读的,还是《三国演义》《水浒传》《西游记》《红楼梦》《七侠五义》《施公案》《济公传》《镜花缘》《封神榜》等传统文学,以及当时流行的《红玫瑰》《小说世界》等"礼拜六派"刊物的通俗作品。有幸的是,在成志中学读书期间,校长李更生引导学生运用白话文写作、开展校园话剧演出活动,使少年陈白尘对新文学产生了浓厚兴趣。1924 年,他开始尝试分行白话诗,模仿《镜花缘》写白话小说,还参加了学校师生自编话剧的演出。尤其是短篇小说《另一世界》次年投给上海《小说世界》杂志参加征文比赛获得第 11 名,极大地鼓励了少年陈白尘的文学梦想。该小说写一书生怀才不遇,决定离开现实世界,飞到另一个"清净美丽的世界"去。他云游了"双言国""别署国""奇冤国""而立国""君子国",结果发现,它们与现实世界一样龌龊、虚伪和丑陋。作者用嘲讽的文笔揭露批判了现实世界的黑暗,和对于清净美丽的自由世界的追求。其幽默、讽刺的手法,既有对于《镜花缘》等小说和民间笑话的模仿,也有父亲陈寿年性格的影响。陈白尘晚年回忆父亲说:"他那乐观精神——亦即他的'迷马精神'以及他喜好笑谑的性格，大概是影响过我的。他讲的笑话，大多是嘲讽地主和官僚，也许和我后来写的喜剧有一定关系吧。"①作为喜剧作家的陈白尘，在其早年的"涂鸦"中就已透露出一点个性特色。

陈白尘早年的学校教育，对他影响最深刻的是成志中学校长李更生："特别是他的爱国主义精神和提倡白话文、提倡演剧，更对我的一生起了决定性作用。由于前者，我初步走上革命之路；由于后者，我才舞文弄墨起来。"②1926年暑期陈白尘离开家乡去上海报考学校，此后，"革命"和"文学"就成为其人生的基本内容。他的文学创作，也在努力模仿的幼稚和芜杂中，显露出某些追求自由的人文倾向。

最初报考的上海文科专科学校是一所"野鸡大学"，这是黑暗的现实社会给不谙世事的陈白尘的一个教训。不过陈白尘很快就爱上了上海大都市的文学氛围，他广泛地接触了"五四"新文学，弥补了早年在家乡因为偏僻闭塞而对于新文学懵懂的不足，并与同学组织文学社团"萍社"、创办油印文学刊物《萍》；他更是被汹涌澎湃的大革命形势所激动、所震撼，卷入这场革命中去，转而"钻进象牙之塔里，将养这受伤的灵魂"③。这就是陈白尘在大革命失败之后，投在田汉先生——田汉及其学生同样是卷入大革命浪潮又被这场革命甩出来的一群人，田汉遂创办学校和剧社开展话剧及电影运动——门下，进入田汉主持的上海艺术大学文学科和南国艺术学院学习，参与话剧演出、电影拍摄和继续小说创作，成为田汉领导的南国社的重要一员。田汉要"培养能与时代共痛痒而又有定见实学的艺术运动人才以为新时代之先驱"④，他身上所体现的"追求光明"的创作精神，乐观、纯真、正直的性格特征，和被压迫者的傲骨、在野者的自尊，对于陈白尘来说受益终身。尽管在这期间（1928—1931），陈白

---

①　陈白尘：《寂寞的童年》，三联书店1985年版，第140页。文中"迷马"乃马虎、豁达之意，为淮阴方言。

②　陈白尘：《少年行》，三联书店1988年版，第60页。

③　陈白尘：《少年行》，三联书店1988年版，第136页。

④　田汉：《我们的自己批判》，《南国月刊》1930年第2卷第1期。

尘为生活所迫或卖文为生，或四处求职而较长时间离开了南国社，但是，他始终心系文学，心系南国社的话剧运动。例如，1929 年 7 月南国社在南京举行第二期公演，身居镇江的陈白尘闻讯即追赶而去；稍后，他又与左明、赵铭彝等南国艺术学院同学在镇江组织江苏民众剧社开展民众戏剧运动，在上海组织摩登社开展左翼学校戏剧运动。

然而这一时期陈白尘在创作上却是继续写小说，并且主要是模仿鸳鸯蝴蝶派和郁达夫。1927 年有短篇《林间》；1928 年有短篇《微笑》、中篇《旋涡》；1929 年有中篇《一个狂浪的女子》《罪恶的花》《归来》《歧路》，和后来收入短篇小说集《风雨之夜》中的《援救》《孤寂的楼上》《风雨之夜》《默》等作品。以缠绵悱恻的文笔、感伤哀婉的情调去描摹小知识分子及小市民的爱情故事，大都是生编硬造、无病呻吟之作。不过对于陈白尘的创作生涯来说，在其幼稚、浅陋中，还是显示出某些值得注意的迹象。首先，是在青年男女的爱情描写中，隐约体现出追求个性解放之自由的时代潮流。如《一个狂浪的女子》《罪恶的花》描写落入风尘的女性不甘做玩物的追求和挣扎，《默》表现无故被休弃的妻子对于爱情和自由的渴望；《林间》更是化用欧阳修的诗《画眉鸟》——"百啭千声随意移，山花红紫树高低。始知锁向金笼听，不及林间自在啼"——描写青年男女被压抑的爱情及其对于自由的强烈追求。其次，是对于社会底层被压迫者的人道同情，和对于压迫者的尖锐揭露和批判。社会邪恶势力对于"无名文丐"、风尘女子两个青年男女真挚爱情的摧残（《孤寂的楼上》），道貌岸然的都市阔少寻花问柳的道德败坏（《罪恶的花》），有权有势者的荒淫无耻和凶残虚伪（《旋涡》）等，爱憎情感中流露出作者的人文主义情怀。第三，是幽默、讽刺手法的探索。《歧路》中知识分子朱良玉理想美好和行动猥琐的喜剧性格，《罪恶的花》中都市阔少黄世侯外表彬彬有礼而内心男盗女娼的虚伪面目，《微笑》中农村财主张敬廉在以金钱、计谋骗取村民信任的微笑中所掩饰的为富不仁的歹毒等，都流露出作者的喜剧才华。以幽默讽刺的文笔，表现个性解放之自由的时代大潮和关注社会人生的人文精神，其中蕴涵着 20 年代中国文学的创作趋势，更体现出初露锋芒的青年作家陈白尘的文学追求。

二、由革命而文学及其创作个性的形成

"哪一条是正路呢？盲子在歧路中彷徨。"中篇小说《歧路》扉页的题辞，揭示出 20 年代末陈白尘迷惘、困惑、痛苦的心绪。1929 年 7 月南国社在南京公演，听到田汉在与国民党右派辩论时强调"艺术是应该为民众叫喊的"，使他的思想受到深深的震撼；而 1931 年暑期，他在历经人生坎坷之后痛定思痛，更是清算了自己为了生活和家累而远离时代大潮的过去。于是，陈白尘走向新的人生征程——由革命而文学，中国"左联"大纛下增添了一名坚定的战士。

1931 年 9 月，陈白尘在他任教的江苏省涟水中学结识了共产党人朱凡，他们一起创办剧团南风社——继承南国社的风格——去乡镇开展民众戏剧运动；"九一八"事变爆发，他们又一起组织和领导涟水全县中小学的罢课游行斗争。陈白尘仿佛回到了 1926 年的大革命时代。罢课斗争失败后回到淮阴老家，共青团淮（阴）盐（城）特委书记宋振鼎介绍他参加共青团和反帝大同盟，并担任反帝大同盟淮阴分盟负责人之一，和共青团淮盐特委秘书，积极参加抗日宣传革命活动。后因叛徒出卖，共青团淮盐特委机关遭到严重破坏，1932 年 9 月，陈白尘与宋振鼎等一起被捕，先后被关押在镇江监狱和苏州反省院，直到 1935 年 3 月出狱。

陈白尘晚年回顾这段经历时写道："我不能不感谢国民党的监狱，它为上海文坛制造了一个所谓的'亭子间作家'——自愿投奔到'左联'大纛之下来的小卒。"①这是指他不愿浑浑噩噩地在狱中虚度光阴，而南国艺术学院老同学赵铭彝在信中"你的笔难道生锈了吗"的直言相问，促使他在昏暗的牢房里、在自己床铺用被子叠成的"写字台"上，重新开始了写作生涯。他以监狱生活为主

---

① 陈白尘：《漂泊年年》，《钟山》1988 年第 3 期。

题创作短篇小说和独幕剧,托赵铭彝投寄到《文学》《现代》《文学季刊》等刊物发表,其特有的题材主题给左翼文坛带来新的气息。出狱之后,陈白尘在中共地下组织安排下在上海做"亭子间作家",在左翼文学阵营中,他感受到了前所未有的生命活力,其创作的思想艺术水平有很大提高。

从 1927 年前后开始,"革命"和"文学"就成为陈白尘生活的"底色"。他说:"我是一生想搞文学的,但时代需要我革命时,我便也去革他一革。"①只是那时候对于陈白尘来说,革命是革命,文学是文学,革命和文学主要还是作为两件事分开去做的。这一次却不同。他是因为革命而入狱,而又在狱中选择了文学作为革命斗争的武器,革命与文学在此便融为一体,成为陈白尘人生历程、文学创作的重大转折和升华。左翼文坛非常重视陈白尘在狱中及出狱后写的那些作品,巴金热情邀请编成集子收在他主编的《文学丛刊》里;陈白尘也极为珍惜这个新的开始,他把这本 1936 年出版的《曼陀罗集》称作他的"第一本书"。

陈白尘这一时期主要是写小说和戏剧。与早期小说创作闭门造车、无病呻吟截然不同,此时陈白尘的小说,都是写他自己经历的、熟悉的生活。有两类题材:一类是描写监狱生活,它成为陈白尘初登左翼文坛的一大特色。有 1934 年的《春》《父子俩》,1935 年的《暮》《解决》,1936 年的《鬼门关》《最后的晚餐》《打靶》《小魏的江山》等短篇之作。另一类是描写苏北故乡生活。有《夜》(1934)、《炸弹》《茶叶棒子》《起旱》(1935)、《小风波》《李大扣子上学》(1936)、《何法官》(1937)等短篇,和中篇《泥腿子》(1936)等作品。其戏剧作品,除独幕剧《癸字号》(1933)、《大风雨之夜》(1934)亦属"监狱文学"外,也主要有两类:一类是历史题材戏剧,如独幕剧《虞姬》(1933)、四幕剧《石达开的末路》(1936)和七幕剧《金田村》(1937);另一类是现实题材喜剧,有独幕剧《征婚》《二楼上》(1935)和四幕剧《恭喜发财》(1936)等。也是作者所熟悉的现实生活或历史题材。

---

① 陈白尘:《少年行》,三联书店 1988 年版,第 116 页。

在多种戏剧样式的探索中，陈白尘在喜剧和历史剧方面的创作才能突显出来。

综观陈白尘此期作品，尽管有小说与戏剧的文体类别不同，也尽管其题材所涉及的生活领域有别，然而，渗透于其中的创作的追求和倾向是一致的。

首先，是作者在经历了 1928 年至 1931 年的颠沛流离，特别是 1932 年至 1935 年的革命斗争和监狱磨难之后，其创作坚决抛弃了早年的生编硬造和无病呻吟，转而直面社会人生。作者在《曼陀罗集》题记中写道："有种花，据说是生长在牢狱的屠场隙地上，专靠着吸取死囚的白骨和鲜血来培植它的生命的，叫做曼陀罗。"他以亲身经历为题材的监狱小说就是这样的"曼陀罗花"，其苏北故乡生活题材小说创作，也都是深深地植根于社会现实的。同样的，对于戏剧创作，他要求"所写的戏剧，应该是从民众生活中摄取下来的，并且他应该是为这些人去叫喊的！"[1]即便是历史剧，他也强调在注重"历史的真实"和"艺术的真实"的同时，更要注目于现实而使历史"跟现实有关联"[2]。这标志着陈白尘的创作历程和创作思想发生了重大转向，此后，他就沿着这条道路创造了自己文学艺术的辉煌。

其次，是作品反映的生活面更为宽阔，对社会人生的揭示也较有深度。他的《小魏的江山》等"曼陀罗花"为中国文坛展示了"这大牢该是十九层地狱"的监狱生活的狰狞恐怖："囚犯"所遭受的种种非人待遇，狱吏克扣伙食、药费和棺材费的贪赃枉法，"笼头"与狱吏相互勾结的为非作歹等等。《泥腿子》等描写苏北故乡的作品，在浓郁的地域色彩中，同样蕴含着作者对于社会人生的严肃思考：小市民的清苦贫困和自私冷漠，小知识分子明哲保身、趋炎附势的懦弱和虚伪，以及农民在沉重剥削、压迫之下的反抗和愚昧。其戏剧创作的视野又有拓展，或在太平天国的历史教训中寓含着"团结御侮"的时代主题（《石达开的末路》），或在"恭喜发财"的嬉谑声中呈现出贪官污吏大发国难财的闹剧（《恭喜发财》）。这些，都是此前陈白尘的文学视野中所没有的，在 30 年代的

---

① 陈白尘：《中国民众戏剧运动之前路》，《山东民众教育月刊》第 4 卷第 8 期，1933 年 10 月。
② 陈白尘：《关于太平天国的写作——序〈金田村〉》，《文学》第 8 卷第 2 号，1937 年 2 月。

中国文坛也有其独特创造。

再次，是作品人文主义内涵的深化。以"监狱文学"来说，陈白尘对于人间地狱般的监狱生活的真实描写，对于"囚犯"们各自的血泪斑斑历史的叙述，对于狱吏搜刮"囚犯"以营私舞弊，及其与"笼头"狼狈为奸盘剥"囚犯"的卑鄙行径的揭露，揭示出在那个黑暗时代，人们的生存是如此艰难，人们的生命是这般被肆意糟践，其中贯注着作者的切身体验，故表现得较为深沉。同样的，作者对于苏北故乡那些芸芸众生的"哀其不幸"和"怒其不争"，对于在贪官污吏"恭喜发财"闹剧中为了捐款而饥寒交迫的底层民众的同情，以及对于欺压凌辱百姓的社会黑暗势力的批判，也因作者具有真切的感受而显得比较坚实。陈白尘早期创作也有此类描写，但那更多是出于人性本能的情感流露，作者对于描写对象还缺乏体验和感悟。此期创作因为题材熟悉、感受真切，其人文内涵也趋于深刻。

第四，是陈白尘创作追求自由的主题意旨的持续与拓展。社会黑暗，现实丑陋，人们遭受欺辱也就会有抗争、有追求。以《父子俩》《暮》《鬼门关》《小魏的江山》等"监狱小说"表现的生活为例，那些被囚禁在监狱中的人们，有反抗工厂主剥削压迫而被开除、被抓捕的工人，有为要求平等、反抗专制而斗争的知识分子，也有不愿当炮灰而逃生被抓的士兵，还有因为天灾人祸交不起租税、触怒地主而被关押的农民。他们为了生存的自由、生命的自由，反抗社会不平等和现实黑暗，在他们身上体现了追求社会解放的时代潮流。不难看出，作者早期创作中所张扬的个性解放的自由，在这一时期已经拓展为社会解放之自由。此外，《恭喜发财》等剧作对于国难声中贪官污吏的抨击，还初步触及政治民主自由的内涵。

还有一点，就是陈白尘幽默、讽刺的喜剧才华在这一时期有比较充分的发展。作者的"监狱文学"都是悲剧性的，他对于社会底层的遭受欺辱也更多感伤和同情；但是，对于那些冠冕堂皇而骨子里男盗女娼的各类政府官吏（《恭喜发财》等），对于那些说得天花乱坠而内心猥琐虚伪的小知识分子（《二楼上》

等)，作者毫不怜惜地予以尖锐批判，以漫画、夸张、反讽等手法揭示其可笑与可鄙。作者居高临下地嘲弄那些可鄙又可笑的东西，发现这类创作最能发挥他幽默讽刺的天赋，发现这类创作最适合表现其主体精神自由，发现自己的主体精神自由与其在现实描写中所张扬的追求自由的主题意旨，在这里能够达到较好的契合。经过艰难摸索，陈白尘终于找到了自己，其创作也在这一领域闪烁着特异的风采。

这些创作基本形成了陈白尘的创作个性。当然，此时陈白尘处于人生和创作的重大转向之中，这些作品的艺术表现还不够成熟。除情节安排、形象刻画功力不够外，最突出的是较多外在的描写，作者"是以感官感触事物，而不是以心突入事物——他还缺少精炼事物的功夫"①。这是以文学从事革命的创作通病。有幸的是，陈白尘在继续探索。

三、抗战和民主：为民族解放和民族复兴呐喊

抗战时期及战后，陈白尘创造了自己文学生涯的辉煌时代。

"七七"事变后，陈白尘参加中国剧作者协会的筹建工作和《保卫卢沟桥》的集体创作；"八一三"沪战爆发后，他与沈浮、陈鲤庭等一起，先后带领上海影人剧团、上海业余剧人协会去重庆开展抗战演剧，并先后任教于国立戏剧专科学校和四川戏剧音乐学校。此间主要创作，1937年有四幕剧《卢沟桥之战》，1938年有五幕剧《民族万岁》(与宋之的合作)、四幕剧《汉奸》和《魔窟》，1939年有三幕剧《乱世男女》，1940年有独幕剧《禁止小便》等。1941年"皖南事变"后，陈白尘在中共南方局安排下，与应云卫等一起组建民营剧团中华剧艺社，以话剧为突破口掀起大后方抗战文艺运动的新高潮。此后直至抗战胜利，陈白尘辗转重庆、成都等地，在极其艰难的情形下开展进步戏剧运动，创作了《大

---

① 参见巴人：《怀白尘》，《生活、思索与学习》，香港高山书店1940年版。

地回春》(1941)、《结婚进行曲》(1942)、《大渡河》(1943)三部五幕剧,和《秋收》(1941)、《岁寒图》(1945)、《升官图》(1945)三部三幕剧,还担任中华全国文艺界抗敌协会成都分会常务理事,主编过《华西日报》《华西晚报》和《新民报晚刊》的文艺副刊,为抗战戏剧创作、戏剧运动和戏剧教育做出了重大贡献。

1946 年回到上海,陈白尘参加中共地下党领导的昆仑影业公司,任编导委员会副主任、主任,创作了《幸福狂想曲》(1947)、《天官赐福》(1947)、《乌鸦与麻雀》(1948)等电影剧本,极大地促进了中国喜剧电影的发展。1949 年,陈白尘当选为上海戏剧电影工作者协会主席,并担任参加第一届全国文代会的南方第二代表团的副团长。

这一时期陈白尘主要是写话剧剧本和电影剧本。这些作品从思想内容来看有两大主题:抗战和民主。前者是争取民族解放之自由,后者是争取政治民主之自由。显而易见,追随着伟大时代的前进脚步,陈白尘创作追求自由的主题意旨又有了新的丰富和发展。

争取民族解放之自由的主题意旨在此前陈白尘作品中也有描写,但是,那时候特殊的政治背景,使得创作中不能舒畅地表达思想情感。如今卷入伟大的民族解放战争,作者原先被压抑的思想情感转化为强烈的创作激情。这其中当然也有一个渐趋深入的过程。早先的《卢沟桥之战》《民族万岁》,更多揭露侵略者的暴行和表现人民抗争的力量,并且乐观地期望胜利的明天。随着现实的发展,陈白尘看到了抗战肌体上滋生的种种丑陋,而以辛辣的讽刺文笔,对于《魔窟》中那群沐猴而冠、寡廉鲜耻、丧尽天良的汉奸,和《乱世男女》中那群国难声中泛起的沉渣,其抗战口号喊得震天响而行动上懦弱胆怯、醉生梦死的虚伪卑劣,"无视顾忌,而无情地把一个赤裸裸的现实剥脱出来"①。大后方文艺界围绕着《乱世男女》与张天翼的《华威先生》,展开了关于"暴露与讽刺"的论争。"这两个作者都是有胆量的作者,已经着眼到社会的矛盾",这两

---

① 陈白尘:《我的欢喜——〈乱世男女〉自序》,《乱世男女》,上海杂志公司 1939 年版,第 2 页。

篇作品都"应该列入作为我们文艺发展的标帜的好作品的行列里去"①，它们促进了抗战文艺的发展。而在抨击嘲讽抗战洪流中的黑暗和丑陋的同时，陈白尘也在寻找和正面表现支撑伟大抗日战争的民族脊梁。他在虽然固执自私却朴实勤劳的农妇姜老太婆，和虽然染有陋习却善良诚实的伤兵身上（《秋收》），在历经艰险迁徙工厂、为振兴民族工业而奋斗的民族资本家黄毅哉，和冲出封建家庭束缚而投身抗日救亡运动的冯兰身上（《大地回春》），都看到了坚韧不屈、自强不息的民族性格和民族精神，看到了"大地回春"、民族新生的伟大力量；他在太平天国英雄石达开的"忍令上国衣冠沦为夷狄，相率中原豪杰还我河山"，和"人头作酒杯，饮尽仇雠血"的豪迈誓言与铮铮铁骨中（《大渡河》），也同样感受到中国人民的坚强性格和反抗精神。而《岁寒图》，则是陈白尘关于抗战民族性格和民族精神思考的升华。该剧写于1944年春，作者"知道冬夜还长，我们还要艰苦地耐心地度过"，于是他"号召耐寒的气节"，"寻找那在这酷烈的严冬里耐寒的人物"②，而画出了一幅严寒中挺立不凋的松柏图。剧作歌颂了黎竹荪大夫这位坚贞自守、百折不挠的英雄，又猛烈抨击了政治黑暗、市侩流行的大后方社会现实。陈白尘深情描绘了在那个如"酷烈的严冬"的艰难时代，知识分子抵御物质诱惑而甘于清贫、坚守岗位的伟大精神，他要以这种正义力量去扫荡那投机、堕落的风气像一股狂涛巨浪，侵蚀着这整个社会的丑陋现实，去鼓舞人们坚持抗战以争取最后的胜利。

陈白尘创作关于政治民主之自由的主题意旨也是逐渐深化的。20世纪30年代，他描写监狱生活黑暗与狱吏营私舞弊情形的《小魏的江山》《癸字号》，和批判贪官污吏趁国难之机大发不义之财的《恭喜发财》等作品，就是抨击统治当局的政治黑暗。只是，其现实描写、艺术表现还比较粗糙直露。这一时期，卷入伟大时代潮流的陈白尘对于现实的观察渐趋深入，他用来揭示现实政

---

① 雪峰：《论典型的创造》(1940)，《过来的时代》，新知书店1946年版，第92页。

② 陈白尘：《岁暮怀朱凡——〈岁寒图〉代序》，1944年12月3日《华西日报》。

治之黑暗的喜剧艺术,也在艰辛探索中趋于成熟。直面现实黑暗,尽管此类创作多遭压抑,但是陈白尘举起了尖锐的讽刺喜剧之投枪。他在某政府机关为拟写一块"禁止小便"的牌子而闹得鸡飞狗跳的混乱中,抨击了官僚行政机构的衙门作风(《禁止小便》);在妇女寻找职业的种种不幸遭遇中,揭示出政治的腐败、官僚的卑鄙和社会的虚伪(《结婚进行曲》)。这些作品同样引起争论甚至歪曲——"我们乌鸦似的预告着灾难,却被喜欢喜鹊叫的人们赶走",然而陈白尘却意识到,"微笑不能打动苦难时代僵硬的心弦",现实需要"能刺透这时代的心脏"①的喜剧,于是他写出了《升官图》。《升官图》是中国现代政治讽刺喜剧的代表作,也是陈白尘追求政治民主之自由的最集中、最深刻的表现。该剧"标志着陈白尘喜剧艺术的发展达到了一个高峰,也代表着中国现代喜剧的发展在当时所达到的最高水平",并"确定了政治讽刺喜剧在中国现代戏剧史上的重要地位"②。《天官赐福》可视为《升官图》的姊妹篇,讽刺"劫收"大员回到上海贪婪狡诈、营私舞弊的丑态。《乌鸦与麻雀》同样是写战后的"劫收"丑剧和现实的黑暗,尖锐嘲讽反动势力末日来临的垂死挣扎。在当时汹涌澎湃的民主运动中,陈白尘以其讽刺笑声表现了只有"彻底消灭这种官僚政治,才能为民主政治大道扫除障碍"③的历史趋势,显示出深刻的现实洞察力和高超的喜剧艺术。

　　《升官图》和《岁寒图》是陈白尘最重要的戏剧创作,并且其中关于民族解放之自由和政治民主之自由的内容描写,是相互关联、相互映衬的。两"图"合而观之,真实、深刻地反映了抗日与民主的伟大时代主题,显示了陈白尘这一时期创作的巨大进步。

　　热爱自由、热爱光明,追求自由、追求光明,陈白尘文学创作的这个主旋律,在他抗战时期及战后的作品中得到了淋漓尽致的艺术表现。陈白尘的创

---

① 陈白尘:《岁暮怀朱凡——〈岁寒图〉代序》,1944年12月3日《华西日报》。

② 董健:《陈白尘创作历程论》,中国戏剧出版社1985年版,第15页。

③ 陈白尘:《序〈升官图〉的演出》,1946年2月28日《新民报》。

作，尤其是其主体精神得到充分张扬的喜剧作品，因为暴露和讽刺而常常引发争议或遭受压抑，然而作者坚定自己的审美追求。他说："只有强烈地倾向着光明的人，才会对黑暗加以无情的暴露。……由于热爱着光明，而对黑暗痛加鞭挞的，是暴露；专意夸张黑暗去掩盖光明的，是悲观，是投降。——我热爱着光明！"①陈白尘同样强烈地倾向着、热爱着自由。他在剧作中以反语"我们都有人身的自由，言论的自由，以及一切的自由"（《升官图》），表达对于专制政治的尖锐嘲讽；他在现实中强烈呼吁："只有自由才能消灭黑暗。吝惜自由者也就无异于助长黑暗。"②而热爱和追求光明，也就是热爱和追求自由。抗战，是争取民族解放的自由，关系着国家之生死存亡；民主，是争取国家政治之自由，关系着民族的复兴与新生。因此，在国家命运和民族前途的宏阔背景上，作者对于那些给中华民族带来悲惨遭遇的日寇、汉奸，以及官僚政治等予以尖锐的嘲讽批判，对于那些在野蛮侵略、黑暗政治、现实丑恶摧残下艰难生存的民众怀着深切的同情，对于那些为了人民的生存和生命、民族的生存和生命而英勇抗争者、坚贞自守者，则满腔深情地给予赞颂，其创作的人文主义内涵也有新的发展和深化。

在追求光明、追求自由的历程中，陈白尘的创作也在走向成熟。这不仅在于其戏剧创造功力、喜剧艺术表现趋于精湛，更在于他对文艺审美的理解也趋于深刻。陈白尘 30 年代走进"左联"阵营，更多是以文学去革命。而这一时期，陈白尘对于"革命"和"文学"都有深入思考。关于"革命"，如前所述，他在抗战和民主的描写中表现出敏锐的现实洞察力；关于"文学"，他既注重创作的社会使命感，又强调创作要融入生命、人格和灵魂："作品的整个生命，都是作者人格与灵魂所组成。"③如此，作者才能直面人生"把一个赤裸裸的现实剥脱出来"，其作品中体现出来的爱与憎才那样强烈和真诚；而融入作者生命、人格

①　陈白尘：《我的欢喜——〈乱世男女〉自序》，《乱世男女》，上海杂志公司 1939 年版，第 5 页。
②　陈白尘：《为〈升官图〉演出作》，《升官图》，群益出版社 1946 年版，第 1 页。
③　陈白尘：《〈大地回春〉代序——给巴人》，《戏剧岗位》第 3 卷第 3—4 期合刊，1941 年 10 月。

和灵魂的《岁寒图》《升官图》等创作,才能既真实反映那个时代,又能超越那个时代而与当下对话,具有深刻的经典性。

四、迷惘困惑之后的灵魂觉醒与个性觉醒

1949 年至 1966"十七年"时期,陈白尘在创作上严重歉收。

这是因为,一方面,这一时期陈白尘陷入诸多行政工作之中,如 1950 年任上海市政府文艺处处长,1953 年任中国作家协会秘书长,1958 年起主持《人民文学》编务,等等,大量繁琐的事务挤占了写作时间;而另一个更重要的方面,是几次奉命创作的挫折和失败,陈白尘不知道应该怎样创作了。1950 年为纪念金田村起义 100 周年,他奉中共上海市委宣传部之命拟写电影剧本《太平天国》;1951 年为了配合批判电影《武训传》,他奉中共中央宣传部之命执笔创作电影剧本《宋景诗》;为纪念鲁迅先生 80 周年诞辰,1960 年至 1963 年,他又奉中共上海市委之命创作电影剧本《鲁迅传》。这些创作,都或者因为政治原因而胎死腹中(《太平天国》)、半途夭折(《鲁迅传》),或者因为政治干扰而思想艺术严重受损(《宋景诗》)。与此同时,1949 年以来连续不断的政治运动,也让陈白尘迷惘困惑、胆怯恐惧。他将当时文艺界流行的"但求政治上无过,不求艺术上有功",改为"但求工作上无过,不求创作上有功"。因此,1958 年"大跃进"运动中,他领衔创作的独幕剧《哎呀呀! 美国小月亮》《愚人节的喜剧》《两兄弟》《"相信美国"》,和他独自创作的四幕剧《纸老虎现形记》,这些时事讽刺喜剧尽管都还有陈白尘独特的喜剧手法和笑声,但是,作者坦承这些不敢直面社会人生而"只跟帝国主义开开玩笑"的作品,"是逃避现实的游戏之作,并不是认真的创作"①。1963 年和 1964 年,陈白尘还两次参加中国作家协会"四清"工作组去山西文水、山东曲阜农村,先后写了独幕剧《队长回来了》和三幕剧

---

① 陈白尘:《文艺创作的领导,不同于物质生产的领导——〈陈白尘戏剧选集〉编后记》,《文艺理论研究》1980 年第 2 期。

《第二个回合》，也都是为政治服务的图解政策之作。

陈白尘后来沉痛感慨："在条条框框盛行之时，有一点创作激情，也会被压扁压碎，以至消失得无影无踪的。"①这些作品，都没有作者的思考和创作的真诚，也没有以前创作中追求自由的主题意旨，更遑论其中的所谓人文主义内涵。

此前学术界把陈白尘"文革"时期与"十七年"并为一谈，认为他这近三十年是做"空头文学家"，这是不符合实际的。陈白尘在"十七年"时期，是与同时代其他作家一样，创作困顿无措。然而不同的是，在走过"十七年"的痛苦和困惑之后，当中国绝大多数作家在"文革"中仍然处于迷惘、愚昧时，陈白尘却是从1966年起又重新开始了自己的思考和追求。从而在其晚年，将他的创作推向一个新的高度和境界。

1966年"文革"爆发，陈白尘的政治生命和创作生命都遭受了沉重打击。先是1966年年初作为"异己份子"被逐出京门迁往南京，半年后又被中国作家协会的造反派揪回北京批判斗争；1969年年底，又作为"牛鬼蛇神"被押送到湖北咸宁文化部"五七"干校劳动改造；1973年年初因为病重获准回家治疗却仍然被监视。长期的隔离审查、批判斗争和劳动改造的关"牛棚"，已届老年的陈白尘遭受着高强度劳动折磨、非人的待遇。然而难能可贵的是，从1966年9月11日开始，陈白尘就在"牛棚"里以日记的形式，记录下他对于那个时代、对于那个时代的现实和人的严肃思考。1973年年初回到南京，他就冒着极大的风险整理这部《牛棚日记》（1975年5月完稿）。之后，从1975年6月19日开始，陈白尘又以坚定的信念和坚强的毅力，顶住中央专案组宣布以敌我矛盾论处、将他开除出党的不实之词，同样冒着危险写作《听梯楼笔记》，记录下1975年6月至1976年近一年间，他的所见所闻、所思所感。这两部"文革"时期的"地下文学"，分别于1995年、1997年出版（《牛棚日记》为部

---

① 陈白尘：《为〈大风歌〉演出致首都观众》，1979年8月22日《人民日报》。

分内容），以其纪实性、真实性和思想力而获得高度评价。

1978 年 9 月，陈白尘应南京大学校长匡亚明之聘，调任南京大学教授兼中文系主任，并担任硕士生、博士生导师，不仅培养了一批戏剧人才，而且作为教育家，他还恢复了"五四"以来中国现代文学与现代大学的密切联系，重建了那个被丢弃的文学与大学同根同源、二体一命的传统——自由、独立、创新的精神。这对重振"大学之魂"功不可没。他还将这种自由、独立、创新的精神引进学术研究，与董健教授共同主编《中国现代戏剧史稿》(1989)，主持编辑《中国新文学大系 1937—1949·戏剧卷》(1990)，极大地推进了戏剧学学科建设。陈白尘作为学科带头人创建的南京大学戏剧学学科，是中国最早创建的戏剧学博士点之一，也是中国学术界历史最悠久、实力最雄厚的戏剧学研究重镇。

1979 年 3 月，中共中央组织部发文为陈白尘彻底平反。同年，陈白尘当选为中国文学艺术界联合会委员、中国作家协会理事、中国戏剧家协会副主席。翌年，又当选为江苏省文学艺术界联合会名誉主席和江苏省作家协会名誉主席。其创作也进入新的丰收期。戏剧创作，先后发表了七幕历史剧及电影剧本《大风歌》(1979)和七幕喜剧及电影剧本《阿 Q 正传》(1981)，在历史与现实的深刻思考中焕发出强烈的创作激情。《大风歌》是作者半个世纪来历史剧探索的艺术总结和创作高峰，也集中体现了作者所坚持的历史真实、艺术真实与现代精神相统一的史剧观念；《阿 Q 正传》的艺术表现尖锐泼辣、喜中含悲，体现了陈白尘的喜剧风格，也使作者埋没已久的杰出喜剧才华在新的历史时期得以延续。散文创作，除上述《牛棚日记》《听梯楼笔记》整理出版外，还创作了《云梦断忆》(1983)、《寂寞的童年》(1984)、《少年行》(1986)、《漂泊年年》(1988)等系列作品，也很有成就和特色。

从 1966 年开始，陈白尘就用自己的笔去写自己的大脑对于时代、现实和人的思考，这标志着他作为一个真正的人其灵魂的觉醒，标志着他作为一个真正的作家其个性的觉醒。这两个"觉醒"，使得陈白尘即便是在"牛棚"里、在被监视的环境中，都要追求思想的自由、精神的自由，追求在沉重压抑下睥睨黑暗、嘲讽丑陋的笑的自由。这些作品不再是"奉命"之作，也不再是"应景"文章。"文革"中写《牛棚日记》，他是"被半幽禁在'牛棚'之中，每逢夜深人静时，便偷偷地写下最简单的日记，以记录这个'伟大'的时代，数年来从未中断过"①。1975年写《听梯楼笔记》，他是面对社会上"颇多触目惊心之事"和"奇谈怪论"，深感"令人痛心疾首，寝食难安。……不能对之掉过脸去。我应该写!"②1977年写《大风歌》，也是有感于"积压了十年的悲愤和痛苦驱使着我"，"真是骨鲠在喉，不吐不快啊!"③这些创作，都是作者发自内心的、对于思想自由和精神自由执着追求的情感流露，所以写得真实深刻，使得陈白尘能够走在那个时代的中国文学的前列。比如《牛棚日记》，著名出版家陈原先生说："这真是一部激动人心的'纪实文学'。作者陈白尘，著名的剧作家，如果他一生仅仅留下这一部作品，也够得上称为一个真正的作家，一个无愧于时代、无愧于人民的作家了。"④《云梦断忆》也被公认为是描写"文革"现实的经典之作。而追求思想之自由和精神之自由，又将作者数十年来对于自由的执着追求推向一个新的境界。

正因为如此，陈白尘这一时期的重要作品，很大一部分是写于"文革"中被关进"牛棚"，和"文革"之后仍然未被"解放"的"非人"时期，所以在作者笔下，就表现出对于人与人性真诚的渴望和追求。一方面，他对于那些摧残人性、践踏人的尊严的社会黑暗势力予以了强烈的批判。这在《牛棚日记》《听梯楼笔记》《云梦断忆》中都有尖锐的揭示。而另一方面，在那个特殊的年代，作者又特别渴望人性的温暖，特别珍惜人与人之间的真情。《忆房东》《忆探亲》等篇真切地描写了房东父子在患难中对作者的真诚关照与朴实人情，描写了家庭亲情在那个漫长黑夜中给作者的温暖和力量。有些篇目，譬如写干校生活的

---

① 陈白尘：《前言》，《牛棚日记》，三联书店1995年版，第1页。
② 陈白尘：《〈听梯楼笔记〉自序》，《陈白尘文集》第7卷，江苏文艺出版社1997年版，第336页。
③ 陈白尘：《谈〈大风歌〉和历史剧》，《剧本》1979年9月号。
④ 陈原：《读〈牛棚日记〉》，《向阳情结——文化名人与咸宁》(上)，人民文学出版社1997年版，第188页。

《忆鸭群》《见到鸭群我想起了你》等，看似写鸭但其实还是写人、写社会，写那个"在兽性大发作的年代里，有些'人'，是远不及我的鸭群和平温良，而且颇富于'人'情的"。陈白尘创作的人文主义内涵在这一时期又有新的发展。

这一时期陈白尘创作的人文主义内涵的深化还有一个重要方面，就是对于"国民性"的深刻思考。"文革"是一个真理正义受辱、奸邪罪恶张狂的时代，一个人性丧失、兽性猖獗的时代。固然是1949年以来整个社会趋向"左倾"而导致的极"左"政治总爆发，在更深的人性层面上，它们与"国民性"是否具有内在的关联呢？陈白尘痛苦地发现，不仅"文革"中那些暴行，与愚昧、麻木的阿Q式国民性有着深刻的联系；而且，"即使到1976年粉碎'四人帮'之后，阿Q的灵魂还钻进我们许许多多国人的躯壳里来（自然也包括我自己）"，如"有些患有严重'健忘'症者，把1976年以前的事都忘得干干净净，反以被'四人帮'迫害者自居"，有的"把革命的幻想当作现实而自吹自擂"，以及"忌讳癞疮疤者还到处可见""精神胜利法依然盛行""麻木不仁状态到处可见"等等。① 陈白尘30年代描写故乡农民在沉重剥削压迫之下的反抗和愚昧的《泥腿子》等，就曾有意识地学习鲁迅先生对于愚昧落后的国民性格的批判；1981年改编鲁迅先生的《阿Q正传》，他在忠实原著的基础上，更是以阿Q的人生命运为审视焦点，深刻揭示了愚昧、麻木的阿Q以"精神胜利法"为核心的国民劣根性，以及造成阿Q式国民劣根性的社会历史根源。剧末，关于阿Q"子孙繁多，至今不绝"的夹叙夹议，是改编者从现实着眼的艺术发挥，它使国民性批判这一深刻命题获得了独特的艺术表现和发人深省的当代意义。

五、从革命和现实主义切入去追求自由和人文主义

长期以来，学术界、文学界都是用"现实主义"或"革命现实主义"来评价陈

① 陈白尘：《〈阿Q正传〉改编杂记》，《戏剧论丛》1981年第3辑。

白尘及其创作。从 50 年代的现代文学史著分析陈白尘"拿抗战初期作者的剧作和后期作品比较，显然可以看出作者在现实主义道路上的坚实前进"；到 80 年代的新时期，认为陈白尘一生始终"坚持着革命现实主义的创作道路"；到 21 世纪初对于陈白尘的研究，仍然强调他是"革命现实主义的戏剧大师"①。这个评价确实在相当程度上揭示出陈白尘创作的重要方面，然而，却没有完整地把握住陈白尘创作更深层的精神内涵和审美特性。"革命"和"现实主义"，更多是陈白尘创作的题材选择、创作原则和形式手法等外在特点；其作品深处奔腾激荡的，乃是作者对于自由的执着追求，及其字里行间所渗透的人文主义内涵。应该说，陈白尘既是革命的、现实主义的，也是追求自由的、充满人文主义的；或者更准确地说，陈白尘是从革命和现实主义切入，去追求自由和人文主义的。

陈白尘始终在创作中执着地追求自由。并且更多时候，陈白尘是在"不自由"情境下执着地追求自由的作家。30 年代，他是在监狱中创作了揭露人间地狱真相的《曼陀罗集》；抗战胜利前后，他是在当局特务盯梢下写出了抨击官僚政治黑暗的《升官图》；"文革"时期，他又是在"牛棚"里完成了记录那个荒唐时代的《牛棚日记》；等等。在这些作品中，陈白尘都尖锐地揭示出其所处现实的不自由，更在不自由中，描写了他对于自由的热烈渴望和执着追求。他知道"只有自由才能消灭黑暗"，正如他坚信，尽管时有"严寒"，然而终究将会"大地回春"。因而，"以自由为号召，以解放为归宿"②，从 20 年代的《林间》等小说表现青年男女追求个性解放之自由，到 30 年代的《曼陀罗集》《恭喜发财》等小说和戏剧体现出追求社会解放之自由，从 40 年代的《岁寒图》《升官图》等戏剧追求民族解放之自由和政治民主之自由，到"文革"以来的《牛棚日记》《云梦断

① 分别见丁易：《中国现代文学史略》，作家出版社 1955 年版，第 381 页；董健：《陈白尘创作历程论》，中国戏剧出版社 1985 年版，第 12 页；周特生：《怀念革命现实主义的戏剧大师陈白尘》，《艺术百家》2004 年第 5 期。
② 傅斯年：《罗斯福与新自由主义》，1945 年 4 月 29 日《大公报》。

忆》等散文和戏剧追求思想之自由、精神之自由，在半个多世纪的漫长岁月里，陈白尘历经坎坷却始终与祖国和人民同命运共患难，在其创作中深刻表达了时代的潮流。

执着追求自由的陈白尘，其创作也在艰辛地探索自己的文体形式、艺术个性和审美风格。陈白尘写过小说、戏剧、散文和电影剧本，其作品有悲剧性、正剧性、喜剧性等样式，然而，人们对于陈白尘创作印象最深刻的，或者就作者来说最能施展其艺术天赋、张扬其艺术个性的，还是他的喜剧作品。戏剧是这样，散文和电影剧本也是如此。一方面，这是陈白尘的天性使然；另一方面，则是因为喜剧艺术充满了自由精神，喜剧审美更能够体现他追求自由的创作意旨。陈白尘知道反动派和黑暗势力害怕笑——"笑这东西对于他们来说是最可怕的"[1]。所以，虽然现实丑陋、暂时凶暴强势，但是在精神上，作者却是居高临下地鄙视它、嘲讽它，运用喜剧的笑去鞭挞、嘲讽、否定那些违逆历史潮流和人民意愿的卑鄙丑陋的东西，笑声中充满追求自由、追求光明的正气、信念和力量。

对于陈白尘来说，革命与文学是融为一体的。他是从革命走向文学，又是选择文学来从事革命的。而革命，在陈白尘看来，就是为了反抗黑暗、追求自由、追求光明，就是为了改变那些剥削人、压迫人、束缚人、异化人的社会制度或现实状态，从而把社会改变成为合乎人和人性生存的环境，从而使人能够追求人性、人道、人格的全面发展与完善。故在陈白尘的创作中，总是表现出对于人与人性、对于人的生存与命运的深切关怀，和对于人的生命、尊严、追求与自我实现的充分肯定，具有深厚的人文主义内涵。因此，对于那些压抑人、异化人而使其不能成为真正的人的社会黑暗，诸如《林间》《孤寂的楼上》所揭示的封建势力，《卢沟桥之战》《民族万岁》所描写的外来侵略，《恭喜发财》《升官图》《乌鸦与麻雀》所暴露的官僚政治，《牛棚日记》《阿Q正传》《云梦断忆》所呈

---

[1]　陈白尘：《献给人民的笑——〈何迟相声集〉序》，《文艺报》1980 年第 8 期。

现的极"左"思潮和国民劣根性等等，作者都予以猛力的嘲讽和批判。而同时，《秋收》《大地回春》《岁寒图》对于坚韧不屈、发愤图强、坚贞自守的民族性格和民族精神，《忆房东》《忆探亲》《忆鸭群》《见到鸭群我想起了你》对于人性的温暖、人与人之间的真情等，作者都有深情的赞美。

陈白尘，是一位执着追求自由的、杰出的人文主义作家。

（本文与胡文谦博士合作）

姚一苇对于当代台湾剧坛的意义、价值和贡献

姚一苇是当代台湾剧坛的旗帜性人物。这是一位由爱好戏剧而阅读、研究戏剧，尔后开始戏剧创作的学者型作家。长期中外戏剧的精细研读和艺术熏陶，其戏剧创作有着他人所难以企及的视野、境界和深度。姚一苇又是台湾剧坛为数不多的"喝'五四'奶水长大"的戏剧家，以鲁迅为代表的"五四"新文学的深刻影响，其剧作充满启蒙意识和现代精神。20世纪六七十年代，当台湾戏剧在严酷的"戒严"政治压抑下趋向衰微时，是姚一苇如同"暗夜中的掌灯者"，以其蕴含"五四"文学精神的杰出戏剧创作，引领台湾剧坛艰难地走出那片荒原地带，走向具有思想内涵和审美探索的现代戏剧艺术。

一、"我的创作来自生命的冲动"

姚一苇信奉"为人生"的创作理念。并且他认为，"在所有艺术中，与人生关系最密切的就是戏剧"。这不仅"因为戏剧乃是将真实的人生搬移到舞台上，具体地表现出来"，还因为"戏剧所表现的是人生中最突出、最精锐的部分，几乎都是人生的转折点"。所以"戏剧就是人生"，是大千世界、古往今来的缩影；所以观赏戏剧，"除了使我们更深入地了解人生之外，更进一步，还可帮助

我们改进人生,使我们的人生更有意义、更有价值"。①

也正因为强调"戏剧就是人生",姚一苇说,"特别是在生活中受到某些刺激或有了某种冲动,想一吐为快时,我会采取戏剧的形式来表现"②。姚一苇融入戏剧创作的人生感触与现实体验是如此真挚和强烈,以致他声言:"我的创作来自生命的冲动。"③

"我的创作来自生命的冲动",这是姚一苇比之一般作家的社会人生描写,其戏剧"为人生"的独特内涵。这一点常被研究者所忽视,而它对姚一苇来说是至关重要的。姚一苇将这种因为"生命的冲动"进行创作而显示的艺术家人格的真诚,称为"艺术品的严肃性"。在他看来,"艺术品是艺术家的第二生命或生命自身;艺术家只有在自我的不可遏止的冲动下创作才与他自身的生命相结合;艺术家只有在表现,表现他的第二生命或生命自身才表露出他的严肃性,才是真诚的与虔敬的态度"④。其剧作《碾玉观音》中崔宁执着追求玉雕艺术,说"这东西有我自己在里面,我的灵魂在里面",可以看作姚一苇的"夫子自道"。

戏剧创作源于"生命的冲动"而体现出真诚与严肃,在姚一苇那里主要包括以下几层内涵:首先,是"作家本身又是思想家。他对人生有他的看法,对世界有他的责任,他的写作具有伟大的抱负与目的,怀有高尚的情操与信守。他总希望这个世界会变得更好些,更适合于人类生存的场所"⑤。戏剧创作,是要表现艺术家对于社会人生有思、有感、有悟的生命的冲动。其次,真正的戏剧不是概念化、公式化、舞台腔等"僵化的动作和表情",而是要描写"真正的人生,人的真实处境,人的处境中的进退两难,人在那进退两难中的感情流露"⑥。

① 苏格:《姚一苇谈戏剧》,《书评书目》第 35 期,1976 年 3 月。
② 见林祥《旅店·人群·世界缩影——访姚一苇谈〈红鼻子〉》,1989 年 8 月 3 日《中国时报》。
③ 见顾秀贤:《舞台剧的最后坚持者——侧写姚一苇》,1988 年 11 月 6 日《自立早报》。
④ 姚一苇:《艺术的奥秘》,漓江出版社 1987 年版,第 58—60 页。
⑤ 姚一苇:《有感于威廉·英吉之死》,《姚一苇文录》,洪范书店 1977 年版,第 33 页。
⑥ 姚一苇:《此时无声胜有声》,1978 年 5 月 31 日《中国时报》。

这就是说,艺术家对于社会人生的有思、有感、有悟,又着重是与人的生存体验和生命感悟同构同在的。再次,戏剧家的创作还要有悲天悯人的襟怀,要思考关于人和人类的根本的、普遍性的问题。"一个伟大的艺术家,他不仅属于他同时代人的,他亦属于千百年以后的人类;他不仅属于那一狭隘的地区,亦属于广大的人群。因此他必得是人类的艺术家。一个人类的艺术家必对人生有所解释、有所阐扬,有所褒或有所贬,有所肯定或有所否定;对于人类的生命或生命的底层的隐秘有所发掘,天性中的伟大或可悯有所认知;不仅如此,还必然关怀着人类的前途,人类的命运。"①姚一苇认为,一个艺术家必须具有如此之人格,他"在自我的不可遏止的冲动下创作才与他自身的生命相结合",其创作才有严肃性和真诚性,才有价值和意义。

姚一苇写戏开始于20世纪六七十年代,作者此期所写剧本后来结集为《姚一苇剧作六种》,包括三幕话剧《来自凤凰镇的人》(1963)、《孙飞虎抢亲》(1965)、《碾玉观音》(1967),四幕话剧《红鼻子》(1969)、《申生》(1971),和独幕四场话剧《一口箱子》(1973)。这是学界公认的姚一苇戏剧最好的创作时期。后来,姚一苇将更多时间精力转向戏剧教育和学术研究,但仍然陆续创作了两幕话剧《傅青主》(1978)、独幕六场话剧《我们一同走走看》(1979)、四场京剧《左伯桃》(1980)、独幕话剧《访客》(1984)、独幕三场话剧《大树神传奇》(1985)、三幕话剧《马嵬驿》(1987),和独幕六场话剧《X小姐》(1991)、两幕话剧《重新开始》(1993)等作品。这些创作是姚一苇对于当代台湾剧坛的重要贡献。

姚一苇上述剧作都体现了真诚人格的"生命的冲动",深入其中,能够感受到作者严肃的生存体验和生命感悟。尽管姚一苇戏剧创作的"生命的冲动"因时代发展而有不同,也尽管作者的戏剧创造力后来有所衰退,但是,其中都充溢着戏剧家的生命、情感和灵魂。至少有三点是一以贯之的:一是强调在民族

---

① 姚一苇:《艺术的奥秘》,漓江出版社1987年版,第62页。

生活描写中揭示人类共通的思想情感;二是在人生困境中思索人与人性的形象刻画;三是为了表达人生思考而对于戏剧表现形式的执着探求。

二、"民族的特质"与"人类的共同性"

对于姚一苇剧作的题材主题描写,研究界颇有分歧。以其最有代表性的《碾玉观音》《红鼻子》为例。《碾玉观音》常被阐释为"贫富及门第观念所产生的爱情悲剧",黄美序则认为是写"生命或生活与艺术之关系"①。《红鼻子》被台湾学者视为"对当时政治环境的一种痛苦的反射",大陆评论家强调它是着重批判"台湾社会的众生相"②。这些看法大都关注戏剧的情节层面,虽有一定的道理,但又都没有切入姚一苇戏剧创作的深层内涵。姚一苇写戏源于"生命的冲动",他更多着眼的是"民族的特质"和"人类的共同性"。

姚一苇对古希腊戏剧、莎士比亚戏剧评价甚高,而对中国近现代京剧多有批评。为什么古希腊戏剧、莎士比亚戏剧能够不因时代变迁、地域限制而失去其价值? 姚一苇认为,主要在于剧中人物"是从人类的基本天性出发","只要人类存在一天,这种天性永不会消灭";也因为"是自人类的天性出发,才能引起人们的哀怜与震颤"。这些戏剧因而"充满了人类的共同性"③。而中国京剧难以产生超越时代和地域的经典,乃因"剧中人物非常单纯,显得善恶分明,忠奸立判。此种人物属于意念化的人物,所代表的为忠、孝、节、义之类善的观念,或奸、佞、贪、鄙之类恶的观念,其余的成分则被抽取一空,而成为某一观念的化身"。两相比较,姚一苇指出:"一部戏剧若系自人类天性出发,有可能不受时代地域的限制;而一部自特定观念出发的戏剧,则必受时代地域的限制。"

① 参见黄美序:《姚一苇戏剧中的语言、思想与结构》,《中外文学》1978 年 12 月号。
② 分别见陈玲玲《面具下的迷失》(《艺术评论》1995 年第 6 期)、吴英辅《台湾社会的众生相——〈红鼻子〉观后感》(1982 年 3 月 19 日《人民日报》)。
③ 姚一苇:《论莎士比亚戏剧的演出》,《戏剧论集》,台湾开明书店 1993 年版,第 134—135、137 页。

所以他强调:我们创作戏剧"势必要摆脱那些陈旧了的观念,而向那些超时代、超地域的人类天性中去发掘"①。

这就是说,姚一苇认为戏剧创作只是描写中国民族历史或社会现实还不够,其社会人生描写还必须具有"超时代、超地域"的人类性内涵。当然,同时他指出:"所谓的超时代、超地域的故事,并非自虚空中建造起来的,它仍然是出自中国的土壤,具有中华民族的特色的;问题是在这特殊文化背景的事件中应蕴含一般性或恒常性,使观众所感悟的不是一个陈旧的观念,而是真正中华民族的精神特质。"②姚一苇的戏剧创作,无论是历史题材还是现实题材,都体现出如此"民族的特质"与"人类的共同性"。

姚一苇喜欢中国历史和中国古典文学。他的《孙飞虎抢亲》《碾玉观音》《申生》《傅青主》《马嵬驿》等剧,都是中国古代历史或古代题材创作。此类打着民族特性和民族风情的烙印、体现民族精神和民族生活的标记的作品,都具有浓郁的民族性。然而这些创作在更大程度上,姚一苇说,"我只是借用它的一个外壳,里面的内容是我装进去的"——"在一个大家所熟知的故事中注入当代人的观念"③。亦即古代题材的现代阐释,并赋予它普遍的、人类的思想情感。《碾玉观音》改编自宋人话本,写碾玉工崔宁与王府小姐秀秀的婚姻故事。崔宁雕的玉观音如同小姐秀秀模样,夫人看出其中秘密而要郡王把崔宁打发走,少女秀秀为了爱情,勇敢地反抗父母而与崔宁私奔。他们逃到很远的地方,开了一家简陋的碾玉作坊,过着艰难的生活。两年后,王府的管家找到他们。秀秀要管家放过崔宁,她带着肚子里的孩子回到父母身边。十多年后,秀秀双亲去世,儿子已长大念书。一个寒冷的雪夜,生活困顿、双目失明却仍在到处寻找秀秀的崔宁找来这里。秀秀留下他,但是为了孩子,她叫管家和侍女"不要让他知道我们是谁";而为答谢收留之恩,崔宁雕了一座玉观音像——其

---

①　姚一苇:《论平剧的创新》,《戏剧与文学》,联经出版事业公司 1989 年版,第 72—73 页。
②　姚一苇:《论平剧的创新》,《戏剧与文学》,联经出版事业公司 1989 年版,第 73 页。
③　姚一苇:《回首幕帷深》,1982 年 9 月 6 日《联合报》。

神貌酷似年轻时的秀秀，并说他已在另一世界找到他的秀秀，他要跟她走。崔宁安详地死去，秀秀悲伤而悔恨。这个将原话本中的王府女佣改为小姐而发生的故事，当然触及所谓"贫富及门第观念所产生的爱情悲剧"，对于"生命或生活与艺术之关系"也有所探讨，但是在这些情节描写背后，更重要的，是戏剧家在叙述主人公的人生追求和生命遭遇：年轻的秀秀、崔宁追求爱情与幸福的义无反顾，生活在艺术中的崔宁对于"雕一个从来没有人雕过的东西"的憧憬和执着，现实困境中秀秀默默地为着理想人生而牺牲的坚毅果敢。正是在这里，比之原作着重描写王府中一对下人带有宿命色彩的爱情悲剧，戏剧《碾玉观音》包含着更多的超时代、超地域的"人类的共同性"。

《申生》则是根据史籍创作的。此剧揭示出中国传统伦理"孝道"直接造成了申生的悲剧，然而另一方面，它又描写了申生之死所包含的普遍的、人类性的内容。那就是骊姬对少姬说的，"那一个王族不是相互杀戮"，宫廷"是一个充满了危险、恐怖，充满了阴谋诡计的世界"；那就是宫女们所唱的，"荣耀会引起人的欲望，权力会使人发狂。一切的邪恶将因此而生"；那就是骊姬和少姬在危险困境中，为着自己和儿子的生存与生命而奋力挣扎。同样的，《傅青主》所描写的傅山承受苦难、拒绝名利，真正做到威武不能屈、贫贱不能移、富贵不能淫的品格、操守和精神；《孙飞虎抢亲》所揭示的面对困境"我们只会等待""我们都只会说自己"，人们在现实中"有的只是自己所画出的图样，和真实完全不一样"的人生情形和普泛人性；《马嵬驿》在"红颜祸水"的故事框架中，对于杨贵妃成为历史罪过承担者——"因为总得有人来承担过去的错误，这样才能开创未来"——的历史阐释等等，戏剧家都在人们熟知的中国故事里注入了具有人类普遍性的思想和观念。

姚一苇的现实题材戏剧如《红鼻子》《一口箱子》《X小姐》《重新开始》等，都是描写当代台湾的社会人生。然而他所关注的主要不是尖锐的社会问题或现实矛盾，而是人生境遇、人的天性等更多带有人类普遍性、人类存在永恒性的命题。他说："我不是对社会现实不关心，但是剧本创作我想严守文学的分际,处理较永恒的题材。"①《红鼻子》的故事发生在海边一家旅馆内。因为雨大山崩路塌,不少旅客被困在这里。但真正的困境,还是他们都有各自的烦忧:邱大为写不出美妙的音乐而撕碎乐谱并与女友吵架;曾化德、胡义凡因票据到期不能缓债,其工厂面临倒闭而发愁;彭孝柏留美多年的儿子归国,然报载其所乘航班失事而几乎丧魄;叶家夫妻因女儿小珍患痴呆症而出来游玩争吵不休。是杂耍班的小丑红鼻子为他们逐一化解忧愁,他们心存感激乃至良心发现。然而当暴风雨过去,这些人却或者对红鼻子不屑一顾,或者没有注意到脱去面具的红鼻子的存在,并且又都回到他们原来的情形。此时传来杂耍班舞女海上游泳危险的呼救,大家面面相觑,只有红鼻子戴上面具向海边跑去。作者将此剧四幕题名为"降祸""消灾""谢神""献祭"。其情节是写台湾社会,但作者着重的是"思索人的问题"。它不仅使戏剧家想起童年在家乡,目睹人们到庙宇许愿和还愿的种种情形,揭示出人们"很少关心别人,只关心自己"的国民性;他还由此生发开去,认为此类"降祸—消灾—谢神—献祭",也是"人类一而再重现的情境",从而在剧情描写中去思考"关于人类前途和命运的问题"②。《来自凤凰镇的人》搬演三个来自凤凰镇的人的一段感情和生活,及其关于人的生存和生命的思考;《重新开始》所描写的人只有在经历各种困顿、挫折和失败之后才能认识自己,而在失败之后如果还想活下去,只有爬起来重新开始的生命感悟等等,也都是戏剧家对于人的本性、人类天性的深刻思考。

《一口箱子》等带有荒诞派色彩的现实题材剧,也是写台湾社会人生,但因其抽象、象征、荒诞意味,而具有更为普遍的意义。《一口箱子》所表现的现代人流离失所的生存状态和精神状态,现代人承受着传统的沉重负荷而面对现实无能为力,以及普通民众愚昧冷漠、贪婪成性的人性弱点;《访客》所揭示的人在空虚、茫然和无所适从的情境下,如果想活下去必定要抓住一点想要做的事情,不管是如何微不足道、如何没有价值的人生状态;《X小姐》所描绘的人

---

① 转引自顾秀贤:《舞台剧的最后坚持者》,1988年11月6日《自立早报》。

② 姚一苇:《旅馆・过客・缩影世界》,《戏剧与人生》,书林出版有限公司1995年版,第50、54页。

在物质社会中失落自我,人们不知道自己是谁、要到哪里去,人们只知道金钱重要、能赚钱就行等现象,都是现代人类的普遍情形。

正因为姚一苇的戏剧创作在强调"民族的特质"的同时,注重表现"人类的共同性",所以,他强调一个真正的艺术家必须抱持悲天悯人的襟怀,对于我们所生存的这个世界、对于人和人类要有大的关怀。姚一苇将这一点看作戏剧创作是否具有"人格"和"信守"的重要体现。他的剧作充满着人道关怀,他始终在注视和探索有关人与人类的根本问题。

三、"永远在思索人的处境问题"

姚一苇创作戏剧是从人出发的。他认为写戏应该以写人为主,认为戏剧家表达其对于社会人生的认识和感悟,主要是通过人物形象描绘而体现出来的。姚一苇还强调,艺术家写人必须具有悲天悯人的宽阔胸怀。他自己就从不避称他是一个人道主义者,从不避谈他对人类怀有悲悯之情和救助之心。故姚一苇强调艺术表现社会人生,主要不是着眼于具体的现实矛盾或社会问题,而是通过写人,使它"从特殊的事件中提高到普遍的境界",以"表现人类的基本的天性和人类的命运,以及人类的最基本的弱点"①。

并且姚一苇写人,还有其特别设置的戏剧情境:"表现一个万古长存的主题——人的困境。"②例如,崔宁与秀秀为了爱情、为了艺术和为了孩子而走向生离死别(《碾玉观音》);神赐在原先生活中丧失自我而走出家庭去寻求人生意义,但又陷入牺牲自己而给别人带来快乐却仍然不能救助世人灵魂的深深困惑(《红鼻子》);骊姬在宫廷里,深感"如果你不站在别人的头上,你就会被踩在别人的脚底"而困兽般的挣扎(《申生》);阿三和老大流浪、无根、怀旧而对现实无能为力(《一口箱子》);等等。这是姚一苇剧作一个非常鲜明的特色。他

① 姚一苇:《艺术的奥秘》,漓江出版社 1987 年版,第 7—8 页。
② 姚一苇:《自序》,《我们一同走走看》,书林出版有限公司 1987 年版,第 1 页。

擅长将戏剧对于历史或现实的描写,由表及里地深入人的生存困境、精神困境等冲突层面,着重表现人们的生存境遇、生命体验和人生困惑,揭示特定时代的精神风貌。它形成姚一苇戏剧独特的深层结构,赋予其戏剧创作深邃的艺术境界和深刻的人文内涵。

因此,描写人在困境中如何自处,也就成为姚一苇戏剧铺设情节、展开冲突以刻画形象、揭示人与人性的核心环节。"我的兴趣是'人',我永远在思索人的处境问题。……人,假如不幸活在这个世界里,他(或她)将何以自处? 有哪几种可能生存的方式? 这是我最感兴趣的问题。"①姚一苇的剧作只有从这里切入,才能揭示其形象刻画的深层意蕴。

在姚一苇的戏剧世界里,人面临困境大致有三种生存方式:困境中对于人生意义的执着追求,困境中为保持人性高贵和尊严而奋力挣扎,困境中与人携手并肩共渡难关。

人为什么活着? 人生意义何在? 这是姚一苇着重思考的问题。《碾玉观音》《红鼻子》《傅青主》《来自凤凰镇的人》等剧,都是写主人公身陷困境却仍然执着于人生价值和意义的探求。神赐(《红鼻子》)念过大学,父母和妻子都对他很好。生活在这个"可以什么都不必做,什么都不必想"的家庭里,他说:"但是当有一天,我问我自己,我到这个世界上是干什么来的? 我的存在有没有意义? 我问我自己:你究竟能做些什么? 你究竟要做什么? 想着想着我就不安起来了。"神赐因而离家出走。之后他教过书,做过推销员,当过记者也摆过地摊,可是都没有做成。后来到一个杂耍班子里戴上红鼻子面具当小丑,他才觉得找到了自己的人生意义和价值。戴上红鼻子面具的神赐,能够自由地生活在自己的世界里,能够用自己的眼睛来观察社会人生,并且还能给人们带来快乐。尽管后来神赐又陷入牺牲自己却不能真正救助世人灵魂的困惑,但是,当别人需要他的时候,他仍然像他所崇拜的耶稣、释迦牟尼、吴凤那样,献出他的

---

① 姚一苇:《〈申生〉小识》,1991 年 11 月 26 日《中国时报》。

一切,甚至生命。故此剧结尾尤其引起争议的红鼻子不会游泳却下海救人的描写,就不是因为妻子找来,"他再也无法做红鼻子","同时他发觉也没有必要做红鼻子"而"走向死亡"①,也不是写他"要永远逃离他的妻子",剧作是对那种"打肿脸充胖子、充英雄,来自欺欺人"的人性弱点的批判②;更不是写他由于"缺乏科学的思想武器,只能向释迦牟尼或耶稣的教义中去寻求精神支持"③。神赐还是要做红鼻子,当有人遭遇海难而大家面面相觑时,他再次摆脱妻子的管束,戴上面具勇敢地走向大海去救人。作者让神赐最后戴上面具走向大海,无疑是写他"自我献祭",如同他向妻子所描述的耶稣、释迦牟尼和吴凤那样,他是为了救助世人而献祭——牺牲自己而给别人带来快乐,或是献出自己而让世人警悟。崔宁(《碾玉观音》)在理想与现实的矛盾困境中不改其志,沉浸在艺术创造之中,"为这个世界上所有痛苦的人而雕,为那些希望破灭了的人而雕",最后虽然在困顿中失明和死去,但他活出了自己的尊严、自信和高贵。傅山(《傅青主》)面对"生困难抑或死困难"和"活着应该操持做人的原则"等困境,抵拒功名利禄的诱惑,坚持"要像一个真正的人那样活,活得有价值,活得有意义,活着来承担一切痛苦和一切责任"。他们在困境中对于人生价值和意义的执着探寻,都闪烁着真正的人性的光辉。

在困境中为保持人性尊严和高贵而奋力挣扎,《申生》《马嵬驿》《一口箱子》《X小姐》等剧在这方面流露出作者更多的人道同情。《申生》是搬演骊姬在宫廷中的人生命运。骊姬原是骊戎国公主,十多年前骊戎国被晋侯武力吞并,她和妹妹少姬被掳掠成为晋侯的夫人和次妃,并各自为晋侯生下一个儿子。在宫廷这个充满危险、恐怖和阴谋诡计的世界里,骊姬知道"如果你不站在别人的头上,你就会被踩在别人的脚底",所以她施展手段要让儿子奚齐成为世子。为此,她先是让晋侯派世子申生与他国作战,而期盼申生战中遇难或

---

① 彭镜禧:《〈红鼻子〉戏中戏》,1989年11月1日《联合报》。
② 黄美序:《姚一苇戏剧中的语言、思想与结构》,《中外文学》1978年12月号。
③ 方远:《包含深情与哲理的〈红鼻子〉》,《剧本》1982年第4期。

战败蒙辱,孰料申生得胜还朝,于是她更为歹毒地借谎骗祭奠以构陷申生。而申生之死又引来宫廷更加惨烈的杀戮,骊姬先后扶为世子的奚齐和卓子相继被刺死。最后,骊姬自己也走向花园小湖自尽。此剧从故事层面看,是写骊姬"因作恶多端而自食恶果",或是刻画"骊姬——权力欲望的化身"①,然而从揭示人与人性的深层内涵出发,作者一方面是写命运——"命运不是来自外在的东西,而是环境在他内心中所造成的压力"——对骊姬的压迫,另一方面,又表现了骊姬面对命运压迫时"所显示出来的一种不可欺侮的高贵精神"②。同样的,无论是古代因为兄妹弄权营私、欺君罔上而被赐死的杨贵妃(《马嵬驿》),非常害怕死亡最终却能自己做主从容地赴死;还是现代在物质社会中失落自我的 X 小姐(《X 小姐》),最终明白"我不要钱,我只要知道我是谁"而再次艰难地探寻人生,都表现出人的尊严和高贵。甚至阿三(《一口箱子》)为了那只箱子而导致死亡也体现出人之尊严。如评论者所言:"人即使在如何艰难的困境中,应有所守或有所操持,即使所操持的或许并不是人人认为有价值之物,但却是人之所以为人的最基本的道理。"③

困境中与人携手并肩共渡难关,在《我们一同走走看》《重新开始》《访客》等剧中有细致描写。人要真正认识自己是不容易的,丁大卫、金琼夫妇(《重新开始》)对此深有感慨。丁大卫是心理医生,专门分析别人的心理问题,结果自己却犯了人生大错。金琼特别能接受新生事物,但她常常高估自己,遂在现实面前屡屡碰壁。经历人生坎坷,他们都感到人的脆弱,不认识世界也不懂得自己,自我欺骗而又相互欺骗,但是,他们又都感到人必须好好地生活。所以当再次相见时,两人都觉得应该"忘掉过去,让我们重新开始"。这里包含着姚一苇对于人和人生的一个基本信念,"'人'的意义不是外来的,而是来自他自身。

---

① 分别见张健《姚一苇戏剧的一反一正》(1977 年 7 月 27 日《中国时报》)、黄美序《姚一苇戏剧中的语言、思想与结构》(《中外文学》1978 年 12 月号)。

② 姚一苇:《命运的对抗》,1991 年 11 月 26 日《联合报》。

③ 刘森尧:《〈一口箱子〉中的现代悲剧意识》,《书评书目》第 41 期,1977 年 3 月。

亦即是说,只有在他经历了一连串的事故,或者说各色各样困顿、挫折和失败之后,他才可能知道他是什么,或他有什么";"人虽然有其顽强的一面,却容易掉进他自己所设定的陷阱里,头破血流。此时,如果他还想活下去的话,只有爬起来,重新开始"①。也正是在这个意义上,原先因为生活琐事而"相互拉扯,彼此挣扎,彼此怒视"的老人与老妇(《访客》),在老年失子的困境中相濡以沫,生活又变得充满温暖和希望;带着各自人生创伤的乡下青年阿聪和阿美(《我们一同走走看》),在城里偶然相遇、真诚交往之后,相互扶持着走向新的生活等等,都体现出戏剧家这种人生信念和期待。

　　姚一苇戏剧在人生困境中对于人与人性的描写带有西方存在主义色彩。马森认为"姚一苇没有存在主义的背景"②可商榷。20世纪60年代,台湾开始流行存在主义等西方现代思潮,萨特的哲学和创作多有译介。在萨特那里,人活着是孤独的也是自由的,因为人在这个世界上独来独往,只有他本身能对自己所做的抉择负责。"然而人的生命是有限的,他到这个世上来只是一个闯入者,一个陌生人,所以人的处境是荒谬的和悲剧的,不管他作了什么样的选择,往往是动辄得咎,往往是失败。但即使如此,却不排除人之完全性,人的高贵与价值。因为即使在失败或犯罪之中,他仍能维护他的完全性和敢于公然对抗这个世界。"③所以在姚一苇笔下,神赐、崔宁、傅山等在困境中执着追求人生意义者,他给予热情赞扬;对于阿聪和阿美、丁大卫和金琼等在困境中与人携手重新开始者,他同样是积极肯定;即便是骊姬、杨贵妃、阿三等在困境中奋力挣扎而失败者,他也表现出宽厚的理解和同情。当然,姚一苇与萨特有所不同。萨特在困境中着重揭示人生的荒诞、无价值和无意义,姚一苇也写"存在"的困境,但是,他肯定人的价值和人生的意义,他对于人所生存的这个世界满怀希望。

---

① 姚一苇:《〈重新开始〉后记》,《X小姐/重新开始》,麦田出版社1994年版,第154—155页。
② 马森:《二度西潮的弄潮人》,《戏剧——造梦的艺术》,麦田出版社2000年版,第152页。
③ 姚一苇:《存在主义的戏剧》,《戏剧与文学》,联经出版事业公司1989年版,第106页。

姚一苇是一位"为人而写"的剧作家,主张戏剧应该透过人性的描写并且以提高人性为目的。所以他总是带着悲悯的情怀去描写人,更重要的,他总是热衷于维护人的人性完整,反对一切对这种人性完整进行压抑、扭曲、摧残的倾向,并且通过戏剧的概括,能将剧中人体验到的境遇和意识升华为具有普遍性的人类问题。因此,姚一苇的戏剧能够超越时空的限制,使观众和读者直接感受和体认人类经验。哲学思索命运,文学描写命运,尤其是表达对于命运的感伤和抒怀。正是这些关于人的命运、人的生存、人与人性的思索和描写,扩展了姚一苇的艺术空间,赋予其戏剧深沉的哲理意味和深刻的现代意识。

四、融合中外创造"知性的""思考的"戏剧

一般研究者都注意到姚一苇戏剧艺术表现结合"传统与西方、古典与现代"的探索,然而对于他为什么执着于此却缺少分析。其实,这同样源于戏剧家对于社会人生、对于人与人类有思、有感、有悟的"生命的冲动"。

强调"作家本身又是思想家"的姚一苇,十分注重戏剧的"思考"品格和戏剧给予人们的"知性的"审美愉悦。他说:"盖其故事所表露的只是它的表层面,蕴藏在故事的内在的是人生的意义,是作者的人生哲学",所以创作"不仅提供刺激,还提供思考。不仅是感性的发泄,而且是知性的颖悟"。① 姚一苇追求一种知性的戏剧,思考的戏剧。并且进一步,他还强调戏剧描写社会人生不仅要蕴含知性和思考,其艺术表现也要能够将这些知性和思考充分地传达出来。姚一苇的戏剧追求比较接近德国戏剧家布莱希特。

也正因为如此,大学时期在祖国大陆就深受易卜生和曹禺影响的姚一苇,1963年创作了传统写实剧《来自凤凰镇的人》之后,"觉得中国戏剧在曹禺之后不能继续这样走,而他正在摸索新的创作路线"②。又适逢此时西方现代主义

---

① 姚一苇:《美的范畴论》,台湾开明书局1978年版,第212页。
② 参见郑树森口述、熊志琴整理:《追忆〈文学季刊〉点滴》,《文讯》第318期,2012年4月。

思潮随着文化交流，逐渐渗透进台湾文坛，布莱希特的史诗剧、贝克特等的荒诞派戏剧、萨特等的存在主义戏剧、阿尔托的残酷戏剧等都有译介。姚一苇积极借鉴并开始了新的戏剧探索。这就是他后来陆续发表的《碾玉观音》《红鼻子》《申生》《一口箱子》等结合"传统与西方、古典与现代"的剧作。

姚一苇此后就自称是"现代主义迷"，而学界也就普遍用"走向现代主义"，去解读姚一苇结合"传统与西方、古典与现代"的戏剧探索。这是不准确的。因为事实上，"现代主义迷"的姚一苇并没有完全走向现代主义，而是在借鉴西方现代主义的同时，又转向中国传统戏曲取精用宏。这是为什么呢？主要是因为他在借鉴西方现代主义的过程中，对民族戏曲传统有了新的认识。其中对姚一苇触动最大的，是西方现代主义借鉴中国戏曲而进行的艺术探索。当他看到包括台湾在内的中国话剧，因为表演不讲求姿势、身段、声音，装置自然主义而使演剧逐渐衰落时，他说，"但是我们是有一个宝贵而深厚传统的国家"，我国早就有象征性舞台、丰富的表演技艺、成套的演员训练方法，"而我们自己不好好加以利用，而一任外国人来拾取（如 Bertolt Brecht 之辈的戏剧便是），我们实在是愧对祖先！"[①]他看到中国戏曲已经引起欧美戏剧界的广泛兴趣和艺术变革，因而指出："中国戏剧实在是一片无尽的宝藏，蕴藏了许多如今西洋尚未彻底体会到的深邃内涵。如何将传统的舞台演出形式移植到现代剧场上来，正是我们当前所须要研究与从事的课题。"[②]

这就是姚一苇从 1965 年创作《孙飞虎抢亲》开始，"谦卑地向我国传统戏剧学习"，"企图结合我国传统与西方、古典与现代"[③]而进行的戏剧探索。那么，与同样是结合东方传统戏曲和西方现代戏剧的布莱希特等欧美戏剧家相比较，姚一苇艺术探索的特点是什么呢？那就是：布莱希特等欧美戏剧家是立足于西方现代戏剧而借鉴中国戏曲艺术，姚一苇则是用民族戏曲美学去融会

① 姚一苇：《剧场的失落》，《戏剧论集》，台湾开明书店 1969 年版，第 147 页。
② 姚一苇：《谈舞台空间》，《戏剧论集》，台湾开明书店 1969 年版，第 154 页。
③ 姚一苇：《回首幕帷深》，1982 年 9 月 6 日《联合报》。

西方现代戏剧的。此即他所强调的："我们应如何自今日的剧场的迷失中走出来，找回到那一真正的'自我'，我们便必须回到传统上来。"①他还说："我企图建立起我们自己的戏剧，把传统与现代结合起来，为开拓我们自身的文化尽一点力。"②这在其叙事结构、戏剧语言、舞台呈现等方面都有深入探索。

　　从叙事结构来说，姚一苇如同布莱希特，是要创造一种能够体现"知性"和"思考"的叙述体戏剧。如何建构呢？姚一苇对京剧为代表的传统戏曲很感兴趣，认为戏曲就是"一种叙事诗剧场"，它打破了"戏剧为表演的而非叙述的"成规；是"一种疏离剧场"，其"目的不是让观众同一，而是让观众游离出来，要他们感到戏就是戏"；并且其中"融入大量非戏剧的成分"如音乐、舞蹈、雕塑、杂耍等。这就既能给予观众审美娱乐，又能把观众从剧情发展中"疏离"出来并促其思考。当然传统戏曲叙事也有不足：容易放任自由、结构松散。故姚一苇强调要借鉴易卜生等西方传统话剧的结构艺术，"以建立起更高度的完整性"③。《孙飞虎抢亲》《红鼻子》《碾玉观音》《申生》《傅青主》等剧都有叙述体结构的特点，但是，其主要情节描写是采用西方话剧式，把戏压缩到几个重要场景之中，使其情节进展能够紧紧地抓住观众。那么，如何将这些话剧式场景与戏曲式叙述结合起来呢？姚一苇采用叙述人、歌队、舞蹈音乐等中国戏曲常用的表现方式。叙述人如《孙飞虎抢亲》中的路人甲、路人乙，《傅青主》中的负鼓盲翁等，前者以讲故事形式，后者以说书形式，都是用来交代背景和事件的。《申生》中由宫女们组成的歌队，在《碾玉观音》中是以四个丫鬟的轮唱和齐唱，《孙飞虎抢亲》中以几个儿童、几个妇女、几个瞎子、几个喽兵的几段合唱形式出现的，都有制造氛围、抒发情感、交代已经发生的事和预示将要发生的事、批评或暗示等功能。在剧情进展中穿插舞蹈音乐，比如《红鼻子》第一幕的《荒唐歌》、第二幕的《花儿开了》、第三幕的《四仙女寻找十全十美的凡人》，《孙飞虎

① 姚一苇：《剧场的失落》，《戏剧论集》，台湾开明书店1969年版，第147页。
② 姚一苇：《我写〈傅青主〉》，1977年12月20日《中国时报》。
③ 姚一苇：《论平剧的创新》，《戏剧与文学》，联经出版事业公司1989年版，第75页。

抢亲》第一幕的《老鼠娶亲》等,同样既给戏剧带来浓郁的民族风味,又能起到
叙述剧情、疏离观众、启发思考的作用。

　　姚一苇追求知性的、思考的戏剧,其艺术表现另一个重要探索是戏剧语
言。就戏剧语言来说,姚一苇认为传统戏曲的"缺点是文词不雅,为了勉强押
韵,弄成似通非通"[①]。易卜生、奥尼尔等西方现代戏剧的语言优美、精炼、典
雅,因而成为姚一苇剧作的主要借鉴。然而其表达方式又是中国的。比如姚
一苇特别爱用重复句——部分重复或完全重复,就是受到戏曲对话重复以强
调意味的影响;更重要的,是姚一苇从创造知性的、思考的戏剧着眼,又在注重
语言优美、精炼、典雅的基础上,有意识地要在舞台上建立一种"诵"——介于
说白与歌唱之间的通俗韵文体——的语言表达和对话方式。例如,《孙飞虎抢
亲》第二幕崔双纹回忆与张君锐恋爱时"那是个很美丽的秋天……",《碾玉观
音》第一幕崔宁和秀秀回想少儿生活时"我们谈愉快的,那些过去的日子……",
《申生》第二幕申生将被构陷时骊姬的"好黑的夜啊……"、少姬的"好热的夜
啊……"等段落。一方面,这是姚一苇想在舞台上充分发挥中国语言的音乐
性——"中国的语言应该是有很大的音乐性的,像唐诗宋词,都是可以唱的。
所以我一直梦想在中国的舞台上创造一种'诵'的方式"[②],故其戏剧语言虽朴
实平常,却如同诗剧具有优美的音乐性和节奏感;另一方面,是"诵"的语言表
达和对话方式能够造成一种"疏离"效果,它既能表现戏剧内涵和人物心灵情
感,又能让观众知道这是在演戏,从而引发他们对戏剧情节和人物进行思考。

　　这种叙述体的剧情结构和通俗韵文体"诵"的对话表达,使姚一苇戏剧的
舞台呈现,既基本保持西方话剧的艺术样式,又努力摆脱传统话剧依凭真实的
道具、复杂的布景来制造舞台幻觉的牵强笨重,让戏剧内容尽可能地由演员的
形体语言和声音语言表演出来。将舞台呈现聚焦于演员的形体和声音表演,
这也是姚一苇从西方现代戏剧借鉴包括中国戏曲在内的东方传统戏剧而出现

---

①　姚一苇:《从平剧的特质看〈新绣襦记〉》,《戏剧论集》,台湾开明书店1969年版,第229页。
②　姚一苇:《命运的对抗》,1991年11月26日《联合报》。

的发展趋势中,所认识到的中国戏曲的独特魅力。姚一苇的戏剧大都是"半象
征的舞台"(《申生》《碾玉观音》等),或是舞台"一半真实,一半虚幻"(《孙飞虎
抢亲》《红鼻子》等),其目的就是让舞台成为表演的场所,让演员表演成为演剧
的中心。例如,《孙飞虎抢亲》中的迎亲、送亲场面,剧中写明:演员"均用象征
的形式"表演乘轿或骑马,其"动作、姿势必须纯熟、优美"。其他场景也要求:
"演员的身段、姿势、腔调、脸谱、服装,我们要向平剧、木偶剧,以及各种地方戏
学习。"《红鼻子》中许多场景是用杂耍班的舞蹈音乐来联结剧情的,剧中写明:
杂耍班的"服饰、姿态、动作都有些特别",其言行举止因而带有戏曲歌舞意味。
《碾玉观音》开场是四个丫鬟整理打扫郡王府,剧中写明:"她们的动作亦以象
征的为主,她们的姿态有若舞蹈,在个别之中有其协同性。"这样,既能使话剧
的舞台呈现渗透着民族戏曲演剧将生活动作美化的独特美感,与此同时,又能
让观众不时地从剧情发展中疏离出来,在艺术欣赏中去思考戏剧所表现的社
会人生。

　　所以姚一苇结合"传统与西方、古典与现代"的戏剧探索,主要不是为了
"走向现代主义",而是为了表达他对于社会人生、对于人与人类有思、有感、有
悟的"生命的冲动",以及在中外交融中"建立起我们自己的戏剧"。姚一苇对
此有着高度的艺术自觉。他清醒地认识到:"传统与现代的结合应该是一切艺
术今后努力的方向。盖传统如果脱离了现代,它将不与我们的生活契合,我们
所见到的只是历史的陈迹;而现代如果脱离了传统,则将缺乏民族的特色与精
神内容,只剩下虚空与贫乏的外壳。"[①]如何对西方现代戏剧进行富有主体性选
择的借鉴和消化,如何对民族传统戏曲进行现代阐释和创造性转化,如何在中
外交流、融合中创造中国现代民族戏剧,姚一苇这里所探索的,也是 20 世纪中
国戏剧建设的根本性命题。正是在这里,走向世界而具有宽广现代性视野的
姚一苇,以现代去审视传统,将传统融入现代,其戏剧艺术创造立足于传统而

---

　　① 姚一苇:《试评〈薪传〉》,1979 年 1 月 5 日《中国时报》。

又富有现代精神。

五、"喝'五四'奶水长大"的"暗夜中的掌灯者"

论及姚一苇在当代台湾戏剧史上的意义、价值和贡献,学界用得最多的词,是"暗夜中的掌灯者"。陈映真说:"在台湾战后交织着冷战和内战的荒芜的岁月里,历史终竟让姚一苇先生成了在暗夜里掌灯、让荒原绽开点点鲜花、让沉寂的旷野传出音乐的人。"①此评价形象地描绘出姚一苇在 20 世纪六七十年代台湾剧坛和文坛的特殊意义。马森认为姚一苇是当代台湾自"反共抗俄戏剧"之后,"第一个写出'新戏剧'的人"②,对姚一苇同样予以高度评价。

学界普遍认为姚一苇剧作成就最高、影响最大是在 20 世纪六七十年代,这是符合实际的。然而,对于姚一苇何以能够在 20 世纪六七十年代引领台湾戏剧走向现代文学艺术,看法则有不同。当时的台湾剧坛,因为政治专制、反共抗俄,大都是宣教的、战斗的、公式化概念化的创作。那么姚一苇是依凭什么,而成为"暗夜中的掌灯者"或开辟"新戏剧"时代的人物呢?马森认为主要在于,"姚一苇是从拟写实的传统话剧过渡到后写实的当代剧场的关键人物,也可以说是现代戏剧中第二度西潮的领先弄潮者"③。陈映真说,姚一苇"依仗的恐怕就是他对于文学艺术深厚的人文主义精神的真诚而纯粹的信仰"④。

台湾戏剧在 20 世纪六七十年代从传统写实向现代主义转型,姚一苇无疑是最重要的推手。但是,写实主义或现代主义更多还是戏剧创作的形式和手法问题,与戏剧精神和戏剧审美创造没有必然联系。从这个意义上说,陈映真的观点比较接近问题实质。然而在政治上高压严酷、思想上僵化封闭的 20 世

① 陈映真:《暗夜中的掌灯者》,《联合文学》第 152 期,1997 年 6 月。
② 马森:《二度西潮的弄潮人》,《戏剧——造梦的艺术》,麦田出版社 2000 年版,第 147 页。
③ 马森:《二度西潮的弄潮人》,《戏剧——造梦的艺术》,麦田出版社 2000 年版,第 153 页。
④ 陈映真:《汹涌的孤独》,1997 年 6 月 22 日《联合报》。

纪六七十年代的台湾,姚一苇这种戏剧精神从何而来,陈映真语焉不详。倒是姚一苇自己晚年在谈其人生经历和文学创作时,曾深情地说,他是"喝'五四'奶水长大"的,且"终生自诩是彻底鲁迅信徒"①,才揭示出其戏剧创作的精神命脉和艺术渊源。姚一苇长期研读西方经典,西方文艺深厚的人文精神对其创作肯定会有渗透;然而对于姚一苇来说,更重要的是,他从青少年时代起就沉浸于"五四"新文学传统中,去研读和借鉴西方文学艺术。所以尽管他 1946 年赴台后读过无数古典和现代西方名剧,但是,与"五四"时期深受"易卜生主义"影响的 20 世纪中国戏剧的现代化趋势相一致,姚一苇说,易卜生"给予我一生的影响最大"②。前文所述其戏剧"为人生"的创作理念及其与生命同构的创作真诚,注重民族特质与人类共同性的题材主题描写,从人出发在人生困境中挖掘人与人性的形象刻画,以及为了表达人生思考而对于艺术表现形式的执着探索等,很明显的,都与鲁迅为代表的"五四"文学精神有着深切关联。

在处于"精神的荒原"的 20 世纪六七十年代台湾剧坛,姚一苇的创作是个异数。50 年代以来,台湾当局"排斥 30 年代暴露黑暗统治的社会意识浓厚的文学,同时也几乎扬弃了'五四'文学革命以来的民主和科学的新精神",中国现代作家作品几乎全被查禁,文艺创作"跟 30 年代、40 年代文学成了脱节的真空状态"③。剧坛和文坛成为当局反共抗俄、政治宣教的阵地。不难想象,当姚一苇的《碾玉观音》《红鼻子》《申生》《一口箱子》等剧此时在台湾剧坛出现,它们给观众和读者所带来的清新气象。也许当时人们还难以探查它们与"五四"文学的精神联系,但是,和那个时期所流行的政治宣教剧、反共抗俄剧相比较,人们能感到它"确实是一剂清流",而称其为台湾"舞台剧发展的一个里程碑"④。就是这样,如同"暗夜中的掌灯者",在 20 世纪六七十年代,"喝'五四'

---

① 参见陈玲玲:《被迫遗忘》,《华文戏剧的根、枝、花、果》,中华戏剧学会 2002 年版,第 56、58 页。
② 姚一苇:《我的大学读书生活》,1978 年 4 月 19 日《中华日报》。
③ 叶石涛:《台湾文学史纲》,文学界杂志社 1987 年版,第 86 页。
④ 刘墉:《回首灯火明灭处》,1989 年 8 月 3 日《联合报》。

奶水长大"的姚一苇摆脱当时台湾戏剧的僵化模式而走出了自己的一片朗朗天地,并且用这种戏剧精神和戏剧创造引领台湾剧坛,在戏剧观念和创作方面给予后来者以深刻启示。张晓风的《武陵人》(1972)与《和氏璧》(1974)、马森的《在大蟒的肚里》(1972)与《花与剑》(1976)、黄美序的《木板床与席梦思》(1980)、金士杰的《荷珠新配》(1980)等重要剧作都直接或间接地受到其影响。它们标志着当代台湾戏剧的探索和转型。

姚一苇不仅用蕴含"五四"文学精神的戏剧创作去引领当代台湾剧坛,自1957年起,他还在台湾多所艺术院校兼任教授,讲授"戏剧原理""现代戏剧""剧场艺术"等课程,其戏剧理念、戏剧精神和戏剧创作同样给予青年学生以深刻影响。尤其是1979年姚一苇担任台湾地区"中国话剧演出欣赏委员会"主任,他更是以这种戏剧精神和戏剧理念先后六年举办六届"实验剧展",大大推动了台湾戏剧的现代化进程。姚一苇直言"实验剧展"是属于年轻人的、探索的、创造的——"他们有权利表现他们自身的世界,表现他们的感情与愿望,表现他们的欢乐与悲伤,他们可以自由地表现,自由地创造"[1]。"实验剧展"传播理念、培养人才、带动风尚,不仅在戏剧创作方面进一步推动当代台湾戏剧的探索和转型,而且,"日后'国立艺术学院戏剧系'之公演,'表坊''屏风''果陀''当代传奇'以及各种小剧场等等蓬勃发展,都是建造于实验剧展所开拓的根基上"[2],从而以戏剧运动的形式,整体性地引领台湾戏剧艰难地从早先着重政治宣教走向真正的现代文学艺术。

姚一苇,是用戏剧在当代台湾传承"五四"文学精神,并且以其蕴含"五四"文学精神的戏剧创作和戏剧运动,有力地推动台湾戏剧现代转型的杰出戏剧家。

---

① 姚一苇:《扮家家酒又何妨?》,1984年7月7日《联合报》。
② 陈玲玲:《落实的梦幻骑士——记戏剧大师的剧场风骨》,《联合文学》第152期,1997年6月。

论赖声川主持的集体即兴戏剧创作

赖声川的戏剧创作大致可以分为两个阶段:早期在艺术学院带领学生进行的实验戏剧探索,和后来成立表演工作坊而转向大剧场的商业戏剧制作。两个阶段创作之间有一些联系,更有差异和不同,而从中又都透露出赖声川戏剧成功与不足的深层原因。

为赖声川赢得更多舞台声誉和社会影响的,是他在表演工作坊主持的集体即兴创作与演出。主要有两类戏剧:一类是结合传统相声与实验戏剧的相声剧;一类是结合传统话剧与实验戏剧的舞台剧。"社会论坛"和"可看性"是赖声川这些戏剧在台湾剧坛崛起的根本原因,其雅俗结合的戏剧创造,推动现代话剧这门高雅艺术融入台湾大众文化生活之中。

一、早期实验戏剧的艺术探索

赖声川最初从事戏剧创作,是在台湾"国立艺术学院"带领学生做的几个戏:十五场剧《我们都是这样长大的》(1984)、十三场剧《过客》(1984)、三幕剧《变奏巴哈》(1985)、四幕剧《田园生活》(1986)。1984年赖声川与兰陵剧坊合作的十五场《摘星》也可归为此类作品。这些都是小剧场演出的实验戏剧。

曾在美国攻读戏剧博士学位、熟稔剧场制作的赖声川,回到台湾创作戏剧,他有一个非常明确的追求:要做有"关怀"的戏,要做有"创新"的戏。幸运的是,赖声川的戏剧追求与 20 世纪 70 年代末、80 年代前期,台湾剧坛以"实验剧展"为中心而展开的实验戏剧运动的宗旨是一致的。1979 年,姚一苇在接管台湾"话剧欣赏演出委员会"之后,面对世界剧坛"残酷戏剧""生活戏剧""开放戏剧""环境戏剧"等创新浪潮,检视台湾剧坛的封闭、保守和压抑,他就"总想打开这种困境,于是发起'实验剧展',冀望透过'实验剧展'来适应今天的世界潮流,把它变成年轻人所喜爱的活动";"强调实验精神,让他们大胆尝试,打破传统剧场的限制,尽可能发挥想象与创作能力"①。在美国加州柏克莱大学具有五年戏剧研究和舞台实践的赖声川,在这场戏剧变革运动中得心应手,很快的,其戏剧实验的集体即兴创作、拼贴结构以及舞台演出的清新写实,获得普遍赞赏。

　　而以什么形式才能使戏剧具有"关怀"呢？这个问题曾经让赖声川产生过困惑。1982 年他去荷兰,看到雪云·史卓克带领阿姆斯特丹工作剧团集体即兴创作的演出,得到深刻启示。那晚演出的主景是一排公共厕所,演员们用喜剧、音乐、歌唱、肢体动作、杂耍等来探讨公厕管理员的尊严问题,满座的观众跟着笑、跟着哭、跟着呼吸。赖声川说:"在那荷兰的初秋的夜里,我兴奋极了,我看到了我能够认同的演出,一种活力,一种结合台上与台下的演出,透过社会议题,透过精彩的表演,透过幽默,透过关怀。"②他最初做戏,就是运用跟随史卓克学习的集体即兴,来创作一种能够凝聚社会能量的、具有关怀的戏剧。

　　不过,1985 年前后的台湾还不能在舞台上公然探讨"社会议题",赖声川就将其戏剧关怀更多聚焦于日常人生,在普通人的生活中,去真实地呈现当代台湾的社会风貌。《我们都是这样长大的》就是在赖声川的戏剧课上,15 个同学在他的引导下,每个人都"归零""从内在出发",表演一段自己成长过程中最重要的人生经验、生命经验而创作完成的。他们讲述了自己从童年到考大学的

---

　　①　姚一苇:《改变中的剧场》,《戏剧与文学》,联经出版事业公司 1989 年版,第 146 页。
　　②　转引自陶庆梅、侯淑仪:《刹那中——赖声川的剧场艺术》,时报文化出版公司 2003 年版,第 174 页。

成长过程中,诸如上联考补习班、找寻亲生父母、性诱惑、做家教、父母离婚、初恋分手、舞厅被打、家庭破产、深夜被男子跟踪惊魂、联考发榜家人喜怒哀乐等各不相同的成长经验和情感困惑。这些都是个体叙事,讲述的都是个人的经历、情感和生命,然而在个体成长中又折射出家庭和社会的情形;这些都是普通人的平凡生活、人生中的平常事,但又是几乎每个人在成长历程中都会遭遇的事情。它们如生活一般琐碎和真实,因而能引起观众强烈的情感共鸣。

《我们都是这样长大的》是演员在讲述、表演自己的故事,所以舞台演出清新、真诚,富有活力。但是同时,这种演剧也带来一个尖锐的问题:如何把演员的人生片段、情感片段,整合成一个完整的艺术作品? 这里就突显出赖声川戏剧创作的另一个特点:拼贴结构。很明显,与传统话剧不同,着重展现 15 个演员人生片段、情感片段的《我们都是这样长大的》,没有贯穿的人物、动作和冲突、情节,也没有传统戏剧的开端、发展和高潮、结局,似乎很难成为“戏”。赖声川主持集体即兴创作的本领,就在于他在引导参与者根据自己的人生经验及想象的创作过程中,能够透过即兴排练把许多可能演出的素材——对白、场景、动作、画面等——“拼贴”起来,从而“长”出一个能够产生思想意涵的戏剧结构。这就是赖声川说的:“这些素材在排练室中透过即兴表演的技巧被滤化、浓缩、合并、再造,成为一种可以反映当初各个片段的原始感受、观念以及概念的结构。”①当然各剧创作情形有所不同,《我们都是这样长大的》《摘星》不预设任何目标,作品的结构是在即兴排练中累积了许多可能演出的素材之后才产生的;《过客》《变奏巴哈》《田园生活》则事先安排好结构框架,再让片段从中成长。然而无论是前者还是后者,对于主持者赖声川来说都是一样的,需要“拼贴”不同参与者的各种素材,透过反复的即兴排练而使之成为完整的艺术作品。

赖声川非常重视透过反复的集体即兴排练而“长”出来的戏剧结构,执着

---

① 赖声川:《关于创作方式》,《赖声川:剧场》(1),元尊文化企业公司 1999 年版,第 33 页。

地探索舞台表现的潜能。他说:"戏剧的形式一直是我关心的问题。有时候我的作品来自形式,来自结构。……一个人物、故事、心态,等等,这些都可能给我感动。实际上给我感动更多的是结构。"①确实,赖声川早期的实验戏剧几乎每一个都有不同的结构;而赖声川的戏剧创造,其戏剧对于社会人生的审美评判,也更多地渗透在其拼贴结构的创意之中。例如:《摘星》也是片段连缀式结构,在几个智力有缺陷的儿童生活的喜怒哀乐、他们的理念和梦想的场景呈现中,拼贴进社会、学校、家庭对于他们或歧视、或冷漠、或溺爱、或无奈、或痛苦、或残暴等不同情形;《过客》采用"闯入者"模式来拼贴戏的结构,几个艺术科系大学生的青春世界,因为一个同住者的小学同学——剧中正在侦探的凶杀案犯罪嫌疑人——的到来,这些年轻人对于自我、艺术、爱情和他人、家庭、社会都有了新的思考与认识;《变奏巴哈》则以巴哈的《十二平均律钢琴曲》作为拼贴框架,几个独白者的人生感慨,几个读信者在和去世的亲友谈心,几个创作者在讲述撰写的故事,其中夹杂着日常生活的生老病死、金钱事业、爱恨情仇、未来憧憬,多侧面反映出人们的生存、生活和生命;《田园生活》又像是一幅当代台湾社会的浮世绘,舞台上四套公寓房形成"田"字框架,四户人家的生活既独立成篇又产生互动或对应,表现了庸俗、苟且、污染、堕落、犯罪等充斥着逼仄灰暗的都市空间,然而在人们心底又都还有对于生活美好的渴求。

所以台湾学者钟明德说:"集体即兴创作和拼贴结构是赖声川对小剧场运动在艺术上最耀眼的贡献。"②其实在实验戏剧运动中,赖声川的戏剧还有一点颇为与众不同,那就是:当实验戏剧运动受到阿尔托的残酷戏剧、格洛托夫斯基的质朴戏剧、威尔逊的意象戏剧等影响,而更多注重形体、物象、变形、抽象演剧时,赖声川的戏剧舞台却更多偏重生活、偏重写实。这些戏剧除《变奏巴哈》较多借鉴威尔逊的意象戏剧外,其他作品都是以再现方式拼贴人生片段,以表达创作者对于现实、对于人的认识和发现。戏剧前辈马森曾赞叹:"这是

---

① 赖声川语。见陶庆梅:《体验赖声川戏剧》,《视界》第5辑,2002年2月。
② 钟明德:《台湾小剧场运动史》,书林出版公司1989年版,第98页。

'生活的戏剧''人生的戏剧''写实的戏剧'",其"平实而动人的情节"给予人们"亲和感与真实感"①。但另一方面,这种生活演剧又不同于传统写实戏剧的力求现实环境"逼真",其舞台如《我们都是这样长大的》所提示,"中性空间;每场由简单的家具代表之"。它更强调在中性空间的舞台上,演员表演的动作、语言,尤其是情感的真实。这种以写实手法表现人的个体生命,舞台上下由一群人向另一群人做真实情感沟通的演剧,既有真实清新的舞台氛围,又有实验先锋的审美张力,在台湾话剧现实主义发展中具有特殊意义。

做戏要有"关怀"和"创新",集体即兴、拼贴结构和生活演剧,赖声川早期这些实验戏剧并没有取得多么重要的成就,但是,这些创作在当代台湾剧坛开掘了剧场的生命力和戏剧的可能性,并且初步形成了赖声川戏剧的独特标志。

二、转向之一:传统相声与实验戏剧结合

20世纪80年代后期,台湾话剧发展出现两极化现象:"一极走向大规模、大制作、通俗化的戏剧,企图赚取中产阶级口袋中的钞票;另一极则完全废弃语言和传统戏剧的一切,变成一个潜意识(精神病患)的世界。换句话说,一方面努力与大众文化相结合,另一方面则朝向反传统、反文学、反艺术的方向。"②此即1986年前后实验戏剧运动的分化:环墟剧场、河左岸剧场、临界点剧象录等演剧团体,以叛逆姿态挑战实验剧而做更前卫的戏剧探索;而表演工作坊、屏风表演班、果陀剧场等演剧团体,则逐渐趋向商业演剧的路线。

赖声川转向商业路线,始于1984年年底组建"表演工作坊"走向大剧场的演出。主要创演两类戏剧:一是结合传统相声与实验戏剧的相声剧;一是结合传统话剧与实验戏剧的舞台剧。"表坊"最初两出戏《那一夜,我们说相声》《暗恋桃花源》,正可代表这两种不同类型。集体即兴、拼贴结构和生活演剧,赖声

---

① 马森:《一个新型剧场在中国的诞生》,1984年1月15日《中国时报》。
② 姚一苇在"当代剧场发展的方向"座谈会上的发言,《联合文学》第41期,1988年3月。

川早期实验戏剧的特点在转向之后仍有保留；然而也有变化：它们成为"社会论坛"，"同时也具有非常大的可看性"①。

"相声剧"系列在赖声川戏剧中占有重要地位，《那一夜，我们说相声》(1985)、《这一夜，谁来说相声》(1989)、《台湾怪谭》(1991)、《又一夜，他们说相声》(1997)、《千禧夜，我们说相声》(2000)，以及《这一夜，Women 说相声》(2005)、《那一夜，在旅途中说相声》(2011)等，已经成为赖声川戏剧的一个"品牌"。这些剧目陆续推出都源于《那一夜，我们说相声》的成功，但此剧的成功在赖声川看来却很意外："本来我们剧场是一个很小众的，居然小众作品可以变成大众都在听。"②问题在于，原本是作为实验戏剧创演的《那一夜，我们说相声》，为什么会与大众文化产生交集？而正是这种"交集"，内在地决定着、推动着赖声川戏剧走向大众和娱乐。

是否可以这样理解：运用传统相声形式去创演戏剧，确实包含着实验戏剧的先锋、探索精神；而赖声川早先实验戏剧的集体即兴、拼贴结构等，仍然是相声剧创作的重要手法。但是在此过程中，赖声川他们有意无意地触及几点，就将包含着实验精神的相声剧引向了大众和娱乐之途。第一，是相声原本就是一种民间的、大众的、娱乐的表演艺术形式；第二，是赖声川将相声剧作为"社会论坛"，关涉到历史与现实、过去与现在众多社会议题，力图在嬉笑怒骂中传达普通民众的思想情感；第三，是赖声川创演相声剧注重"明星效应"，早先的李立群、李国修、金士杰和后来的倪敏然、方芳等，在台湾演艺圈都是很有号召力的；第四，是他们创演相声剧立下规矩："一定要想办法在一分钟之内让别人笑，如果一分钟之内没有人笑，这段绝对不能用。"③这些都是大众趣味取向，并且带有娱乐观众的色彩。

赖声川为什么要选取相声形式做戏剧呢？他曾多次说过，最初的动机是

---

① 赖声川语。见陶庆梅：《体验赖声川戏剧》，《视界》第 5 辑，2002 年 2 月。
② 杨澜：《赖声川：暗恋桃花源》，《杨澜访谈录》，上海锦绣文章出版社 2008 年版，第 3 页。
③ 《李立群："赖声川的舞台越来越电视化"》，2012 年 7 月 26 日《时代周报》。

要用相声形式给他所喜爱的传统相声在台湾的消失写一篇"祭文",以表现传统文化的脆弱和消失(不料却使相声在台湾复活)。而就相声剧创作本身来说,可能是出于两方面考虑:一方面,就像《这一夜,谁来说相声》中郑传所说,因为"相声在我们传统艺术中象征着我们民族的幽默感。它可以代表群众做社会批判,最直接的达成情绪的宣泄",其幽默感所承载的社会批判功能,与赖声川的戏剧追求是高度吻合的;另一方面,是相声艺术注重说学逗唱("声"——生动幽默的语言),也注重扮演("相"——惟妙惟肖的形体和表情模仿)的"既表且扮"特性,它与话剧接近,潜藏着做成戏剧的空间和可能性。

赖声川坚持把他们这些创作叫作"相声剧"。以《那一夜,我们说相声》为例,他着重讲了两点,来阐述这些作品是"相声剧"而与"相声"不同:首先,他认为"在我们的这些新段子背后,都有一个严肃的主题,而五段相声也就是靠这些严肃的主题串起来……因为相声本身是逗笑的,但我们在逗笑的背后有我们严肃的目的"。其次,他认为"相声是相声,不等于戏剧,而我们要将五段不等于戏的相声段子连起来,变成一个戏剧表现"①。关于第二点,赖声川在别处还有比较明晰的表述:传统相声都"是一些短小的段子,处理的题材也大部分都是生活中可观察的小趣味。而二十年来我们却把这个非常具有时事性及在地性的传统表演艺术拿来当工具,试图编织出一些大型的交响乐、史诗"②。

上述理论阐释不大严谨(如认为相声是"逗笑"而没有"严肃的目的"),并且还自相矛盾(如认为相声"逗笑"没有"严肃的目的"但又说它"非常具有时事性"),不过作者的基本意思还是明白的。他们的创作也是努力这样做的。《那一夜,我们说相声》由五个相声段子组成,从 1985 年的台北说起,然后随着时光倒退,表现 20 世纪 60 年代的台湾、抗战时期的重庆、"五四"时期及清朝末年的北京等历史与现实,以重要节点串起百年中国艰难坎坷的历史进程,成为

---

① 赖声川:《〈那一夜,我们说相声〉的创作过程》,《赖声川:剧场》(1),元尊文化企业公司 1999 年版,第 407 页。

② 赖声川:《Total Women 之夜》,《世纪之音》,群声出版公司 2005 年版,第 268 页。

对于近现代中国历史与政治的描述。六段剧《这一夜，谁来说相声》从 1949 年台湾与大陆分离说起，谈到两岸人民各自的落地生根与成长经验，对那个时代的现实进行了尖锐批评；再谈到 40 年后台湾老兵冒险回大陆探亲，表达了游子思乡的强烈感情和两岸人民对于和平的渴望。"表坊"相声剧反响最大的这两个创作，虽然与传统相声比较，其语言魅力和表演艺术都力有未逮，但是，重大的社会议题和剧情结构的张力，确实赋予它们不同于传统相声的特点。其他作品，如两段剧《台湾怪谭》嘲讽台湾经济发达之后的乱象，整个社会"从南到北就像一个垃圾场，一个废墟"，外在繁华而内里腐朽；四段剧《又一夜，他们说相声》，反映中国传统文化在台湾已被抛弃，现实中充斥着庸俗、污浊、无聊、丑陋，封建伦理道德仍然流毒深远，所谓"阴阳家"阴魂不散等情形；六段剧《千禧夜，我们说相声》，则以百年前北京的"千年茶园"（清朝贵族骄奢淫逸而国破家亡），和百年后台北的"千年茶园"（经济新贵政治竞选而社会混乱）相对应，在两个不同的历史瞬间上演相似的人物与情境，让人们感叹历史的惊人相似，思索现实的荒唐和乖谬等等，都是用剧情结构串联几个相声段子去表达作者严肃的社会批评。

《那一夜，我们说相声》大获成功，接着推出的《这一夜，谁来说相声》也好评如潮。之后的创作，因为参与者水平和素质的差异而成就不一，并且因为创演形成模式，少有创新而多遭批评。然而关于这些创作，人们争议最多的，还是"相声剧是不是戏剧"的问题。从 1985 年《那一夜，我们说相声》，"在很多人心目之中，它又不是一出戏"；直至 2011 年《那一夜，在旅途中说相声》，还有网友疑问"这是相声还是戏剧？"①

那么，相声剧是不是戏剧呢？此事可以宕开一笔，先来看看另外两个相关问题。一是从情形有些相似的歌剧说起。歌剧是不是戏剧？歌剧是以戏剧形式展开的音乐，西方歌剧重"歌"，故歌剧在西方属于音乐；而在中国，歌剧因为

---

① 分别见聂光炎：《设计赖声川的戏》，《赖声川：剧场》（1），元尊文化企业公司 1999 年版，第 19 页；《导演赖声川携屈中恒在微访谈中"说相声"》，2011 年 7 月 18 日 http://www.sina.com.cn。

特殊的成长背景而被赋予更多非歌剧功能，它更多注重"剧"——社会现实、戏剧表现等，所以大体上属于戏剧。相声剧也是这样，它是运用相声形式创作的戏剧，还是以戏剧形式展开的相声呢？很显然赖声川着意于前者。因此，注重社会批判、剧情结构的相声剧有可能成为戏剧。二是从戏剧观念变革说起。西方戏剧两千多年来都是亚里士多德论述的"戏剧性戏剧"，直到20世纪30年代，德国戏剧家布莱希特将"叙述"因素引入戏剧，在传统的戏剧性中插入叙述性因素而创建了"叙述体戏剧"且影响深远。布莱希特组合传统戏剧的戏剧性艺术和史诗的叙述性手法可以建构新的戏剧，注重说学逗唱（"叙述"）又摹拟声音、形态（"代言"和"演故事"）的相声剧也有可能成为戏剧。

所以说相声剧可以成为戏剧。但问题的关键是，相声剧要成为戏剧，不仅在于它是否具有社会批判和剧情故事，还在于这些包含社会批判的剧情故事要结构成为戏剧，并且要通过"叙述"，尤其是"代言"和"演故事"体现出来。后两点对于戏剧来说是更加重要的，而赖声川的相声剧恰恰是在这里显得有些力不从心。

先看戏剧结构。赖声川的相声剧包含社会批判和剧情故事是肯定的，可是如何将这些故事组织成戏剧的结构，他承认，这是他"二十年来所有相声剧共同的痛苦——结构的问题、整体主题释放的问题、整体的意义及完整性"①。赖声川悟性甚高、舞台感极好，能够熟练运用"集体即兴"去发展出体现社会关怀的戏剧主题，同时，用这个主题"拼贴"起多个相声段子，以此去展开情节发展、主题贯穿的戏剧时空。所以赖声川相声剧的整体结构基本上是立得住的。问题在于每一场戏中，怎样把演员集体即兴的笑料组织成为有内涵、有意义的戏剧场景或戏剧意象。《那一夜，我们说相声》段子三的"梅花三弄"笑料与"防空洞"情节之间，《这一夜，谁来说相声》段子四的"个人式反攻大陆"笑料与"四郎探亲"情节之间，笑料"三翻四抖"所形成的结构与剧作主题之间有着内在关

---

① 赖声川：《Total Women之夜》，《世纪之音》，群声出版公司2005年版，第269页。

联,因而多受称赞。但也有不少败笔。比如《又一夜,他们说相声》段子三,在揭示中国传统思想在台湾只剩下旁枝末节的整体结构中,这一段着重批判汉代董仲舒独尊儒术仍然流毒深远,是符合全剧立意和结构的。然而作者用来展开情节的笑料,诸如马千这个六七岁的男孩爱上十六七岁的邻居——某女中校花;而校花之父"董仲叔叔"用高门槛、石狮子、金龙门环、红漆大门等严厉地禁锢着女儿的青春和爱情;小马千为救美装成送煤气的趁"董仲叔叔"进房间拿钱拉起校花逃出家门;事后"董仲叔叔"花掉毕生积蓄买下整栋公寓,然后在公寓外筑墙……这些笑料不仅与当代台湾社会现实脱节,笑料本身也不符合生活逻辑,这样,由笑料建立的情节关系就难以形成富有内涵的戏剧场景或戏剧意象。还有一种情形,如《千禧夜,我们说相声》段子一"把笑"、段子六"结尾学",其中诸如关于老实的笑、阴险的笑、火爆的笑、理性的笑、中国历史上有个"笑朝"人和动植物都会笑的笑料,关于文学、电影、生活、历史等结尾的各种逸闻趣事或滑稽狡辩,大都旁逸于剧情结构之外而成为笑料集锦,与戏剧的情节和主题缺少内在联系。这两种情形,前者有剧情但笑料牵强附会,后者无剧情且笑料游离于主题,都没有组织成比较好的戏剧结构。在赖声川的相声剧中,上述两种情形都不同程度地存在着。

再看"代言"和"演故事"。相声剧不仅要将笑料"三翻四抖"组织成一个戏剧结构,在相当程度上,它还要求通过"代言"和"演故事"表演出来。此即任半塘先生在比较参军戏与"说话"时所强调的:"实则唐宋'参军戏'之滑稽,寓于表演故事之中,终是戏剧,并非说话或讲唱。……代言与演故事两点,在戏剧与杂耍,或戏剧与说话之分判上,何等重要!"①相声在发展中受到"说话"的影响。尽管相声、"说话"本身也有"既表且扮"特点,但总体而论,它们"表"多"扮"少还是属于说唱艺术。故运用相声形式创演的相声剧要成为戏剧,只是发挥相声特性"表"(叙述)是不够的,还需要加强戏剧"扮"("代言"和"演故

---

① 任半塘:《唐戏弄》,上海古籍出版社1984年版,第375页。文中"说话"是古代一种说唱艺术,对相声的形成和发展都有一定影响。

事")的特性,故事叙述要与角色扮演结合起来。赖声川相声剧获得好评的段子大都是这样。例如《千禧夜,我们说相声》段子三"老佛爷与小艳红",有规定情境,有人物遭遇,贝勒爷扮演自己和老佛爷,皮不笑扮演自己和小艳红,"既表且扮"地表现八国联军入侵的惨败景象,形象、生动、感人。《这一夜,谁来说相声》段子四"四郎探亲",《这一夜,Women 说相声》段子一"骂街"等亦如此。然而赖声川的相声剧,其舞台表现更常见的,还是用主题去串起多个相声段子,是"以相声的方式,说出来的语言戏剧"①。包括反响很大的几个创作,比如《那一夜,我们说相声》段子一"台北之恋",《这一夜,谁来说相声》段子六"盗墓记"等,情节、故事都是以相声形式"说"出来的。这也是为什么《台湾怪谭》创意新颖、表现独特,创造了主人公李发和屏幕上李发影像表演结合的样式,但在更多场合,它更像是李发在说单口相声,或是在说书,观众找不到"看戏"的感觉。"表坊"似乎也意识到这一点,但如何弥补在认识上有误,更多是为了加强"剧场效果"而着力发挥,结果不但没能加强戏剧特性,又弄得脱口秀味,甚至嘉年华味越来越浓。

所以,并不是像赖声川所说的运用严肃主题串起几个相声段子就是相声剧。赖声川的相声剧要想真正成为戏剧,还需要艺术地处理如何将故事、笑料结构成为戏剧,并且通过"代言"和"演故事"表现其中的问题。因此,那种认为赖声川相声剧是"很前卫的戏剧观,整个戏剧的结构与思维也是非常现代的"观点,以及对于赖声川相声剧的论述——"像相声而却不是相声,不像舞台剧但的确又是舞台剧。它颠覆了传统相声,也颠覆了剧场;不可思议的是,它拯救了传统相声,也造就了台湾现代剧场"②,都评价过高,值得商榷。

---

① 李立群:《回忆〈那一夜我们说相声〉》,《演员的库藏记忆》,中正文化中心 2008 年版,第 16 页。

② 陶庆梅、侯淑仪:《刹那中——赖声川的剧场艺术》,时报文化出版公司 2003 年版,第 39—40、192 页。

三、转向之二：传统话剧与实验戏剧结合

在表演工作坊两个创作走向中，《暗恋桃花源》等舞台剧的成就和影响更大。

《暗恋桃花源》也曾面临是"主流"还是"实验"的尴尬。赖声川说："《暗恋桃花源》，它是很主流的，但是它本质上应该还是很实验的，它甚至在小剧场也是成立的。"①出现这种情形，实际上也是源于"表坊"走向大剧场的着意探索。赖声川说过，创演于1986年的十四场剧《暗恋桃花源》在其戏剧生涯中具有重要意义，因为该剧让他"找到一个创作重心，结合传统与实验"②。此类"结合传统与实验"的舞台剧，还有七场剧《圆环物语》(1987)、十四场剧《回头是彼岸》(1989)、十八场剧《红色的天空》(1994)、十二场剧《我和我和他和他》(1998)，以及无场次剧《如梦之梦》(2000)、《宝岛一村》(2008)等。

荷兰戏剧家史卓克"透过社会议题，透过精彩的表演"的演剧启示，"表坊"演剧成为"社会论坛"，"同时也具有非常大的可看性"的特点，也体现在上述舞台剧创作中。

从台湾出发对于现当代中国历史的审视，尤其是对于海峡两岸社会政治的思考，在赖声川戏剧中已经形成挥之不去的"情结"。《暗恋桃花源》中的《暗恋》剧组、《桃花源》剧组同台排戏，其灵感固然来自当代台湾"失序""干扰"等社会乱象，但是，《暗恋》讲述江滨柳与云之凡20世纪40年代末在上海的一段刻骨铭心的恋爱，以及江滨柳到台湾后，近半个世纪来对云之凡的深情思念；《桃花源》讲述打鱼人老陶、陶妻春花与袁老板三人之间的情感纠葛，进入桃花源后摆脱了烦恼的老陶却又莫名地思念起外面的春花，后来结合生子的春花与袁老板却没有了当初偷情的甜蜜；以及江滨柳想回到过去年代、老陶想回到

---

① 见谢培：《赖声川的戏剧创意学》，2006年11月29日《新快报》。
② 转引自纪慧玲：《家国的幻灭与重建》，《表演艺术》第69期，1998年9月。

桃花源而又都"回不去了"的哀伤等等,很明显,在古与今、悲与喜、现实与虚幻、男人与女人的复杂剧情描写中,他用《暗恋》两岸相思的故事表达人们对于桃花源的向往,又用《桃花源》的虚幻故事去思考海峡两岸的社会政治情形,有着时代政治、人生人性的丰富内涵。《回头是彼岸》以武侠世界与现实世界相映照,在武林宗派为寻求"乾坤大法"的惨烈搏斗中,表现了武侠世界、现实世界的人们向往"彼岸"以及"彼岸"的梦幻;《我和我和他和他》写大陆神州公司和台湾台品公司在香港谈判合作,剧中男女主人公个人理想、爱情的脆弱和现实世界利益竞争的残酷无情所包含的隐喻等等,都渗透着"海峡两岸"的独特社会人生内涵。

对于当代台湾社会问题、现实人生的描写,也是赖声川舞台剧关注社会议题的一个重要方面。《圆环物语》是透过几对男女爱情迷失的故事去审视台北——台北在日据时期是那样混乱丑陋,当代台北在日趋繁华的外表之下仍然嘈杂龌龊。根据荷兰戏剧家史卓克《黄昏》改编的《红色的天空》,是搬演了一群老人的戏,写他们现在的孤寂生活,他们对于过去的甜美回忆,写在走向尽头的人生历程中,他们的生存困境、人生感悟和生命尊严。《宝岛一村》在舞台上呈现了当代台湾特有的"眷村"现象,在近半个世纪的时间跨度中,描写几代人的悲苦挣扎、艰难奋斗。在后两个戏中,又包含着"海峡两岸"的沉重"情结"。

《暗恋桃花源》较之早期《我们都是这样长大的》《变奏巴哈》等演剧,引起更强烈的社会反响,不过评价却与早先对于实验戏剧的激赏有些不同。人们评论它"既有实验剧的用心和创意,又有通俗剧的娱乐效果"①。其他创作的评价也大致如此。可见,为了追求"非常大的可看性",赖声川舞台剧的艺术表现在发生转向。

所谓"结合传统与实验",主要是指这些创作其剧情结构主体是传统话剧

---

① 台湾学者刘光能语。转引自《赖声川剧场》(第一辑),东方出版社2007年版,第124页。

模式,而情节展开、故事叙述的手法则具有实验性。与早期实验戏剧排斥故事相反,赖声川上述舞台剧带有更多的说故事——并且是通俗故事——的乐趣。即便是他最好的剧作《暗恋桃花源》,人们看到的也是他"在编导方面的才华——将两个通俗的故事处理得清新可喜而不落俗套"①。叙述故事而有戏可看、雅俗共赏,成为赖声川这些舞台剧创作最重要的追求。以至于后来的《如梦之梦》,绕在故事里乐此不疲,此剧最初就名为《在一个故事中,有人做了一个梦,在那梦中,有人说了一个故事》。而要追求有戏可看、雅俗共赏,就不能蔑视和丢弃传统。因此在这些创作中,情节又成为戏剧的主体,对话又成为发展情节、表现人物的主要手段,还有戏剧的冲突、悬念与惊奇等,这些被早期实验戏剧解构掉的戏剧传统,相当程度上又在这里复归。当然,不是完全回到传统话剧。赖声川懂得现代观众的欣赏趣味还有"趋新"的一面,所以,他又保留了早期实验戏剧的"集体即兴"和"拼贴"手法。由此,形成赖声川舞台剧创作结合传统话剧与实验戏剧的奇妙景观。在这里,运用"集体即兴""拼贴"等手法创造的情节发展、戏剧结构等,不再带有先锋的色彩,而更多是为了有戏可看、雅俗共赏。

就情节发展来说,它不再是实验戏剧的片段、琐碎的"反情节""反文本",而是努力追求情节的精彩和故事的完整②。与早期实验戏剧更多剧团成员的即兴创造不同,赖声川创作这些戏剧,之前他就有完整的故事和结构,集体即兴,只是让剧团成员根据自身经历发展出来的片段去丰富它、完善它。如《暗恋桃花源》,是用剧团成员根据自身经历发展出来的片段,拼贴成悲剧《暗恋》、喜剧《桃花源》两个同台演出而又各自情节线索完整的作品。它有两条故事线:一段 40 年代知识分子凄美的恋爱故事,一段 80 年代市民百姓粗俗的偷情

---

① 杨世彭:《〈赖声川:剧场〉序言》,《赖声川:剧场》(1),元尊文化企业公司 1999 年版,第 24 页。

② 《红色的天空》是赖声川这一时期舞台剧创作在艺术表现方面的例外。它是"表坊"成立十周年,赖声川改编荷兰戏剧家史卓克并借此向史卓克致敬的一个作品。所以它基本保留了史卓克原著的风格,回到原始的集体即兴创作,不预设结构或主题,与老人的生活一般,淡淡的、琐碎的、忧伤的。

故事。前者是悲剧,讲述战乱时代人们的流离失所和人生无奈;后者是喜剧,讲述平常生活中人们的情感出轨和滑稽笑闹。故事和情节发展都丰富精彩。《我和我和他和他》,更是由一对男女主人公,发展出他们十年前和十年后"我和我和他(她)和他(她)"两条情节线。现在的沈墨是大陆神州集团总裁,现在的简如镜是台湾台品公司董事长,分别从北京、台北去香港商谈公司合并事宜。两人为合并后自己公司是占51%还是49%股份争执不下,最后却因各自都被背后更强的势力所阻挠和取代而商谈失败。剧中在他们身边各有一个另身,名为"另一个男人""另一个女人",就是十年前的他们自己。十年前的1989年,沈墨为了理想从内地偷渡来香港打工,简如镜离开富豪家庭从台北来香港寻找人生意义,两人一见钟情谈了一场轰轰烈烈的恋爱,后来却被简父棒打鸳鸯而痛苦分手。同样的,沈墨和简如镜的人生故事及其情节发展也都精彩好看。

这些创作不仅每条情节线讲述精彩,赖声川又发挥他极其擅长的"拼贴",使得全剧结构复杂曲折,全剧的故事讲述更加有戏可看。在这里,赖声川主要是借鉴莎士比亚的"平行线的复式结构",他认为这是"莎士比亚戏剧最精彩独特的一点"。以《哈姆雷特》为例,其"故事的方向就如同文艺复兴所讲求的单一方向为主,但以三条支线走同一个方向的方式进行,有如用架起平行的镜子来相映照。故事在往前走,在行进中累积了故事的进展,在相对映照之中,更是从对比中照出不可思议的戏剧力量"①。赖声川的戏剧也是这样,还是以《暗恋桃花源》为例。在把剧团成员根据自身经历发展出来的片段"拼贴"成《暗恋》《桃花源》两条情节线的基础上,赖声川一方面引导演员推动两条情节线往前发展,另一方面,又使两条线索有关情节相互渗透而形成剧情的"拼贴"。两个剧组同台交替演出,尤其是第十场两个剧组各占左右半边舞台排演自己的戏,剧情的发展和台词的对接有时相互干扰,表面看两个戏的情节仍然独自进

---

① 赖声川:《莎士比亚从大众娱乐到伟大经典》,2014年4月23日《新京报》。

行,而深层却有着内在的关联,在演戏的戏、排戏的戏与人生的戏的纠葛中,来观照现代台湾的社会历史变迁。古今穿越、悲喜渗透的舞台奇观,不同的时空交错成不同的戏剧场景和情感内涵,其艺术表现既饶有兴味而充满戏剧性,又将两条情节线"拼贴"得颇具现代感,赋予两个通俗故事以新的意蕴。《我和我和他和他》是由沈墨、简如镜与其十年前的自己所形成的两条情节线平行并进拼贴而成。《回头是彼岸》是由武侠世界为寻觅"乾坤大法"和现实世界为争夺神州天下两条同时前进的情节线拼贴而成,并且,都是"从对比中照出不可思议的戏剧力量"。如此拼贴结构,在赖声川戏剧中只有《圆环物语》有所不同,它讲述七对都市男女寂寞而迷失地追寻爱情的故事,故事本身是典型的通俗剧模式,但人物关系、情节发展的结构却很新颖,是一环套一环的"圆环"式结构。

其结果,是赖声川的这些创作都有戏可看,精彩纷呈。然而有时剧情结构拼贴得扑朔迷离,也会让人觉得过于复杂。比如《回头是彼岸》,在武侠世界和现实世界的整体结构拼贴中,现实世界的情节线中又拼贴了真假石雨虹、生死石之行的故事,武侠世界的情节线中又拼贴了云侠梦里(去"彼岸"明月山庄探寻秘笈)梦外(实地所见全如梦中情形)的故事,甚至还有武侠(小说)世界与现实世界的交集(小说人物云侠走进真实时空请求作家石之行杀了他)。赖声川还有一部七幕剧《西游记》(1987),同时写神话时空中孙悟空去西天取经的旅程,历史时空中(从清末到现代)唐僧接触西方的旅程,当代时空中阿奘从台北去西方留学的旅程,叙述线索多而显得杂乱,有时三组人物出现在同一时空更让人难以理解剧情。为了有戏可看,赖声川常常把戏剧结构弄得过于复杂曲折,很多人都跟他说:"别搞那么复杂,你的戏都很复杂,你不要搞得再复杂。"[1]所以,那种完全认同赖声川的戏剧,赞赏其"横跨古今,沟通中外",能够让人们回视中国"这一世纪走过的全部道路",并"体会一下最深切意义上的悲欢离

---

① 杨澜:《赖声川:暗恋桃花源》,《杨澜访谈录》,上海锦绣文章出版社 2008 年版,第 15 页。

合"的观点①,带有明显的虚夸成分。

这就不难理解,为什么"集体即兴"在台湾的后现代戏剧中,"重点均放在视觉和听觉的沟通或知觉效果,排斥了剧本文字的逻辑性和叙事性"②,而《暗恋桃花源》等演剧的"集体即兴",他们则要在排练中共同创作出具有完整剧情的、在以后演出中不能随意更改的剧本;并且,也不同于"拼贴"在台湾后现代戏剧中成为撕裂、肢解戏剧结构的因素,在《暗恋桃花源》等演剧中,"拼贴"却成为加强戏剧性的有力手法。可见,赖声川他们更多是从传统话剧出发,是从戏剧性着眼,去汲取后现代主义或现代主义戏剧的。

四、在雅俗结合中推动当代台湾戏剧

尽管早期的实验戏剧也颇获好评,然而给赖声川带来舞台声誉和社会影响的,还是他在表演工作坊所主持的集体即兴创作。赖声川是一位擅长编导,又有明确艺术追求的戏剧家,他的创作,在戏剧内涵、戏剧形态、戏剧风格等方面都有鲜明的特点。

赖声川强调戏剧创作要有精神。他做戏剧,就是"希望能够把台湾经验提炼出来,将中国人经验整体而言提炼出来,朝向一种对人类宇宙性的处境作一种表达"③。这里有两个关键词:中国台湾经验和人类处境。所谓"中国台湾经验",就是戏剧要真实深刻地反映中国台湾的社会人生,表现中国人台湾人的生存际遇和生命状态。赖声川把这种更多关注"社会议题"的戏剧叫作"社会论坛"。《暗恋桃花源》《我和我和他和他》等舞台剧,和《那一夜,我们说相声》《这一夜,谁来说相声》等相声剧,都是思考20世纪中国台湾的历史和现实,描

---

① 余秋雨:《总能弹拨到无数观众的心弦》,《赖声川:剧场》(1),元尊文化企业公司1999年版,第11页。

② 钟明德:《在后现代主义的杂音中》,书林出版有限公司1989年版,第181页。

③ 赖声川:《关于创作方式》,《赖声川:剧场》(1),元尊文化企业公司1999年版,第36页。

写大时代中人们的遭遇和命运,充满浓厚、沉重的家国情怀。当然赖声川懂得,此类社会议题必须通过个人关怀的渗透,尤其是要与"人类处境"相连接才能深刻有力。这就需要戏剧"把观众包容进去,然后再让观众连接到一种更大的力量","透过演出,所有人都被连结到一起,连结到全人类"①。这就是说,要在中国台湾经验的描写中体现出人类共通的思想与情感、人生与人性。这是赖声川最重要、最突出的戏剧追求。他的戏剧采取"集体即兴",就是因为"即兴创作技巧背后的哲学则是认为透过即兴表演,演员个人内在的关怀可以被提炼出来,而经过正确的指导,个人的关怀可以促进集体关怀的塑造"②。在这里,"集体即兴"就不仅是一种创作方法,更是一种审美立场和社会关怀。赖声川是具有强烈公共意识的戏剧家,他带领剧团集体即兴的那些创作,对于民族的历史、现实和文化,对于人类的文明、命运和未来,都有积极的关注和思考。既是民族的,又包含着人类的共通性。这是赖声川戏剧最有光彩之处。

从审美形态来说,赖声川追求一种既是现代,又是传统的戏剧。赖声川从小在美国长大,后来回到台湾接受中学和大学教育,之后又去美国攻读戏剧硕士和博士学位,1983年又回到台湾任教和做戏剧。因而他具有深厚的西方文化素养。但是,父亲在他少儿时就教育他要"做一个中国人",后来做戏剧,他也亲身感受到"艺术如果你拿国外的模式过来,你到底是谁"的尖锐问题,从而坚定"文化认同还是在这边",应该融合中西"找自己的路"③。所以他的戏剧既有"集体即兴""拼贴"等西方现代戏剧手法,又有中外传统戏剧——中国传统戏曲曲艺和西方传统话剧——艺术表现。这就是他结合传统相声与实验戏剧的相声剧,和结合传统话剧与实验戏剧的舞台剧的创作。赖声川在这一方面的追求同样是非常明确的。以相声剧为例,他说,运用民族相声形式创作相声

---

① 赖声川语。转引自陶庆梅、侯淑仪:《刹那中——赖声川的剧场艺术》,时报文化出版公司2003年版,第19页。

② 赖声川:《关于创作方式》,《赖声川:剧场》(1),元尊文化企业公司1999年版,第33页。

③ 赖声川:《我们应该找自己的路》,《做戏——戏剧人说》,中国戏剧出版社2003年版,第242页。

剧，"仿佛创造出一个通往民族深层组织的隧道，让我们看到那个深远的隧道中一个庞大的智慧和文化"；而同时他借鉴"集体即兴""拼贴"等实验戏剧，又使相声剧"成为一个合法评论时下社会议题的工具，在传统的基础上，彻底摆脱了传统相声在格局上的局限"①。并且，不论是相声剧还是舞台剧，赖声川都从民族戏曲传统中，借鉴了"空的空间"、虚拟动作和形体表演等演剧艺术。传统与现代结合，是 20 世纪中国戏剧创造的重要命题。在这里，赖声川将传统融入现代，在某种程度上使"传统"在现实审美中显示出独特魅力并具有了现代品格，又使"现代"因为找到传统的根而体现出民族的风味，其探索丰富了中国戏剧的艺术创造。

悲喜交融是赖声川戏剧最突出的艺术风格。《那一夜，我们说相声》等相声剧，就是用喜剧形式表现悲剧的、严肃的社会人生内涵。《暗恋桃花源》的剧情发展，就是悲剧《暗恋》、喜剧《桃花源》在同一舞台上交替演出；其他舞台剧虽然剧情结构不尽是如此，但大都呈现出悲喜渗透的艺术表现。在赖声川看来，戏剧就是人生，而悲和喜本是人生的一体两面，生命的两种面相。赖声川是从古希腊戏剧（演出悲剧三联剧之后要上演一出喜剧"羊人剧"）和日本传统戏剧（演出悲剧"能"之后要上演一出喜剧"狂言"）中，感悟到"在'悲''喜'之间，有一种特殊对话，一种神秘、原始的对话，始于人心深处的对话"②，而去思考和探索悲剧与喜剧之间的人生关联和美学关联的。这其中他受到了多位戏剧家的深刻影响，包括莎士比亚戏剧深沉悲怆的情节与令人捧腹大笑的喜剧场面的混杂，贝克特等荒诞派戏剧严肃、美丽与荒诞、滑稽并用的悲喜交集，达里奥·福糅合意大利传统即兴喜剧艺术与马戏团、嘉年华的狂欢手法去探讨社会问题的滑稽讽刺，以及契诃夫戏剧能让生命的无奈变成痛苦的笑的"喜剧

---

① 赖声川：《在一个混乱年代中，出现了一个传承》，《这一本，瓦舍说相声》，杨智文化事业公司2000 年版，第 8—9 页。

② 赖声川：《悲喜，快乐，忘我——〈暗恋桃花源〉的二三事》，《赖声川剧场》（第一辑），东方出版社2007 年版，第 145 页。

的忧郁",等等。由此形成赖声川的戏剧世界浑然一体的舞台直观,时代的动乱激荡、社会的千变万化、人生的酸甜苦辣等,在其悲喜交融的舞台艺术中得到了比较真切的表现。当然,悲喜交融逗观众捧腹、赚观众眼泪都不是目的,以喜写悲,更重要的是引导观众超越悲或喜,而去深入认识和思考时代与政治、社会与现实、人生与人性。

　　赖声川的戏剧创造是独特的,戏剧成就也是突出的。那么,赖声川戏剧在当代台湾剧坛处于怎样的地位,赖声川对于台湾戏剧发展具有怎样的价值与贡献呢?

　　对于赖声川戏剧的评价,褒贬分歧较大。大体来说,台湾戏剧界、学术界褒少贬多,媒体则褒贬参半;大陆媒体和戏剧界、学术界则基本上是褒扬。台湾戏剧界、学术界对赖声川"集体即兴""拼贴"的戏剧创造是肯定的,但是,对于他转向后着意于"娱乐性"和"商业味",则一开始就有尖锐的批评。[①] 1999年赖声川出版戏剧集《赖声川:剧场》四卷,海内外几位华人戏剧家为之作序,大都还比较实事求是,评价赖声川的戏剧"有创意、极活泼"(聂光炎),能够把"通俗的故事处理得清新可喜而不落俗套"(杨世彭),能够将"精致艺术"与"大众文化"相结合(姚一苇),"不中不台、不东不西、不雅不俗、不规不矩"(郭宝昌)等。[②] 然而,对于赖声川戏剧的"拔高"也是在《赖声川:剧场》出版之时。该书卷一封面折页转引了《美国桔郡记事报》一段评论:"世界上很少有剧场艺术家可以拥有赖声川的远大影响力。这位台湾剧作家和导演几乎一手创造了台湾现代剧场。自从他的剧团'表演工作坊'在台北创团以来,就成为促成一个极有活力的新剧场文化的催化剂,而在这之前,台湾数十年来几乎没有戏剧传统可言。"其他各卷封面或封底,也有诸如《那一夜,我们说相声》"成为80年代台湾剧场创作的代表作",《暗恋桃花源》"绝对已是20世纪最重要且影响最深的华人剧作经典"之类的话。这些评语一下子就把赖声川捧到无以复加的地

---

　　① 民生剧评(《民生报》三位剧评人笔名):《娱乐性高,商业味浓》,1987年3月6日《民生报》。
　　② 参见《赖声川:剧场》(1),元尊文化企业公司1999年版,第11—26页。

步,而赖声川本人似乎也很认可媒体的这些包装。之后的媒体宣传大都由此加以发挥,所谓"台湾现代戏剧的开拓者""戏剧大师""戏剧经典"等乃是常见。所以要准确评价赖声川的戏剧创作,首先必须厘清以下两个问题:

第一,不是赖声川"一手创造了台湾现代剧场",也不是赖声川之前台湾"没有戏剧传统可言"。所谓赖声川"创造台湾现代剧场"之说甚为流行,甚至2006 年 11 月 20 日《人民日报》海外版发表记者徐馨的专访《赖声川:聆听缘分的戏剧人》,也以讹传讹称赖声川为"台湾话剧拓荒者"。赖声川自己也不大谦虚,多次谈到在他之前,台湾话剧"没有演出,而且是几十年都也没有演出了","没有累积任何戏剧创作传承"[1]。这些都是严重的无视历史。1949 年之后台湾话剧虽然遭遇挫折,但是在困顿中仍然艰难地前行。1950 年至 1970 年间,"剧坛曾产生过三千部剧本,各剧团曾经演出过一千部以上"[2]。特别是从 20世纪 60 年代开始,至少有三股力量在推动台湾话剧逐步发展:(一) 李曼瑰在60 年代,先后组织"三一戏剧艺术研究社""小剧场运动推行委员会""话剧欣赏演出委员会""中国戏剧艺术中心"等团体,并举办"世界剧展"(1967—1984)和"青年剧展"(1968—1984),积极推行学校和民间的戏剧运动,"为后来的实验剧展做了铺路的工作"[3]。(二) 60 年代后期和 70 年代,姚一苇、张晓风、马森、黄美序等剧作家借鉴荒诞派戏剧、布莱希特史诗剧等西方现代派戏剧求新求变,推动台湾话剧从传统写实向现代主义转型。他们的艺术创新对 80 年代初期实验戏剧的探索也产生了直接或间接的影响。(三) 正是在李曼瑰、姚一苇等前辈戏剧家影响下,到 70 年代末,台湾剧坛逐渐形成两股戏剧实验的力量,分别从民间的业余演剧和大专院校戏剧科系的教学演剧中崛起,从戏剧观念、剧本创作到舞台表演,都形成力求突破传统、开拓创新的发展趋势。此时,从

---

① 分别见陶庆梅:《体验赖声川戏剧》,《视界》第 5 辑,2002 年 2 月;赖声川:《关于一个"失传"的剧本》,《赖声川:剧场》(1),元尊文化企业公司 1999 年版,第 27 页。

② 李曼瑰:《序》,《中华戏剧集》第 1 辑,中国戏剧艺术中心 1970 年版,第 3 页。

③ 黄美序:《序》,《中国现代文学大系·戏剧卷》,九歌出版社 1989 年版,第 12 页。

李曼瑰那里接过"话剧欣赏演出委员会"主任职务的姚一苇因势利导,主持了1980年至1985年六届"实验剧展",形成一场蓬勃的实验戏剧运动。这场运动被公认为是当代台湾话剧发展的转折点,"使得剧场上的现代主义(包括所谓的'后现代主义')植根台湾,跟写实主义相互辉映、竞逐,写出了中国台湾剧场史上新的一章!"①怎么能说在赖声川之前"没有演出","没有累积任何戏剧创作传承"呢?

第二,赖声川是优秀的戏剧家,但是,他还没有达到"世界上很少有剧场艺术家可以拥有赖声川的远大影响力"的程度,他还难以称为"戏剧大师",其创作还难以称为"戏剧经典"。2011年广西师范大学出版社出版赖声川著作《赖声川的创意学》,同样是在封面折页以讹传讹地介绍赖声川:"现今华人世界最著名之舞台剧编剧/导演","世界媒体称他为'现今中文最顶尖的剧作家'(BBC),'亚洲剧场导演之翘楚'(《亚洲周刊》)"。而台湾戏剧界、学术界的评价则谨慎得多。他们认为,"表演工作坊的演出,商业价值取向一向高于其他,以娱乐效果显著的形态吸引各阶层观众走进剧场",其"历史关怀""美学认知""艺术价值"则有所欠缺。② 原因是什么呢? 所谓"成也萧何,败也萧何","集体即兴"和"拼贴"给赖声川戏剧带来生机活力、使之精彩好看,然而,集体即兴容易流于浅层次,拼贴结构容易导致戏剧叙述注重故事,都会影响到作品的深度。"集体即兴"是60年代以来西方前卫戏剧流行的创作方法,它突破剧作家编戏、导演排戏、演员演戏的传统,由演剧集体在即兴排练中共同创作出表演剧目。这种看起来很随意而事实上很严谨的方式,其创作尤其要看参与者的水平和素质。"表坊"前十年的戏获得较好评价,是因为赖声川身边有金士杰、李立群、李国修等优秀戏剧家共同创造。然而即便是这样,李立群说,其中"有

---

① 钟明德:《台湾小剧场运动史》,扬智文化事业股份有限公司1999年版,第5页。

② 参见民生剧评《娱乐性高,商业味浓》(1987年3月6日《民生报》),王墨林《都市剧场与身体》(稻乡出版社1990年版,第310—311页),钟明德《台湾小剧场运动史》(扬智文化事业公司1999年版,第94—95页)。

些戏,包括我自己曾经参与创作与演出的,都有让人看不下去的地方"①。"拼贴"也是如此,赖声川擅长拼贴结构,并且他特别有办法拼贴起数条情节"平行线的复式结构",故事叙述精彩好看;然而,因为集体即兴的参与者大都关注自己的故事线,而作为戏剧更重要的人物之间的冲突和人物性格的刻画,集体即兴难以深入,其戏剧拼贴对于社会人生内涵的开掘也就不够深刻。别林斯基指出:"在叙事诗中,占优势的是事件,在戏剧中,占优势的是人。叙事诗的主人公是变故,戏剧的主人公是人的个性。"②正是人物性格的特殊性、生动性和完满性,决定着一出戏剧的深刻性和丰富性。赖声川有的剧作如《暗恋桃花源》,故事精彩丰厚,人物刻画较有深度,所以能够获得成功;而《回头是彼岸》《我和我和他和他》等大部分创作,虽然也有繁复的情节和场景,赖声川在故事层面又把这些情节和场景拼贴得精彩好看,但是,由于性格刻画比较薄弱,那些故事深层的社会人生内涵就没能深入地揭示出来。集体即兴、拼贴的艺术性与深度问题,在"表坊"后期显得更为严峻,赖声川的创作 1995 前后遭遇瓶颈,这是最重要的原因之一。

既然如此,赖声川戏剧又为什么能够产生轰动效应呢? 这其中当然有多种原因,最重要的,还是赖声川自己说的两点:"社会论坛"与"可看性"。"表坊"演剧最具影响的那些年,正值台湾社会由戒严到解严的过程,此时"观众进剧场,他不见得只是在看戏,他们是在参与社会问题的讨论,参与一个公共论坛"③。赖声川在戏剧中尖锐地触及了台湾社会现实、海峡两岸关系、民族历史文化认同、台湾自我形象定位等问题,当时的台湾社会和民众需要这种"社会论坛"戏剧,而赖声川又确实能用戏剧比较好地传达了当时台湾社会和民众的

---

① 李立群:《赖声川·"廿年一觉飘花梦"》,《演员的库藏记忆》,中正文化中心 2008 年版,第 21 页。

② [俄]别林斯基:《诗歌的分类和分科》,《别林斯基文学论文选》,满涛、辛未艾译,上海译文出版社 2000 年版,第 316 页。

③ 赖声川语。见陶庆梅:《体验赖声川戏剧》,《视界》第 5 辑,2002 年 2 月。

心声。另一方面,则是这些戏剧"同时也具有非常大的可看性"。赖声川特别懂得观众爱看什么,懂得运用丰富的情节、复杂的拼贴和精彩的舞台表演来愉悦观众,而民族相声、传统话剧的艺术表现,又扩大了其戏剧抵达普通民众的社会影响力。"社会论坛"与"可看性",是赖声川戏剧的独特创造,也是赖声川戏剧在台湾那个特殊时段兴起的根本原因。非"社会论坛"不能吸引更广泛的民众(如姚一苇、张晓风此期的剧作),而没有"可看性"也不能使民众走进剧场(如大多数小剧场戏剧也有社会议题,但表现前卫而少有观众)。是那个时代造就了赖声川,而赖声川又用他的创作推动了那个时代的台湾戏剧。

由此,也就确立了赖声川戏剧在当代台湾剧坛的价值和地位:它是高雅艺术与大众文化的结合,是雅与俗、艺术与娱乐的结合。1986 年表演工作坊获"台湾表演艺术奖",1996 年赖声川获台湾"文艺奖",两次颁奖词都是着重肯定赖声川及表演工作坊"将精致艺术与大众文化巧妙结合"的戏剧创造[1],这个评价是准确的。"表坊"演剧是走大剧场的商业路线,而赖声川始终不承认他们是做商业戏剧,强调他们也是实验、创新,也许这正是"表坊"的特色。应该说,他们的演剧仍然强调突破、超越的创新精神,但是同时,又会考虑更多普通观众的欣赏趣味和演剧的票房价值。所以,与先锋的实验戏剧和后现代戏剧相比较,他们的创作和演出相对地更注重传统,而汲取现代和后现代则要少些,并且这种汲取被控制在大众能够接受和欣赏的限度之内。这就使其演剧的雅(精致艺术)与俗(大众文化)达到较好的结合。将现代话剧这门高雅艺术融入大众文化生活之中,可以说是赖声川对于当代台湾剧坛的最大贡献。尤其是进入 90 年代,"当社会及政治禁忌已然松绑,剧场条件逐步改善,有潜力的观赏人口持续提升,如何作出'好看'的戏、'有深度'的戏,就成了剧场工作者责无旁贷的责任"[2]时,当台湾话剧获得"商业性的成功已经是件难得的大事,因

---

[1]　转引自陶庆梅、侯淑仪:《刹那中——赖声川的剧场艺术》,时报文化出版公司 2003 年版,第 4、56 页。

[2]　李立亨:《戏剧界多方尝试的十年》,《表演艺术》第 52 期,1997 年 3 月。

为对观众量化的追求仍是目前发展现代戏剧的一大指标"①时,赖声川结合高雅艺术与大众文化的戏剧创造就显示出独特的价值。虽然不是赖声川"创造了台湾现代剧场",但是,话剧演出成为当代台湾正常的社会文化活动,确实是从"表坊"的《暗恋桃花源》《那一夜,我们说相声》获得成功开始的。可以说,赖声川及"表坊"对于台湾话剧舞台演出、对于话剧作为台湾社会文化活动的推进,比其戏剧创作本身的成就更大。是他们的演剧打开了当代台湾戏剧的新格局,使观众进剧院看戏成为正常的社会文化活动,而不再是意识形态的工具,或是少数人欣赏的前卫艺术,满足了台湾社会对于比较精致演剧的文化需求。

20世纪90年代后期以来,因为台湾社会政治变革基本达成,原先在题材主题方面着重"社会论坛"的赖声川戏剧其影响力锐减。赖声川遭遇了创作的瓶颈,之后他开始了新的探索:从反映"社会议题"转向表现"人性的议题"②。但是,很明显其创作转型还处于迷惘和困惑之中。他这一阶段做的两个戏:《如梦之梦》(2000)从社会批判转向内在心灵的挖掘,更多对人世、生命的悲悯情怀,戏剧形式和舞台演剧多受追捧,然而严格地说,长达近八个小时行云流水、江湖横流般的讲述故事,其"戏剧"创造的审美张力和艺术深度受到损害;《宝岛一村》(2008)是与台湾电视制作人王伟忠合作编导的,搬演1949年至1989年间国民党老兵在台湾眷村的艰难人生,以及一段族群融合的特殊历史,它更多有王伟忠原先纪录片的内涵与风格,不能完全算作赖声川的作品。两个相声剧《这一夜,Women 说相声》(2005)和《那一夜,在旅途中说相声》(2011),前者讲述女性在当今社会的迷失和自我寻找,后者通过不同的旅游体验表达对于生命的思考,其创作演出都不再有早先相声剧的影响力。

所幸的是,处于转型的迷惘和困惑之中的赖声川仍然在不懈地探索。

---

① 马森:《集传统之大成,开未来之新端》,《表演艺术》第45期,1996年8月。
② 赖声川:《我们应该找自己的路》,《做戏——戏剧人说》,中国戏剧出版社2003年版,第252页。

论香港作家杜国威的话剧创作

杜国威常被媒体誉为当代香港的"金牌编剧",然而学术界对于杜国威戏剧的评价分歧颇大。有人称之为"杰出的剧作家"①;有人则认为尽管杜国威在20世纪"八九十年代的香港剧坛占有举足轻重的地位",但他更多是"通俗戏剧的大写家"②。对于具体作品的评价也是这样。比如《Miss 杜十娘》,有人批评他是"恋栈于掌声与票房,挑一条易走的路,由从俗、媚俗而至于粗俗、庸俗,实在是一种'迷失'!"③有人则认为"杜国威所以要把一出严肃、沉重的爱情悲剧改编为嬉笑怒骂的喜剧,除了讽喻丑恶、薄情的现实外,还在向人们昭示那种自然、豁达,闪烁着佛光禅理的'爱情观'"④。"金牌编剧"杜国威在香港戏剧舞台极具号召力,那么究竟应该怎样评价其戏剧创作的成就,其剧作在当代香港戏剧史上有何贡献、价值和意义? 值得认真研究。

综合来看,学术界对于杜国威戏剧的研究存在三点明显偏差:一是总体评价过高,对其戏剧创作的成就、贡献和不足少有实事求是的论述;二是以偏概全,用他成熟期的成就和特点概括其全部创作;三是笼而统之,对其戏剧"写情"的不同内涵和不同价值缺少深入分析。本文即针对上述问题而进行的

---

① 田本相主编《中国话剧艺术史》第 8 卷,江苏凤凰教育出版社 2016 年版,第 176 页。
② 林克欢:《戏剧香港 香港戏剧》,牛津大学出版社(香港)2007 年版,第 88—89 页。
③ 晴风:《从〈Miss 杜十娘〉说起》,1996 年 11 月 12 日《星岛日报》。
④ 田本相主编《中国话剧艺术史》第 8 卷,江苏凤凰教育出版社 2016 年版,第 183 页。

思考。

　　从 1979 年开始业余戏剧创作,和 1992 年成为香港话剧团全职编剧以来,杜国威共有 30 多部话剧作品。早先,经过《球》(1979)、《我系香港人》(1985)等剧不同探索,他在《虎度门》(1982)和《人间有情》(1986)两剧中,确立了其戏剧搬演艺人生活和表现社会现实的两大走向。在其创作成熟阶段,沿着《虎度门》走向,他写了《我和春天有个约会》(1992)、《剑雪浮生》(1997)、《寒江钓雪》(2003)等剧;沿着《人间有情》走向,他写了《遍地芳菲》(1988)、《聊斋新志》(1989)、《南海十三郎》(1993)等剧。20 世纪八九十年代是杜国威戏剧创作的黄金时期,获得较好评价的《人间有情》《我和春天有个约会》《聊斋新志》《南海十三郎》都是这一时期推出的。90 年代中后期以来,杜国威未能突破自己而登上新的艺术境界,更严重的,是其戏剧描写从通俗走向庸俗、粗俗,《城寨风情》(1994)、《Miss 杜十娘》(1996)、《播音情人》(1997)、《梁祝》(1998)等创作明显出现滑坡。

　　杜国威的创作对于历史、时代、政治的把握比较"隔",擅长描写大时代中的小人物生活和情感。他说自己"很喜欢写一些人与人之间的感情"[1]。学术界也是这样评价杜国威的。如香港学者指出"杜国威长于写情",认为"情"是其戏剧世界的精神面貌[2];内地学者同样认为"人间有情,也确立了杜国威一系列创作的基本主题"[3]。然而,只是笼统地指出杜国威戏剧"写情"——或者具体一些,如写爱情、友情、亲情、家国情等——这一点是不够的,因为同样是"写情",杜国威有些作品成功,有些作品却失败,可见戏剧并非"写情"就好,戏剧的情感描写中必须积淀一定的社会人生才有其"情感本体"价值,因为戏剧的感染力归根结底是思想和精神的力量。杜国威有些剧作(如《人间有情》《聊斋新志》《南海十三郎》等)在感情描写中融入社会现实和家国情怀,有些剧作(如

---

① 杜国威语。见方梓勋编著《香港话剧访谈录》,香港戏剧工程 2000 年版,第 139 页。
② 张秉权:《剧坛有李杜:论李援华、杜国威的剧作》,《香港文学》第 50—51 期,1989 年 2—3 月。
③ 朱栋霖:《论香港剧作家杜国威》,《戏剧艺术》2000 年第 6 期。

《虎度门》《我和春天有个约会》等)在感情描写中蕴含着较多的人生况味,有些剧作(如《Miss 杜十娘》《播音情人》等)其感情描写则趋于庸俗和粗俗,这些不同的思想内涵就决定了其戏剧"写情"的不同价值。

一、温馨怀旧:爱情、友情与人生况味

搬演艺人生活的《虎度门》《我和春天有个约会》《剑雪浮生》《寒江钓雪》等,都是写爱情和友情,怀旧而温馨,在杜国威戏剧创作中占据重要地位。

这是杜国威特别熟悉的题材领域,也是 20 世纪 80 年代以来弥漫于香港社会的"怀旧潮"在其戏剧中的体现。杜国威从小就喜爱粤剧和歌舞表演,这些更多本土风味的艺术渗透在他的骨髓里,成为生命的一部分伴随他成长。而从 20 世纪 80 年代初开始,香港社会进入"回归"历史转型期,焦虑、期待、茫然等种种情绪在社会上弥漫开来,一批怀旧题材的电影、戏剧、音乐应运而生,怀旧成为普遍的民众心理和社会文化趋势。正是在这股"怀旧潮"中,杜国威从小就熟悉的粤剧艺人和歌舞艺人的生活,从其笔下走上舞台。《我和春天有个约会》的故事背景是 20 世纪六七十年代,那是香港经济由萧条走向繁荣的兴盛时期,剧中出现的丽花皇宫夜总会、天星码头以及《不了情》等流行歌曲,承载着那个时代的香港记忆。同样的,任剑辉、白雪仙、唐涤生(《剑雪浮生》)、薛觉先(《寒江钓雪》)等粤剧前辈与老香港记忆相交汇,故事讲述中,那种浓浓的怀旧情感随着剧情发展而慢慢地渗出。如此怀旧,可以引发香港人的自豪感和归属感。

这些怀旧戏剧着重描写艺人的感情世界:他们的爱情和友情,温馨感人。

杜国威对于艺人生活和感情的描写,1982 年的《昨天孩子》初见端倪,尔后在《虎度门》中有较好拓展,在《我和春天有个约会》《剑雪浮生》中趋于成熟。这两部成熟期的怀旧戏剧,前者主要写友情(亦写爱情),后者着重写爱情(亦写友情),但都是缅怀好人,写得温馨感人。作者说,剧中"所有角色都是好

人"，"因为我总觉得写一些有希望和美好的东西，总比把生活里最痛苦的东西放上舞台为好……于是我便写了很多温情的东西"①。

《我和春天有个约会》写"抒情歌后"姚小蝶，20世纪90年代初自加拿大返回香港，准备在即将拆除的丽花皇宫夜总会举办纪念演出。在这个当年她和露露、莲茜、凤萍歌唱生涯起步并遭遇爱情的地方，姚小蝶心情激动、浮想联翩，从而带出动荡岁月中，她和沈家豪这对情人20多年相互守望的故事，更是细腻地铺陈了四个歌女在艰辛的生活打拼中相濡以沫、患难与共的姊妹深情。这些金兰姊妹的人生在这里也发生改变。凤萍掏心掏肺地爱着好赌的乐师Donny，最后跟着Donny远走南洋，两人在越南西贡一家夜总会被双双炸死。莲茜在歌舞厅看破红尘，觉得"有钱没钱对我都是一样，生老病死也不要紧"，抽烟喝酒最后肝硬化而亡。只有露露善于抓住机会，嫁夫生子，家庭幸福圆满。姚小蝶自己呢？她与夜总会乐师沈家豪真心相爱，但是男人的自尊使沈家豪不愿做当红歌星"姚小蝶的男人"，而总是要去闯荡自己的天下，因此对姚小蝶若即若离。然而"世情变，人情在"，露露和丈夫在20多年后为姚小蝶举办了这场纪念演出，还暗中安排沈家豪从美国返港在纪念演出舞台上与姚小蝶相会。演唱会上，姚小蝶唱着当年沈家豪为她写的《我和春天有个约会》，沈家豪吹着萨克斯风为她伴奏，"春风那日会为你跟我重逢吹送！"剧终，姚小蝶与沈家豪深情牵手、痴情相望。

杜国威写艺人生活明显受到传统粤剧的影响。他说，年少时"看任剑辉、白雪仙交心的演出，我神往、感动，随着他们哀而哀，乐而乐，浑然在他们中间，喃喃随唱"②。传统粤剧大都是搬演男女爱情，杜国威写粤剧前辈最让他痴迷的，同样是他们之间的爱情故事。20世纪50年代，粤剧名伶任剑辉、白雪仙和大编剧唐涤生在香港组建"仙凤鸣"剧团，创作演出《牡丹亭惊梦》《帝女花》《紫钗记》《再世红梅记》等，有力地推动了粤剧艺术的发展。《剑雪浮生》即讲述这段奇缘。剧中表现了任剑辉、白雪仙、唐涤生对粤剧艺术的执着追求，及其同

---

① 杜国威语。见方梓勋编著《香港话剧访谈录》，香港戏剧工程2000年版，第129页。
② 杜国威：《编剧的话——重认〈虎度门〉》，《虎度门》，次文化有限公司1996年版，第2页。

舟共济、精妙合作的舞台创造,更着意描写了他们——任剑辉与白雪仙、任剑辉与唐涤生、白雪仙与唐涤生——之间,心灵深处浓浓的爱情、友情,以及介于友情和爱情之间的情感状态。现实中三人之间这种微妙的感情关系,投射在穿插于剧情的"戏中戏"片段之中,形成戏里戏外相互映照的艺术景观;作者将他们的感情关系处理成心灵的,赞美"不朽的爱是精神上的永恒",写得纯洁、温馨、感人。《寒江钓雪》也是叙述粤剧名伶的爱情,写薛觉先与唐云卿、江小妹、张德颐三个女性之间的感情关系。

这些戏剧写前辈艺人的爱情和友情,都温馨感人,当然其中也有不同。有的剧作如《我和春天有个约会》,不只是写剧中人物的友情日深、爱情守望,它还展现了一群艺人的艰辛生活,表现了这些艺人的人生酸楚。此剧不仅在四姊妹中写了莲茜、凤萍的人生不幸,在姚小蝶的幻觉中,还出现了当年丽花皇宫夜总会其他歌手,如白浪、婉碧的身影;他(她)们早年大红大紫、春风得意,晚年风光不再、落魄潦倒。《我和春天有个约会》之所以取得较好成就,就在于它透过这些艺人的生存和生命而积淀着一定的人生况味,这种渗透着人生况味的感情才具有一定的内涵和深度。《虎度门》比较好,也是因为这一点。然而必须指出,杜国威剧作在这一方面的挖掘还不够深刻。即便是大获学界好评的《我和春天有个约会》,它对四个歌女的有情有义、对姚小蝶与沈家豪的情深意浓写得有血有肉,但是,对于那个年代社会底层的艺人,尤其是歌女被欺辱被践踏的辛酸严酷的人生,少有真切的表现。剧中更多是一般地描写艺人的生存困境或灾难,而较少表现社会语境下艺人的命运与情感,较少对于现实和社会的深入思考。

无怪乎作者那些单纯写艺人的爱情或友情的戏剧就更显得单薄。杜国威懂得,优秀伶人"一出虎度门,便必须忘却本我,浑然在扮演的人物之中,喜怒哀乐重头雕琢,在别人的故事里,交自己的心!"[①]他希望自己的剧作也能够"在别人的故事里,交自己的心"。然而从实际情形来看,他更多是"雕琢"故事以

---

① 杜国威:《编剧的话——重认〈虎度门〉》,《虎度门》,次文化有限公司1996年版,第1页。

及故事中人物的喜怒哀乐,而较少"交自己的心"——自己对于笔下故事和人物,即对于社会人生的深切感悟与体验。人是丰富、复杂的,人性是感性和理性、自然性和社会性的渗透交融,或是感性(自然性)中有理性(社会性),或是理性(社会性)在感性(自然性)中凝聚和内化,成为"自然的人化"或"人化的自然"。正因为如此,似《剑雪浮生》这样近于"神性"的纯净感情描写,就更多像是一个美丽的"成年童话"。人们难以从中感受到剧中人物与其所生存的时代、现实的深层联系,难以看到人的生存和生命的真实情形,甚至难以看到人物之间微妙的感情关系在其内心激起的深层心理波澜。其"写情"背后的历史感和人文内涵都比较缺乏,更没有达到论者所谓"优美、典雅、诗意盎然"的境界。①

然而问题不仅于此。杜国威有些剧作描写艺人的生活和感情还流露出一种小市民味,缺少应有的现代意识。最典型的是《寒江钓雪》,此剧写粤剧名伶薛觉先与唐云卿、江小妹、张德颐三个女人的感情。薛觉先年轻时潇洒不羁,有很多女性痴爱他,他也闹出很多风流韵事。剧中三个女人对薛觉先的爱是自由选择和追求,作者将她们对于薛觉先的爱情写得曲折生动、纯情美好,这些都无可非议。问题是薛觉先应该如何对待这三个女人,特别是对唐云卿和江小妹,薛觉先应该如何处理他们之间的感情关系。剧中,薛觉先为了江小妹,曾先后两次怒捆唐云卿。如果说第一次,唐云卿完全因为吃醋嫉妒而毫无理由地赶走纯洁少女江小妹,薛觉先怒捆唐云卿还情有可原;那么第二次,是江小妹主动把她与薛觉先的儿子交给唐云卿并离开薛觉先,薛觉先却再次怒捆唐云卿,对江小妹说自己与唐云卿所谓"恩爱夫妻"只是演戏给别人看,这就很难值得同情,并且与剧中所写他正直的思想人格形成矛盾。作者擅长写情,他是欲借"五哥(引者注:指薛觉先)和他三个至爱女人的微妙关系",去"探讨五哥的感情世界",以及"探讨'爱'的精神"②。然而像薛觉先这种旧社会名伶

---

① 朱栋霖:《论香港剧作家杜国威》,《戏剧艺术》2000 年第 6 期。
② 杜国威:《编剧的话》,《寒江钓雪》,次文化有限公司 2003 年版,第 1、2 页。

的情爱生活是否值得赞赏？如此情爱生活能体现怎样的"感情世界"和"爱的精神"？如此情爱生活描写又将女性置于何种地位？男女之间的爱情、人格、权利的平等体现在哪里呢？

二、感情世界融入社会现实和家国情怀

后来回顾创作历程，杜国威把 1987 年至 1991 年间视为其创作的"矛盾期"，其间"想改变自己的风格"。他说："为什么会矛盾呢？因为我在想，究竟自己应该跟从以前的风格，继续写一些纯洁、温情的东西，还是应该另觅一些新的东西来突破自己呢？"[①]这次"矛盾"和"突破"的最明显改变，就是杜国威在他所擅长的人物感情关系描写中，渗透了较多的社会现实和家国情怀。作者不再是一般地描写人与人之间的情和义，进一步，他还从人们的感情关系中去展开对于时代、社会和现实的思考。所以，只是笼统地评价"杜国威借助艺术想象，形塑和睦的社群与温厚的人性，精心营构一个伦理的乌托邦，作为功利社会的对照。他不轻言批判，也不提供反思，历史的迷魅，生存的困境，统统消融在纯净化了的众生法相之中"[②]，或笼统地说"人情美与人性美"形成杜国威"戏剧创作的特殊视角和主题倾向"[③]，如果说它对于作者创作的早期阶段，以及那些描写艺人之间感情关系的作品还大体合适（《我和春天有个约会》有所突破），那么，对于"矛盾期"之后努力"突破自己"的杜国威来说，就不大准确。也正因为如此，如果仍然着眼"写情"来评价杜国威"矛盾期"之后的创作，例如，认为《南海十三郎》着重是写"两段君子之交的师徒情谊"，薛觉先、南海十三郎、唐涤生三个粤剧传奇人物的惺惺相惜，"这种传统中国的才情关系，便成

---

① 杜国威语。见方梓勋编著《香港话剧访谈录》，香港戏剧工程 2000 年版，第 129—130 页。

② 林克欢：《戏剧香港 香港戏剧》，牛津大学出版社（香港）2007 年版，第 91 页。

③ 田本相主编《中国话剧艺术史》第 8 卷，江苏凤凰教育出版社 2016 年版，第 182 页。

为全剧的中心思想"①，就显然不能阐释该剧深刻的含义。

杜国威创作的这一走向在 1985 年的《人间有情》中就显露迹象，其透过亲情、爱情、人情带出历史风云、世事沧桑，与男欢女爱、姊妹情深等更多"纯洁、温情的东西"明显不同。沿着这个走向创作的《遍地芳菲》《聊斋新志》《南海十三郎》等更是如此。在这些作品中，"写情"仍然是杜国威戏剧感动人之所在。《南海十三郎》中薛觉先与十三郎之间、十三郎与唐涤生之间那种爱才、惜才的深厚感情，《聊斋新志》中人与人（孙潜与学生白如云、程独秀）、人与狐（孙潜与聪敏好学的狐妖）之间真挚的师生情，人与鬼（程独秀与死去的情人落霞）之间缠绵悱恻的痴恋情，以及《遍地芳菲》中的广州黄花岗起义参加者，他们之间父女、母子、兄弟、夫妻、朋友、同志的浓浓情感等等，都写得情真意切、感人肺腑；但是，这些剧作更重要的不是这些感情描写，而是在这些感情描写中所渗透的社会现实和家国情怀。而当作者笔下人们之间的感情与社会现实、民族国家发生关联时，其创作就拓展、超越和深化了他所擅长的"写情"内涵。

这些戏剧更多是写人们在大时代中、在混乱世道中的生存和挣扎。作者把剧中人物之间的感情关系放到历史风云、时代潮流中去描写，就是要在其感情世界中融入更多的时代、社会、家国的情怀。在《人间有情》中，人与人之间的感情关系，因为人们的生活和命运被时代大潮所裹挟，如天佑被日军拷打致残，美娇倾慕的小伙子参加革命牺牲等，其"写情"就更多沧桑、沉重。《聊斋新志》中，孙潜受到朝廷奸臣迫害而躲避庐山讲学，借讲解《阿房宫赋》，论述仁政、暴刑以"借喻当今朝政得失"。孙潜的人生命运及其与学生和狐妖的感情，同样因为卷入"家事国事天下事"之中而显得严峻、深沉。《遍地芳菲》中，来自农民、行伍、知识分子、华侨、洪门兄弟，甚至风尘女子的这群人，他们与民族同甘苦共患难，为了国家而舍弃亲情和爱情，揭竿而起、英勇奋斗的伟大精神，他

---

① 佛琳：《导言：八色风采》，《八色风采：香港剧本十年集（九十年代）》，国际演艺评论家协会（香港分会）2003 年版，第 XVII 页。

们的感情世界中更是激荡着强烈的家国情怀。《南海十三郎》亦是如此，着意在现代中国历史风云中，讲述粤剧大编剧南海十三郎的生存、生命和情感。

在大时代中、在混乱世道中生存和挣扎的这些剧中人物，其形象、性格的特质是什么？主要不是所谓"温厚的人性"或"人情美""人性美"，而是对自我、人格、正义的执着和坚守。《南海十三郎》也是搬演粤剧艺人生活，然而它不再像作者其他艺人题材剧作主要是写爱情或友情，此剧是写了"两段君子之交的师徒情谊"及其所体现的"传统中国的才情关系"，然而它更是浓墨重彩地表现了艺人的风骨和精神。十三郎是一个不问政治也不信教的粤剧天才，他有自己的艺术信仰和追求："敢爱敢恨至敢做敢写"，"做戏即系做人，要导人向善"。20世纪30年代，十三郎的编剧、打曲对粤剧艺术发展贡献重大。然而从40年代初香港沦陷开始，十三郎来往于香港和内地，既难以适应内地的社会政治，又不能适应香港的演剧风气，他偏执地、痛苦地挣扎于其中，又坚定地守护着一个艺术家的傲骨。十三郎不合流俗，特立独行，即便是后来落魄潦倒，也不愿趋时从俗，坚守着自己的独立人格和艺术良心。最后倒毙街头，走完悲剧性的一生。《遍地芳菲》以"草"作为中国人的象征，并带出起义失败却"遍地芳菲"的戏剧意象。作者说："中国人是草！刚毅顽强，勇敢不屈，面对劣境依然茁长，展露青葱。"①《聊斋新志》是新编历史故事，奸臣魏忠贤要赶尽杀绝东林党，孙潜在国家危难面前大义凛然，其正义追求和刚正人格令人高山仰止。

由此，这些戏剧就在人与人感情关系的描写中、在人物命运的揭示中，体现出作者对于现实和世俗的批判，对于人与人性丑陋的批判。《聊斋新志》借古喻今、忧国忧民："当国家出现问题、万民怨愤的时候，如果只用刑法暴政镇压而不主张仁义，那人民便会更加愤怒，反抗到底，视死如归，一发不可收拾。"而在国家危难和现实黑暗面前，剧中既有像白如云、程独秀这样追求正义而卫护老师的门生，有为感恩老师而与朝廷锦衣卫搏斗的狐妖，但是，也有一些门

---

① 杜国威：《遍地芳菲·引言》，《遍地芳菲》，次文化堂1997年版，第1页。

生自顾自逃离,甚至还有像何鹏这样出卖老师、侮辱师妹的阴险卑鄙的小人。十三郎(《南海十三郎》)才华横溢然而命运多舛,早年恃才傲物,后来落魄潦倒,但仍然我行我素,择善固执,最后郁郁而终。他在抗战时期对于那种"叫个女人上台扭扭叫劳军"之类演剧风气的尖锐嘲讽,他在战后对诸如"(猩猩)跟住个村女珠胎暗结,生咗个猩猩仔十八年后劈山救母"之类粤剧的严厉批评等等,都坚守着"敢爱敢恨至敢做敢写","做戏即系做人,要导人向善"的艺术信仰,在世态炎凉、现实丑陋中坚守着自己的追求和人格。《遍地芳菲》对于社会黑暗,对于镇压起义的反动势力,同样进行了尖锐批判。因此,认为杜国威戏剧"不轻言批判,也不提供反思,历史的迷魅,生存的困境,统统消融在纯净化了的众生法相之中"等观点,是不切合实际的。

正是因为在感情世界中渗透了社会现实和家国情怀,杜国威这个走向的作品,尤其是《南海十三郎》,代表着其戏剧创作的主要成就。当然,这些剧作也还存在某些不足。主要有两点:一是人与人感情关系的描写,怎样与社会现实和家国情怀融为一体,它是这些创作能否成功的关键。《南海十三郎》能够将二者融合,在十三郎感情世界、人生命运的刻画中折射历史和时代,而有优秀的审美创造。相对来说,《聊斋新志》写师生情、人狐情、人鬼情,那个聊斋式故事占据更多篇幅也较感人,孙潜的家国情怀没有很好地融入剧情结构和形象刻画,就影响到作品的情感深度和审美创造。二是感情关系、社会现实和家国情怀,怎样与戏剧的娱乐倾向相结合。这个问题随着杜国威创作走向成熟而日益突出。《聊斋新志》中的人狐情、人鬼情描写,有些情节和场面与全剧内涵少有关联,只是意念式的对照说明世上有些人还不如狐和鬼,比如程独秀与落霞的人鬼恋情,比如变人未成、样貌丑陋却痴情专一的狐妖翠娇求爱的滑稽等,只是增加了舞台的热闹和逗趣。这种情形即便是《南海十三郎》中也存在。少年十三郎的恶作剧叛逆,其父江太史形象和卡通式搞笑,尤其是剧作前半部关于江太史十二个妻妾斗嘴打闹的琐碎描写,体现出作者讲故事、写世俗风情的才华,然而渲染过多,又与十三郎的人生命运少有内在联系,就影响了戏剧的艺术完整性。

三、媚俗:"边缘"感情的商业化娱乐化展现

杜国威写《南海十三郎》可能也有自己的内心困惑:是迎合大众随波逐流,还是坚守自我和艺术良心?应该说在杜国威前期戏剧中,有些艺术理念是可见其追求的。十三郎推崇的"敢爱敢恨至敢做敢写"的剧作家本色,十三郎坚持的"做戏即系做人,要导人向善"的艺术信仰,某种意义上,也可以看作是杜国威对于自己创作的期许。所以在成长期和成熟期,他能够写出《人间有情》《聊斋新志》《我和春天有个约会》《南海十三郎》等优秀或比较优秀的作品。然而 20 世纪 90 年代中期之后,具体地说,是在《我和春天有个约会》演出获得巨大商业效应,杜国威等人组建"春天制作"商业剧团大力推动香港话剧市场化之后,有一股更大的商业和娱乐的力量在撕扯杜国威,使他把戏剧看作"娱乐性行业",而丢开此前戏剧"故事"中的"情怀"和"灵魂"①。此后其创作的《城寨风情》《Miss 杜十娘》《播音情人》《梁祝》等剧大都走向庸俗和粗俗。

舆论界开始批评杜国威"媚俗"。尽管作者极力为自己辩解,学界也有剧评人极力为其护短,然而这是实情。这也是杜国威的戏剧在成熟期之后不能有更大成就的根本原因。

杜国威为自己辩解说,20 世纪 90 年代中期之后是其创作"最像自己的一个时期",他在剧中"放纵自己的感情","每一个剧本都不是为人家而写的"②。杜国威成长期的剧作确实工整规矩,然而到成熟期,尤其是写《南海十三郎》时,其编剧笔法潇洒自如,其情感表达敢爱敢恨,那么为什么这个"最像自己"

---

① 早先杜国威注重描写人的情怀和灵魂,认为"写不出剧中人的情怀,人物便没有灵魂,故事就没法再写下去了"。(杜国威:《编剧的话》,《人间有情》场刊,香港话剧团演出,1986 年)。然而这一时期他更多把戏剧当作娱乐,认为"电影和话剧一样,都是娱乐性行业"。(转引自方梓勋:《香港话剧与流行文化》,《戏剧艺术》1997 年第 1 期)

② 杜国威语。见方梓勋编著《香港话剧访谈录》,香港戏剧工程 2000 年版,第 132 页。

的作品获得好评,而他后来那些"最像自己"的剧作却遭遇批评呢? 有剧评人为杜国威护短,说:"他的剧作,不论人物、情节和语言,均有本土特色,更有广大的观众,有人因之而指摘他是'媚俗',我看这是不公平的"①。这是典型的偷换概念式诡辩。所以,问题的关键不在于是否"最像自己",是否"放纵自己的感情",更不在于是否有"本土特色"和"广大的观众";媚俗,是为了迎合流行和时俗,而离开严肃的题旨,去着重渲染那些热闹、滑稽乃至庸俗、粗俗的东西。

于是,在原本就趋于通俗的基础上,杜国威戏剧在感情描写、主题内涵和艺术表现等方面都出现新的转向。

作者仍然擅长"写情",但是感情描写在慢慢变味。此前杜国威戏剧中那种人情味,那些爱情、友情、亲情和家国情大都不见了,取而代之的,是妓女、舞女、同性恋、情人等"边缘"感情。《Miss 杜十娘》《梁祝》属于后现代解构式故事新编,然而作者不是以现代眼光去重新阐释杜十娘、梁山伯、祝英台这些古代男女青年的爱情,而是或者用同性恋作为卖点,把梁山伯改为同性恋者写他与祝英台的情感纠葛;或者借搬演杜十娘怒沉百宝箱的故事,而着意展现妓院生活,渲染妓女的卖弄风骚以及妓女和嫖客的打情骂俏,甚至有妓女"初夜权"拍卖和"破瓜"惨叫等场景的细致描写,全剧最后是"众男女全情投入,酒色逐捉","纸醉灯迷,风情无限,尽显浮光。歌台舞榭狂欢"。《播音情人》描摹几对男女情人虚情假意的感情游戏,其英文名为"That's Entertainment",就是追求"开开心心、轻松惹笑"。即便是《城寨风情》,作者原先是想透过不同时代几对青年男女的感情故事,去表现香港九龙城寨的百年历史变迁。姑且不论在风雨飘摇时代中变迁的九龙城寨,忽略重大社会历史事件和九龙城寨声名远播的黄赌毒等描写,而由几对青年男女的感情故事能否支撑得起剧情架构;即以这些不同时代青年男女的感情表现来说,为了追求好看、搞笑、热闹,作者写了四组"乖弱男"与"豪放女"的老套恋爱故事。这里着重呈现的不是他们的感

---

① 周蜜蜜:《〈爱情观自在〉轻中有重》,1996 年 3 月 26 日《明报》。

情,而是由他们的感情故事所带来的看点、娱乐乃至脱衣舞场的黄色表演等等,与作者此前戏剧的感情描写已经不可同日而语。

与此相联系,这些剧作情节庸俗胡闹,主题内涵稀薄乃至被扭曲。先看两个故事新编作品。《梁祝》写梁山伯喜欢"男性"的祝英台,当祝英台恢复女儿身,却让他气绝身亡。全剧看点就是梁山伯的同性恋,然而剧终却又回到传统故事的"跳坟"和"化蝶",这就让戏剧主题模糊,剧情结构也与前面渲染梁山伯同性恋而不爱祝英台失衡。剧中哪有什么"超越世俗、超越性别的'至诚之爱'"[1]?《Miss杜十娘》相反,上半场是演绎"杜十娘怒沉百宝箱"的传统故事,如果戏在这里结束,她还是为寻求爱情而执迷的杜十娘;但作者改变了情节发展,让杜十娘跳海未死又回到妓院,以自己的经历和教训,要众妓女"记住! 做鸡,都要做一只有前途有希望嘅鸡","要受得起考验,坚持到底!"这就彻底解构了原著的杜十娘形象,使之成为一个放荡妖媚的妓女。剧中多次合唱所传达的内容极其庸俗、粗俗,所张扬的人生观、价值观极其陈腐堕落:"任年华如逝水花片刻开放,任行为随败絮放荡,同君你齐放任多开心,唯是多金兼多银至动人。"这里根本就没有什么"讽喻丑恶、薄情的现实外,还在向人们昭示那种自然、豁达,闪烁着佛光禅理的'爱情观'",也没有什么"包含了许多人生与生活真相的感悟,而又因为反讽的存在而闪烁出特殊的光芒"[2],这里只是一味展现丑恶而少批判甚至无批判。两出搬演现实的作品,《城寨风情》开场写得较好,既有历史也有爱情,后来情节发展就主要变成爱情,然而那些着重呈现看点、娱乐乃至脱衣舞场黄色表演的所谓爱情故事,难以承载反映九龙城寨百年变迁的历史沧桑;着意开心、娱乐的《播音情人》,全剧虚情假意、歌舞风骚,少有人生、人性和人情。有剧评人指出:"剧场是人的艺术,最终能否打动人(观众),要看舞台上的人有没有血肉。演出风格可以写实写意超现实,故事可连贯可撕裂,时空可在眼前或天边,但如果没有真实的人性人心人情在后面,

① 田本相主编《中国话剧艺术史》第8卷,江苏凤凰教育出版社2016年版,第184页。
② 梁燕丽:《香港话剧史》,复旦大学出版社2015年版,第288页。

还是不能叫人笑叫人哭。"①

同时,杜国威在原先剧情通俗浅易的基础上,增加了更多的商业元素,戏剧表现更趋娱乐化、歌舞化、明星化,甚至还有粗口和色情场面的展现。杜国威这一时期剧作的演出都由富有号召力的明星担纲,堂皇的布景、华丽的服装、炫目的灯光、时髦的歌舞,以及机动的舞台设备,呈现给观众的是视觉的盛宴。《城寨风情》原本是严肃题材,然而作者首先强调戏要赏心悦目,所以不仅有歌有舞,演出场刊还特别提到其中有"二十几次布景转换和百余个灯光变幻","此剧的布景移动与灯光转变最好看,有气氛兼有舞蹈感,成为全剧正式主角"。② 剧中还有脱衣舞娘跳艳舞的肆意渲染:"脱衣舞娘仍在一扭扭地扭动屁股","舞娘一件件将衣服脱下",边跳、边唱、边脱。《Miss 杜十娘》更是充斥着色情对话和猥亵动作的露骨表演。它就是在讲述一个为色、为钱所迷的嫖客李甲的故事,一个没有什么缘由而卖春的妓女杜十娘,在找不到爱情之后又放荡卖春的故事,再加上一个同样看不出什么缘由而"价高者得"拍卖初夜权的卖春女杜十两的故事。满台都是妓女和嫖客的生活展现,满台都是色情场景,充斥着粗口、淫相和"狗血桥段"。虽然剧终从舞台上方垂下一幅帐幕,上书:"在这妖兽世界,知道自己为什么这样做,为什么不这样做,已算是一个人。"但是作者毫无批判地展现如此"妖兽世界",其庸俗、粗俗已是无以复加。

不难看出,南海十三郎当年所坚守、杜国威早先也推崇的"敢爱敢恨至敢做敢写","做戏即系做人,要导人向善"等艺术信仰和追求,这一时期已经被杜国威所丢弃。相反,南海十三郎当年所抵拒的商业化和娱乐化,却变本加厉地在杜国威这一时期的戏剧中复活。因此,不能毫无原则地称杜国威是"杰出的剧作家",也不能笼统地认为杜国威"不遗余力地讴歌中华民族的传统美德——人性美与人情美"③,更不能说他在"通俗层面下坚持了话剧的文化品

---

① 张辉:《虚情假意难以动人——评〈播音情人〉》,1997 年 2 月 10 日《明报》。

② 石琪:《〈城寨风情〉——变灯转景产生魔术性》,1994 年 10 月 27—28 日《明报》。

③ 田本相主编《中国话剧艺术史》第 8 卷,江苏凤凰教育出版社 2016 年版,第 185 页。

位"，"在商潮滚滚、通俗文化如潮的香港，杜国威的话剧创作是一股活力充沛的清流"①。

四、雅俗共赏与戏剧审美创造

杜国威追求戏剧的雅俗共赏，他也知道自己最好的剧作是《南海十三郎》："那是一出雅俗共赏的戏，俗人有俗人的笑，高格调的人看了也很喜欢。"②他的《人间有情》《聊斋新志》《我和春天有个约会》等剧，虽然没有达到《南海十三郎》的水平，但是它们都有一定的思想内涵，艺术表现都通俗易懂、明快晓畅，富有观赏性和娱乐性，也都雅俗共赏。故而，评价杜国威是当代香港"通俗戏剧的大写家"，是比较准确的。

杜国威受西方现当代戏剧和文艺的影响不多。其创作影响源，主要有传统粤剧、美国百老汇戏剧及传统广播剧等，都是注重"有戏可看"的传统形态。熟悉舞台，熟悉观众，是杜国威独步当代香港剧坛的最重要的原因。他说："希望我们的心能跟台下看戏的人连在一起"，"我们当编剧的，在感动他人的同时，亦要注意到观众能否容易接受"③。杜国威从观众出发去写戏有几个突出特点：其一，是重视讲故事。杜国威的戏剧其实少有结构意识和艺术探索，大都采用传统戏曲分场制，情节发展娓娓道来，如行云流水舒卷自然；少有尖锐的冲突，也没有明显的起承转合和高潮。关键是他知道香港观众"吃故事"——并且是有头有尾的故事，所以故事叙述曲折、生动、精彩。他懂得什么剧情可以引起观众共鸣，哪些场景可以产生爆笑或催泪的效果。其二，是重视人物命运和情感的描写。这同样是杜国威从传统戏曲中琢磨得来的。他懂得戏曲舞台上，演员"一出虎度门，便必须忘却本我，浑然在扮演的人物之中，喜

---

① 朱栋霖：《论香港剧作家杜国威》，《戏剧艺术》2000年第6期。
② 杜国威语。见方梓勋编著《香港话剧访谈录》，香港戏剧工程2000年版，第137页。
③ 杜国威语。见方梓勋编著《香港话剧访谈录》，香港戏剧工程2000年版，第133页。

怒哀乐重头雕琢，在别人的故事里，交自己的心!"杜国威在戏里能否"交自己的心"情形不一;不过，他确实从"故事""人物""喜怒哀乐"中抓住了戏剧的奥秘，剧中人物的喜怒哀乐表现得活灵活现。三言两语就能描绘出人物的性格和情感，在平淡的日常生活场景乃至人们无言相对的沉默中，都能揭示出相互间的感情关系。如前所述，杜国威的优秀或比较优秀的剧作《南海十三郎》《我和春天有个约会》《聊斋新志》《人间有情》等，都在精彩的故事讲述中生动地刻画了人物命运和性格情感。其三，杜国威戏剧的故事和人物以及环绕其间的场景、氛围的描写生动感人，还在于他知道哪些地方可以抓住观众，从而予以细致的铺陈，丰富的细节把戏烘托得多彩多姿。例如，姚小蝶唱着当年沈家豪写给她的《我和春天有个约会》，沈家豪吹着萨克斯风深情地向她凝望，多年未见的"两人痴望、迷惘、感动、喜悦，万般滋味，尽在四目交投中"的场面;十三郎在从辉煌走向落魄时被豪华房车撞倒，碰到当年心仪的 Lily，他"抬头一睇，当堂呆住! 眼前人似曾相识，一种好耐都未有过嘅感觉，涌上心头"的场面;孙潜在得知紫玉她们是狐妖后，在书堂正襟而坐，唤她们出来讲最后一课，以及狐妖堂前漫舞让老师放开怀抱尽遣愁怀的场面等等，都写得鲜活、真切、感人。杜国威熟悉香港社会的世俗风情，熟悉香港人的生活和生命，所以他用好看的故事、悲欢离合的人物命运、生动感人的细节，以及粤语方言写香港人香港事，能够获得香港观众的广泛共鸣。

　　毫无疑问，杜国威才华横溢、创作丰富，有力地推动了香港本土主流话剧的发展。尤其是《我和春天有个约会》《南海十三郎》等剧演出成功，"引起大众对舞台剧的注意，改变了一般人的观念"①。作为香港主流话剧最重要的推动者，杜国威在长期以来话剧发展薄弱的香港，以其雅俗共赏的创作，推动香港话剧从小众文艺成为社会性的文化艺术，让普通人也爱走进剧场看话剧演出，这对于香港话剧的发展确实有着举足轻重的作用。与此相联系，20 世纪 80 年

---

① 古天农语。见方梓勋编著《香港话剧访谈录》，香港戏剧工程 2000 年版，第 162 页。

代以来香港话剧出现"表演文本"发达而"文学文本"衰微的失衡,杜国威的剧作可演亦可读,这对于香港话剧文学的发展又有着重要促进作用。

诚然,杜国威是编剧高手,好看的故事情节,悲欢离合的人物命运,以及华丽的歌舞穿插等,其戏剧描绘精彩生动,大致奠定了香港本土主流话剧的模式。然而只有这些并不能创作出优秀的戏剧。戏剧创作是否优秀,还有更重要的评判标准:人文价值。也就是恩格斯说的"较大的思想深度和意识到的历史内容,同莎士比亚剧作的情节的生动性和丰富性的完美的融合"①。正是在"较大的思想深度和意识到的历史内容"这里,杜国威的戏剧创作出现较多的问题。

这其中最突出的,是他写戏更多偏重感觉、跟着感觉走而不大擅长理性思考;说得严重一点,杜国威具有较好的艺术感觉,但是他不大有思考和思想,有时候甚至不明白自己要写什么。比如谈到艺术追求,他有时说自己"很喜欢写一些人与人之间的感情",有时又说"我很抗拒'杜国威刻意写情'这个评价";他在此处强调创作要"把自己的情怀全部倾注入戏里面",而在彼处,又宣称"但我从来没有写过自己的感受"②。谈到具体创作,比如《Miss 杜十娘》,他在"序"里和剧终都说此剧是写杜十娘"只因有爱,才有执着",接受访谈时又说"《Miss 杜十娘》写的是一个坏妓女的心态"③,剧中张扬的又是"唯是多金兼多银至动人"的陈腐堕落的价值观念。正因为如此,他的戏剧创作参差不齐。杜国威擅长写情,他的戏剧无论是情节、人物、场面、细节都渗透着浓浓的情感。当他的艺术感觉能够较好地把握题材内涵,其写情包含着一定的思想深度和历史内容时(如《南海十三郎》《我和春天有个约会》),其剧作就能获得成功;当其艺术感觉偏离题材内涵,其写情少有思想或者张扬错误价值观念时(如

---

① [德]恩格斯:《致裴·拉萨尔》,《马克思恩格斯选集》第4卷,人民出版社1995年版,第557—558页。

② 分别见杜国威:《一个剧作家的自白》(《香港话剧论文集》,中天制作有限公司1992年版,第120页)、方梓勋编著《香港话剧访谈录》(香港戏剧工程2000年版,第138页)。

③ 杜国威语。见方梓勋编著《香港话剧访谈录》,香港戏剧工程2000年版,第130页。

《Miss 杜十娘》《播音情人》等），就必然导致创作失败。尤其是他创作后期，面对香港社会的商业崇拜和娱乐至上，杜国威投其所好而注重搞笑、粗口、色情、"狗血桥段"，其剧作就更是少有或没有生命体验和生活发现，少有或没有人生价值和意义的思索。戏剧感染人的力量归根结底是思想情感的力量，没有一定人文内涵的故事叙述和感情描写，就少有力度和深度，就难以感动人。

杜国威戏剧创作的"转向"与香港社会的"转型"有着密切关联。香港社会20 世纪 50 至 70 年代处于政治对峙和经济复兴时期，80 年代经济主导社会繁荣，90 年代之后进入"后工业""后现代"时期。社会转型带来包括话剧在内的香港文化日趋通俗化、商业化、娱乐化。《我和春天有个约会》经过商业化、娱乐化包装获得巨大金钱效益，竟然让戏剧界认为："可见主题意旨、中心思想，即使不鲜明，对一个戏的能否卖座，并不重要"[1]；甚至《Miss 杜十娘》演出时，剧场观众竟然是"满堂的掌声与笑声，好像认同剧中的讯息——现代人不需要理想，不相信爱情、友情，只有金钱最实在"[2]。似乎戏剧只要好看就行，娱乐、搞笑甚至色情成为人们进剧场的目的。观众的娱乐心态和制作者的商业动机，它们所代表的那种通俗文化、商业文化和娱乐文化，正是撕扯杜国威创作的主要力量。问题在于杜国威不是与其抗争，而是投其所好，当其"观众意识"沦落为一味地迎合观众时，就很快由通俗走向庸俗、粗俗而被批评为"媚俗"。

雅俗共赏是话剧发展道路之一。戏剧应该有"俗"性，尤其是属于岭南的香港文化更多平民性和通俗性，近现代以来更是以通俗文化、商业文化、流行文化为主导，这些都决定着雅俗共赏是香港话剧发展的主流。雅俗共赏的最佳形态是追求"化俗为雅"，如《南海十三郎》《我和春天有个约会》等，用好看的故事情节、悲欢离合的人物命运和通俗易懂的戏剧形式，去表现"较大的思想深度和意识到的历史内容"。但是，即如贝尔所言，"流行时尚的庸俗统治"，使得"文化大众的人数倍增，中产阶级的享乐主义盛行，民众对色情的追求十分

---

[1]　周凡夫：《〈春天的约会〉叫好叫座自有因由》，1993 年 6 月 26 日《快报》。
[2]　晴风：《从〈Miss 杜十娘〉说起》，1996 年 11 月 12 日《星岛日报》。

普遍。时尚本身的这种性质,已使文化日趋粗鄙无聊"。① 香港话剧也呈现出这种趋向。因此,香港话剧发展在追求"化俗为雅"的同时,还必须注意两点:争取"俗不伤雅";切忌"俗不可耐"。一方面,雅俗共赏可以通俗,然而不能俗而不雅或俗而伤雅,只注重商业性、娱乐性而忽视艺术性。如果只追求故事好看,追求"怎样将制作搞得更大,更有噱头,怎样包装得更吸引人,而忽略了内在的实质、排练的试验、技艺上的磨练"②,只剩下"感官趣味"而没有"反思趣味"即审美愉悦,那就不是雅俗共赏。另一方面,雅俗共赏可以通俗,然而不能为了商业利益而迎合部分观众的庸俗和粗俗而走向媚俗,台词粗口、动作粗鄙,甚至如"浩采制作"等个别剧团在舞台上"现场表现强奸和暴力场面"③。这种"俗不可耐",就更不是雅俗共赏。问题不在于是否通俗,而在于是否能在通俗晓畅的外在形式下,表现出戏剧家对于时代、现实和人的独到发现与深刻体验。如此,才能使雅俗共赏的戏剧既"从俗""从众",而又能"导俗""导众"。可以通俗,然而不能为了迎合观众而走向庸俗、粗俗。这是杜国威今后戏剧创作应该着重注意的地方,也是香港戏剧今后发展必须时时警惕的突出问题。

---

① [美]丹尼尔·贝尔:《资本主义文化矛盾》,赵一凡等译,三联书店 1989 年版,第 37 页。
② 毛俊辉:《更上一层楼》,《九十年代香港剧坛点将录》第 2 辑,香港戏剧协会 1996 年版,第 24 页。
③ 陈丽音:《香港话剧的文学性》,《香港戏剧学刊》第 1 期,1998 年 10 月。

图书在版编目(CIP)数据

中国现代戏剧精神 / 胡星亮著. —南京：南京大
学出版社，2019.12
(教育部人文社会科学重点研究基地南京大学中国新
文学研究中心学术文库 / 丁帆主编)
ISBN 978 - 7 - 305 - 23153 - 7

Ⅰ.①中… Ⅱ.①胡… Ⅲ.①戏剧文学--文学研究-
中国-现代 Ⅳ.①I207.3

中国版本图书馆 CIP 数据核字(2020)第 057297 号

出版发行 南京大学出版社
社　　址 南京市汉口路 22 号　　　　邮　编 210093
出 版 人 金鑫荣

丛 书 名 教育部人文社会科学重点研究基地南京大学
　　　　　中国新文学研究中心学术文库
书　　名 中国现代戏剧精神
著　　者 胡星亮
责任编辑 谭　天

照　　排 南京紫藤制版印务中心
印　　刷 南京爱德印刷有限公司
开　　本 718×1000　1/16　印张 22.5　字数 316 千
版　　次 2019 年 12 月第 1 版　2019 年 12 月第 1 次印刷
ISBN　978 - 7 - 305 - 23153 - 7
定　　价 96.00 元

网　　址 http://www.njupco.com
官方微博 http://weibo.com/njupco
官方微信 njupress
销售热线 025 - 83594756